人类能够创建文明，
很重要的一个原因是因
为能够想象出现实中
不存在的东西，让我

刘慈欣

祖籍河南，长于山西，高级工程师，中国作家协会会员，中国科普作家协会会员，中国科幻代表人物，亚洲首位世界科幻大奖雨果奖得主。

自1999年处女作《鲸歌》问世以来，刘慈欣已发表短篇科幻小说三十余篇、出版长篇科幻小说六部，十次荣获中国科幻最高奖银河奖。他的长篇代表作“三体”三部曲被普遍认为是中国科幻文学的里程碑，将中国科幻推升到了世界高度。

中国科幻基石丛书
主编 姚海军

刘慈欣文集
6

中短篇科幻小说集
卷一

刘慈欣
著

重庆出版集团 重庆出版社

写在“基石”之前

姚海军

“基石”是个平实的词，不够“炫”，却能够准确传达我们对构建中的中国科幻繁华巨厦的情感与信心，因此，我们用它来作为这套原创丛书的名字。

最近十年，是科幻创作飞速发展的十年。王晋康、刘慈欣、何夕、韩松等一大批科幻作家发表了大量深受读者喜爱、极具开拓与探索价值的科幻佳作。科幻文学的龙头期刊更是从一本传统的《科幻世界》，发展壮大成为涵盖各个读者层的系列刊物。与此同时，科幻文学的市场环境也有了改善，省会级城市的大型书店里终于有了属于科幻的领地。

仍然有人经常问及中国科幻与美国科幻的差距，但现在的答案已与十年前不同。在很多作品上（它们不再是那种毫无文学技巧与色彩、想象力拘谨的幼稚故事），这种比较已经变成了人家的牛排之于我们的土豆牛肉。差距是明显的——更准确地说，应该是“差别”——却已经无法再为它们排个名次。口味问题有了实际意义，这正是我们的科幻走向成熟的标志。

与美国科幻的差距，实际上是市场化程度的差距。美国科幻从期刊到图书到影视再到游戏和玩具，已经形成了一条完整的产业链，动力十足；而我们的图书出版却仍然处于这样一种局面：读者的阅读需求不能满足的同时，出版者却感叹于科幻书那区区几千册的销量。结果，我们基本上只有为热爱而创作的科幻作家，鲜有为版税而创作的科幻作家。这不是有责任心的出版人所乐于看到的现状。

科幻世界作为我国最有影响力的专业科幻出版机构，一直致力于对中国科幻的全方位推动。科幻图书出版是其中的重点之一。中国科幻需要长远眼光，需要一种务实精神，需要引入更市场化的手段，因而我们着眼于远景，而着手之处则在于一块块“基石”。

需要特别说明的是，对于基石，我们并没有什么限定。因为，要建一座大厦需要各种各样的石料。

对于那样一座大厦，我们满怀期待。

目录

鲸　歌

沃纳站在船头，望着大西洋平静的海面沉思着。他以往很少沉思，总是不用思考就知道怎样做，不用思考就去做。可现在看来，处境确实变得艰难了。

这个被一些人称作沃纳大叔的老者，完全不是媒体所描述的那种恶魔形象，而是一副圣诞老人的样子。除了那双犀利的眼睛外，他那圆胖的脸上总是露着甜蜜而豪爽的笑容。他从不亲自带武器，只在上衣口袋中装着一把精致的小刀。他用它既削水果也杀人，干这两件事时，他的脸上都露着这种笑容。

沃纳的这艘三千吨的豪华游艇上，除了他的八十名手下和两个皮肤黝黑的南美女郎外，还有二十五吨高纯度海洛因，这是他在南美丛林中的提炼厂两年生产的产品。两个月前，哥伦比亚政府军包围了提炼厂。为了抢出这批货，沃纳的弟弟和另外三十名手下在枪战中身亡。他急需用这批货换回的钱再建一座提炼厂，这次可能仍建在南美，或者是亚洲金三角，以使自己苦心经营了一生的毒品帝国能维持下去。但他已在海上漂泊了一个多月,货却一克都没能运进美国大陆。

这是因为从海关进入已根本不可能——自从中微子探测器发明以后,毒品就根本藏不住了。一年前,他们曾把海洛因灌进每块十几吨重的进口钢坯的中心,还是被轻而易举地查了出来。后来,沃纳想了一个绝妙的办法:用一架轻型飞机——通常是便宜的赛斯纳型——载着大约五十公斤的货从迈阿密飞入,一过海岸,飞行员就身上绑着货跳伞。这样虽然损失了一架小飞机,但那点货还是有很大赚头。后来,美国人又建起了由卫星和地面雷达构成的庞大的空中监视系统,这系统甚至能发现并跟踪跳伞的飞行员,以至于那些英勇的小伙子还没着地就发现警察在地面等着他们。再后来,沃纳又试着用小艇运货上岸,结果更糟——海岸警卫队的快艇全部装备着中微子探测器,只要在三千米之内对小艇进行扫描,就能发现它上面的毒品。沃纳甚至想到了用微型潜艇,但美国人也完善了水下监测网,潜艇在距海岸很远处就会被发现。

沃纳束手无策了。他恨科学家,认为是他们造成了这一切。可他突然又想到,科学家是不是同样能帮助自己?于是,他让在美国读书的小儿子做这方面的努力,告诉他不要舍不得钱。

这天上午,小沃纳通过另一艘船上了游艇,告诉父亲他找到了要找的人,“他是个天才,爸爸,是我在加州理工大学认识的。”

沃纳的鼻子轻蔑地耸了耸,“哼,天才?你在加州理工已浪费了三年时间,并没有成为天才,天才真那么好找吗?”

“可他真是天才,爸爸!”

沃纳坐到甲板的一张躺椅上,掏出一把精致的小刀削着菠萝,两个南美女郎走过来在他肉乎乎的肩膀上按摩。小沃纳领来的人一直远远地站在船舷边看大海，这时那人走了过来。他看上去瘦得惊人，脖子是一根细棍——细得让人很难相信能支撑住他那大得不成比例的头，这使他看起来多少有些异类的感觉。

“戴维·霍普金斯博士，海洋生物学家。”小沃纳介绍说。

“听说您能帮我们的忙，先生。”沃纳脸上带着他那圣诞老人似的笑。

“是的，我能帮您把货运上海岸。”霍普金斯脸上毫无表情地说。

“用什么？”沃纳懒洋洋地问。

“鲸。”普霍金斯简短地回答。这时小沃纳挥了一下手，就有两个人抬来一件奇怪的东西。这是一个透明的小舱体，用类似透明塑料的某种材料做成，呈流线型，高一米，长两米，舱体的空间同小汽车差不多大，里面有两个座位，座位前是带着微型屏幕的简单仪表盘，座位后面还有一定的空间，显然是为了放货用的。

“这个舱体能装两个人和约一吨的货。”霍普金斯说。

“这玩意儿如何在水下走五百海里到达迈阿密海岸呢？”

“鲸把它含在嘴里。”

沃纳狂笑起来。他用那由细尖变粗放的笑来表达几乎所有的感情：高兴、愤怒、怀疑、绝望、恐惧、悲哀……每次的大笑都一样，代表什么只有他自己知道。“妙极了，孩子！那么，我得付给那条鱼多少钱，它才能游到我们要它去的地方呢？”

“鲸不是鱼，它是海洋哺乳动物。您只需把钱付给我，我已在那头鲸的大脑中安放了生物电极，在它的大脑中还有一台计算机接收外部信号，并把它翻译成鲸的脑电波信号，这样在外部可以控制鲸的一切活动，就用这个装置。”霍普金斯从口袋中拿出一个电视遥控板模样的东西。

沃纳更猛烈地狂笑起来,“哈哈哈哈……这孩子一定看过《木偶奇遇记》,哈哈……啊……哈哈……”他笑得弯下了腰,喘不过气来,手里的菠萝掉在地上,“……哈哈……那个木偶,哦,匹诺曹,同一个老头儿被一条大鱼吃到肚子里……哈哈……”

“爸爸,您听他说下去,他的办法真能行!”小沃纳请求道。

“……啊哈哈哈……匹诺曹和那个老头儿在鱼肚子里过了很长时间,他们还在那里面……哈哈哈哈……在那里面点蜡烛……哈哈哈哈……”

沃纳突然止住了笑,他的狂笑消失之快,就像电灯被啪地关掉那样,可笑纹还挂在脸颊上。他问身后的一个女郎:“匹诺曹说谎后,怎么来着?”

“鼻子变长了。”女郎回答说。

沃纳站起来,一手拿着削菠萝的小刀,一手托起霍普金斯的下巴,研究着他的鼻子,后者平静地看着他。“你们看他的鼻子在变长吗?”他微笑着问两位女郎。

“在变长,大叔!”她们中的一个娇滴滴地说,显然看别人倒霉是她们的一种乐趣。

“那我们帮帮他。”沃纳说。他的儿子还没来得及出言阻拦,那把锋利的小刀就把霍普金斯的鼻子尖切下一块。血流了出来,但霍普金斯仍是那么平静。沃纳放开他的下巴后,他依旧垂手站在那儿任血向下流,仿佛鼻子不是长在他脸上。

“把这个天才放到这玩意儿里面,扔到海里去。”沃纳轻轻地挥了一下手。两个南美大汉把普霍金斯塞进透明小舱里,沃纳把那个遥控器拾起来,从小舱的门递给霍普金斯,就像圣诞老人递给孩子一个玩具那样亲切,“拿着,叫来你那宝贝鲸鱼……哈哈哈……”他又狂笑起来。当小舱在海中溅起高高的水花时,他突然收敛笑容,显出少有的严肃。

“你迟早会死在这上面的。”他对儿子说,眼里闪过一丝不易觉察的忧郁。

透明小舱在海面上随波起伏,像一个气泡一样脆弱而无助。

突然,游艇上的两个女郎惊叫起来。在距船舷两百多米处,海面涌起了一个巨大的水包,那水包以惊人的速度移动着,很快从正中分开化为两道巨浪,一条黑色的山脊在巨浪中出现了。

“这是一头蓝鲸,长四十八米。霍普金斯叫它波塞冬,希腊神话中海神的名字。”小沃纳伏在父亲耳边说。

山脊在距小舱几十米处消失了,接着,蓝鲸巨大的尾巴在海面竖立起来,像一面黑色的帆。很快,蓝鲸的巨头在小舱不远处出现,它张开大嘴,一下把小舱吞了进去,就像普通的鱼吃面包屑一样。然后,蓝鲸绕着游艇游了起来,那座活动的小山在海面庄严地移动,激起的巨浪冲击着游艇,发出轰轰的巨响。在这景象面前,即使像沃纳这样目空一切的人也感到了一种敬畏,那是人见到了神的感觉。这是大海神力的化身,是大自然神力的化身。蓝鲸绕游艇一圈后,径直朝游艇冲来。它的巨头在船边伸出海面,船上的人清楚地看到它那粘着蚌壳的礁石般粗糙的皮肤,这时他们才真正体会到蓝鲸的巨大。接着,蓝鲸张开大嘴,把小舱吐了出来,小舱沿着一条几乎水平的线掠过船舷,滚落在甲板上。舱门打开,霍普金斯爬了出来,他鼻子上流出的血已把胸前的衣服染湿了一片,但除此之外,毫发无损。

“还不快叫医生来,没看到匹诺曹博士受伤了吗?”沃纳大叫起来,好像霍普金斯的伤同他无关似的。

“我叫戴维・霍普金斯。”霍普金斯庄严地说。

“我就叫你匹诺曹。”沃纳又露出他那圣诞老人的笑。

几个小时后,沃纳和霍普金斯钻进了透明小舱,装在防水袋中的一吨海洛因放在座位后面。沃纳决定亲自去,他需要冒险来激活他血管中近乎凝滞的血液,这无疑是他一生中最刺激的一次旅行。小舱被游艇上的水手用缆绳轻轻放到海面,然后游艇慢慢地驶离小舱。

小舱里的两人立刻感到了海面的颠簸,小舱有二分之一露出水面,大西洋的落日照进舱里。霍普金斯按动遥控器上的几个键,召唤蓝鲸。远处的海水传来低沉的搅动声,这声音越来越大,蓝鲸的大嘴出现在海面上,向他们压过来。小舱好像被飞速吸进一个黑洞中,光亮的空间迅速缩小,变成一条线,最后消失了,一切都陷入黑暗中,只听到咔嚓一声巨响,那是蓝鲸的巨牙合拢的撞击声。接着是一阵电梯下降时的失重感,表明蓝鲸在向深海潜去。

“妙极了,匹诺曹,哈哈哈……”沃纳在黑暗中又狂笑起来,以掩饰他的恐惧。

“我们开灯吧,先生。”霍普金斯说,他的声音听起来快活自在——这是他的世界了。沃纳意识到这点,恐惧又加深了一层。这时,小舱里的一盏灯亮了起来,灯在小舱的顶部,发出蓝幽幽的冷光。

沃纳首先看到的是小舱外面的一排白色柱子,那些柱子有一人多高,从底部向头部渐渐变尖,上下交错,组成了一道栅栏。他很快意识到这是蓝鲸的牙齿。小舱似乎被放在一片柔软的泥沼上,那泥沼的表面还在不停地蠕动。上方像一个拱顶，可以看到一条条由巨大骨骼构成的拱梁。“泥沼地面”和上方的拱梁都向后倾斜，到达一个黑色的大洞口，那洞口也在不断地变换着形状。沃纳又开始神经质地大笑了，他知道那洞口是蓝鲸的嗓子眼儿。周围飘着一层湿雾，在灯的蓝光下，他们仿佛置身于神话里的魔洞中。

小舱的屏幕上显示出一幅巴哈马群岛和迈阿密海区的海图。霍普金斯开始用遥控器“驾驶”蓝鲸，海图上出现了一条航迹精确地指向沃纳要去的迈阿密海岸。“航程开始了。波塞冬的速度很快，我们五个小时左右就能到达。”霍普金斯说。

“我们在这里不会闷死吧？”沃纳尽量不显出担心。

“当然不会。我说过，鲸是哺乳动物，它也呼吸氧气，我们周围有足够的氧气，通过一个过滤装置我们就可以维持正常的呼吸。”

“匹诺曹，你真是个魔鬼！你怎么做到这一切的？比如说，你怎样把控制电极和计算机放进这个大家伙的脑子中？”

“一个人是做不到的。首先需要麻醉它，所用的麻醉剂有五百公斤。这是一个耗资几十亿美元的军事科研项目，我曾是这个项目的负责人。波塞冬是美国海军的财产，用来向一些国家的海岸输送间谍和特种部队。我还主持过一些别的项目，比如，在海豚和鲨鱼的大脑中埋入电极，然后在它们身上绑上炸弹，使它们变成可控制的鱼雷。我为这个国家做了很多的事情，可后来，国防预算削减了，他们就把我一脚踢出来。我在离开研究院的时候，把波塞冬也一起带走了。这些年来，我和它游遍了各个大洋……”

“那么，匹诺曹，你用你的波塞冬干现在这件事，有没有道德上的……嗯，困扰呢？当然，你会觉得我谈道德很可笑，但我在南美的提炼厂里有很多化学家和工程师，他们常常有这种困扰。”

“我一点儿没有，先生。人类用这些天真的动物为他们肮脏的战争服务，这已经是最大的不道德了。我为国家和军队做出了巨大贡献，有资格得到我想要的东西。既然社会不给我，只好自己去拿。”

“哈哈哈哈……对，只好自己拿！哈哈哈……”沃纳笑着，突然止住，“听，这是什么声音？”

“是波塞冬的喷水声，它在呼吸。小舱里装有灵敏的声呐，能放大外面的所有声音。”

这时，沃纳又听到另一种嗡嗡声，夹杂着水击声，由小变大，然后又变小，渐渐消失。

“这是一艘万吨级的油轮。”霍普金斯解释道。

突然，前面两排巨牙缓缓动了起来，海水汹涌地灌了进来，发出轰轰的巨响，小舱很快被浸在水中。霍普金斯按动一个按键，小屏幕上的海图消失了，代之以复杂的波形，这是蓝鲸的脑电波。“哦，波塞冬发现了鱼群，它要吃饭了。”蓝鲸的嘴张开一个大口，突然鱼群蜂拥而入，猛烈地冲撞着小舱。沃纳和霍普金斯的眼前，全是在灯光中闪着耀眼银光的鱼群，它们并不知道自己的命运，觉得这只是一个大珊瑚洞而已。又是咔嚓一声巨响，沃纳透过纷飞的鱼群，隐约看到巨牙合拢了。但蓝鲸巨大的嘴唇还开着，这时响起一阵水流的尖啸声，鱼群突然倒退，退到巨牙的栅栏时被堵住。沃纳很快意识到，这是鲸嘴里的海水在向外排，巨大的压力把同鱼群一起冲入的海水压了出去。沃纳惊奇地看到，在鲸嘴产生的巨大压力下，水面垂直着从舱边移过去。很快，鲸嘴里的海水排空了。吸入的鱼群活蹦乱跳地堆在巨牙的栅栏前。小舱下柔软的“地面”开始蠕动，这蠕动在“地面”上形成了一排排飞快移动的波状起伏，鱼群随着这起伏向后移去。当沃纳明白了这是在干什么时，恐惧使他从头冷到了脚。

“放心，波塞冬不会把我们咽下去的。”霍普金斯似乎感觉到了沃纳的不安，“它能识别出我们，就像您吃瓜子能识别出皮和仁儿一样。小舱对它进食会有一定的影响，但它已习惯了。有时候鱼群很大，它会在吃前暂时把小舱吐出去。”

沃纳松了一口气，他还想狂笑，可已没有力气了。他呆呆地看着鱼群慢慢地移过纹丝不动的小舱，进入后面那黑暗的大洞。当几吨重的鱼在蓝鲸巨大的喉咙里消失时，响起了一阵山崩似的声音。

震惊使沃纳呆呆地沉默着，就这样过了很长时间。霍普金斯突然推了推他，“听音乐吗？”说着，他放大了声呐扬声器的音量。

沃纳听到一阵低沉的隆隆声，不解地看着霍普金斯。

“这是波塞冬在唱歌，这是鲸歌。”

渐渐地，沃纳从这低沉的时断时续的轰鸣声中听出了某种节奏，甚至还听出了旋律。“它干什么，求偶吗？”

“不全是。海洋科学家研究鲸歌有很长时间了，至今无法明了其含义。”

“可能根本没有什么含义。”

“恰恰相反，含义太深了，深到人类无法理解。科学家认为这是一种音乐语言，但同时表达了许多人类语言难以表达的东西。”

鲸歌在响着，这是大海的灵魂在歌唱。鲸歌中，上古的闪电击打着原始海洋，生命如萤火在混沌的海水中闪现；鲸歌中，生命睁着好奇而畏惧的眼睛，用带着鳞片的脚，第一次从大海踏上火山还没熄灭的陆地；鲸歌中，恐龙帝国在寒冷中灭亡，时光飞逝，沧海桑田，智慧如小草，在冰川过后的初暖中萌生；鲸歌中，文明幽灵般出现在各个大陆，亚特兰蒂斯在闪光和巨响中沉入洋底；鲸歌中，一次次海战，鲜血染红了大海，数不清的帝国诞生了，又灭亡了，一切的一切都是过眼烟云……蓝鲸用它那古老得无法想象的记忆唱着生命之歌，全然没有感觉到它含在嘴中的渺小的罪恶……

蓝鲸于午夜到达迈阿密海岸。为避免搁浅，蓝鲸在距海岸二百多米处停了下来。今夜月亮很好，沃纳和霍普金斯可以清楚地看到岸上的棕榈树丛。接货的人有八个，都穿着轻便潜水服，他们顺利地把这一吨货运到岸上，并爽快地付了沃纳报出的最高价，还许诺以后有多少要多少。接货者很惊奇这两个人和那个透明小舱能穿过严密的海上防线，甚至一开始不知他们是人是鬼（这时霍普金斯已操纵波塞冬远远游开了）。半小时后，接货者已走远，霍普金斯唤回了蓝鲸，带着满满两手提箱的美元现钞，他们踏上了归程。

“好极了，匹诺曹！”沃纳兴高采烈地说，“这次的收入全归你，以后的收入我们再按比例分成。你已经是一个千万富翁了，匹诺曹！哈哈哈……我们还要跑二十多趟才能把二十多吨都出手。”

“可能用不了那么久，我觉得经过改进，我们一次可带两到三吨。”

“哈……好极了，匹诺曹！”

在海下平静的航程中，沃纳睡着了。不知过了多长时间，他被霍普金斯推醒。他看看小屏幕上的海图和航迹，航程已走了三分之二，似乎没有什么异常。霍普金斯让他注意听，那是一艘海面航船的声音，在以前的航程中，这已司空见惯，他不解地看看霍普金斯。但接着听下去，他知道事情不对：与以前不同，这次声音的大小没有变化。

那条船在跟着蓝鲸。

“多长时间了？”沃纳问。

“有半个小时了，这期间我变换了几次航向。”

“怎么会呢？海岸警卫队的巡逻艇不会对一头鲸进行中微子扫描的。而且，要想收拾我们，在迈阿密海岸最方便，为什么要等到这时？”沃纳迷惑不解地看着屏幕上的海图，他们已越过了佛罗里达海峡。

“波塞冬要换气了，我们不得不浮上海面，只十几秒钟就行。”霍普金斯拿起遥控器，沃纳慢慢地点点头。霍普金斯按动遥控器，他们感到一阵超重，蓝鲸上浮了。很快，他们听到了一阵浪声，鲸在海面上了。

突然，声响中传来一声闷响，小舱里感觉到一阵震动。接着又是一下同样的响声，这次蓝鲸的震动变得疯狂起来，小舱在鲸嘴里来回滚动，重重地撞在巨牙上，发出了一阵破裂声，两个人几乎被撞昏过去。

“那船向我们开炮了！”霍普金斯惊叫道。他用遥控器极力稳住蓝鲸，然后发出下潜的指令，但蓝鲸没有执行这个指令，仍在海面上毫无目标地狂奔。霍普金斯感到一阵颤抖，那颤抖发自蓝鲸庞大的身躯，是疼痛的颤抖。

“我们快出去，不然就晚了！”沃纳大叫。

霍普金斯发出了吐出小舱的指令，这次蓝鲸执行了。小舱从它的嘴里以惊人的速度冲了出去，并很快浮上海面。

朝阳已在大西洋上升起，阳光使他们一时眯起了双眼。但他们很快发现自己的双脚浸在水中，刚才在鲸牙上的猛烈撞击已把小舱撞出了几个破口，海水涌了进来。整个小舱已严重变形，他们拼尽全力也没能拉开舱门逃生。他们开始用一切可以找到的东西堵缺口，甚至用上了手提箱中那一捆捆钞票。但没有用，很快，小舱中的水就有齐胸深了。

在小舱下沉前的一刻，霍普金斯看到了那只船，那是一艘很大的船。他还看到了船头那门形状奇怪的炮，看到了炮口火光一闪，看到了那火箭状的带绳子的炮弹击中了挣扎着的蓝鲸的脊背。蓝鲸用最后的力气在海面翻起巨浪，它的鲜血已使一大片海水变成了红色……

小舱下沉了，在这片茫茫的红色血雾中沉下去。

"是谁让我们彻底栽倒了？" 当水已淹到下巴时，沃纳居然还心有不甘地问。

"捕鲸船。" 霍普金斯回答，"国际公约早在五年前就全面禁止捕鲸了！这群狗娘养的！"

沃纳从已然憋闷得慌的嗓子里，艰难地吐出了一串歇斯底里的狂笑，"哈哈哈哈……他们不讲道德……哈哈……社会不给他们……哈哈哈哈……他们自己来拿……哈哈……自己来拿……"

海水淹没了小舱中的一切。在残存的意识中，霍普金斯和沃纳听到蓝鲸波塞冬又唱起了凝重的鲸歌。那是生命最后的歌声，穿透血红的海水，在大西洋中久久地回荡，回荡……

发表于 1999 年第 6 期《科幻世界》

微观尽头

今天夜里，人类将试图击破夸克。

这个壮举将在位于罗布泊的东方核子中心完成。核子中心看上去只是沙漠中一群优雅的白色建筑，巨大的加速器建在沙漠地下深处的隧道中，加速器的周长有一百五十公里。在附近专门建了一座一百万千瓦的核电厂为加速器供电，但要完成今天的实验还远远不够，只能从西北电网临时调来电力。今天，加速器将把粒子加速到1020吉电子伏特，这是宇宙大爆炸开始时的能量，是万物创生时的能量。在这难以想象的能量下，目前已知的物质最小单位夸克将被撞碎，人类将窥见物质世界最深层的秘密。

核子中心的控制大厅里人不多，其中有当今世界上最杰出的两位理论物理学家——他们代表着对物质深层结构研究的两个不同的学派—— 一位是美国人赫尔曼·琼斯，他认为夸克是物质的最小单位，不可能被击破；另一位是中国人丁仪，他的理论认为物质无限可分。控制大厅里还有负责加速器运行的总工程师和为数不多的几名记者，其他众多的工作人员则在地下深处的十间分控室内，控制大厅只能看到综合后的数据。这里最让人惊奇的人物是一位叫迪夏提的哈萨克族牧羊老人，他的村庄就在核子中心加速器的圆周内。在昨天的野餐中，物理学家们吃了他的烤全羊，并坚持把他请来。他们认为这个物理学上的伟大时刻，也是全人类的伟大时刻，应该有一个最不懂物理学的人到场。

加速器已经启动，大显示屏上的能量曲线像刚苏醒的蚯蚓一样懒洋洋地爬着，向标志着临界能量的红线升去，那就是击碎夸克所需的能量。

“电视为什么不转播？”丁仪指着大厅一角的电视机问，电视中正转播着一场人山人海的足球赛。这位物理学家从北京到这儿一直身着一件蓝工作服，很容易被误认为是勤杂工。

“丁博士，我们并非世界中心，实验结果出来后，能播一条三十秒的小新闻就不错了。”总工程师说。

“麻木，难以置信的麻木。”丁仪摇摇头说。

“但这是生存之必需。”琼斯说。他一副颓废派打扮，头发老长，还不时从衣袋中掏出一个银制酒瓶喝一口，“我很不幸地不麻木，所以难以生存下去。”他说着，掏出一张纸，在空中晃着，“先生们，这是我的遗书。”

语惊四座，记者们立刻围住了琼斯。

“这个实验结束后，物质世界将不再有什么可以探索的秘密，物理学将在一个小时内完结！我是来迎接自己世界的末日的！我的物理学啊，你这个冷酷的情人，你穷尽之后我如何活得下去！”

丁仪不以为然地说：“这话在牛顿时代和爱因斯坦时代都有人说过，比如20世纪的马克斯·玻恩和史蒂芬·霍金。但物理学并没有结束，将来也不会结束。您很快就会看到，夸克将被击破，我们在通向无的阶梯上又踏进一级。我是来迎接自己世界的黎明的！”

“您这是抄袭毛泽东的理论，丁博士。他在本世纪50年代就提出物质无限可分的思想了。”琼斯反唇相讥。

“你们过分沉湎于自己的思想了。”总工程师插进来说，“通过阳光在同一时刻于埃及和希腊的干井中不同的投影，可以推测出地球是圆的，甚至可以计算出它的直径，但只有麦哲伦的旅行才是真正激动人心的。你们这些理论物理学家以前只是待在井里，今天我们才要在微观世界做真正的环球航行！”

大屏幕上，能量曲线接近了那条红线。外面的世界似乎觉察到了这沙漠深处涌动的巨大能量，一群鸟儿从红柳丛中惊飞，在夜空中久久盘旋，远方传来阵阵狼嚎……终于，能量曲线越过了红线，加速器中的粒子已获得了撞击夸克所需的能量，这是人类有史以来所获得的能量最高的粒子。控制计算机立刻把这些超能粒子引出了加速器周长一百五十公里的环道，进入一条支线，以接近光速的速度向靶标飞去。在这极限能量的轰击下，靶标立刻迸发出一场粒子辐射的暴雨。无数个传感器睁大眼睛盯着这场暴雨，它们能瞬间分辨出暴雨中几滴颜色稍有不同的雨滴。正是从这几点雨滴的组合中，超级计算机将判断出是否发生了撞击夸克的事件，并进一步判断夸克是否被撞碎。

超能粒子在源源不断地产生，加速器中的撞击在持续，人们紧张地等待着。超能粒子击中夸克的概率是很小的，他们不知道要等多长时间。

“哦，来自远方的朋友们，”迪夏提老人打破沉默，“十多年前，这些东西开始修建时，我就在这里。那时工地上有上万人，钢铁和水泥堆得像山一样高。还有几百个像大楼一样高的线圈，他们告诉我那是电磁铁……这样多的钱和物，这样多的人力，能灌溉多少沙漠，使那里长满葡萄和哈密瓜啊，可你们干的事情，谁都不明白。”

“迪夏提大爷，我们在寻求物质世界最深的秘密，这比什么都重要！”丁仪说。

“我没有读过多少书，但我知道，你们这些世界上最有学问的人，在找世界上最小的沙粒。”

哈萨克老牧人对粒子物理出色的定义使在场所有的人都兴奋起来。

“妙极了！”琼斯在听到翻译后叫起来，“他认为——”他指指丁仪，“沙粒要多小就有多小；而我认为，存在最小的沙粒，这粒沙子不能再小了，用最强有力的锤都不可能砸碎它。尊敬的迪夏提大爷，您认为我们谁对呢？”

迪夏提在听完翻译后摇了摇头，“我不知道，你们也不可能知道。世界万物究竟是怎么回事，凡人哪能搞清呢？”

“这么说，您是一位不可知论者？”丁仪问。

老牧人饱经风霜的双眼沉浸在梦幻般的回忆中，“世界真让人想不透啊！从小，我就赶着羊群在无边的戈壁滩上寻找青草。多少个夜晚，我和羊群躺在野外，看着满天的星星。那些星星密密麻麻的啊，晶亮晶亮的啊，像姑娘黑发中的宝石。夜深时，身下的戈壁还是热的，轻风一阵阵的，像它的呼吸……这时世界是活的，就像一个熟睡的大娃娃。这时不用耳朵，而用心听，你就能听到一个声音，那声音充满天地之间，那是真主的声音，只有他才知道世界究竟是怎么回事。”

这时，蜂鸣器刺耳地响了。那是发生夸克撞击事件的信号。人们都转向大屏幕。物理学的最后审判日到了，人类争论了三千年的问题马上就会有答案。

超级计算机的分析数据如洪水般在屏幕上涌出，两位理论物理学家马上发现事情不对，他们困惑地摇摇头。

结果并没有显示夸克被撞碎，但也没有显示它保持完整，实验数据完全不可理解。

突然，有人惊叫了一声，那是迪夏提。这里只有他对大屏幕上撞击夸克的数据不感兴趣，他仍站在窗边，“天啊，外面怎么啦？你们快过来看啊！”

“迪夏提大爷，请别打扰我们！”总工程师不耐烦地说。但迪夏提的另一句话使所有人都转过身去。

“天……天怎么啦？”

一片白光透进窗来，大厅里的人们向外看去，他们不相信自己的眼睛：整片夜空变成了乳白色！人们冲出大厅，外面，在广阔的戈壁之上，乳白色的苍穹发着柔和的白光，像一片牛奶海洋，地球仿佛处于一个巨大的白色蛋壳的中心！当人们的双眼适应了这些时，他们发现乳白色的天空中有一群群小黑点，仔细观察那些黑点的位置后，他们真要发疯了。

“真主啊，那些黑点……是星星！”迪夏提喊出了每个人都看到但又不敢相信的结论。

他们正看着宇宙的负片。

震惊之中，有人注意到了大厅里那台正在转播球赛的电视机，屏幕上的情形证明了他们不是在做梦：千里之外的体育场也笼罩在一片白光中，看台上的几万人都惊恐地仰望着天空……

“这是什么时候发生的？”首先镇静下来的总工程师问。

“刚才里面那个声音响起来的时候。”迪夏提说。

人们沉默了，他们把目光集中到琼斯和丁仪身上，希望这两位自爱因斯坦以来最杰出的物理学家，能对眼前这噩梦般的现实做出哪怕一点点解释。

这时，两位物理学家已不看天空了，他们都在低头沉思。顷刻，丁仪首先抬起头来仰望着乳白色的宇宙，长长地出了一口气。

“我们早该想到的。”他说。

琼斯也抬起头来，望着丁仪，“是的，这就是超统一理论方程中那个变量的含义！”

“你们在说什么？”总工程师喊道。

“工程师，我们的环球航行成功了！”丁仪笑着说。

“你是说，是我们的实验导致了这一切？”

“正是！”琼斯说，同时掏出了那个银酒瓶，“现在麦哲伦知道了，地球是圆的。”

“圆……的？”其他人都困惑地看着两位物理学家。

“地球是圆的，从其表面任一点一直向前走，都会回到原点。现在我们知道了宇宙的时空形状，很类似。我们一直向微观的深层走，当走到微观尽头时，就回到了整个宏观。加速器刚才击穿了物质最小的结构，于是其力量作用到最大的结构上，把整个宇宙反转了。”琼斯解释说。

丁仪说：“琼斯博士，您可以活下去了，物理学没有完结，它才刚刚开始，就像人类知道地球形状后，地理学刚刚开始一样。我们都错了，要说最接近事实的论述，是迪夏提大爷刚才说的。我虽不相信真主，但宇宙之深奥之神奇远远超过了我们的想象。”

“我想起来了，20世纪，英国人阿瑟·克拉克在科幻小说中提出过宇宙负片的概念，但谁会想到它竟会成为现实呢？”

“可现在怎么办？”总工程师问。

“现在很好，我很乐意生活在负片宇宙中，它和反转前同样美，不是吗？”琼斯喝干了瓶中的酒，微醉着伸开双臂，像要拥抱整个新宇宙。

“可你们看……”总工程师指了指大厅里的电视，体育场里惊恐的骚动在加剧，一种集体的歇斯底里在人海中蔓延开来。从这个画面可以想象，整个人类世界正陷入混乱之中。

“继续轰击靶标。”丁仪对总工程师说。在第一次夸克撞击事件发生后，为了分析结果，控制计算机已中止了超能粒子对靶标的轰击。

“你疯了？鬼知道第二次夸克撞击事件会产生什么效应，也许会造成宇宙坍缩或大爆炸！”

“不会的！前面的现象已证明了超统一方程的正确，我们知道下一次撞击会发生什么。”琼斯说。

加速器中的超能粒子再次被引向靶标，人们期待着粒子暴雨中那几滴不同颜色雨点的出现。

一分钟，两分钟……十分钟……

各种曲线和数据在大屏幕上懒洋洋地滚动着，什么都没发生。

电视屏幕上，体育场中的人海已失去了控制。在乳白色的天空下，人们无目标地乱撞，互相践踏……图像抖动了一下，电视信号中断了，屏幕上只有一片荒漠一样的雪花。宇宙的突变超出了人类所有的知识和想象，超出了他们的精神承受力。世界已陷入疯狂。

蜂鸣器第二次响了，夸克第二次被击中。

没有任何预兆，比眨眼的速度更快，宇宙再次被反转。漆黑的夜空，晶莹的星群，人类的宇宙又回来了。

“天啊，你们在干真主的事！”迪夏提大爷说。

核子中心的人们这时都聚集在外面的戈壁滩上，聚集在醉人的星空下。

“是的，对物质本原的不懈探索使我们拥有了上帝的力量，这真是做梦都想不到的。”琼斯说。

“但我们仍是人，谁知道以后还会发生什么呢？”丁仪说。

人们全都静了下来，凝望着夜空中灿烂的群星，似在谛听那若有若无地流淌在整个宇宙间的曼妙乐曲。

“真主啊……”迪夏提大爷对着星空伏下身来。

发表于 1999 年第 6 期《科幻世界》

宇宙坍缩

坍缩将在凌晨1时24分17秒发生。

对坍缩的观测将在国家天文台最大的观测厅进行。这个观测厅接收在同步轨道上运行的太空望远镜发回的图像，并把它投射到一块篮球场大小的巨型屏幕上。现在，屏幕上还是空白。到场的人并不多，都是理论物理学、天体物理学和宇宙学的权威。对即将到来的这一时刻，他们是这个世界上少数真正能理解其含义的人。此时他们静静地坐着，等着那一时刻，就像刚刚用泥土做成的亚当、夏娃等着上帝那一口生命之气一样。只有天文台的台长在焦躁地来回踱着步。巨型屏幕出了故障，而负责维修的工程师到现在还没来，如果她来不了的话，来自太空望远镜的图像就只能在小屏幕上显示，那这一伟大时刻的气氛就差多了。

丁仪教授走进了大厅。

科学家们都提前变活了，一齐站了起来。除了半径为一百五十亿光年的宇宙，能让他们感到敬畏的就是这个人了。

丁仪同往常一样目空一切，没有同任何人打招呼，也没有坐到那把为他准备的大而舒适的椅子上去，而是信步走到大厅的一角，欣赏起放在玻璃柜中的一只大陶土盘来。这只陶土盘是天文台的镇台之宝，是价值连城的西周时代的文物，上面刻着几千年前已化为尘土的眼睛所看到的夏夜星图。这只陶土盘经历了沧海桑田，已到了崩散的边缘，上面的星图模糊不清，但大厅外面的星空却丝毫没变。

丁仪掏出一个大烟斗，向一只上衣口袋里挖了一下，就挖出了满满一斗烟丝，然后旁若无人地点上烟斗抽了起来。大家都很惊诧，因为他有严重的气管炎，以前是不抽烟的，别人也不敢在他面前抽烟。再说，观测大厅里严禁吸烟，而那个大烟斗产生的烟雾比十支香烟都多。

但丁教授是有资格做任何事情的。他创立了统一场论，实现了爱因斯坦的梦想。他的理论对宇宙大尺度空间所做的一系列预言都得到了实际观测的精确证实。后来，使用统一场论的数学模型，上百台巨型计算机不间断地运行了三年，得出了令人难以置信的结论：已膨胀了一百五十亿年的宇宙将在两年后转为坍缩。

现在，这两年时间只剩不到一个小时了。白色的烟雾在丁仪的头上聚集盘旋，形成梦幻般的图案，仿佛是他那不可思议的思想从大脑中飘出……

台长小心翼翼地走到丁仪身边，说："丁老，今天省长要来，请到他不容易，请您一定给省长说说，请他给我们多少拨一些钱。本来不该因这些事使您分心的，但台里的经费状况已到了山穷水尽的地步，国家今年不可能再给钱，只能向省里要了。我们是国内主要的宇宙观测基地，可您看我们到了什么地步，连射电望远镜的电费都拿不出来。现在，我们已经开始打它的主意了——"台长指了指丁仪正欣赏的古老星图盘，"要不是有文物保护法,我们早就卖掉它了!”

这时,省长同两名随行人员一起走进了大厅,他们的脸上露着疲惫的神色,把一缕尘世的气息带进这超凡脱俗的地方。“对不起。哦,丁老您好,大家好。对不起,来晚了。今天是连续暴雨后的第一个晴天,洪水形势很紧张,长江已接近一九五四年的最高水位了。”

台长激动地说了许多欢迎的话,然后把省长领到丁仪面前,“下面,请丁老为您介绍一下宇宙坍缩的概念……”同时他向丁仪递了个眼色,“这样好不好,我先说说自己对这个概念的理解,然后请丁老和各位科学家指正。首先,哈勃发现了宇宙的红移现象——是哪一年我记不清了——我们所能观测到的所有星系的光谱都向红端移动,根据开普勒效应,这表明所有的星系都在离我们远去。由此现象,我们可以得出结论:宇宙在膨胀。由此又得出结论:宇宙是在一百五十亿年前的一次大爆炸中诞生的。如果宇宙的总质量小于某一数值,宇宙将永远膨胀下去;如果总质量大于某一数值,则万有引力将逐渐使膨胀减速、停止,之后,宇宙将在引力作用下走向坍缩。以前宇宙中所能观测到的物质总量使人们倾向于第一个结论,但后来发现中微子具有质量,并且在宇宙中发现了大量以前没有观测到的暗物质,这使宇宙的总质量大大增加,人们又转向了后一个结论,认为宇宙的膨胀将逐渐减慢,最后转为坍缩——宇宙中的所有星系将向一个引力中心聚集。这时,同样由于开普勒效应,在我们眼中,所有星系的光谱将向蓝端移动,即蓝移。而丁老的统一场论计算出了宇宙由膨胀转为坍缩的精确时间。”

“他说得基本正确。”丁仪慢慢地把烟灰磕到干净的地毯上。

“对,对,如果丁老都这么认为……”台长高兴得眉飞色舞。

“正确到足以显示他的肤浅。”丁仪又从上衣口袋挖出一斗烟丝。

台长的表情凝固了，科学家那边传来了低低的讥笑声。

省长宽容地笑了笑，“我也是学物理的，但毕业后这三十年，我都差不多忘光了。同在场的各位相比，我的物理学和宇宙学知识，怕是连肤浅都达不到。唉，我现在只记得牛顿三定律了。”

“但离理解它还差得很远。”丁仪点上了新装的烟丝。

台长哭笑不得地摇摇头。

“丁老，我们生活在两个完全不同的世界里。”省长感慨地说，“我的世界是现实的、无诗意的、烦琐的，我们整天像蚂蚁一样忙碌，目光也像蚂蚁一样狭窄。有时深夜从办公室里出来，抬头看看星空，已是难得的奢侈了。而您的世界充满着空灵与玄妙，您的思想跨越上百亿光年的空间和上百亿年的时间，地球对于您只是宇宙中的一粒灰尘，现世对于您只是永恒中短得无法测量的一瞬，整个宇宙似乎都是为了满足您的好奇心而存在的。说句真心话，丁老，我真有些嫉妒您。我年轻时也做过那样的梦，但进入您的世界太难了。”

“但今天晚上并不难。您至少可以在丁老的世界中待一会儿，一起目睹这个宇宙最伟大的一瞬间。”台长说。

“我没有这么幸运。各位，很对不起，长江大堤已出现多处险情，我得马上赶到防总去。在走之前，我还有两个问题想请教丁老，这些问题在您看来可能幼稚可笑，但我苦想了很长时间也没有弄明白。第一个问题，坍缩的标志是宇宙由红移转为蓝移，我们将看到所有星系的光谱同时向蓝端移动。但目前能观测到的最远的星系距我们一百多亿光年，按您的计算，宇宙将在同一时刻坍缩，那样的话，我们要过一百多亿年才能看到这些星系的蓝移出现。即使最近的半人马座，也要在四年之后才能看到它的蓝移。”

丁仪缓缓地吐出一口烟雾，那烟雾在空中飘浮，像微缩的旋涡星系，“很好，你能想到这一点，有点像一个物理系的学生了，尽管仍是一个肤浅的学生。是的，我们将同时看到宇宙中所有星系光谱的蓝移，而不是在从四年到一百亿年的时间上依次看到。这源于宇宙大尺度范围内的量子效应，它的数学模型很复杂，是物理学和宇宙学中最难表述的概念，没指望您能理解。但由此你已得到第一个启示，它提醒您，宇宙坍缩产生的效应远比人们想象的复杂。你还有问题吗？哦，你没有必要马上走，你要去处理的事情并不像你想象的那样紧迫。”

“同您的整个宇宙相比，长江的洪水当然微不足道了。但丁老，神秘的宇宙固然令人神往，现实生活也还是要过的。谢谢丁老的教诲，祝各位今晚看到你们想看的。”

“你不明白我的意思。”丁仪说，“现在长江大堤上一定有很多人在抗洪。”

“但我有我的责任，丁老，我必须回去。”

“你还是不明白我的意思，我是说大堤上的人们一定很累了，你可以让他们也离开。”

所有的人都惊呆了。

“什么……离开？干什么，看宇宙坍缩吗？”

“如果他们对此不感兴趣，可以回家睡觉。”

“丁老，您真会开玩笑！”

“我是认真的，他们干的事已没有意义。”

“为什么？”

“因为坍缩。”

沉默了好长时间，省长指了指大厅一角陈列的那只古老星图盘说：“丁老，宇宙一直在膨胀，但从上古时代到今天，我们所看到的宇宙没有什么变化。坍缩也一样，人类的时空同宇宙时空相比，渺小到可以忽略不计。除了纯理论的意义外，我不认为坍缩会对人类生活产生任何影响。甚至，我们可能在一亿年之后都不会观测到坍缩使星系产生的微小位移，如果那时还有我们的话。”

“十五亿年。”丁仪说，“如果用我们目前最精密的仪器，十五亿年后我们才能观测到这种位移。”

“而宇宙完全坍缩要一百多亿年。所以，人类是宇宙这棵大树上的一滴小露珠，在它短暂的寿命中，是绝对感觉不到大树的成长的。您总不至于同意互联网上那些可笑的谣言，说地球会被坍缩挤扁吧！”

这时，一位年轻姑娘走了进来，脸色苍白，目光黯淡。她就是负责巨型显示屏的工程师。

“小张，你也太不像话了！你知道这是什么时候?！”台长气急败坏地冲她喊道。

“我父亲刚在医院里去世……”

台长的怒气立刻消失了，“真对不起，我不知道，可你看……”

工程师没再说什么，只是默默地走到大屏幕的控制计算机前，开始埋头检查故障。丁仪叼着烟斗慢慢走了过去。

“哦，姑娘，如果你真正了解宇宙坍缩的含义，父亲的死就不会让你这么悲伤了。”

丁仪的话激怒了在场的所有人。工程师猛地站起来，她苍白的脸由于愤怒而涨红，双眼充满泪水。

“您不是这个世界上的人！也许，同您的宇宙相比，父亲不算什么，但父亲对我重要，对我们这些普通人重要！而您的坍缩，不过是夜空中那弱得不能再弱的光线频率的一点点变化而已。这变化，甚至那光线，如果不是由精密仪器放大上万倍，谁都看不到！坍缩是什么？对普通人来说什么都不是！宇宙膨胀或坍缩，对我们有什么区别？但父亲对我们是重要的，您明白吗?！”

当工程师意识到自己是在向谁发火时，她克制了自己，转身继续工作。

丁仪叹息着摇摇头，对省长说：“是的，如你所说，两个世界。我们的世界——”他挥手指指物理学家们，“小的尺度是亿亿分之一毫米，”又指指宇宙学家们，“大的尺度是百亿光年，这是一个只能用想象来把握的世界。而你们的世界，有长江的洪水，有紧张的预算，有逝去的和还活着的父亲……一个实实在在的世界。但可悲的是，人们总要把这两个世界分开。”

“可您看到它们是分开的。”省长说。

“不！基本粒子虽小，却组成了我们；宇宙虽大，我们却身在其中。微观和宏观世界的每一个变化都牵动着我们的一切。”

丁仪说完，突然大笑起来。这笑除了神经质外，还包含着一种神秘的东西，让人毛骨悚然。

“好吧，物理系的学生，请背诵你所记住的时间空间和物质的关系。”

省长像小学生那样顺从地背了起来：“由相对论和量子力学所构成的现代物理学已证明，时间和空间不能离开物质而独立存在。没有绝对时空。时间、空间和物质世界是融为一体的。”

“很好，但有谁真正理解呢？你吗？”丁仪问省长，然后转向台长，“你吗？”转向埋头工作的工程师，“你吗？”又转向大厅中的其他技术人员，“你们吗？”最后转向科学家们，“你们？不，你们都不理解。你们仍按绝对时空来思考宇宙，就像脚踏大地一样自然。绝对时空就是你们思想的大地，离开它，你们对一切都无从把握。谈到宇宙的膨胀和坍缩，你们认为那只是太空中的星系在绝对的时间空间中散开和会聚。”他说着，踱到那个玻璃陈列柜前，伸手打开柜门，把那只珍贵的星图盘拿了出来，放在手上抚摸着，欣赏着。台长万分担心地抬起两只手在星图盘下护着。这件宝物放在那儿二十多年，还没有人敢动一下。台长焦急地等着丁仪把星图盘放回原位，但他没有，而是一抬手，把星图盘扔了出去！

价值连城的古老珍宝，在地毯上碎成了无数陶土块。

空气凝固了，大家呆若木鸡，只有丁仪还在悠然地踱着步，成为这僵固的世界中唯一活动的东西，他的话音仍不间断地响着。

“时空和物质是不可分的，宇宙的膨胀和坍缩包括整个时空。是的，朋友们，包括整个时间和空间！”

又响起了一声脆响，这是一只玻璃水杯从一名物理学家手中掉下去的声音。物理学家并不是吃惊于那个星图盘的摔碎，否则杯子早就掉了。其他物理学家和宇宙学家们陷入震惊之中，引起他们震惊的原因是丁仪话中的含义。

“您是说……”一名宇宙学家死死地盯着丁仪，话卡在喉咙里说不出来。

“是的。”丁仪点点头，然后对省长说，“他们明白了。”

“那么，这就是统一场数学模型的计算结果中那个负时间参量的含义?”一名物理学家恍然大悟地说。丁仪点点头。

“为什么不早些把它公布于世?您太不负责任了!”另一名物理学家愤怒地说。

“有什么用?只能引起全世界范围的混乱。对时空,我们能做些什么?”

“你们都在说些什么?”省长一头雾水地问。

“坍缩……”台长——同时是一名天体物理学家——做梦似的喃喃地说,“宇宙坍缩会对人类产生影响,是吗?”

“影响?不,它将改变一切。”

“能改变什么呢?”

科学家们都在匆匆整理思绪,没人回答他。

“你们就告诉我,坍缩时,或宇宙蓝移开始时,会发生什么?”省长着急地问。

“时间将反演。”丁仪回答。

“……反演?”省长迷惑地望望台长,又望望丁仪。

“时光倒流。”台长简短地解释。

巨型屏幕这时修好了,壮丽的宇宙出现在大家面前。为了使坍缩的出现更为直观,太空望远镜发回的图像由计算机进行了处理,所有的恒星和星系发出的光都呈红色,象征着目前膨胀中的宇宙的红移。当坍缩开始时,它们将同时变为蓝色,屏幕的一角显示着蓝移出现的倒计时:一百五十秒。

“我们的时间随宇宙膨胀了一百多亿年,但现在,这膨胀的时间只剩不到三分钟了。之后,时间将随宇宙坍缩而倒流。”丁仪走到木然的台长面前，指指摔碎的星图盘，“不必为这件古物而痛心，蓝移出现后不久，碎片就会重新复原，它会回到陈列柜中去；多少年以后，回到土中深埋；再过更长的时间，它将回到燃烧的窑中，然后作为一团潮泥回到那位上古天文学家的手中……”他走到那位年轻的女工程师身边，“也不要为你的父亲悲伤，他将很快复活，你们很快就会见面。如果父亲对你很重要，你应该感到安慰，因为在坍缩的宇宙中，他比你长寿，他将看着你作为婴儿离开这个世界。是的，我们这些老人都是刚刚踏上人生旅途，而你们年轻人则已近暮年，或是幼年。”他又走到省长面前，“如果长江的洪水过去没有在你的任期内越出江堤，那未来也永远不会，因为坍缩宇宙中的未来就是膨胀宇宙中的过去。最大的险情要到一九五四年才会出现，但那时你的生命已接近幼年，那不是你的责任了。我们所知道的时间只剩下一分钟了，现在无论做什么，都不会对将来产生后果。大家可以做各自喜欢的事情而不必顾虑将来。在这个时间里，已经没有将来了。至于我，我现在只是干我喜欢、但以前由于气管炎而不能干的一件小事。”丁仪又用大烟斗从口袋里挖了一锅烟丝点上，悠然地抽了起来。

蓝移倒计时五十秒。

“这不可能！”省长叫道，“从逻辑上这说不通，时间反演？一切都将反过来进行，难道我们倒着说话吗？这太难以想象了！”

“你会适应的。”

蓝移倒计时四十秒。

“也就是说，以后的一切都是重复？那历史和人生将变得多么乏味！”

“不会的，你将在另一个时间里。现在的过去将是你的未来，我们现在就在蓝移发生时的未来里。你不可能记住未来。蓝移开始时,你的未来一片空白。对它,你什么都不记得,什么都不知道。”

蓝移倒计时二十秒。

“这不可能!”

“你将会发现,从老年走向幼年、从成熟走向幼稚是多么合理,多么理所当然。如果有人谈起时间还有另一个流向,你会认为他是痴人说梦。快了,还有十几秒。十几秒后,宇宙将通过一个时间奇点。在那一点,时间不存在。然后,我们将进入坍缩宇宙。”

蓝移倒计时八秒。

“这不可能!真的不可能!”

“没关系,六秒钟后你就会知道的。”

蓝移倒计时五秒,四,三,二,一,零。

宇宙由使人烦躁的红色变为空洞的白色……

……时间奇点……

……宇宙变为宁静美丽的蓝色,蓝移开始了,坍缩开始了。

……

了始开缩坍,了始开移蓝,色蓝的丽美静宁为变宙宇……

……点奇间时……

……色白的洞空为变色红的躁烦人使由宙宇。

零,一,二,三,四,秒五时计倒移蓝。

……

发表于 1999 年第 7 期《科幻世界》

带上她的眼睛

连续工作了两个多月，我实在累了，便请求主任给我两天假，出去短暂旅游一下散散心。主任答应了，条件是我再带一双眼睛去。我也答应了，于是他带我去拿眼睛。眼睛放在控制中心走廊尽头的一个小房间里，现在还剩下十几双。

主任递给我一双眼睛，指指前面的大屏幕，把眼睛的主人介绍给我。她是个小姑娘，在肥大的太空服中更显娇小，一副可怜兮兮的样子，显然刚刚体会到太空不是她在大学图书馆中想象的浪漫天堂，某些方面甚至可能比地狱还稍差些。

“麻烦您了，真不好意思。”她连连向我鞠躬。这是我听到过的最轻柔的声音，我想象着这声音从外太空飘来，像一阵微风吹过轨道上庞大粗陋的钢结构，使它们立刻变得像橡皮泥一样软。

“一点都不，我很高兴有个伴儿的。你想去哪儿？”我豪爽地说。

“什么，您自己还没决定去哪儿？”她看上去很高兴，但我立刻感到有两个疑点。其一，地面与外太空通信都有延时。即使在月球，延时也有两秒钟，小行星带延时更长，但她的回答几乎感觉不到延时。这就是说，她现在在近地轨道，那里回地面不用中转，费用和时间都不需多少，没必要托别人带眼睛去度假。其二，是她身上的太空服。作为个人航天装备工程师，我觉得这种太空服很奇怪：在服装上看不到防辐射系统，放在她旁边的头盔面罩上也没有强光防护系统。我还注意到，这套服装的隔热和冷却系统异常发达。

“她在哪个空间站？”我扭头问主任。

“先别问这个嘛。”主任阴沉着脸。

“别问好吗？”屏幕上的她也说，还是那副让人心软的小可怜样儿。

“你不会是被关禁闭了吧？”我开玩笑说，因为她所在的舱室十分窄小，显然是一个航天器的驾驶舱，各种复杂的导航系统此起彼伏地闪烁着，没有窗子，也没有观察屏幕，只有一支在她头顶打转的失重的铅笔说明她是在太空中。听了我的话，她和主任似乎都愣了一下，我赶紧说：“好，我不问自己不该知道的事了，你还是赶快决定我们去哪儿吧。”

她的双手握在胸前，双眼半闭着，似乎是在决定生存还是死亡，或者认为地球会在我们这次短暂的旅行后爆炸。我不由得笑出声来。

“哦，这对我来说不容易，您要是看过海伦·凯勒的《假如给我三天光明》的话，就能明白这有多难了！”

“我们没有三天，只有两天。在时间上，这个时代的人都是穷光蛋。但比那个19世纪出生的盲人幸运的是，我和你的眼睛在三小时内可以到达地球的任何一个地方。”

“那就去我们起航前去过的地方吧！”她告诉了我那个地方，于是我带着她的眼睛去了。

草 原

这是高山与平原、草原与森林的交接处，距我工作的航天中心有两千多公里，乘电离层飞机只用几分钟就到了。面前的塔克拉玛干，经过几代人的努力，已由沙漠变成了草原，又经过几代强有力的人口控制，这儿再次变成了人迹罕至的地方。现在，大草原从我面前一直延伸到天边，远处的天山覆盖着暗绿色的森林，几座山还有银色的雪冠。我掏出她的眼睛戴上。

所谓眼睛，就是一副传感眼镜。当你戴上它时，你所看到的一切图像会由超高频信息波发射出去，被远方另一个同样戴传感眼镜的人接收到，于是那人就能看到你所看到的一切，就像你带着那人的眼睛一样。

现在，常年在月球和小行星带工作的人已有上百万，他们回地球度假的费用是惊人的。于是，吝啬的宇航局就设计了这玩意儿，使每个生活在外太空的宇航员在地球上都有了另一双眼睛，由地球上真正能去度假的幸运儿带上这双眼睛，让身处外太空的思乡者分享他的快乐。起初，这个小玩意儿被当作笑柄，但后来由于用它“度假”的人能得到可观的补助，竟流行开来。最尖端的技术被采用，这人造眼睛越做越精致，现在，它已能采集戴着它的人的脑电波，把他的触觉和味觉一同发射出去。于是，多带一双眼睛去度假成了宇航系统地面工作人员从事的一项公益活动。当然，由于度假中的隐私等原因，并不是每个人都乐意再带双眼睛，但我这次无所谓。

我对这一切大发感叹，但从她的眼睛中，我听到了一阵轻轻的抽泣声。

“上次离开后,我常梦到这里,现在回到梦里来了!”她细细的声音传来,“我现在就像从很深很深的水底冲出来呼吸到空气。我太怕被封闭了。”

我真的听到她在做深呼吸。

我说:“可是,同你周围的太空比起来,这草原太小了。”

她沉默了,似乎连呼吸都停止了。

“啊,当然,太空中的人还是被封闭的。20世纪一个叫耶格尔的飞行员曾有一句话,是描述飞船中的宇航员的,说他们像……”

“罐头里的肉。”

我们都笑了起来。她突然惊叫:“呀,花儿,有花啊!上次我来时是没有的!”不错,辽阔的草原上到处点缀着星星点点的小花。“能近些看看那朵花吗?”我蹲下来看,“呀,真美啊!能闻闻它吗?不,别拔下它!”我只好半趴在地上闻,一缕淡淡的清香,“啊,我也闻到了,真像一首隐隐传来的小夜曲呢!”

我笑着摇摇头,这是一个风潮变幻莫测的时代,女孩子们都浮躁到了极点,像这样见花落泪的林妹妹真是太少了。

“我们给这朵小花起个名字好吗?嗯……叫它梦梦吧。我们再看看那一朵好吗?它该叫什么呢?嗯,叫小雨吧。再看那一朵——啊,谢谢——看它的淡蓝色,它的名字应该是月光……”

我们就这样一朵朵地看花,闻花,然后再给它们起名字。她陶醉其中,没完没了,忘记了一切。我对这套小女孩的游戏实在厌烦了,到我终于忍不住叫停时,我们已给上百朵花起了名字。

一抬头，我发现已走出了好远，便回去拿丢在后面的背包。当我拾起草地上的背包时，又听到她的惊叫:“大啊，你把小雪踩住了！”我扶起那朵白色的野花，觉得很可笑，就用两只手各捂住一朵小花，问她:“它们都叫什么？”

“当心啊，别再碰伤它们！左边那朵叫水晶，也是白色的，它的茎上有分开的三片叶儿；右边那朵叫火苗，粉红色，茎上有四片叶子，上面两片是单的，下面两片连在一起。”

她说的都对，我有些感动了。

“你看，我和它们都互相认识了。以后漫长的日子里，我会一遍遍地想它们每一个的模样儿，像读一本美丽的童话书。你那儿的世界真好！”

“要是你再这么孩子气地多愁善感下去，那些挑剔的太空心理医生会让你永远待在地球上。”

我在草原上毫无目标地漫步，很快来到一条隐没在草丛中的小溪旁。我迈过去，继续向前，她叫住了我，说:“我真想把手伸到小溪里。”我蹲下来，把手伸进溪水，一股清凉流遍全身。她的眼睛用超高频信息波把这感觉传递给远在太空的她，我又听到了她的感叹。

“你那儿很热吧？”我想起了她那窄小的控制舱和隔热系统异常发达的太空服。

“热，热得像……地狱。呀，天啊，这是草原的风！”这时我刚把手从水中拿出来，微风吹在湿手上凉丝丝的，“不，别动，这真是天国的风呀！”我把双手举在草原的微风中，直到水被吹干。然后应她的要求，我又把手在溪水中浸湿，再举到风中把天国的感觉传给她。我们就这样又消磨了很长时间。

我再次上路，沉默地走了一段后，她轻轻地说："你那儿的世界真好。"

我说："我不知道，灰色的生活把我这方面的感觉都磨钝了。"

"怎么会呢！这世界能给人多少感觉啊！要说清这些感觉，就如同说清大雷雨有多少雨点一样。看天边那大团的白云，银白银白的，我觉得它们好像是固态的，像发光玉石构成的高山。下面的草原倒像是气态的，好像所有的绿草都飞离了大地，成了一片绿色的云海。看！当那片云遮住太阳又飘开时，草原上光和影的变幻是多么气势磅礴啊！看看这些，你真的感受不到什么吗？"

……

我带着她的眼睛在草原上转了一天。她渴望看草原上的每一朵野花、每一株小草，看草丛中跃动的每一缕阳光，渴望听草原上的每一种声音。一条突然出现的小溪，小溪中的一条小鱼，都会令她激动不已；一阵不期而至的微风，风中一缕绿草的清香都会让她落泪……我感到，她对这个世界的情感已丰富到病态的程度。

日落前，我走到了草原中一座孤零零的白色小屋前。那是为旅游者准备的一间小旅店，似乎好久没人光顾了，只有一个迟钝的老式机器人照看着旅店里的一切。我又累又饿，可晚饭只吃到一半，她又提议我们立刻去看落日。

"看着晚霞渐渐消失，夜幕慢慢降临森林，就像在听一首宇宙间最美的交响曲。"她陶醉地说。我暗暗叫苦，但还是拖着沉重的双腿去了。

草原的落日确实很美，但她对这种美倾泻的情感使这一切蒙上了一层异样的色彩。

“你很珍视这些平凡的东西。”回去的路上，我对她说。这时夜色已然深沉，繁星满天。

“你为什么不呢？这才像在生活。”她说。

“我，还有其他大部分人，不可能做到这样。在这个时代，得到太容易了。物质的东西自不必说，就连蓝天绿水的优美环境、乡村和孤岛的宁静都可以毫不费力地得到；甚至以前人们认为最难寻觅的爱情，在虚拟现实网上至少也可以暂时体会到。所以人们不再珍视什么了，面对一大堆唾手可得的水果，他们拿起一个咬一口就扔掉了。”

“但也有人面前没有这些水果。”她低声说。

我感觉自己刺痛了她，但不知为什么，回去的路上，我们都没再说话。

这天夜里，我梦到了她，穿着太空服在那间小控制舱中，眼里含泪，向我伸出手来喊：“快带我出去，我怕被封闭！”我惊醒了，发现她真在喊我。我是戴着她的眼睛躺着睡的。

“请带我出去好吗？我们去看月亮，月亮该升起来了！”

我脑袋发沉，迷迷糊糊、很不情愿地起了床。到外面后发现月亮真的刚升起来，草原上的夜雾使它有些发红。月光下的草原也在沉睡，无数萤火虫的幽光在朦朦胧胧的草海上浮动，仿佛是草原的梦在显形。

我伸了个懒腰，对着夜空说：“喂，你是不是从轨道上看到了月光照到这里？告诉我你的飞船的大概方位，说不定我还能看到呢，我肯定它是在近地轨道上。”

她没有回答我的话，而是轻轻哼起了一首曲子。一小段旋律过后，她说：“这是德彪西的《月光》。”接着又哼下去，完全忘记了我的存在。《月光》的旋律同月光一起从太空降落到草原上。我想象着太空中那个娇弱的女孩——她的上方是银色的月球，下面是蓝色的地球，小小的她从中间飞过，把音乐融入月光……

直到一个小时后我回去躺到床上，她还哼着音乐，但是不是德彪西的我就不知道了。那轻柔的乐声一直在我的梦中萦绕。

不知过了多久，音乐变成了呼唤。她又叫醒了我，还要出去。

"你不是看过月亮了吗？"我生气地说。

"可现在不一样了。记得吗？刚才西边有云的，现在那些云可能飘过来了，月亮正在云中时隐时现呢……想想草原上的光和影，多美啊，那是另一种音乐。求你带上我的眼睛出去吧！"

我十分恼火，但还是出去了。云真的飘过来了，月亮在云中穿行，草原上大块的光斑在缓缓浮动，如同大地深处浮现的远古的记忆。

"你像是来自18世纪的多愁善感的诗人，完全不适合这个时代，更不适合当宇航员。"我对着夜空说，然后摘下她的眼睛，挂到旁边一棵红柳的枝上，"你自己看月亮吧，我真的得睡觉去了，明天还要赶回航天中心，继续我那毫无诗意的生活呢。"

她的眼睛中传出了细细的声音。我听不清她说了些什么，径自回去了。

我醒来时天已大亮，阴云布满天空，草原笼罩在蒙蒙细雨中。她的眼睛仍挂在红柳枝上，镜片蒙上了一层水雾。我小心地擦干镜片，戴上它。原以为她看了一夜月亮，现在还在睡觉，但我却从她的眼睛中听到了低低的抽泣声。我的心一下子软下来。

"真对不起，我昨晚实在太累了。"

“不，不是因为你，呜呜，天从三点半就阴了，五点多又下起雨……”

“你一夜都没睡?！”

“……呜呜，下起雨，我，我看不到日出了，我好想看草原的日出。呜呜，好想看的，呜……”

我的心像是被什么东西融化了，脑海中浮现出她眼泪汪汪、小鼻子一抽一抽的样儿，眼睛竟有些湿润。不得不承认，在过去的一天一夜里，她教会了我某种东西，一种说不清的东西，像月夜中草原上的光影一样朦胧。由于她，以后我眼中的世界与以前会有些不同了。

“草原上总还会有日出的，以后我一定会再带你的眼睛来，或者，带你本人来看，好吗？”

她不哭了。突然，她低声说:“听……”

我没听见什么，但紧张起来。

“这是今天的第一声鸟鸣。雨中也有鸟呢！”她激动地说，如同听到庄严的世纪钟声一样。

“落日六号”

又回到了灰色的生活和忙碌的工作中，以上的经历很快就淡忘了。很长时间后，我洗些旅行时穿的衣服时，在裤脚上发现了两三颗草籽。在我的意识深处，也有一颗小小的种子留了下来。在我孤独寂寞的精神沙漠中，那颗种子已长出了令人难以察觉的绿芽。虽然是无意识地，但一天的劳累结束后，我已能感觉到晚风吹到脸上时那淡淡的诗意，鸟儿的鸣叫已能引起我的注意，我甚至黄昏时站在天桥上，看着夜幕降临城市……世界在我的眼中仍然是灰色的，但星星点点的嫩绿已然出现，并在增多。当这种变化发展到让我觉察出来时，我又想起了她。

也是无意识地，在闲暇时甚至睡梦中，她身处的环境常在我的脑海中出现——密闭窄小的控制舱，奇怪的隔热太空服……后来这些东西在我的意识中都隐去了，只有一样东西凸现出来，那就是在她头顶上打转的那支失重的铅笔。不知为什么，一闭上眼睛，那支铅笔总在我的眼前浮现。终于有一天，我走进航天中心高大的门厅时，一幅见过无数次的巨大壁画把我吸引住了，壁画上是从太空中拍摄的蔚蓝色的地球。那支飘浮的铅笔又在我的眼前出现，同壁画叠在一起，我又听到了她的声音："我怕被封闭……"一道闪电划过我的脑海。

除了太空，还有一个地方会失重！

我发疯似的跑上楼，猛砸主任办公室的门。他不在，我心有灵犀地知道他在哪儿，就飞跑到存放眼睛的那个小房间。主任果然在里面，正看着大屏幕。她在大屏幕上，还在那个封闭的控制舱中，穿着那件"太空服"。画面暂停了，是以前录下来的。"是为了她来的吧？"主任说，眼睛还看着屏幕。

"她到底在哪儿？"我大声问。

"你可能已经猜到了，她是'落日六号'的领航员。"

一切都明白了，我无力地跌坐在地毯上。

"落日"工程原计划发射十艘飞船，从"落日一号"到"落日十号"，但计划由于"落日六号"的失事而中断了。

第一次太空飞行一个半世纪后，人类开始了相反方向的探险。

"落日"系列飞船不是宇宙飞船，而是"地航"飞船，它们在地层中航行，潜入地球的深处。

四年前，我在电视中看到过“落日一号”发射时的情景。那时正是深夜，吐鲁番盆地的中央出现了一个如太阳般耀眼的火球，火球的光芒使新疆夜空中的云层变成了绚丽的朝霞。当火球暗下来时，“落日一号”已潜入地层。大地被烧红了一大片，这片圆形的发着红光的区域中央，是一个岩浆湖泊，白热化的岩浆沸腾着，激起一根根雪亮的浪柱……那一夜，远至乌鲁木齐，都能感到飞船穿过地层时传到大地上的微微震动。

“落日”工程的前五艘飞船都成功地完成地层航行，安全返回了地面。其中，“落日五号”创造了迄今为止人类地层航行的深度记录——海平面下3100公里。“落日六号”不打算突破这个纪录。因为据地球物理学理论，在地下3400—3500公里处，存在着地幔和地核的交界面，学术上把它叫作“古腾堡不连续面”。一旦通过这个交界面，便进入地球的液态铁镍核心，那里物质密度骤然增大，“落日六号”的设计强度是不允许在如此大的密度中航行的。

“落日六号”的航行开始很顺利，飞船只用两个小时便穿过了地壳和地幔的交界面——莫霍不连续面——并在大陆板块漂移的滑动面上停留了五个小时，然后它就开始了在地幔中三千多公里的漫长航行。宇宙航行是寂寞的，但宇航员们能看到无垠的太空和壮丽的星群；而地航飞船上的地航员们，只能感受到飞船周围不断向上移动的高密度物质。从飞船上的全息后视电视中能看到这样的情景——炽热的岩浆刺目地闪亮着，翻滚着，随着飞船的下潜，在船尾飞快地合拢起来，瞬间充满了飞船通过的空间。据一名地航员回忆，他们一闭上眼睛，就会看到飞快合拢并压下来的岩浆，这个幻象使他们意识到压在他们上方那巨量的不断增厚的物质。一种地面上的人难以理解的压抑感折磨着地航飞船中的每一个人,他们都受到幽闭恐惧症的袭击。

“落日六号”出色地完成着各项研究工作。飞船的速度大约是每小时15公里,飞船需要航行两百多个小时才能到达预定深度。但是,航行区的物质密度突然由每立方厘米6.3克猛增到9.5克,物质成分由硅酸盐类突然变为以铁镍为主的金属,物质状态也由固态变为液态。尽管“落日六号”当时只到达了2500公里的深度,但所有的迹象却残酷地表明,他们闯入了地核!后来得知,这是地幔中一条通向地核的裂隙。地核中的高压液态铁镍充满了这条裂隙,使得在“落日六号”的航线上,古腾堡不连续面向上延伸了近1000公里!飞船立刻紧急转向,企图冲出这条裂隙,不幸就在这时发生了:由中子材料制造的船体顶住了突然增加到每平方厘米1600吨的巨大压力,但是,飞船分为前部烧熔发动机、中部主舱和后部推进发动机三大部分,当飞船在远大于设计密度和设计压力的液态铁镍中转向时,烧熔发动机与主舱结合部断裂,从“落日六号”用中微子通信发回的画面中我们看到,已与船体分离的烧熔发动机在一瞬间被发着暗红光的液态铁镍吞没了。地层飞船的烧熔发动机用超高温射流为飞船切开航道前方的物质,没有它,只剩下一台推进发动机的“落日六号”在地层中是寸步难行的。地核的密度很惊人,但构成飞船的中子材料密度更大,液态铁镍对飞船产生的浮力小于它的自重,于是,“落日六号”便向地心沉下去。

人类登月后,用了一个半世纪才有能力航行到土星。在地层探险方面,人类也要用同样的时间才有能力从地幔航行到地核。现在的地航飞船误入地核,就如同20世纪中叶的登月飞船偏离月球迷失于外太空,获救的希望是丝毫不存在的。

好在“落日六号”主舱的船体是可靠的,船上的中微子通信系统仍和地面控制中心保持着通畅的联系。以后的一年中,“落日六号”航行组坚持工作,把从地核中得到的大量宝贵资料发送到地面。他们被裹在几千公里厚的物质中,这里别说空气和生命,连空间都没有,周边尽是温度高达五千度、压力可以把碳在一秒钟内变成金刚石的液态铁镍!它们密密地挤在“落日六号”的周围,密得只有中微子才能穿过。“落日六号”无异于处在一座巨大的炼钢炉中!在这样的世界里,《神曲》中的《地狱篇》像是在描写天堂了。在这样的世界里,生命算什么?仅仅能用脆弱来描写它吗?

沉重的心理压力像毒蛇一样噬咬着“落日六号”地航员们的神经。一天,船上的地质工程师从睡梦中突然跃起,竟打开了他所在的密封舱的绝热门!虽然这只是四道绝热门中的第一道,但瞬间涌入的热浪立刻把他烧成了一缕青烟。指令长在另一个密封舱飞快地关上了绝热门,避免了“落日六号”的彻底毁灭。但他自己被严重烧伤,在写完最后一页航行日志后死去了。

从那以后,在这个星球的最深处,在“落日六号”上,只剩下她一个人了。

现在,“落日六号”内部已完全处于失重状态,飞船已下沉到6300公里深处,那里是地球的最深处,她是第一个到达地心的人。

她在地心的世界是那个活动范围不到10平方米的闷热的控制舱。飞船上有一副中微子传感眼镜,这个装置使她同地面世界多少保持着一些感性的联系。但这种如同生命线的联系不能长时间延续下去,飞船里中微子通信设备的能量很快就要耗尽，现有的能量已不能维持传感眼镜的超高速数据传输。终于，三个月前，在我从草原返回航天中心的飞机上，把她的眼睛摘下来放到旅行包中的时候，这种联系中断了。

那个没有日出的细雨蒙蒙的草原早晨，竟是她最后看到的地面世界。

“落日六号”的中子材料外壳足以抵抗地心的巨大压力，而飞船上的生命循环系统还可以运行五十至八十年，她将在那不到10平方米的地心世界里度过自己的余生。

我不敢想象她同地面世界最后告别的情形，但主任让我听的录音却出乎我的意料。来自地心的中微子波束已很弱，她的声音时断时续，但十分平静：

“……你们发来的最后一份补充建议已经收到。我会按照研究计划努力工作的。将来，可能是几代人以后吧，会有地心飞船找到‘落日六号’并同它对接，有人会再次进入这里，但愿那时我留下的资料会有用。请你们放心，我会在这里安排好自己的生活。我现在已适应这里，不再觉得狭窄和封闭了。整个世界都围着我呀，我闭上眼睛就能看见上面的大草原，还可以清楚地看见每一朵我起了名字的小花呢。再见。”

透明地球

在以后的岁月中，我到过很多地方。每到一处，我都喜欢躺在那里的大地上。我曾经躺在海南岛的海滩上、阿拉斯加的冰雪上、俄罗斯的白桦林中、撒哈拉的沙漠里……每当此时，地球在我眼中就变得透明了。

在我下面六千多公里深处,在这巨大的水晶球中心,我看到了停泊在那里的“落日六号”地航飞船,感受到了从几千公里深的地球中心传出的她的心跳。我想象着金色的阳光和银色的月光透射到这个星球的中心,我听到了那里传出的她吟唱的《月光》,还听到她那轻柔的话音:

“……多美啊,这又是另一种音乐了……”

有一个想法安慰着我:不管走到天涯海角,我离她都不会更远了。

发表于 1999 年第 10 期《科幻世界》

获 1999 年度(第 11 届)银河奖一等奖

地　火

父亲的生命已走到了尽头，他用尽力气呼吸，比他在井下扛起二百多斤的铁支架时用的力气大得多。他脸色惨白，双目突出，嘴唇因窒息而呈深紫色，仿佛一条无形的绞索正在脖子上慢慢绞紧，他那辛劳一生的所有淳朴的希望和梦想都已消失，现在他生命的全部渴望就是多吸进一点点空气。但父亲的肺，就像所有患三期矽肺病的矿工的肺一样，成了一块由网状纤维连在一起的黑块，再也无法把吸进的氧气输送到血液中。组成那个黑块的煤粉是父亲在二十五年中从井下一点点吸入的，是他一生采出的煤中极小极小的一部分。

刘欣跪在病床边，父亲气管发出的尖啸一下下割着他的心。突然，他感觉到这尖啸中有些杂音，他意识到这是父亲在说话。

“什么，爸爸？你说什么呀，爸爸？”

父亲突出的双眼死死盯着儿子，那垂死呼吸中的杂音更急促地重复着……

刘欣又声嘶力竭地追问。

杂音没有了，呼吸也变弱了，最后成了一下一下轻轻的抽搐，然后一切都停止了，可父亲那双已无生命的眼睛仍焦急地看着儿子，仿佛迫切想知道他是否听懂了自己最后的话。

刘欣进入了恍惚状态——他不知道妈妈是怎样晕倒在病床前，也不知道护士是怎样从父亲鼻孔中取走输氧管，他只听到那段杂音在脑海中回响，每个音节都刻在他的记忆中，像刻在唱片上一样清晰。

后来的几个月，他一直都处在这种恍惚状态中。那杂音日日夜夜在脑海中折磨着他，最后他觉得自己也要窒息了，不让他呼吸的就是那段杂音，他要想活下去，就必须弄明白它的含义！直到有一天，久病的妈妈对他说，他已长大了，该撑起这个家了，别去念高中了，去矿上接爸爸的班吧。他恍惚着拿起父亲的饭盒，走出家门，在一九七八年冬天的寒风中向矿上走去，向父亲的二号井走去。他看到了黑黑的井口，好像一只眼睛注视着他，而通向深处的一串防爆灯就是那只眼睛的瞳仁——那是父亲的眼睛。那杂音急促地在他脑海中响起，最后变成一声惊雷，他猛然听懂了父亲最后的话：

“不要下井……”

二十五年后

刘欣觉得自己的奔驰车在这里很不协调，很扎眼。现在矿上建了些高楼，路边的饭店和商店也多了起来，但一切都笼罩在一种灰色的氛围之中。

车到了矿务局，刘欣看到局办公楼前的广场上黑压压坐了一大片人。刘欣穿过坐着的人群向办公楼走去。在这些身着工作服和便宜背心的人当中，西装革履的他再次感到了自己同周围的不协调。人们无言地看着他走过，目光像钢针一样穿透了他身上两千美元一套的名牌西装，令他浑身发麻。

在局办公楼前的大台阶上，他遇到了李民生，他的中学同学，现在是地质处的主任工程师。这人还是二十年前那副瘦猴样，脸上又多了一副憔悴的倦容。他抱着一卷图纸，这对他似乎已是很沉重的负担。

“矿上有半年发不出工资了，工人们在等候。”寒暄后，李民生指着办公楼前的人群说，同时上下打量着他，那目光像在看一个异类。

“有了大秦铁路，前两年国家又实行限产，还是没好转？”

“有过一段好转，后来又不行了。这行业就这么个样子，我看谁也没办法。”李民生长叹了一口气，转身欲走，好像刘欣身上有什么东西使他想快些离开，但刘欣拉住了他。

“帮我一个忙。”

李民生苦笑着说：“十多年前在市一中，你连饭都吃不饱，还不肯要我们偷偷放在你书包里的饭票，现在你更是最不需要谁帮忙了。”

“不，我需要。能不能找到地下一小块煤层，很小的一块，贮量不要超过三万吨，关键是这块煤层要尽量孤立，同其他煤层间的联系越少越好。”

“这个……应该行吧。”

“我需要这煤层和周围详细的地质资料，越详细越好。”

“这个也行。”

“那我们晚上细谈。”刘欣说。李民生转身又要走，刘欣再次拉住了他，“你不想知道我打算干什么？”

“我现在只对自己的生存感兴趣，同他们一样。”他朝人群偏了一下头，转身走了。

沿着被岁月磨蚀的楼梯拾级而上，刘欣看到楼内的高墙上沉积的煤粉像一幅幅巨型的描绘云雾和山脉的水墨画。那幅《毛主席去安源》的巨幅油画还挂在那里，画很干净，没沾染煤粉，但画框和画面都显示出了岁月的沧桑。画中人那深邃沉静的目光在二十多年后又一次落到刘欣的身上，他终于有了回家的感觉。

来到二楼，局长办公室还在二十五年前那个地方。那两扇大门后来包了皮革，现在皮革也破了。推门进去，刘欣看到局长正伏在办公桌上专心致志看一张很大的图纸，半白的头对着门口。走近了看，那是一张某个矿的掘进进尺图。

“你是部里那个项目的负责人吧？”局长问。他只是抬了一下头，然后又低下头去看图纸。

“是的，这是个很长远的项目。”

“呵，我们尽力配合吧，但眼前的情况你也看到了。”局长抬起头来，把手伸向他。刘欣和他握手时，看到了他脸上和李民生一样的憔悴倦容，同时感觉到他有两根手指变形了——那是早年一次井下工伤造成的。

“你去找负责科研的张副局长，去找赵总工程师也行，我没空，真对不起了，等你们有一定结果后我们再谈。”局长说完，又把注意力集中到图纸上去了。

“您认识我父亲，您曾是他队里的技术员。”刘欣说出了他父亲的名字。

局长点点头，“好工人，好队长。”

“您对现在煤炭工业的形势怎么看？”刘欣突然问，他觉得只有尖锐地切入正题才能引起这人的注意。

“什么怎么看？”局长头也没抬地问。

“煤炭工业是典型的传统工业、落后工业和夕阳工业。它劳动密集，工人的工作条件恶劣，产出率低。产品运输要占用巨量运力……煤炭工业曾是英国工业的一个重要组成部分，但英国在十年前就关闭了所有的煤矿！”

“我们关不了。”局长说，仍未抬头。

“是的，但我们要改变！彻底改变煤炭工业的生产方式！否则，我们永远无法走出现在这种困境！”刘欣快步走到窗前，指着窗外的人群，“煤矿工人，千千万万的煤矿工人，他们的命运难以有根本的改变！我这次来……”

“你下过井吗？”局长打断他。

“没有。”一阵沉默后，刘欣又说，“父亲死前不让我下。”

“你做到了。”局长说。他伏在图纸上。刘欣看不到他的表情和目光，刚才那种针刺的感觉又回到了他身上。他觉得很热，这个季节，他的西装和领带只适合有空调的房间。这里没有空调。

“您听我说，我有一个目标，一个梦。这梦在我父亲死的时候就有了。为了我的这个梦、这个目标，我上了大学，又出国读了博士……我要彻底改变煤炭工业的生产方式，改变煤矿工人的命运。”

“简单些，我没空。”局长把手向后指了一下。刘欣不知他指的是不是窗外的人群。

“只要一小会儿,我尽量简单些说。煤炭工业的传统生产方式是:在极差的工作环境中,用密集的劳动、很低的效率,把煤从地下挖出来,然后占用大量铁路、公路和船舶的运力,把煤运输到使用地点,然后再把煤送到煤气发生器中,产生煤气,或送入发电厂,经磨煤机研碎后送进锅炉燃烧……”

“简单些,直截了当些。”

“我的想法是:把煤矿变成一个巨大的煤气发生器,使煤层中的煤在地下就变为可燃气体,然后用开采石油或天然气的方式地面钻井开采,并通过专用管道把这些气体输送到使用点。用煤量最大的火力发电厂的锅炉也可以燃烧煤气。这样,矿井将消失,煤炭工业将变成一个同现在完全两样的崭新的现代化工业!”

“你觉得自己的想法很新鲜?”

刘欣不觉得自己的想法新鲜,同时他也知道,这位局长——矿业学院60年代的高才生,现今国内最权威的采煤专家之一——也不会觉得新鲜。局长当然知道,煤的地下气化在几十年前就是世界性的研究课题,这几十年中,数不清的研究所和跨国公司开发出了数不清的煤气化催化剂,但至今煤的地下气化仍是一个梦,一个人类做了近一个世纪的梦。原因很简单,那些催化剂的价格远高于它们产生的煤气。

“您听着,我不用催化剂也可以做到煤的地下气化!”

“怎么个做法呢?”局长终于推开了眼前的图纸,似乎很专心地听刘欣说下去。这给了他很大的鼓舞。

“把地下的煤点着!”

一阵长时间的沉默。局长直直地看着刘欣,同时点上一支烟,热情地示意他说下去。但刘欣的兴奋劲儿一下降了下来，他已经看出局长热情的实质。在日日夜夜艰苦而枯燥的工作中，他终于找到了一个短暂的放松消遣的机会——一个可笑的傻瓜来免费表演了。刘欣只好硬着头皮说下去：

“开采是通过在地面向煤层钻孔实现的，用现有的油田钻机就可实现，其作用如下：一，向煤层中布放大量的传感器；二，点燃地下煤层；三，向煤层中注水或水蒸气；四，向煤层中导入助燃空气；五，导出气化煤。

“地下煤层被点燃并同水蒸气接触后，将发生以下反应：碳同水生成一氧化碳和氢气，碳同水生成二氧化碳和氢气；然后，碳同二氧化碳生成一氧化碳，一氧化碳同水又生成二氧化碳和氢气。最后的结果将产生一种类似于水煤气的可燃气体，其中的可燃成分是百分之五十的氢气和百分之三十的一氧化碳，这就是我们可以得到的气化煤。

“传感器将煤层中各点的燃烧情况和一氧化碳等可燃气体的产生情况通过次声波信号传回地面，这些信号汇总到计算机中，生成一个煤层燃烧场的模型。根据这个模型，我们就可从地面通过钻孔控制燃烧场的范围，并控制其燃烧的程度。具体的方法是通过钻孔注水抑制燃烧，或注入高压空气或水蒸气加剧燃烧。这一切都是计算机根据燃烧场模型的变化自动进行的，可以使整个燃烧场处于最佳的水煤混合不完全燃烧状态，保持最高的产气量。您最关心的当然是燃烧范围的控制，针对这个问题，我们可以在燃烧蔓延的方向上打一排钻孔，注入高压水，形成地下水墙阻断燃烧；在火势较猛的地方，还可采用大坝施工中的水泥高压灌浆帷幕来阻断燃烧……你在听我说吗？”

窗外传来一阵喧哗，吸引了局长的注意力。刘欣知道，他的话在局长脑海中产生的画面肯定和自己想象中的不一样。局长当然清楚点燃地下煤层意味着什么。现在，地球上各大洲都有很多燃烧着的煤矿，中国就有几座。去年，刘欣在新疆第一次见到了地火。在那里，极目望去，大地和丘陵寸草不生，空气中涌动着充满硫黄味的热浪，使周围的一切都在晃动，仿佛整个世界都被放在烤架上。入夜，刘欣看到一道道幽幽的红光，它们是从地上无数裂缝中透出的。刘欣走近一条裂缝，探身向里看去，立刻倒吸了一口冷气。这儿像是地狱的入口。红光从深处透上来，热力逼人。再抬头看看夜幕下这透出道道红光的大地，刘欣一时觉得地球像一块被薄薄地层包裹着的火炭！陪刘欣去的是一个叫阿古力的强壮维吾尔族汉子，他是中国唯一一支专业煤层灭火队的队长。刘欣那次去的目的，就是要把他招聘到自己的实验室中。

“离开这里我还有些舍不得，”阿古力用生硬的汉话说，“我是看着地火长大的，它在我眼中成了世界必不可少的一部分，像太阳星星一样。”

“你是说，从你出生时这火就烧着？”

“不，刘博士，这火从清朝时就烧着！”

刘欣一下呆立住了，在黑夜中的滚滚热浪面前，打着寒战。

阿古力接着说：“与其说我答应去帮你，还不如说是去阻止你。听我的话，刘博士，这不是闹着玩儿的，你在干魔鬼的勾当呢！”

……

这时，窗外的声音更大了，局长站起身向外走去，同时对刘欣说：“年轻人，我真希望部里用投在这个项目上的那六千万干些别的。你已看到，需要干的事儿太多了，回见。”

刘欣跟在局长身后来到办公楼外面，看到等候的人更多了。一位领导正对群众喊话，刘欣没有听清那人在说什么，他的注意力被人群一角的情景吸引了，那里有一大片轮椅。这个年代，你不会在别的地方见到这么多的轮椅集中在一块儿，轮椅还在源源不断地出现，每只轮椅上都坐着一位因工伤截肢的矿工……

刘欣感到透不过气来，他扯下领带，低着头急步穿过人群，钻进自己的汽车。他漫无目的地开车乱转，脑子一片空白。不知转了多长时间，他刹住车，发现自己来到一座小山顶上。他小时候常到这里来，从这儿可以俯瞰整个矿区。他呆呆地站在那儿，不知过了多长时间。

“都看到些什么？”一个声音响起。刘欣回头一看，李民生不知什么时候站在他身后。

“那是我们的学校。”刘欣向远方指了一下。那是一所很大的、中学和小学在一起的矿山学校，校园内的大操场格外醒目。在那儿，他们埋葬了自己的童年和少年。

“你自以为记得过去的每一件事。”李民生在旁边的一块石头上坐下来，有气无力地说。

“我记得。”

“那个初秋的下午，太阳灰蒙蒙的，我们在操场上踢足球，突然大家都停下来，呆呆地盯着教学楼上的大喇叭……记得吗？”

“喇叭里传出哀乐。过了一会儿，张建军光着脚跑过来说，‘毛主席去世了……’”

“我们骂他说，你这个小反革命！狠揍了他一顿。他哭叫着说是真的，向毛主席保证是真的。我们没人相信，扭着他往派出所送……”

“但我们的脚步渐渐慢下来，校门外也响起了哀乐，仿佛天地间都充满了这种悲怆的声音……”

“以后二十多年中，这哀乐一直在我脑海里响着。最近，在这哀乐声中，尼采光着脚跑过来说，上帝死了。”李民生惨然一笑，“我信了。”

刘欣猛地转身盯着他童年的朋友，“你怎么变成这个样子？我不认识你了！”

李民生猛地站起身，也盯着刘欣，同时用一只手指着山下黑灰色的世界，“那矿山怎么变成这个样子？你还认识它吗？”他又颓然坐下，“那个时代，我们的父辈是多么骄傲的一群，伟大的煤矿工人是多么骄傲的一群！就说我父亲吧，他是八级工，一个月能挣一百二十元！毛泽东时代的一百二十元啊！”

刘欣沉默了一会儿，想转移话题，“家里人都好吗？你爱人，她叫……什么珊来着？”

李民生又苦笑了一下，“现在连我都几乎忘记她叫什么了。去年，她对我说她去出差，扔下我和女儿，不见了踪影。两个多月后，她来了一封信，信是从加拿大寄来的，她说再也不愿和一个煤黑子一起葬送人生了。”

“有没有搞错，你是高级工程师啊！”

“都一样。”李民生对着下面的矿山画了一大圈，“在她们眼里，我们都是煤黑子。呵，还记得我们是怎样立志当工程师的吗？”

“那年创高产，我们去给父亲送饭，那是我们第一次下井。在那黑乎乎的地方，我问父亲和叔叔们，你们怎么知道煤层在哪儿？怎么知道巷道向哪个方向挖？特别是，你们在深深的地下从两个方向挖洞，怎么能准确地碰到一块儿?”

“你父亲说,孩子,谁都不知道,只有工程师知道。我们上井后,他指着几个把安全帽拿在手中围着图纸看的人说,看,他们就是工程师。当时在我们眼中,那些人就是不一样。至少,他们脖子上的毛巾白了许多……”

“现在我们实现了儿时的愿望,当然说不上什么辉煌,总得尽责任做些什么,要不岂不是背叛了自己?”

“闭嘴吧!”李民生愤怒地站了起来,“我一直在尽责任,一直在做着什么。倒是你,成天就生活在梦中!你真的认为你能让煤矿工人从矿井深处走出来?能让这矿山变成气田?就算你的那套理论和实验都成功了,又能怎么样?你计算过那玩意儿的成本吗?还有,你用什么来铺设几万公里的输气管道?要知道,我们现在连煤的铁路运费都付不起了!”

“为什么不从长远看?几年,几十年以后……”

“见鬼吧!我们现在连几天以后都没着落呢!我说过,你是靠做梦过日子的,从小就是!当然,在北京六铺炕那幢安静的旧大楼[①]中,你这梦可以随便做。我不行,我生活在现实中!”李民生揶揄了一通,转身要走时才想起来意,“哦,我来是告诉你,局长已安排我们处配合你们的实验。工作是工作,我会尽力的。三天后我给你实验煤层的位置和详细资料。”说完,他头也不回地走了。

刘欣呆呆地看着这埋葬了他童年和少年时代的矿山。他看到了高大的井架,顶端巨大的卷扬轮正转动着,把看不见的大罐笼送入深深的

① 是国家煤炭设计院所在地。

井下；他看到了一排排轨道电车从他父亲工作过的矿井出入；他看到了选煤楼下，一列火车正从一长排数不清的煤斗下缓缓开出；他看到了电影院和球场，在那里他度过了最美好的童年时光；他看到了高大的矿工澡堂——只有在煤矿才有这样大的澡堂。在那宽大澡池被煤粉染黑的水中，他居然学会了游泳！是的，在这远离大海和大河的地方，他是在那儿学会游泳的！他的目光移向远方，看到了高大的矸石山。那是上百年来从煤中捡出的黑石堆成的山，看上去比周围的山都高大。矸石中的硫黄因雨水而发热，正冒出一阵阵青烟……这里的一切都被岁月罩上一层黑灰色，这也是刘欣童年的颜色，生命的颜色。他闭上双眼，听着矿山发出的声音。时光在这里仿佛停止了流逝。

啊，父辈们的矿山，我的矿山……

这是离矿山不远的一个山谷，白天可以看到矿山的烟雾和蒸气从山后升起，夜里可以看到矿山灿烂的灯火在天空中映出的光晕，矿山的汽笛声也清晰可闻。现在，刘欣、李民生和阿古力站在山谷的中央，看到这里很荒凉，远处山脚下有一个牧人赶着一群瘦山羊慢慢走过。这个山谷下面，就是刘欣要做地下气化煤开采实验的那片孤立的小煤层。这是李明生和地质处的工程师们花了一个月的时间，从地质处资料室那堆积如山的地质资料中找到的。

“这里离主采区较远，所以地质资料不太详细。”李民生说。

“我看过你们的资料。从现有资料看，实验煤层距大煤层至少有二百米，还是可以的。我们要开始干了！”刘欣兴奋地说。

“你不是搞煤矿地质专业的，对这方面的实际情况了解不多，我劝你还是慎重一些，再考虑考虑吧！”

“现在实验根本不能开始！”阿古力说，“我也看过资料，太粗疏了！勘探钻孔间距太大，还都是60年代初搞的。应该重新进行勘探。必须确切证明这片煤层是孤立的，实验才能开始。我和李工搞了一个勘探方案。”

“按这个方案完成勘探需要多长时间？还要追加多少投资？”

李民生说：“按地质处现有的力量，时间至少一个月。投资没细算过，估计……怎么也得二百万左右吧。”

“我们既没时间也没钱干这事儿。”

“那就向部里请示！”阿古力说。

“部里？部里早就有一帮人想砍掉这个项目了！上面急于看到结果，我再回去要求延长时间和追加预算，岂不是自投罗网！直觉告诉我不会有太大问题的，就算我们冒个小险吧。”

“直觉？冒险？把这两个东西用到这件事上？刘博士，你知道这是在什么上面动火吗？这还是小险？”

“我已经决定了！”刘欣猛地把手一劈，独自向前走去。

“李工，你怎么不制止这个疯子？我们可是达成过一致看法的！”阿古力对李民生质问道。

“我只做自己该做的。”李民生冷冷地说。

山谷里有三百多人在工作，他们中除了物理学家、化学家、地质学家和采矿工程师外，还有一些意想不到的其他专业人员：有阿古力率领的一支十多人的煤层灭火队，来自仁丘油田的两个完整的石油钻井班，几名负责建立地下防火帷幕的水工建筑工程师和工人。这个工地上,除了几台高大的钻机和成堆的钻杆外,还可以看到搅拌机和小山一样高的袋装水泥。高压泥浆泵轰鸣着将水泥浆注入地层中,还有成排的高压水泵和空气泵,以及蛛丝般错综复杂的各色管道……

工程已进行了两个月,他们在地下建立了一道总长两千多米的灌浆帷幕,把这片小煤层围了起来。这本是一项水电工程中的技术,用于大坝基础的防渗。刘欣想用它建立地下防火墙——高压注入的水泥浆在地层中凝固,形成一道地火难以穿透的严密屏障。在防火帷幕包围的区域中,钻机打出了近百个深孔,每个都直达煤层。每个孔口都连接着一根管道,这根管道又分成三根支管,连接到不同的高压泵上,可分别向煤层中注入水、水蒸气和压缩空气。

最后的一项工作是放“地老鼠”,这是人们对燃烧场传感器的俗称。这种由刘欣设计的神奇玩意儿并不像老鼠,倒很像一颗小炮弹。它有二十厘米长,头部有钻头,尾部有驱动轮。被放进钻孔后,“地老鼠”能凭借钻头和驱动轮在地层中移动上百米,自动抵达指定位置;它能在高温高压下工作,在煤层被点燃后,它用可穿透地层的次声波把所在位置的各种参数传给主控计算机。现在,他们已在这片煤层中放入了上千个“地老鼠”,其中有一半放置在防火帷幕之外,以监测可能透过帷幕的地火。

在一顶宽大的帐篷中,刘欣站在一块投影屏幕前,屏幕上显示出防火帷幕圈,计算机根据收到的信号用闪烁光点标出所有“地老鼠”的位置。它们密集分布着,整个屏幕看上去就像一幅天文星图。

一切都已就绪,两根粗大的点火电极被从帷幕圈中央的一个钻孔放下去，电极的电线直接通到刘欣所在的大帐篷中，接到一个有红色大按钮的开关上。这时所有的工作人员都各就各位，兴奋地等待着。

“你最好再考虑一下，刘博士。你干的事太可怕了。你不知道地火的厉害！”阿古力再次对刘欣说。

“好了，阿古力。你从到我这儿来的第一天，就到处散布恐慌情绪，还告我的状，一直告到煤炭部，但公平地说，你在这个工程中是做了很大贡献的，没有你这一年的工作，我不敢贸然实验。”

“刘博士，别把地下的魔鬼放出来！”

“你觉得我们现在还能放弃？”刘欣笑着摇摇头，然后转向站在旁边的李民生。

李民生说：“根据你的吩咐，我们第六遍检查了所有的地质资料，没有问题。昨天晚上我们还在敏感位置又加了一道帷幕。”他指了指屏幕上帷幕圈外的几个小线段。

刘欣走到点火电极的开关前，把手指放到红色按钮上时，他停了一下，闭起了双眼，像在祈祷。他嘴动了动，只有离他最近的李民生听清了他说的两个字：“爸爸……”

红色按钮按下了，没有任何声音和闪光，山谷还是原来的山谷，但在地下深处，在上万伏的电压下，点火电极在煤层中迸发出雪亮的高温电弧。投影屏幕上，放置点火电极的位置出现了一个小红点，红点很快扩大，像滴在宣纸上的一滴红墨水。刘欣动了一下鼠标，屏幕上换了一幅画面，显示出计算机根据“地老鼠”发回的信息生成的燃烧场模型，那是一个洋葱状的不断扩大的球体，洋葱的每一层代表一个等温层。高压空气泵在轰鸣，助燃空气从多个钻孔汹涌地注入煤层，燃烧场像一个被吹起的气球一样扩大着……一个小时后，控制计算机启动了高压水泵，屏幕上燃烧场的形状变得扭曲复杂起来，但体积并没有缩小。

刘欣走出了帐篷，外面太阳已落山，各种机器的轰鸣在黑下来的山谷中回荡。三百多人都聚集在外面，围着一个直立的喷口，那喷口有油桶一般粗。人们为刘欣让开一条路，他走上了喷口下的小平台。平台上已有两个工人，其中一个看到刘欣到来，便开始旋动喷口的开关轮；另一个用打火机点燃了一束火把，递给刘欣。随着开关轮的旋动，喷口中响起一阵气流的嘶鸣，音量骤增，就像一个喉咙嘶哑的巨人在山谷中怒吼。在四周，三百张紧张期待的脸在火把的光亮中时隐时现。刘欣又闭上双眼，再次默念了那两个字："爸爸……"

然后他将火把伸向喷口，点燃了人类第一口燃烧气化煤井。

轰的一声，一根巨大的火柱腾空而起，猛蹿至十几米高。那火柱紧接喷口的底部呈透明的纯蓝色，向上很快变成刺眼的黄色，再向上渐渐变红。它在半空中发出低沉强劲的啸声，离得最远的人都能感觉到它澎湃的热力，周围的群山被它的光芒照得通亮，远远望去，宛如黄土高原上空一盏灿烂的天灯！

人群中走出一个头发花白的人——是局长——他握住刘欣的手说："接受我这个思想僵化的落伍者的祝贺吧，你搞成了！不过，我还是希望尽快把它灭掉。"

"您到现在还不相信我？它不能灭掉，我要让它一直燃着，让全国和全世界都看看！"

"全国和全世界已经看到了。"局长指了指身后蜂拥而上的电视台记者，"但你要知道，实验煤层和周围大煤层的最近距离不到二百米。"

“可在这些危险的位置，我们连打了三道防火帷幕，还有好几台高速钻机随时待命，绝对没有问题！”

“我不知道有无问题，只是很担心。这是部里的工程，我无权干涉。但任何一项新技术，不管看上去多成功，都有潜在的危险。在这几十年中，各种危险我见过不少，可能是我思想僵化的原因吧，我真的很担心……不过，”局长再次把手伸给了刘欣，“我还是谢谢你，你让我看到了煤炭工业的希望。”他又凝视了火柱一会儿，“你父亲会很高兴的。”

以后的两天又点燃了两个喷口，火柱达到了三根。这时，实验煤层的产气量按标准供气压力计算，已达五十万立方米每小时，相当于上百台大型煤气发生炉。

对地下煤层燃烧场的调节全部由计算机完成，燃烧场的面积严格控制在帷幕圈总面积的三分之二以内，且界限稳定。应矿方的要求，刘欣多次做了燃烧场控制实验。他在计算机上用鼠标画一个圈，限定燃烧范围，然后按住鼠标把这个圈缩小。随着外面高压泵的轰鸣，一个小时内，实际燃烧场的面积退到缩小的圈内。同时，在距离大煤层较近的危险地带，又增加了两道长二百多米的防火帷幕。

刘欣没有太多的事可做，大量时间都花在接受记者采访和对外联络上。国内外的许多大公司闻风而来，其中包括像杜邦和埃克森这样的巨头。

第三天，一个煤层灭火队员找到刘欣，说他们队长要累垮了。这两天，阿力克带领灭火队发疯似的一遍遍地搞地下灭火演习，还自作主张，租用国家遥感中心的一颗卫星监视这一地区的地表温度。他已连续三夜没睡觉，晚上在帷幕圈外面远远近近地转，一转就是一夜。

刘欣找到阿力克，看到这个强壮的汉子消瘦了许多，双眼红红的。“我睡不着，”阿力克说，“一合眼就做噩梦，看到大地上到处喷着这样的火柱子，像一个火的森林……”

刘欣说：“租用遥感卫星是一笔很大的开销，虽然我觉得没必要，但既然已做了，我尊重你的决定。阿力克，我以后还是很需要你的。虽然我觉得你的煤层灭火队不会有太多的事可做，但再安全的地方也是需要消防队的。你太累了，先回北京去休息几天吧。”

“我现在离开？你疯了！”

“你在地火上面长大，对它形成了一种根深蒂固的恐惧感。现在，我们虽然还控制不了像新疆煤矿地火那么大的燃烧场，但我们很快就能做到！我打算在新疆建第一个商业化运营的气化煤田，到时候，那里的地火为我们所用，你家乡的土地将布满美丽的葡萄园。”

“刘博士，我很敬重你，这也是我跟你干的原因，但你总是高估自己。在地火面前，你还只是个孩子呢！”阿力克苦笑道，摇着头走了。

灾难是在第五天降临的。当时天刚亮，刘欣被推醒了，看到面前站着阿力克，他气喘吁吁，双眼发直，像得了热病，裤腿都被露水打湿了。他把一张激光打印机打出的照片举到刘欣面前，举得那么近，都快挡住刘欣的双眼了。那是一幅卫星发回的红外假彩色温度遥感照片，像一幅色彩斑斓的抽象画。刘欣看不懂，迷惑地望着他。“走！”阿力克大吼一声，拉着刘欣的手冲出帐篷。刘欣跟着他向山谷北面的一座山上攀去，一路上，刘欣越来越迷惑。首先，这是最安全的一个方向，在这个方向上，实验煤层距大煤层有上千米远；其次，阿力克现在领他走得也太远了，他们已接近山顶,帷幕圈远远落在下面,在这儿能出什么事呢?到达山顶后,刘欣喘息着正要质问,却见阿力克把手指向山另一边更远的地方。刘欣放心地笑了,笑阿力克神经过敏。但顺着阿力克手指的方向看了好一会儿后,他终于发现远处山坡低处的草地有些异样:那里出现了一个圆,圆内的绿色比周围略深一些,不仔细看根本无法察觉。刘欣的心猛然缩紧,他和阿力克向山下跑去,向草地上那个暗绿色的圆跑去。

跑到那里后,刘欣跪在草地上仔细察看圆内的草,并把它们同圆外的相比较,发现这些草已蔫软,倒伏在地,像被热水泼过一样。刘欣把手按到草地上,明显地感觉到了来自地下的热力。在圆的中心,一缕蒸汽在刚刚出现的阳光中缓缓升起……

经过一个上午的紧急钻探,又施放了上千个“地老鼠”,刘欣终于确定了一个噩梦般的事实:大煤层着火了。燃烧的范围一时还无法摸清,因为“地老鼠”在地下的行进速度只有每小时十几米。但大煤层比实验煤层深得多,它的燃烧热量透到了地表,说明已燃烧了相当长的时间,火场已很大了。

事情有些奇怪,在燃烧的大煤层和实验煤层之间的一千米土壤和岩石带完好无损,地火是在这上千米隔离带的两边烧起来的,以至于有人提出大煤层的火同实验煤层没有什么关系。但这只是自我安慰,连提出这个看法的人自己也不太相信。随着勘探的深入,事情终于在深夜搞清楚了。

从实验煤层中伸出了八条狭窄的煤带,这些煤带最窄处只有半米,很难察觉。其中五条煤带被防火帷幕截断,而有三条煤带向下延伸,刚好爬过了帷幕的底部。这三条“煤蛇”中的两条中断了,但有一条一直通向千米外的大煤层。这些煤带实际是被煤填充的地层裂缝，裂缝都与地表相通，为燃烧提供了良好的供氧。于是，那条煤带成了连接实验煤层和大煤层的一根导火索。

这三条煤带都没有在李民生提供的地质资料上标明。事实上，这种狭长的煤带是极其罕见的，大自然开了一个残酷的玩笑。

“我没有办法，孩子得了尿毒症，要不停地做透析，这个项目的酬金对我太重要了！所以我没有尽全力阻止你……”李民生脸色苍白，回避着刘欣的目光。

现在，他们和阿古力站在隔开两片地火的山峰上。又是一个早晨，矿山和山峰之间的草地已全部变成了深绿色，而昨天他们看到的那个圆形区域现在已成了焦黄色！蒸气在山下弥漫，矿山已看不清楚了。

阿古力对刘欣说：“我在新疆的煤矿灭火队和大批设备已乘专机到达太原，很快就会到这里。全国其他地区的力量也在向这儿集中。从现在的情况看，火势很凶，蔓延飞快！”

刘欣默默地看着阿古力，好大一会儿才低声问：“还有救吧？”

阿古力轻轻地摇摇头。

“你就告诉我，还有多大的希望。如果封堵供氧通道，或注水灭火……”

阿古力又摇摇头，“我有生以来一直在灭火，可地火还是烧毁了我的家乡。我说过，在地火面前，你只是个孩子。你不知道地火是什么。在那深深的地下，它比毒蛇更光滑，比幽灵更莫测。它想去哪儿，凡人是拦不住的。这里的地下有巨量的优质无烟煤，是魔鬼渴望了上亿年的东西。现在你把魔鬼放出来了，它将拥有无穷的能量和力量。这里的地火将比新疆的大百倍!”

刘欣抓住维吾尔族汉子的双肩绝望地摇晃着,“告诉我还有多大希望!求求你说真话!”

“百分之零。”阿古力轻轻地说,“刘博士,你此生很难赎清自己的罪了。”

在局大楼里召开了紧急会议,莅会的除了矿务局主要领导和五个矿的矿长外,还有包括市长在内的市政府的一群忧心忡忡的官员。会上首先成立了应急指挥中心,中心总指挥由局长担任,刘欣和李民生都是领导小组的成员。

“我和李工将尽自己最大努力做好工作,但还是请大家明白,我们现在都是罪犯。”刘欣说,李民生在一边低头坐着,一言不发。

“现在还不是讨论责任的时候。只干,别多想。”局长看着刘欣说,“知道最后这五个字是谁说的吗?你父亲。那时我是他队里的技术员,有一次为了达到当班的产量指标,我不顾他的警告,擅自扩大了采掘范围,结果造成工作面大量进水,队里二十几个工友被水困在巷道的一角。当时大家的头灯都灭了,也不敢用打火机,一怕瓦斯,二怕消耗氧气,因为水已把那里全封死了。黑得伸手不见五指,这时你父亲告诉我,他记得上面是另一条巷道,顶板好像不太厚。然后我就听到他用镐挖顶板,我们几个也都摸到镐跟着他在黑暗中挖了起来。氧气越来越少,我们开始感到胸闷头晕。还有那黑暗,那是地面上的人见不到的绝对的黑暗,只有镐头撞击顶板的火星在闪烁。当时对我来说,活着真是一种折磨。是你父亲支撑着我,他在黑暗中反复对我说那五个字:只干,别多想。不知挖了多长时间，当我就要在窒息中昏迷时，顶板挖塌了一个洞，上面巷道防爆灯的光亮透射进来……后来你父亲告诉我，他也不知道顶板有多厚，但那时人只能是‘只干，别多想’。这么多年，这五个字在我脑子中越刻越深，现在我替你父亲把它传给你了。”

会上，从全国各地紧急赶到的专家们很快制订了灭火方案。可供选择的手段不多，只有三个：一，隔绝地下火场的氧气；二，用灌浆帷幕切断火路；三，向地下火场大量注水灭火。这三个措施同时进行，但第一个方法早就证明难以奏效，因为通向地下的供氧通道极难定位，就是找到了，也很难堵死；第二个方法只对浅煤层火场有效，且速度太慢，赶不上地下火势的迅速蔓延；最有希望的只剩第三个灭火方法。

消息仍然被封锁，灭火工作在悄悄进行。从仁丘油田紧急调来的大功率钻机在人们好奇的目光中穿过煤城的公路，军队开进了矿山，天空出现了盘旋的直升机……一种不安的情绪笼罩着矿山，各种传言开始像野火一样蔓延。

大型钻机在地下火场的火头上一字排开，钻孔完成后，上百台高压水泵开始向冒出青烟和热浪的井孔中注水。注水量是巨大的，以至于矿山和城市生活区全部断水，社会的不安和骚动进一步加剧。但注水的结果令人鼓舞。在指挥中心的大屏幕上，红色火场的前锋面出现了一个个以钻孔为中心的暗色圆圈，标志着注水在急剧降低火场温度。如果这一排圆圈连接起来，就有希望截断火势的蔓延。

但这使人稍稍安慰的局势并没有持续多长时间。在高大的钻塔旁边，来自油田的钻井队长找到了刘欣。

“刘博士，有三分之二的井位不能再钻了！”他在钻机和高压泵的轰鸣声中大喊。

“你开什么玩笑?！我们现在必须在火场上大量增加注水孔！”

“不行！那些井位的井压都在急剧增大，再钻下去要井喷的！”

“你胡说！这儿不是油田，地下没有高压油气层，怎么会井喷?！”

“你懂什么！我要停钻撤人了！”

刘欣愤怒地抓住队长满是油污的衣领，“不行！我命令你钻下去！不会有井喷的！听到了吗？不会！”

话音未落，钻塔方向就传来了一声巨响，两人转头望去，只见沉重的钻孔封瓦裂成两半飞了出来，一股黄黑色的浊流嘶鸣着从井口喷涌而出，浊流中，折断的钻杆七零八落地飞出。在人们的惊叫声中，那股浊流的色调渐渐变浅，这是由于其中泥沙含量减少。接着，它变成了雪白色。人们明白了，这是注入地下的水被地火加热后变成的高压蒸汽！刘欣看到了司钻的尸体被挂在高高的钻塔顶端，在白色的蒸汽冲击下疯狂地摇晃，时隐时现。而钻台上的另外三个工人已不见踪影！

更恐怖的一幕出现了，那条白色巨龙的头部脱离了地面，渐渐升起，最后升到了钻塔以上，仿佛横空出世的白发魔鬼，而这魔鬼同地面的井口之间，除了破损的井架之外竟空无一物！只能听到那可怕的啸声，以至于几个年轻工人以为井喷停了，犹豫着向钻台迈步，但刘欣死死抓住了他们中的两个，高喊：“不要命了！过热蒸汽！”

在场的工程师们很快明白了眼前这奇景的含义，但让其他人理解并不容易。同人们的常识相反，水蒸气是看不到的，人们看到的白色只是水蒸气在空气中冷凝后结成的微小水珠。而水在高温高压下会形成可怕的过热蒸，其温度高达四五百摄氏度！它不会很快冷凝，所以现在只能在钻塔上方看到它显形。这样的蒸汽平常只在火力发电厂的高压汽轮机中存在,而它一旦从高压输气管中喷出(这样的事故不止一次发生),就可以在短时间内穿透一堵砖墙!人们惊恐地看到,刚才潮湿的井架在无形的过热蒸汽中很快被烤干了,几根悬在空中的粗橡胶管像蜡做的一样被熔化!这魔鬼蒸汽冲击着井架,发出让人头皮发麻的巨响……

地下注水已不可能了。即使可能,注入地下火场中的水的助燃作用已大于灭火作用。

应急指挥中心的全体成员来到距地火前端最近的三矿四号井井口前。

“火场已逼近这个矿的采掘区。”阿古力说,“如果火头到达采掘区,矿井巷道将成为地火强有力的供氧通道,那时地火火势将猛增许多倍……情况就是这样。”他打住了话头,不安地望着局长和三矿矿长。他知道采煤人最忌讳的是什么。

“现在井下情况怎么样?”局长不动声色地问。

“八个井的采煤和掘进工作都在正常进行,这主要是为了安定着想。”矿长回答。

“全部停产,井下人员立即撤出。然后,”局长停了下来,沉默了两三秒钟,“封井。”局长终于说出了那两个最让采煤人心碎的字。

“不!不行!”李民生失声叫道,然后才发现自己还没想好理由,“封井……封井……社会马上就会乱起来,还有……”

“好了。”局长轻轻挥了一下手,他的目光说出了一切:我知道你的感觉,我也一样,大家都一样。

李民生抱头蹲在地上,双肩颤抖,却哭不出声来。矿山的领导者和工程师们面对井口默默地站着，宽阔的井口像一只巨大的眼睛看着他们，就像二十多年前看着童年的刘欣一样。

他们在为这座百年老矿致哀。

不知过了多长时间，局总工程师低声打破沉默：“井下的设备，看看能弄出多少就弄出多少。”

“那么，”矿长说，“组织爆破队吧。”

局长点点头，“时间很紧，你们先干，我同时向部里请示。”

局党委书记说：“不能用工兵吗？用矿工组成的爆破队……怕要出问题。”

“考虑过，”矿长说，“但现在到达的工兵只有一个排，即使爆破一个井，人力也远远不够。再说他们也不熟悉井下爆破作业。”

……

距火场最近的四号井最先停产。井下矿工一批批乘电轨车上到井口，发现上百人的爆破队正围在一堆钻杆旁边等待着什么。他们上前去打听，但爆破队的矿工们也不知道自己要干什么，只是接到命令带着钻孔设备集合。突然，人们的注意力都被吸引到一个方向，一个车队正在朝井口开来。第一辆卡车上坐满了持枪的武警，跳下车来为后面的卡车围出了一块停车场。后面有十一辆卡车，它们停下后，篷布很快被掀开，露出了下面整齐码放的黄色木箱。矿工们惊呆了，他们知道那是什么。

整整十卡车，是每箱二十四公斤装的硝酸铵二号矿井炸药，总重约有五十吨。最后一辆较小的卡车上有几捆用于绑药条的竹条。还有一大堆黑色塑料袋，矿工们知道那里面装的是电雷管。

刘欣和李民生刚从一辆车的驾驶室里跳下来，就看到刚任命的爆破队队长,一个长着络腮胡的壮汉,手里拿着一卷图纸迎面走来。

“李工,这是让我们干什么?”队长问,同时展开图纸。

李民生指点着图纸,手微微发抖,“三条爆破带,每条长三十五米,具体位置在下面那张图上。爆孔分一百五十毫米和七十五毫米两种,装药量分别是每米二十八公斤和每米十四公斤,爆孔密度……”

“我问你要我们干什么?!”

在队长那喷火双眼的逼视下,李民生无声地低下头。

“弟兄们,他们要炸毁大巷啦!”队长转身冲人群高喊。矿工一阵骚动,接着如一堵墙一样围逼上来。武警士兵组成半圆形阻止人群靠近卡车,但在那势不可挡的黑色人海的挤压下,警戒线弯曲变形,很快就要被冲破了。这一切都是在阴沉的气氛中发生的,只听到脚步的摩擦声和拉枪栓的声响。在最后关头,人群停止了涌动,矿工们看到局长和矿长出现在一辆卡车的踏板上。

“我十五岁就在这口井干了,你们要毁了它?!”一个老矿工高喊,脸上刀刻般的皱纹在厚厚的煤灰下仍很清晰。

“炸了井,往后的日子怎么过?”

“为了什么炸井?”

“现在矿上的日子已经很难了,你们还折腾什么?”

……

人群炸开了,愤怒的声浪一阵高过一阵。在那落满煤灰的黑脸的海洋中,白色的牙齿十分醒目。局长冷静地等待着,人群在愤怒的声浪中又骚动起来,在即将再次失控时,他才开始说话。

“大家往那儿看。”他向井口旁边的一座小山丘指去。他的声音不大,但却使愤怒的声浪立刻平息下来，所有的人都朝他指的方向看去。

那座小山丘顶上立着一根黑色的煤柱子，有两米多高，粗细不均。一圈落满煤尘的石栏杆围着那根煤柱。

“大家都管那东西叫老炭柱，但你们知道吗？它立起来的时候并不是一根柱子，而是一块四四方方的大煤块。那是一百多年前，清朝的张之洞总督在开矿典礼上立起的。它是被这百多年的风雨蚀成一根柱子了。这百多年，我们这个矿山经历了多少大灾大难，谁还记得清呢？这时间不短啊同志们，四五辈人啊！这么长时间，我们总该记下些什么，总该学会些什么。如果实在什么也记不下，什么也学不会，总该记下和学会一样东西，那就是——”局长对着黑色的人海挥起双手，“天，塌不下来！”

空气凝固了，似乎连呼吸都已停滞。

“中国的产业工人，中国的无产阶级，没有比我们历史更长的了，没有比我们经历的风雨和灾难更多的了。煤矿工人的天塌了吗？没有！我们这么多人现在能站在这儿看那老炭柱，就是证明，我们的天塌不了！过去塌不了，将来也塌不了！

“说到难，有什么稀罕啊同志们，我们煤矿工人什么时候容易过？从老祖宗辈算起，我们什么时候有过容易日子啊！你们再扳着指头算算，中国的，世界的，工业有多少种，工人有多少种，哪种比我们更难？没有，真的没有。难有什么稀罕？不难才怪，因为我们不但要顶起天，还要撑起地啊！怕难，我们早断子绝孙了！

“但社会和科学都在发展，很多有才能的人在为我们想办法，这办法现在想出来了，我们有希望完全改变自己的生活，我们要走出黑暗的矿井，在太阳底下，在蓝天底下采煤了！煤矿工人，将成为最让人羡慕的工作！这希望刚刚出现，不信，就去看看南山沟那几根冲天的大火柱！但正是这次努力，引发了灾难，关于这个，我们会跟大家详细交代。现在大家只需明白，这可能是煤矿工人的最后一难了，是为我们美好明天付出的代价，就让我们抱成一团渡过这一难吧。我还是那句话，多少辈人都过来了，天塌不下来！”

人群默默地散去后，刘欣对局长说："现在，我算真正认识了你和我父亲，我可以死而无憾了。"

"只干，别多想。"局长拍拍刘欣的肩膀，又在那里攥了一下。

四号井主巷道爆破工程开始一天后，刘欣和李民生并肩走在主巷道里，脚步发出空洞的回响。他们正走过第一爆破带，昏暗的顶灯下，可以看到高高的巷道顶上密布爆孔，引爆电线如彩色瀑布一样泻下来，在地上叠成一堆。

李民生说："以前我总觉得自己讨厌矿井，恨它吞掉了自己的青春。但现在才知道，我已同它融为一体了。恨也罢，爱也罢，它就是我的青春了。"

"我们不要太折磨自己。"刘欣说，"我们毕竟干成了一些事，不算烈士，就算阵亡吧。"

他们沉默下来，同时意识到，他们谈到了死。

这时，阿古力从后面气喘吁吁地跑过来，"李工，你看！"他指着巷道顶说。他指的是几根粗大的帆布管子，那是井下通风管，现在它们瘪下来了。

“天啊，什么时候停的通风？”李民生大惊失色。

“两个小时了。”

李民生用对讲机很快叫来了通风科科长和两名通风工程师。

“没法恢复通风了，李工，下面的通风设备——鼓风机、马达、防爆开关，甚至部分管路——都拆了呀！”通风科长说。

“你他妈的混蛋！谁让你们拆的，你他妈找死啊！”李民生一反常态，破口大骂起来。

“李工，这是怎么讲话嘛！谁让拆？封井前尽可能多地转移井下设备可是局里的意思，停产安排会你我都是参加了的！我们的人没日没夜干了两天，拆上来的设备有上百万元，就落你这一顿臭骂？再说井都封了，还通什么鸟风！”

李民生长叹一口气。直到现在，事情的真相还没有公布，所以才出现了这样的问题。

“这有什么？”通风科的人走后，刘欣问，“通风不该停吗？这样不是还可以减少向地下的氧气流量？”

“刘博士，你真是个理论的巨人，行动的矮子。一接触到实际，你就什么都不懂了。真像李工说的，你只会做梦！”阿古力说。自煤层失火以来，他对刘欣一直没有客气过。

李民生解释：“这里的煤层是瓦斯高发区，通风一停，瓦斯在井下很快聚集，地火到达时可能引起大爆炸，其威力有可能把封住的井口炸开，至少有可能炸出新的供氧通道。不行，必须再增加一条爆破带！”

“可李工，上面第二条爆破带才只干到一半，第三条还没开工，地火距离南面的采区已很近了，把原计划的三条做完都怕来不及啊！”

“我……”刘欣小心地说，“我有个想法不知行不行。”

“哈，用你们的话怎么说，这可是破天荒了！”阿古力冷笑着说，“刘博士还有拿不准的事儿？刘博士还有需要问别人才能决定的事儿？”

“我是说，现在最深处的这一条爆破带已做好，能不能先引爆这一条？这样一旦井下发生爆炸，至少还有一道屏障。”

“要行早这么做了。”李民生说，“爆破规模很大，引爆后，巷道里的有毒气体和粉尘会长时间散不开，让后面的施工无法进行。”

地火的蔓延速度比预想的快，施工领导小组决定只打两条爆破带就引爆，尽快从井下撤出施工人员。天快黑时，大家正在离井口不远的生产楼中，围着图纸研究如何利用一条支巷最短距离引出起爆线，李民生突然说：“听！”

一声低沉的响声隐隐约约从地下传来，像大地在打嗝。几秒钟后又一声。

“是瓦斯爆炸，地火已到采区了！”阿古力紧张地说。

“不是说还有一段距离吗？”

没人回答，刘欣的“地老鼠”探测器已用完，现有落后的探测手段很难准确把握地火的位置和推进速度。

“快撤人！”

李民生拿起对讲机，但任凭他如何大喊，都没有任何回答。

“我上井前见张队长干活时怕碰坏对讲机，把它和导线放一块儿了，下面几十台钻机同时钻，声音很大！”一个爆破队的矿工说。

李民生跳起来冲出生产楼，安全帽也没戴，就叫了一辆电轨车，以最快速度向井下开去。电轨车在井口消失前的一瞬，追出来的刘欣看到李民生向他招手，还在向他笑——李民生已经很长时间没笑过了。

地下又传来几声闷响，然后平静下来。

“刚才的一阵爆炸，能不能把井下的瓦斯消耗掉？”刘欣问身边的一名工程师，对方惊奇地看了他一眼。

“消耗？笑话，它只会把煤层中更多的瓦斯释放出来！”

果然，一声冲天巨响，仿佛是地球在脚下爆炸了，井口立刻淹没于一片红色火焰之中。气浪把刘欣高高抛起，世界在他眼中疯狂旋转，同他一起飞落的是纷乱的石块和枕木。刘欣还看到了电轨车的一节车厢从井口的火焰中飞出来，像一粒被吐出的果核。

刘欣重重地摔到地上，碎石在他身边纷纷掉下，每一块碎石上似乎都有血……刘欣又听到几声沉闷的巨响，那是井下炸药被引爆的声音。失去知觉前，他看到井口的火焰消失了，代之以滚滚的浓烟……

一年以后

刘欣仿佛行走在地狱中。整个天空都是黑色的烟云，太阳是一只勉强能看见的暗红色圆盘。由于尘粒摩擦产生的静电，烟云中不时出现幽幽的闪电。每当此时，地火之上的矿山就在青光中凸现出来，那图景一次次烙印在他的脑海中。烟尘是从矿山的一个个井口冒出的，每个井口都吐出一根烟柱，烟柱的底部映着地火狰狞的暗红光芒，向上渐渐变成黑色，如天地间一条条扭动的怪蛇。

公路是滚烫的，沥青路面熔化了，每走一步几乎都要扯下刘欣的鞋底。路上挤满了逃难的人流和车辆，闷热的空气中充满了硫黄味，还不时有雪花状的灰末从空中落下。每个人都戴着呼吸面罩，身上落满了白灰。道路拥挤不堪，全副武装的士兵在维持秩序，一架直升机穿行在烟云中，用高音喇叭劝告人们不要惊慌……疏散移民在冬天就开始了，本计划在一年时间内完成，但现在地火势头突然变猛，只得紧急加快进程。一切都乱了，法院对刘欣的庭审一再推迟，以至于今天早上他所在的候审间都没人看管了，于是他迷迷糊糊地走了出来。

公路以外的地面干燥开裂，裂纹又被厚厚的灰尘填满，脚踏上去扬起团团尘雾。一个小池塘，冒出滚滚蒸汽，黑色的水面上浮满了鱼和青蛙的尸体。现在是盛夏，可见不到一点绿色。地面上的草全部枯黄了，埋在灰尘中。树也都是死的，有些还冒出青烟，已变成木炭的枝丫像怪手一样伸向昏暗的天空。所有的建筑都已人去楼空，有些从窗子中冒出浓烟。刘欣看到了老鼠，它们被地火的热力从穴中赶出，数量惊人，大群大群地拥过路面……刘欣向矿山深处走去，地火的热力愈发强劲，从他的脚踝沿身体升腾上来。空气更加闷热污浊，即使戴上面罩也难以呼吸。地火的热量在地面上并不均匀，刘欣本能地避开灼热的地面，但能走的路越来越少了。地火热力突出的区域，建筑燃起了大火，火海中不时响起建筑物倒塌的巨响……刘欣已来到井区，走过一口竖井，那竖井已变成了地火的烟道，高大的井架被烧得通红，热流冲击井架，发出让人头皮发麻的尖啸，滚滚热浪逼得他不得不远远绕行。选煤楼被浓烟吞没了，后面的煤山已燃烧多日，成了一块发出红光和火苗的巨大火炭……

这里已看不到一个人。刘欣的脚烫起了泡，身上的汗几乎流干。他呼吸艰难，几乎濒临休克，但他的意识是清醒的。他用生命最后的能量向最后的目标走去。那个井口喷出的地火的红色光芒召唤着他。他到了。

他笑了。

刘欣转身朝井口对面的生产楼走去。还好，虽然从顶层的窗口中冒出浓烟，但楼还没有着火。他走进开着的楼门，拐入一间宽大的班前更衣室。地火的红光透过窗户，染红了房间里的一切，包括那一排衣箱。刘欣沿着这排衣箱走去，仔细辨认上面的号码，他很快找到了要找的那个。这衣箱让他想起了儿时的一件事，那时父亲刚调到采煤队当队长。这是最野的一个队，出名地难带。那些野小子根本没把父亲放在眼里。本来嘛，看他在班前会上那可怜样儿，怯生生地要求把一个掉下的衣箱门钉上去，当然没人理他。小伙子们只顾在边上甩扑克骂脏话，父亲只好说，那你们给我找几颗钉子我自己钉吧。有人扔给他几颗钉子。父亲说再找把锤吧，这次真没人理他了。但接着，小伙子们突然鸦雀无声，他们目瞪口呆地看着父亲用大拇指把那些钉子一颗颗摁进木头中去！事情有了改变，小伙子们很快站成一排，敬畏地听着父亲的班前讲话……现在，这箱子没锁。刘欣拉开后发现，里面的衣物居然还在！他又笑了，心里想象着二十多年来用过父亲衣箱的那些矿工的模样。他把里面的衣服取出来，首先穿上厚厚的工作裤，再穿上同样厚的工作衣。这套衣服上沾满了厚厚的油泥，发出一股浓烈的、刘欣并不熟悉的汗味和油味。这味道使他真正镇静下来，进入一种类似幸福的状态中。接着他穿上胶靴，拿起安全帽，把放在衣箱最里面的矿灯拿出来，用袖子擦掉灯上的灰，把它卡到帽檐上。他又去找电池，没有找到，另开一个衣箱后找到了。他把那块笨重的矿灯电池用皮带系到腰间，突然想到电池还没充电，毕竟矿上完全停产一年了。但他记得灯房的位置，就在更衣室对面，他小时候不止一次在那儿看到灯房的女工们把冒着黄烟的硫酸喷到电池上充电。但现在不行了，灯房笼罩在硫酸的黄烟之中。他庄重地戴上有矿灯的安全帽，走到一面布满灰尘的镜子面前。在那红光闪动的镜子中，他看到了父亲。

“爸爸，我替您下井了。”刘欣笑着说，转身走出楼，向喷着地火的井口大步走去。

后来有一名直升机驾驶员回忆说，他当时低空飞过二号井，在那一带做最后的巡视，好像看到井口有一个人。那人在井内地火的红光中只是一个黑色的剪影，像是在向井下走去，但一转眼，那井口又只有火光，别的什么都看不见了。

一百二十年后

（一个初中生的日记）

过去的人真笨，过去的人真难。

知道我这印象是怎么来的吗？今天我参观了煤炭博物馆，给我印象最深的是：居然有固体的煤炭！

我们首先穿一身奇怪的衣服，那衣服有一顶头盔，头盔上有一盏灯，灯通过导线同挂在我们腰间的一个很重的长方形物体连着。我原以为那是一台电脑（也太大了些），谁想到那竟是这盏灯的电池！这么大的电池，能驱动一辆高速赛车的，却只用来点亮这盏小小的灯。我们还穿上了高高的雨靴。老师告诉我们，这是早期矿工的井下服装。有人问井下是什么意思，老师说你们很快就会知道的。

我们上了一列运行在小铁轨上的车，有点像早期的火车，但小得多，上方有一根电线为车供电。车开动起来,很快钻进一个黑黑的洞。里面真黑,只有上方不时掠过一盏昏暗的小灯。我们头上的灯发出的光也很弱,只能看清周围人的脸。风很大,在我们耳边呼啸,我们好像在向一个深渊坠下去。艾娜尖叫起来。讨厌,她就只会这样叫。

"同学们,我们下井了!"老师说。

不知过了多长时间,车停了,我们由较宽大的隧道进入了它的一个分支。这里又窄又小,要不是戴着头盔,我的脑袋早就碰起好几个包了。我们头灯的光圈来回晃着,但什么都看不清楚,艾娜和几个女孩子又叫着说害怕。

过了一会儿,我们眼前的空间开阔了一些,这里有许多根柱子支撑着顶部。在对面,我又看到许多光点,也是我们头盔上的这种灯发出的。走近一看,发现那里有许多人在工作,他们有的用一种钻杆很长的钻机在洞壁上打孔。那钻机不知是用什么驱动的,声音让人头皮发麻。有的人在用铁锹把看不清楚的黑色东西铲到轨道车上和传送皮带上,不时有一阵尘埃扬起,把他们隐没其中,头灯在尘埃中划出一道道光柱……

"同学们,我们现在所在的地方叫采煤工作面,你们看到的是早期矿工工作的景象。"

有几个矿工向我们这边走来,我知道他们都是全息图像,没有让路。几个矿工的身体穿过我,我把他们看得一清二楚,顿时惊呆了。

"老师,那时的中国煤矿全部雇用黑人吗?"

"为了回答这个问题,我们将真实地体验一下当时采煤工作的空气,注意,只是体验,所以请大家从右衣袋中拿出呼吸面罩戴上。"

我们戴好面罩后,又听到老师的声音:"大家注意,这是真实的,不是全息影像。”

一片黑尘飘过来，我们的头灯也射出了道道光柱。我惊奇看着光柱中密密的尘粒在纷飞闪亮。这时艾娜又惊叫起来，像合唱的领唱，好几个女孩子也跟着她大叫起来，再后来，竟有男孩的声音加入！我扭头想笑他们，但看到他们的脸时自己也叫出声来——所有人都成了黑人，只有呼吸面罩盖住的一小部分是白的。这时我又听到一声尖叫，立刻汗毛直立，这是老师在叫："天啊，斯亚！你没戴面罩！"

斯亚真没戴面罩，他同那些全息矿工一样，成了最地道的黑人。"您在历史课上反复强调，学这门课的关键在于对过去时代的感觉。我想真正感觉一下。"他说着，黑脸上白牙一闪一闪的。

警报声不知从什么地方响起。不到一分钟，一辆水滴状的微型悬浮车无声地停到我们中间，这种现代的东西出现在这里真是煞风景。从车上下来两个医护人员，现在真正的煤尘已被完全吸收，只剩下全息影像"煤尘"还飘浮在周围，所以医生在穿过"煤尘"时雪白的服装一尘不染。他们拉住斯亚往车里走。

"孩子，"一个医生盯着他说，"你的肺受到很严重的损伤，至少要住院一个星期，我们会通知你家长的。"

"等等！"斯亚叫道，手里抖动着那个精致的全隔绝内循环面罩，"一百多年前的矿工也戴这东西吗？"

"不要废话，快去医院！你这孩子也太不像话了！"老师气急败坏地说。

"我和先辈是同样的人，为什么……"

斯亚没说完就被硬塞进车里。"这是博物馆第一次出这样的事故，你要对此事负责!”一个医生上车前指着老师严肃地说。悬浮车同来时一样无声地开走了。

我们继续参观,沮丧的老师说:“井下的每一项工作都充满危险,且需消耗巨大的体力。随便举个例子,这些铁支柱,在这个工作面的开采工作完成后,都要回收。这项工作叫‘放顶’。”

我们看到一名矿工用铁锤击打支架中部的一个铁销,把支架拆为两段取下,然后扛走了。我和一个男孩试着去搬躺在地上的一个支架,才知道它重得要命。“放顶是一项很危险的工作,因为在撤走支架的过程中,工作面顶板随时都会塌落……”

这时,我们头顶发出不祥的摩擦声。我抬起头来,在矿灯的光圈中,看到头顶刚拆走支架的那部分岩石正在张开一个口子。我还没来得及反应,它们就塌了下来。大块岩石的全息影像穿透我的身体落到地上,发出一声巨响,尘埃腾起遮住了一切。

“这个井下事故叫作‘冒顶’。”老师的声音在旁边响起,“大家注意,伤人的岩石不只是来自上部……”

话音未落,我们旁边的一面岩壁竟垂直地向我们扑来,冲出相当的距离后才化为一堆岩石砸下来,好像有一个巨大的手掌从地层中把它推出来一样。岩石的全息影像把我们埋没了。一声巨响后,我们的头灯全灭了。在一片黑暗和女孩儿们的尖叫中,我又听到老师的声音。

“这个井下事故叫‘瓦斯突出’。瓦斯是一种气体,它被封闭在岩层中,有巨大的气压。刚才我们看到的景象,就是工作面的岩壁抵挡不住这种压力,被它推出的情景。”

所有人的头灯又亮了,大家长出一口气。这时我听到了一个奇怪的声音，有时高亢，如万马奔腾；有时低沉，像巨人耳语。

“孩子们注意，洪水来了！”

正当我们迷惑之际，不远处的巷道口喷出了一股粗大汹涌的洪流，整个工作面很快被淹没在水中。我们看着浑浊的水升到膝盖上，然后又没过了腰部，水面反射着头灯的光芒，在顶部的岩石上映出一片模糊的亮纹。水面上漂浮着被煤粉染黑的枕木，还有矿工的安全帽和饭盒……当水到达我的下巴时，我本能地长吸一口气，然后就全部没在水中，只能看到自己头灯的光柱照出的一片混沌的昏黄，和下方不时升上的水泡。

“井下的洪水有多种来源，可能是地下水，也可能是矿井打通了地面的水源，无论是哪一种，它都比地面洪水对人生命的威胁大。”老师的声音在水下响着。

水的全息影像瞬间消失了，周围的一切又恢复了原样。这时我看到了一个奇怪的东西，像一个肚子鼓鼓的大铁蛤蟆，很大很重，我指给老师看。

“那是防爆开关，因为井下的瓦斯是可燃气体，使用防爆开关可避免一般开关产生的电火花。这关系到我们就要看到的可怕的井下危险……”

又一声巨响。但同前两次不一样，这次似乎是从我们体内发出的，冲破我们的耳膜来到外面。来自四方的强大冲击压缩着我的每一个细胞。在一股灼人的热浪中，我们被淹没于一片红色的光晕里。这光晕是周围的空气发出的，充满了井下的每一寸空间。不多时，红光迅速消失，一切都陷入无边的黑暗中……

“很少有人真正看到瓦斯爆炸，因为在井下遇到它的人很难生还。”老师的声音像幽灵般在黑暗中回荡。

“过去的人来这样可怕的地方，到底为了什么？”艾娜问。

“为了它。”老师举起一块黑石头。在我们头灯的光柱中，它的无数小平面闪闪发光。就这样，我第一次看到了固体的煤炭。

“孩子们，我们刚才看到的是20世纪中叶的煤矿。后来，出现了一些新的机械和技术，比如液压支架和切割煤层的大型机器等，这些设备在那个世纪的后二十年进入矿井，使井下的工作条件有了一些改善，但煤矿仍是一个工作环境恶劣且充满危险的地方，直到……”

以后的事情就索然无味了。老师给我们讲气化煤的历史，说这项技术是在八十年前全面投入应用的。那时，世界石油即将告罄，各大国为争夺仅有的油田陈兵中东，世界大战一触即发，是气化煤技术拯救了世界……这我们都知道，没意思。

我们接着参观现代煤矿，有什么稀奇的，不就是我们每天看到的从地下接出并通向远方的许多大管子么？不过我倒是第一次进入了那座中控大楼，看到了燃烧场的全息图。真大。还看到了监测地下燃烧场的中微子传感器和引力波雷达，还有激光钻机……也没意思。

老师在回顾这座煤矿的历史时说，一百多年前，这里被失控的地火烧毁过，那火烧了十八年才被扑灭。那段时期，我们这座美丽的城市草木生烟，日月无光，人民流离失所。失火的原因有多种说法，有人说是一次地下武器实验造成的，也有人说与当时的绿色和平组织有关。

我们不必留恋所谓过去的好时光，那个时候生活充满艰难、危险和迷惘；我们也不必为今天的时代过分沮丧，因为今天，也总有一天会被人们称作是——过去的好时光。

过去的人真笨,过去的人真难。

发表于 2000 年第 2 期《科幻世界》

流浪地球

刹车时代

我没见过黑夜，我没见过星星，我没见过春天、秋天和冬天。

我出生在刹车时代结束的时候，那时地球刚刚停止转动。

地球自转刹车用了四十二年，比联合政府的计划长了三年。妈妈给我讲过我们全家看最后一次日落的情景——太阳落得很慢，仿佛在地平线上停住了，用了三天三夜才落下去。当然，以后没有“天”也没有“夜”了。东半球在相当长的一段时间里（有十几年吧）将处于永远的黄昏中，因为太阳在地平线下并没落深，还在半边天上映出它的光芒。

就在那次漫长的日落中，我出生了。

黄昏并不意味着昏暗，地球发动机把整个北半球照得通明。地球发动机安装在亚洲和美洲大陆上，因为只有这两个大陆完整坚实的板块结构才能承受发动机对地球巨大的推力。地球发动机共有一万二千台，分布在亚洲和美洲大陆的各个平原上。从我住的地方，可以看到几百台发动机喷出的等离子体光柱。你想象一座巨大的宫殿,有雅典卫城上的神殿那么大,殿中有无数根顶天立地的巨柱,每根柱子都像巨大的日光灯管那样发出蓝白色的强光,而你则是那巨大宫殿地板上的一个细菌,这样,你就可以想象到我所在的世界是什么样子了。其实这样描述还不是太准确,地球发动机的喷射必须有一定的角度,这样切线推力分量才能刹住地球的自转,所以天空中的那些巨型光柱是倾斜的,我们是处在一个将要倾倒的巨殿中!如果有人突然从南半球到北半球,多半会精神失常的。比这景象更可怕的是发动机带来的酷热,户外气温高达七八十摄氏度,必须穿冷却服才能外出。在这样的气温下,常常会有暴雨,而发动机光柱穿过乌云时的景象简直是一场噩梦!光柱蓝白色的强光在云中散射,变成无数种色彩组成的疯狂涌动的光晕,整个天空仿佛被白热的火山岩浆所覆盖。爷爷老糊涂了,有一次被酷热折磨得实在受不了,看到下大雨喜出望外,赤膊冲出门去,我们没来得及拦住他,外面雨点已被地球发动机超高温的等离子光柱烤沸,把他身上烫脱了一层皮。

但对于在北半球出生的我们这一代人来说,这一切都很自然,就如同刹车时代以前的人们,看见太阳、星星和月亮很自然一样。我们把那以前人类的历史都叫作"前太阳时代",那真是个让人神往的黄金时代啊!

在我小学入学时,作为一门课程,老师带我们班的三十个孩子进行了一次环球旅行。这时地球已经完全停转,地球发动机除了维持这颗行星的静止状态外,只进行一些姿态调整,所以从我三岁到六岁的三年中,光柱的光度大为减弱,这使得我们可以在这次旅行中更好地认识我们的世界。

我们首先近距离见到了地球发动机，是在石家庄附近的太行山出口处看到的。那是一座金属的高山，在我们面前赫然耸立，占据了半个天空。同它相比，西边的太行山脉如同一串小土丘。有的孩子惊叹它如珠峰一样高。我们的班主任小星老师是一位漂亮姑娘，她笑着告诉我们，这台发动机的高度是一万一千米，比珠峰还要高两千多米，人们管它叫“上帝的喷灯”。我们站在它巨大的阴影中，感受着它通过大地传来的震动。

地球发动机分为两大类，大一些的叫“山”，小一些的叫“峰”。我们登上了“华北794号山”。登“山”比登“峰”花的时间长，因为“峰”是靠巨型电梯上下的，上“山”则要坐汽车沿盘“山”公路走。我们的汽车混在不见首尾的长长车队中，沿着光滑的钢铁公路向上爬行。我们的左边是青色的金属峭壁，右边是万丈深渊。车队由五十吨重巨型自卸卡车组成，车上满载着从太行山上挖下的岩石。汽车很快升到了五千米以上，下面的大地已看不清细节，只能看到地球发动机反射的一片青光。小星老师让我们戴上氧气面罩。随着我们距喷口越来越近，光度和温度都在剧增，面罩的颜色渐渐变深，冷却服中的微型压缩机也大功率地忙碌起来。在六千米处，我们见到了进料口，一车车的大石块倒进那闪着幽幽红光的大洞中，一点声音都没传出来。我问小星老师，地球发动机是如何把岩石做成燃料的?

“重元素聚变是一门很深的学问，现在给你们还讲不明白。你们只需要知道，地球发动机是人类建造的力量最大的机器，比如我们所在的华北794号，全功率运行时能对大地产生一百五十亿吨的推力。”

我们的汽车终于登上了山顶，喷口就在我们头顶上。由于光柱的直径太大，我们现在抬头看到的是一堵发着蓝光的等离子体巨墙，向上伸延到无限高处。这时，我突然想起不久前的一堂哲学课，那个憔悴的老师给我们出了一个谜语："你在平原上走着走着，突然迎面遇到一堵墙，这墙向上无限高，向下无限深，向左无限远，向右无限远，这墙是什么？"

我打了一个寒战，随后把这个谜语告诉了身边的小星老师。她想了好长一会儿，困惑地摇摇头。我把嘴凑到她耳边，把那个可怕的谜底告诉她："死亡。"

她默默地看了我几秒钟，突然把我紧紧地抱在怀里。我从她的肩上极目望去，迷蒙的大地上，耸立着一座座金属巨峰，从我们周围一直延伸到地平线。巨峰吐出的光柱，如一片倾斜的宇宙森林，刺破我们摇摇欲坠的天空。

我们很快到达了海边，看到城市摩天大楼的尖顶伸出海面，退潮时，白花花的海水从大楼无数的窗子中流出，形成一道道瀑布……刹车时代刚刚结束，其对地球的影响已触目惊心：地球发动机加速造成的潮汐吞没了北半球三分之二的大城市；发动机带来的全球高温融化了极地冰川，更给这大洪水推波助澜，波及南半球。爷爷在三十年前目睹了百米高的巨浪吞没上海的情景，他现在讲这事的时候眼还直勾勾的。事实上，我们的星球还没起程就已面目全非了，谁知道在以后漫长的外太空流浪中，还有多少苦难在等着我们呢？

我们乘上一种叫"船"的古老交通工具，在海面上航行。地球发动机的光柱在后面越来越远，一天以后就完全看不见了。这时，大海处在两片霞光之间——一片是西面地球发动机的光柱产生的青蓝色霞光，一片是东方海平面下的太阳产生的粉红色霞光——它们在海面上的反射使大海也分成了闪耀着两色光芒的两部分，我们的船就行驶在这两部分的分界处，这景色真是奇妙。但随着青蓝色霞光的渐渐减弱和粉红色霞光的渐渐增强，一种不安的气氛在船上弥漫开来。甲板上见不到孩子们了，他们都躲在船舱里不出来，舷窗的帘子也被紧紧拉上。一天后，我们最害怕的时刻终于到来了。我们集合在那间用来做教室的大舱中，小星老师庄严地宣布："孩子们，我们要去看日出了。"

没有人动。我们目光呆滞，像突然冻住一样僵在那儿。小星老师又催了几次，还是没人动。她的一位男同事说："我早就提过，环球体验课应该放在近代史课后面，学生在心理上就比较容易适应了。"

"那没什么用的。在近代史课前，他们早就从社会上知道一切了。"小星老师说，她接着对几位班干部说，"你们先走，孩子们，不要怕，我小时候第一次看日出也很紧张的，但看过一次就好了。"

孩子们终于一个个站了起来，朝着舱门挪动脚步。这时，我感到一只湿湿的小手抓住了我的手，回头一看，是灵儿。

"我怕……"她嘤嘤地说。

"我们在电视上也看到过太阳，反正都一样的。"我安慰她说。

"怎么会一样呢，你在电视上看蛇和看真蛇一样吗？"

"……反正我们得上去，要不这门课会扣分的！"

我和灵儿紧紧拉着手，和其他孩子一起战战兢兢地朝甲板走去，去面对我们人生中的第一次日出。

"其实，人类把太阳同恐惧连在一起也只是这三四个世纪的事。这之前，人类是不怕太阳的；相反，太阳在他们眼中是庄严和壮美的。那时地球还在转动，人们每天都能看到日出和日落。他们对着初升的太阳欢呼,赞颂落日的美丽。”小星老师站在船头对我们说。海风吹动着她的长发,在她身后,海天连接处射出几道光芒,好像海面下的一头大得无法想象的怪兽喷出的鼻息。

终于,我们看到了那令人胆寒的火焰。开始只是天水连线上的一个亮点,但很快增大,渐渐显示出了圆弧的形状。这时,我感到自己的喉咙被什么东西掐住了,恐惧使我窒息,脚下的甲板仿佛突然消失,我在向海的深渊坠下去,坠下去……和我一起下坠的还有灵儿,她那蛛丝般柔弱的小身躯紧贴着我颤抖不已。还有其他孩子,其他所有人,整个世界,都在下坠。这时我又想起了那个谜语,我曾问过哲学老师,那堵墙是什么颜色的,他说应该是黑色的。我觉得不对,我想象中的死亡之墙应该是雪亮的,这就是为什么那道等离子体墙让我想起了死亡。这个时代,死亡不再是黑色的,而是闪电的颜色。当那最后的闪电到来时,世界将在瞬间变成蒸汽。

三个多世纪前,天体物理学家就发现太阳内部氢转化为氦的速度突然加快,于是,他们发射了上万枚探测器穿过太阳,最终建立了这颗恒星完整精确的数学模型。巨型计算机对这个模型计算的结果表明,太阳的演化已向主星序外偏移,氦元素的聚变将在很短的时间内传遍整个太阳内部,由此产生一次叫“氦闪”的剧烈爆炸。之后,太阳将变为一颗巨大但暗淡的红巨星,它膨胀到如此之大,地球将在太阳内部运行!事实上,在这之前的氦闪爆发中,我们的星球已被气化了。

这一切将在四百年内发生,现在已过了三百八十年。

太阳的灾变将炸毁和吞没太阳系所有适合居住的类地行星,并使所有类木行星完全改变形态和轨道。自第一次氦闪后,随着重元素在太阳中心的反复聚集,太阳氦闪将在一段时间内反复发生,这“一段时间”是相对于恒星演化来说的,其长度实际上可能是人类历史的上千倍。所以,人类在以后的太阳系中已无法生存下去,唯一的生路是向外太空恒星际移民。而照人类目前的技术力量,全人类移民唯一可行的目标是半人马座比邻星,这是距我们最近的恒星,有四点三光年的路程。在这个问题上,人们已达成共识,争论的焦点在移民方式上。

为了加强教学效果,我们的船在太平洋上折返了两次,又给我们制造了两次日出。现在我们已完全适应了,也相信了南半球那些每天面对太阳的孩子确实能活下去。

以后我们就在太阳下航行了。太阳在空中越升越高,凉爽下来的天气又热了起来。我正在自己的舱里昏昏欲睡,忽然听到外面有喧乱的人声。灵儿推开门,探进头来。

“嗨,飞船派和地球派又打起来了!”

我对这事儿不感兴趣,他们已经打了四个世纪了。但我还是到外面看了看,在那打成一团的几个男孩儿中,一眼就看出了挑起事儿的是阿东。他爸爸是个顽固的飞船派,因参加一次反联合政府的暴动,现在还被关在监狱里。有其父,必有其子。

小星老师和几名粗壮的船员好不容易才拉开架,阿东鼻子血糊糊的,振臂高呼:“把地球派扔到海里去!”

“我也是地球派,也要扔到海里去?”小星老师问。

“地球派都扔到海里去!”阿东毫不示弱。现在,全世界飞船派情绪又呈上升趋势,所以他们也狂起来了。

“为什么这么恨我们?”小星老师问。其他几个飞船派小子接着喊了起来：

“我们不和地球派傻瓜在地球上等死！”

“我们要坐飞船走！飞船万岁！”

……

小星老师按了一下手腕上的全息显示器，我们面前的空中立刻显示出一幅全息图像，孩子们的注意力被它吸引过去，暂时安静下来。那是一个晶莹透明的密封玻璃球，直径大约十厘米，球里有三分之二充满了水，水中有一只小虾、一小枝珊瑚和一些绿色的藻类植物，小虾在水中悠然地游动着。小星老师说：“这是阿东的一件自然课设计作品，小球中除了这几样东西外，还有一些看不见的细菌，它们在密封的玻璃球中相互依赖，相互作用。小虾以海藻为食，从水中摄取氧气，排出含有机物质的粪便和二氧化碳废气。细菌将这些东西分解成无机物质和二氧化碳。然后，海藻利用这些无机物质和二氧化碳在人造阳光的照射下进行光合作用，制造营养物质，进行生长和繁殖，同时放出氧气，供小虾呼吸。这样的生态循环应该能使玻璃球中的生物在只有阳光供应的情况下生生不息。这是我见过的最好的课程设计。我知道，这里面凝聚了阿东和所有飞船派孩子的梦想。这就是你们梦中飞船的缩影啊！阿东告诉我，他按照计算机中严格的数学模型，对球中每一样生物进行了基因设计，使它们的新陈代谢正好达到平衡。他坚信，球中的生命世界会长期存在下去，直到小虾寿命的终点。老师们都很钟爱这件作品。我们把它放到所要求强度的人造阳光下，默默地祝福他创造的这个小小的世界，能像阿东预想的那样长存。但现在，时间只过去了十几天……”

小星老师从随身带来的一个小箱子中小心翼翼地拿出了那个玻璃

球。死去的小虾漂浮在水面上,水混浊不堪,腐烂的藻类植物已失去了绿色,变成一团没有生命的毛状物覆盖在珊瑚上。

“这个小世界死了。孩子们,谁能说出为什么?”小星老师把那个死亡的世界举到孩子们面前。

“它太小了!”

“说得对,太小了。小的生态系统,不管多么精确,也是经不起时间的风浪的。飞船派想象中的飞船也一样。”

“我们的飞船可以造得像上海或纽约那么大。”阿东说,声音比刚才低了许多。

“是的,按人类目前的技术最多也只能造这么大。但同地球相比,这样的生态系统还是太小了,太小了。”

“我们会找到新的行星。”

“这连你们自己也不相信。半人马座没有行星,最近的有行星的恒星在八百五十光年以外,目前人类能建造的最快的飞船也只能达到光速的百分之零点五,这样就需十七万年才能到那儿,飞船规模的生态系统连这十分之一的时间都维持不了。孩子们,只有像地球这样规模的生态系统、这样气势磅礴的生态循环,才能使生命万代不息!人类在宇宙间离开了地球,就像婴儿在沙漠里离开了母亲!”

“可……老师,我们来不及了,地球来不及了——它还来不及加速到足够快,航行到足够远,太阳就爆炸了!”

“时间是够的,要相信联合政府!这我说了很多遍。如果你们还不相信,我们就退一万步说:人类将自豪地去死,因为我们尽了最大的努力!”

人类的逃亡分为五步：第一步，用地球发动机使地球停止自转，使发动机喷口对准地球运行的反方向；第二步，全功率开动地球发动机，使地球加速到逃逸速度，飞出太阳系；第三步，在外太空继续加速，飞向比邻星；第四步，在中途使地球重新自转，掉转发动机方向，开始减速；第五步，地球泊入比邻星轨道，成为这颗恒星的行星。人们把这五步分别称为刹车时代、逃逸时代、流浪时代Ⅰ（加速）、流浪时代Ⅱ（减速）、新太阳时代。

整个移民过程将延续两千五百年时间，一百代人。

我们的船继续航行，到了地球黑夜的部分。在这里，阳光和地球发动机的光柱都照不到，在大西洋清凉的海风中，我们这些孩子第一次看到了星空。天啊，那是怎样的景象啊，美得让我们心醉。小星老师一手搂着我们，一手指着星空。看，孩子们，那就是半人马座，那就是比邻星，那就是我们的新家！说完她哭了起来，我们也都跟着哭了，周围的水手和船长，这些铁打的汉子也流下了眼泪。所有的人都用泪眼望着老师指的方向，星空在泪水中扭曲抖动，唯有那颗星星是不动的。它是黑夜大海狂浪中远方陆地的灯塔，是冰雪荒原中快要冻死的孤独旅人前方隐现的火光，是我们心中的太阳，是人类在未来一百代的苦海中唯一的希望和支撑……

在回家的航程中，我们看到了起航的第一个信号：夜空中出现了一颗巨大的彗星，那是月球。人类带不走月球，就在月球上也安装了行星发动机，把它推离地球轨道，以免在地球加速时相撞。月球上行星发动机产生的巨大彗尾使大海笼罩在一片蓝光之中，群星看不见了。月球移动产生的引力潮汐使大海巨浪滔天，我们改乘飞机向南半球的家飞去。

起航的日子终于到了!

我们一下飞机,就被地球发动机的光柱照得睁不开眼,这些光柱比以前亮了几倍,而且所有光柱都由倾斜变成笔直。地球发动机开到了最大功率,加速产生的百米巨浪轰鸣着扑上每个大陆,灼热的飓风夹着滚烫的水沫,在林立的顶天立地的等离子光柱间疯狂呼啸,拔起了陆地上所有的大树……这时从宇宙空间看,我们的星球也成了一颗巨大的彗星,蓝色的彗尾刺破了黑暗的太空。

地球上路了,人类上路了。

就在起航时,爷爷去世了,他身上的烫伤已经感染。弥留之际,他反复念叨着一句话:"啊,地球,我的流浪地球啊……"

逃逸时代

学校要搬入地下城了,我们是第一批入城的居民。校车钻进了一个高大的隧洞,隧洞呈不大的坡度向地下延伸。走了有半个钟头,我们被告之已入城了,可车窗外哪有城市的样子?只看到不断掠过的错综复杂的支洞和洞壁上无数的密封门,在高高洞顶的一排泛光灯下,一切都呈单调的金属蓝色。想到后半生的大部分时光都要在这个世界中度过,我们不禁黯然神伤。

"原始人就住洞里,我们又住洞里了。"灵儿低声说,这话还是让小星老师听见了。

"没有办法的,孩子们,地面的环境很快就要变得很可怕很可怕。那时,冷的时候,吐一口唾沫,还没掉到地上呢,就冻成小冰块儿了;热的时候，再吐一口唾沫，还没掉到地上，就变成蒸汽了！”

“冷我知道，因为地球离太阳越来越远了。可为什么还会热呢？”同车的一个低年级的小娃娃问。

“笨，没学过变轨加速吗？”我没好气地说。

“没有。”

灵儿耐心地解释起来，好像是为了缓解刚才的悲伤，“是这样，跟你想的不同，地球发动机没那么大劲儿，它只能给地球很小的加速度，不能把地球一下子推出绕日轨道。在地球离开太阳前，还要绕着它转十五个圈儿呢！在这期间，地球会慢慢加速。现在，地球绕太阳转着一个挺圆的圈儿，可它的速度越快呢，这圈儿就越扁，越快越扁，越快越扁……所以后来，地球有时会离太阳很远很远，当然冷了……”

“可……还是不对！地球到最远的地方是很冷，可在扁圈的另一头儿，它离太阳——嗯，我想想，按轨道动力学，它离太阳还是现在这么近啊，怎么会更热呢？”

真是个小天才，记忆遗传技术使这样的小娃娃具备了成人的智力水平，这是人类的幸运，否则，像地球发动机这样连神都不敢想的奇迹，是不会在四个世纪内变成现实的。

我说：“还有地球发动机呢，小傻瓜。现在，一万多台那样的大喷灯全功率开动，地球就成了火箭喷口的护圈了……你们安静点吧，我心里烦！”

我们就这样开始了地下的生活，像这样在地下五百米处人口超过百万的城市遍布各个大陆。在这样的地下城中，我读完小学并升入中学。学校教育都集中在理工科，艺术和哲学之类的教育被压缩到最少——人类没有这份闲心了。这是人类最忙的时代,每个人都有做不完的工作。很有意思的是,地球上所有的宗教在一夜之间消失得无影无踪。人们现在终于明白,就算真有上帝,他也是个王八蛋。历史课还是有的,只是课本中前太阳时代的人类历史在我们听来就像伊甸园中的神话一样。

父亲是空军的一名近地轨道宇航员,在家的时间很少。记得在变轨加速的第五年,在地球处于远日点时,我们全家到海边去过一次。运行到远日点顶端那一天,是一个如同新年或圣诞节一样的节日,因为这时地球距太阳最远,人们都有一种虚幻的安全感。像以前到地面上去一样,我们必须穿上带有核电池的全密封加热服。外面,地球发动机林立的刺目光柱是主要能看见的东西,地面世界的其他部分都淹没于光柱的强光中,看不出变化。我们乘飞行汽车飞了很长时间,到了光柱照不到的地方,到了能看见太阳的海边。这时的太阳只有棒球大小,一动不动地悬在天边,它的光芒只在自己的周围映出了一圈晨曦似的亮影。天空呈暗暗的深蓝色,星星仍清晰可见。举目望去,哪有海啊,眼前是一片白茫茫的冰原。在这封冻的大海上,有大群狂欢的人。焰火在暗蓝色的空中绽放,冰冻海面上的人们以一种反常的情绪狂欢着,到处都是喝醉了在冰上打滚儿的人,更多的人在声嘶力竭地唱着不同的歌,都想用自己的声音压住别人。

"每个人都在不顾一切地过自己想过的生活,这也没有什么不好。"爸爸突然想起了一件事,"呵,忘了告诉你们,我爱上了黎星,我要离开你们和她在一起。"

"她是谁?"妈妈平静地问。

"我的小学老师。"我替爸爸回答。我升入中学已两年,不知道爸爸和小星老师是怎么认识的，也许是在两年前那个毕业仪式上？

“那你去吧。”妈妈说。

“过一阵子我肯定会厌倦，那时我就回来，你看呢？”

“你要愿意当然行。”妈妈的声音像冰冻的海面一样平，但很快激动起来，“啊，这一颗真漂亮，里面一定有全息散射体！”她指着刚在空中绽放的一朵焰火，真诚地赞美着。

在这个时代，人们看四个世纪以前的电影和小说时都莫名其妙。他们不明白，前太阳时代的人怎么会在不关生死的事情上倾注那么多的感情。当看到男女主人公为爱情而痛苦或哭泣时，他们的惊奇是难以言表的。在这个时代，死亡的威胁和逃生的欲望压倒了一切。除了当前太阳的状态和地球的位置，没有什么能真正引起他们的注意并打动他们了。这种注意力高度集中的关注，渐渐从本质上改变了人类的心理状态和精神生活。对于爱情这类东西，他们只是用余光瞥一下而已，就像赌徒在盯着轮盘的间隙抓住几秒钟喝口水一样。

过了两个月，爸爸真从小星老师那儿回来了，妈妈没有高兴，也没有不高兴。

爸爸对我说：“黎星对你印象很好，她说你是一个有创造力的学生。”

妈妈一脸茫然，“她是谁？”

“小星老师嘛，我的小学老师，爸爸这两个月就是同她在一起的！”

“哦，想起来了！”妈妈摇头笑了，“我还不到四十，记忆力就成了这个样子。”她抬头看看天花板上的全息星空，又看看四壁的全息森林，“你回来挺好，把这些图像换换吧，我和孩子都看腻了，但我们都不会调整这玩意儿。”

地球再次向太阳跌去的时候，我们全家已经把爸爸和小星老师的事忘了。

有一天，新闻报道海在融化，于是我们全家又到海边去。地球正在通过火星轨道，按照这时太阳的光照量，地球的气温应该仍然是很低的，但由于地球发动机的影响，地面的气温正适宜。能不穿加热服或冷却服去地面，那感觉真令人愉快。地球发动机所在的半球天空还是老样子，但到达另一个半球时，真正感到了太阳的临近：天空是明朗的纯蓝色，太阳在空中已同起航前一样明亮了。可我们从空中看到海并没融化，还是一片白色的冰原。当我们失望地走出飞行汽车时，听到惊天动地的隆隆声，那声音仿佛来自这颗星球的最深处，真像地球要爆炸一样。

“这是大海的声音！”爸爸说，“因为气温骤升，厚厚的冰层受热不均匀，这很像陆地上的地震。”

突然，一声雷霆般尖厉的巨响插进这低沉的隆隆声中，我们后面看海的人群欢呼起来。我看到海面上裂开一道长缝，其开裂速度之快如同广阔的冰原上突然出现的一道黑色闪电。接着在不断的巨响中，这样的裂缝一条接一条地在海冰上出现，海水从所有的裂缝中喷出，在冰原上形成一条条迅速扩散的急流……

回家的路上，我们看到荒芜已久的大地上，野草在大片大片地钻出地面，各种花朵竞相怒放，嫩叶给枯死的森林披上绿装……所有的生命都在抓紧时间焕发活力。

随着地球和太阳的距离越来越近，人们的心也一天天揪紧了。到地面上来欣赏春色的人越来越少，大部分人都深深地躲进了地下城中。他们这不是为了躲避即将到来的酷热、暴雨和飓风，而是躲避那对越来越近的太阳的恐惧。有一天,在我睡下后,听到妈妈低声对爸爸说:“可能真的来不及了。”

爸爸说:“前四个近日点时也有这种谣言。”

“可这次是真的,我是从钱德勒博士夫人口中听说的,她丈夫是航行委员会的那个天文学家,你们都知道他的。他亲口告诉她,已观测到氦的聚集在加速。”

“你听着,亲爱的,我们必须抱有希望,这并不是因为希望真的存在,而是因为我们要做高贵的人。在前太阳时代,做一个高贵的人必须拥有金钱、权力或才能,而在今天,你只需要拥有希望。希望是这个时代的黄金和宝石,不管活多长,我们都要拥有它!明天把这话告诉孩子。”

和所有的人一样,我也随着近日点的到来而心神不定。有一天放学后,我不知不觉走到了城市中心广场,在广场中央有喷泉的圆形水池边呆立着,时而低头看着蓝莹莹的池水,时而抬头望着广场圆形穹顶上梦幻般的光波纹,那是池水反射上去的。这时我看到了灵儿,她拿着一个小瓶子和一根小管儿,在吹肥皂泡。每吹出一串,她都呆呆地盯着空中飘浮的泡泡,看着它们一个个消失,然后再吹出一串……

“都这么大了还干这个,好玩吗?”我走过去问她。

灵儿见了我喜出望外,“我俩去旅行吧!”

“旅行?去哪儿?”

“当然是地面啦!”她挥手在空中划了一下,用手腕上的计算机甩出一幅全息景象,显示出一片落日下的海滩。微风吹拂着棕榈树,白浪拍打着金黄的沙滩,一对对情侣在铺满碎金的海面前相依相偎。“这是梦娜和大刚发回来的,他俩现在还满世界转呢,他们说外面现在还不太热,外面可好呢，我们去吧！”

“他们因为旷课刚被学校开除了。”

“哼，你根本不是怕这个，你是怕太阳！”

“你不怕吗？别忘了你因为怕太阳还看过精神病医生呢。”

“可我现在不一样了，我受到了启示！你看，”灵儿用小管儿吹出了一串肥皂泡，“盯着它看！”她用手指着一个肥皂泡说。

我盯着那个泡泡，看到它表面上光和色的狂澜，那狂澜以人的感觉无法把握的复杂和精细在涌动，好像那个泡泡知道自己生命短暂，所以要疯狂地把浩如烟海的记忆中的无数梦幻和传奇向世界演绎。很快，光和色的狂澜在一次无声的爆炸中消失了。我看到了一小片似有似无的水汽，这水汽也只存在了半秒钟，然后什么都没有了，好像什么都没有存在过。

“看到了吗？地球就是宇宙中的一个小水泡，啪一下，什么都没了，有什么好怕的呢？”

“不是这样的，据计算，在氦闪发生时，地球被完全蒸发掉至少需要一百个小时。”

“这就是最可怕之处了！”灵儿大叫起来，“我们在这地下五百米，就像馅饼里的肉馅一样，先给慢慢烤熟了，再蒸发掉！”

一阵冷战传遍我的全身。

“但在地面就不一样了，那里的一切瞬间被蒸发，地面上的人就像那泡泡一样，啪一下……所以，氦闪时还是在地面上为好。”

不知为什么，我没同她去，她就同阿东去了，我以后再也没见到他们。

氦闪并没有发生，地球高速掠过了近日点，第六次向远日点升去，人们绷紧的神经松弛下来。由于地球自转已停止，在绕日轨道的这一侧，亚洲大陆上的地球发动机面朝地球的运行方向，所以在通过近日点前都停了下来，只是偶尔做一些调整姿态的运行，我们这儿处于宁静而漫长的黑夜之中。美洲大陆上的发动机则全功率运行，那里成了火箭喷口的护圈。由于太阳这时正悬挂在西半球，那儿的高温更是可怕，草木生烟。

地球的变轨加速就这样年复一年地进行着。每当地球向远日点升去时，人们的心也随着地球与太阳距离的日益拉长而放松；而当它在新的一年向太阳跌去时，人们的心就一天天紧缩起来。每次到达近日点，社会上就谣言四起，说太阳氦闪就要在这时发生。直到地球再次升向远日点，人们的恐惧才随着天空中渐渐变小的太阳平息下来，但下一次恐惧又在酝酿……人类的精神像在荡着一个宇宙秋千，更恰当地说，在经历着一场宇宙俄罗斯轮盘赌——升上远日点和跌向太阳的过程是在转动弹仓，掠过近日点时则是扣动扳机！每扣一次时的神经比上一次更紧张。我就是在这种交替的恐惧中度过了自己的少年时代。其实仔细想想，即使在远日点，地球也未脱离太阳氦闪的威力圈，如果那时太阳氦闪爆发，地球不是被气化而是被慢慢液化，那种结果还真不如在近日点。

在逃逸时代，大灾难接踵而至。

由于地球发动机产生的加速度及运行轨道的改变，地核中铁镍核心的平衡被扰动，其影响穿过古腾堡不连续面，波及地幔。各个大陆地热逸出，火山爆发，这对于人类的地下城市是致命的威胁。从第六次变轨周期后，在各大陆的地下城中，岩浆渗入灾难频繁发生。

那天警报响起来的时候，我正走在放学回家的路上，听到市政厅的广播:“F112市全体市民注意,城市北部屏障已被地应力破坏,岩浆渗入!岩浆渗入!现在岩浆流已到达第四街区!公路出口被封死,全体市民到中心广场集合,通过升降梯向地面撤离。注意,撤离时按《危急法》第五条行事。强调一遍,撤离时按《危急法》第五条行事!”

我环视了一下四周迷宫般的通道,地下城现在看上去并没有什么异常。但我知道现在的危险:只有两条通向外部的地下公路,其中一条去年因加固屏障的需要已被堵死,如果剩下的这条也堵死了,就只有通过经竖井直通地面的升降梯逃命了。升降梯的载运量很小,要把这座城市的三十六万人运出去需要很长时间,但也没有必要去争夺生存的机会,联合政府的《危急法》把一切都安排好了。

古代曾有过一个伦理学问题:当洪水到来时,如果一次只能救走一个人,是去救父亲呢,还是去救儿子?在这个时代的人看来,这个问题很不可理解。

当我到达中心广场时,看到人们已按年龄排起了长队。最靠近电梯口的是由机器人保育员抱着的婴儿,然后是幼儿园的孩子,再往后是小学生……我排在队伍靠前的部分。爸爸现在在近地轨道值班,城里只有我和妈妈。我现在看不到妈妈,就顺着长长的队伍跑,没跑多远就被士兵拦住了。我知道她在最后一段,因为这座城市是学校集中地,家庭很少,她已经算年纪大的那批人了。

长队以让人心里着火的慢速度向前移动。三个小时后,轮到我跨进升降梯时,心里一点都不轻松,因为这时在妈妈和生存之间,还隔着两万多名大学生呢!而我已闻到了浓烈的硫黄味……

我到地面两个半小时后,岩浆就在五百米深的地下吞没了整座城市。我心如刀绞地想象着妈妈最后的时刻：她同没能撤出的一万八千人一起，看着岩浆涌进市中心广场。那时已经停电，整个地下城只有岩浆那可怖的暗红色光芒。广场那高大的白色穹顶在高温中渐渐变黑，所有的遇难者可能还没接触到岩浆，就被这上千度的高温夺去了生命。

但生活还在继续。在这残酷可怕的现实中，爱情仍不时闪现出迷人的火花。为了缓解人们的紧张情绪，在第十二次到达远日点时，联合政府居然恢复了中断达两个世纪的奥运会。我作为一名机动雪橇拉力赛选手参加了奥运会，驾驶机动雪橇，从上海出发，沿冰面横穿封冻的太平洋，再横穿美洲大陆，到达终点纽约。

发令枪响过之后，上百只雪橇在冰冻的海洋上以每小时二百公里左右的速度出发了。开始还有几只雪橇相伴，但两天后，它们或前或后，都消失在地平线之外。这时，背后地球发动机的光芒已经看不到了，我正处于地球最黑暗的部分。在我眼中，世界就是由广阔的星空和向四面无限延伸的冰原组成的，这冰原似乎一直延伸到宇宙的尽头，或者它本身就是宇宙的尽头。而在无限的星空和无限的冰原组成的宇宙中，只有我一个人！雪崩般的孤独感压倒了我，我想哭。我拼命地赶路，名次已无关紧要，只是为了在这可怕的孤独感杀死我之前尽早地摆脱它，而那想象中的彼岸似乎根本就不存在。

就在这时，我看到天边出现了一个人影。近了些后，我发现那是一个姑娘，正站在她的雪橇旁，长发在冰原上的寒风中飘动。你知道这时遇见一个姑娘意味着什么——我们的后半生由此决定了。她是日本人，叫山彬加代子。女子组比我们先出发十二个小时，她的雪橇卡在冰缝中，把一根滑杆卡断了。我一边帮她修雪橇，一边把自己刚才的感觉告诉她。

“您说得太对了，我也是那样的感觉！是的，好像整个宇宙中就只有你一个人！知道吗？我看到您从远方出现时，就像看到太阳升起一样呢！”

“那你为什么不叫救援飞机？”

“这是一场体现人类精神的比赛。要知道，流浪地球在宇宙中是叫不到救援的！”她挥动着小拳头，以日本人特有的执着说。

“不过现在总得叫了，我们都没有备用滑杆，你的雪橇修不好了。”

“那我坐您的雪橇一起走好吗？如果您不在意名次的话。”

我当然不在意，于是，我和加代子一起在冰冻的太平洋上走完了剩下的漫长路程。经过夏威夷后，我们看到了天边的曙光。在被那个小小的太阳照亮的无际冰原上，我们向联合政府的民政部发去了结婚申请。

当我们到达纽约时，这个项目的裁判们早等得不耐烦，收摊走了。但有一个民政局的官员在等我们，他向我们致以新婚的祝贺，然后开始履行职责：他挥手在空中画出一个全息图像，上面整齐地排列着几万个圆点，代表这几天全世界有几万对男女向联合政府申请结婚。由于环境的严酷，法律规定每三对新婚配偶中只有一对有生育权，抽签决定。加代子对着半空中那几万个点犹豫了半天，点了中间的一个。当那个点变为绿色时，她高兴得跳了起来。但我的心中却不知是什么滋味。我的孩子出生在这个苦难的时代，是幸运还是不幸呢？那个官员倒是兴高采烈，他说每当一对儿“点绿”的时候，他都十分高兴。他拿出了一瓶伏特加，我们三个轮着一人一口地喝，为人类的延续干杯。我们身后，遥远的太阳用它微弱的光芒给自由女神像镀上了一层金辉。对面，是已无人居住的曼哈顿的摩天大楼群，微弱的阳光把它们的影子长长地投在纽约港寂静的冰面上。醉意蒙眬的我，眼泪涌了出来。

地球，我的流浪地球啊！

分手前，官员递给我们一串钥匙，醉醺醺地说："这是你们在亚洲分到的房子，回家吧。哦，家多好啊！"

"有什么好的？"我漠然地说，"亚洲的地下城充满危险，这你们在西半球当然体会不到。"

"我们马上也有你们体会不到的危险了，地球又要穿过小行星带，这次是西半球对着运行方向。"

"上几个变轨周期也经过小行星带，不是没什么大事吗？"

"那只是擦着小行星带的边缘走，太空舰队当然能应付，他们可以用激光和核弹把地球航线上的那些小石块都清除掉。但这次……你们没看新闻？这次地球要从小行星带正中穿过去！舰队要对付的是那些大石块，唉……"

在回亚洲的飞机上，加代子问我："那些石块很大吗？"

我父亲现在就在太空舰队干那种工作，所以尽管政府为了避免惊慌照例封锁消息，我还是知道一些情况。我告诉加代子，那些石块大得像一座大山，五千万吨级的热核炸弹只能在上面打出一个小坑。"他们就要使用人类手中威力最大的武器了！"我神秘地告诉加代子。

"你是说反物质炸弹？"

"还能是什么？"

"太空舰队的巡航距离是多远？"

"现在他们力量有限，我爸说只有一百五十万公里左右。"

"啊，那我们能看到了！"

“最好别看。”

加代子还是看了，而且是没戴护目镜看的。反物质炸弹的第一次闪光是在我们起飞不久后从太空传来的，那时加代子正在欣赏飞机舷窗外空中的星星，这使她的双眼失明了一个多小时，以后的一个多月眼睛都红肿流泪。那真是让人心惊肉跳的时刻，反物质炮弹不断地击中小行星，强光在漆黑的太空中此起彼伏地闪现，仿佛宇宙中有一群巨人围着地球用闪光灯疯狂拍照似的。

半小时后，我们看到了火流星，它们拖着长长的火尾划破长空，给人一种恐怖的美感。火流星越来越多，在空中划过的距离越来越长。突然，机身在一声巨响中震颤了一下，紧接着又是连续的巨响和震颤。加代子惊叫着扑到我怀中，她显然以为飞机被流星击中了，这时舱里响起了机长的声音。

“请各位乘客不要惊慌，这是流星冲破音障产生的超音速爆音。请大家戴上耳机，否则您的听力会受到永久性损害。由于飞行安全已无法保证，我们将在夏威夷紧急降落。”

这时我盯住了一颗火流星，那个火球比别的大出许多，我不相信它能在大气中烧完。果然，那火球疾驰过大半个天空，越来越小，但还是坠入了冰海。我从万米高空看到，海面被击中的位置出现了一个小白点，那白点立刻扩散成一个白色的圆圈，圆圈迅速在海面扩大。

“那是浪吗？”加代子颤着声儿问我。

“是浪，上百米的浪。不过海封冻了，冰面会很快使它衰减的。”我自我安慰地说，不再看下面。

我们很快在檀香山降落，由当地政府安排去地下城。我们的汽车沿着海岸走，天空中布满了火流星，那些红发恶魔好像是从太空中的某一个点同时迸发出来的。一颗流星在距海岸不远处击中了海面，没有看到水柱，但水蒸气形成的白色蘑菇云高高地升起。涌浪从冰层下传到岸边，厚厚的冰层轰隆隆地破碎了，冰面显出了浪的形状，好像有一群柔软的巨兽在冰下排着队游过。

“这颗流星有多大？”我问那位来接应我们的官员。

“不超过五公斤，不会比你的脑袋大吧。不过刚接到通知，在北方八百公里外的海面上，刚落下一颗二十吨左右的。”

这时他手腕上的通信机响了，他看了一眼后对司机说：“来不及到204号门了，就近找个入口吧！”

汽车拐了个弯，在一个地下城入口前停了下来。我们下车后，看到入口处有几个士兵，他们都一动不动地盯着远方，眼里充满了恐惧。我们顺着他们的目光看去，在天海连线处，我们看到一道黑色的屏障，乍一看好像是天边低低的云层，但那“云层”的高度太整齐了，像一堵横在天边的长墙，再仔细看，墙头还镶着一线白边。

“那是什么呀？”加代子怯生生地问一个军官，得到的回答让我们毛发直竖。

“浪。”

地下城高大的铁门隆隆地关上。约莫过了十分钟，我们听到从地面传来低沉的声音，咕噜噜的，像一个巨人在地面打滚。我们面面相觑，大家都知道，百米高的巨浪正在滚过夏威夷，也将滚过各个大陆。但另一种震动更吓人，仿佛有一只巨拳从太空中不断地击打地球。在地下，这震动并不大，只能隐约感到，但每一次震动都直达我们灵魂深处。这是流星在不断地击中地面。

我们的星球所遭到的残酷轰炸断断续续持续了一个星期。

当我们走出地下城时,加代子惊叫:“天啊,天怎么是这样的?!”

天空是灰色的,这是因为高层大气弥漫着小行星撞击陆地时产生的灰尘,星星和太阳都消失在这无际的灰色中,仿佛整个宇宙在下着一场大雾。地面上,滔天巨浪留下的海水还没来得及退去就封冻了,城市幸存的高楼形单影只地立在冰面上,挂着长长的冰凌柱。冰面上落了一层撞击尘,于是这个世界只剩下一种颜色——灰色。

我和加代子继续回亚洲的旅行。在飞机越过早已无意义的国际日期变更线时,我们见到了人类所见过的最黑的黑夜。飞机仿佛潜行在墨汁的海洋中。我们看着机舱外那没有一丝光线的世界,心情也黯淡到了极点。

“什么时候到头呢?”加代子喃喃地说。我不知道她指的是这段旅程,还是这充满苦难和灾难的生活,我现在觉得两者都没有尽头。是啊,即使地球航出了氦闪的威力圈,我们得以逃生,又怎么样呢?我们只是那漫长阶梯的最下一级,当我们的一百代孙爬上阶梯的顶端,见到新生活的光明时,我们的骨头都变成灰了。我不敢想象未来的苦难和艰辛,更不敢想象要带着爱人和孩子走过这条看不到头的泥泞路。我累了,实在走不动了……就在我被悲伤和绝望窒息的时候,机舱里响起了一声女人的惊叫:“啊!不!不能,亲爱的!”

我循声看去,见那个女人正从旁边的一个男人手中夺下一把手枪,他刚才显然想把枪口凑到自己的太阳穴上。这人很瘦弱,目光呆滞地看着前方无限远处。女人把头埋在他膝上,嘤嘤地哭了起来。

“安静。”男人冷冷地说。

哭声消失了，只有飞机发动机的嗡嗡声在轻响，像不变的哀乐。在我的感觉中，飞机已粘在这巨大的黑暗中，一动不动；而整个宇宙，除了黑暗和飞机，什么都没有了。加代子紧紧钻在我怀里，浑身冰凉。

突然，机舱前部一阵骚动，有人在兴奋地低语。我向窗外看去，发现飞机前方出现了一片朦胧的光亮，那光亮是蓝色的，没有形状，十分均匀地出现在前方弥漫着撞击尘埃的夜空中。

那是地球发动机的光芒。

西半球的地球发动机已被陨石击毁了三分之一，但损失比起航前预测的要少。东半球的地球发动机由于背向撞击面，完好无损。从功率上来说，它们是能使地球完成逃逸航行的。

在我眼中，前方朦胧的蓝光，如同从深海漫长上浮后看到的海面的亮光。我的呼吸又顺畅起来。

我又听到那个女人的声音：“亲爱的，痛苦呀恐惧呀这些东西，也只有在活着时才能感觉到。死了，死了什么也没有了，那边只有黑暗，还是活着好。你说呢？”

那瘦弱的男人没有回答，他盯着前方的蓝光，眼泪流了下来。我知道他能活下去了。只要那代表希望的蓝光还亮着，我们就都能活下去，我又想起了父亲关于希望的那些话。

下了飞机，我和加代子没有去我们在地下城中的新家，而是到设在地面的太空舰队基地去找父亲。但在基地，我只见到了追授给他的一枚冰冷的勋章。这勋章是一名空军少将给我的，他告诉我，在清除地球航线上的小行星的行动中，一块被反物质炸弹炸出的小行星碎片击中了父亲的单座微型飞船。

“当时那个石块和飞船的相对速度有每秒一百公里，撞击使飞船座舱瞬间气化了，他没有一点痛苦，我向您保证，没有一点痛苦。”将军说。

当地球又向太阳跌回去的时候，我和加代子又到地面上来看春天，但没有看到。世界仍是一片灰色。阴暗的天空下，大地上分布着由残留海水形成的一个个冰冻湖泊，见不到一点绿色。大气中的撞击尘埃挡住了阳光，使气温难以回升。甚至到了近日点，海洋和大地也没有解冻，太阳只是一片朦胧的光晕，仿佛是撞击尘埃后面的幽灵。

三年以后，空中的撞击尘埃才有所消散，人类终于最后一次通过近日点，向远日点升去。在这个近日点，东半球的人有幸目睹了地球历史上最快的一次日出和日落。太阳从海平面上一跃而起，迅速划过长空，大地上万物的影子快速地变换着角度，仿佛是无数根钟表的秒针。这也是地球上最短的一个白天，只有不到一个小时。当太阳没入地平线，黑暗再度降临大地时，我感到一阵伤感。这转瞬即逝的一天，仿佛是对地球在太阳系四十五亿年进化史的一个短暂总结。直到宇宙末日，地球也不会再回来了。

“天黑了。”加代子忧伤地说。

“最长的一夜。”我说。东半球的这一夜将延续两千五百年，一百代人后，半人马座的曙光才能再次照亮这片大陆。西半球也将面临最长的白天，但比这里的黑夜要短得多。在那里，太阳将很快升到天顶，然后一直静止在那个位置上，渐渐变小。在半个世纪内，它就会融入星群难以分辨了。

按照预定的航线，地球升向与木星的会合点。航行委员会的计划是：

地球第十五圈的公转轨道是如此之扁,以至于它的远日点会到达木星轨道,地球将与木星在几乎相撞的距离上擦身而过。在木星巨大引力的拉动下,地球将最终达到逃逸速度。

离开近日点后两个月,就能用肉眼看到木星了。它开始只是一个模糊的光点,但很快显出圆盘的形状。又过了一个月,木星在地球上空已有满月大小,呈暗红色,能隐约看到上面的条纹。这时,十五年来一直垂直的地球发动机光柱中有一些开始摆动,地球在作会合前最后的姿态调整。木星渐渐沉到了地平线下。以后的三个多月,木星一直处在地球的另一面,我们看不到它,但知道两颗行星正在交会之中。

有一天我们突然被告知东半球也能看到木星了,于是人们纷纷从地下城中来到地面。我走出城市的密封门来到地面,发现开了十五年的地球发动机已经全部关闭了。我再次看到了星空,这表明同木星最后的交会正在进行。人们都在紧张地盯着西方的地平线。地平线上出现了一片暗红色的光,那光区渐渐扩大,伸延到整个地平线的宽度。我现在发现,那暗红色的区域上方同漆黑的星空有一道整齐的边界,那边界呈弧形,从地平线的一端跨到了另一端,在缓缓升起,巨弧下的天空都变成了暗红色,仿佛一块同星空一样大小的暗红色幕布逐渐把地球同整个宇宙隔开。当我回过神来时,不由倒吸一口冷气,那暗红色的幕布就是木星!我早就知道木星的体积是地球的一千三百倍,现在才真正感觉到它的巨大。这宇宙巨怪在整个地平线上升起时引发的恐惧和压抑是难以用语言描述的。一名记者后来写道:“不知是我身处噩梦中,还是这整个宇宙都是造物主巨大而变态的头脑中的噩梦!”木星恐怖地上升着,渐渐占据了半个天空。这时,我们可以清楚地看到它云层中的风暴,那风暴把云层搅动成让人迷茫的混乱线条。我知道,那厚厚的云层下是沸腾的液氢和液氦的大洋。著名的大红斑出现了,这个在木星表面维持了几十万年的大旋涡大得可以吞下整整三个地球。这时木星已占满了整个天空,地球仿佛是浮在木星沸腾的暗红色云海上的一只气球!而木星的大红斑就处在天空正中,如一只红色的巨眼盯着我们的世界,大地笼罩在它那阴森的红光中……谁都无法相信小小的地球能逃出这巨大怪物的引力场。从地面上看,地球甚至连成为木星的卫星都不可能。我们似乎就要掉进那无边云海覆盖着的地狱中去了!但领航工程师的计算是精确的。暗红色的迷乱的天空继续缓缓移动,不知过了多长时间,西方的天边露出了黑色的一角,那黑色迅速扩大,其中有星星在闪烁——地球正在冲出木星的引力魔掌。这时警报尖叫起来,木星产生的引力潮汐正在向内陆推进。后来得知,百多米高的巨浪再次横扫了整个大陆。在跑进地下城的密封门时,我最后看了一眼仍占据半个天空的木星,发现木星的云海中有一道明显的划痕。后来知道,那是地球引力作用在木星表面留下的痕迹——我们的星球也在木星表面拉起了如山的液氢和液氦的巨浪。这时,木星巨大的引力正在把地球加速甩向外太空。

离开木星时,地球已达到了逃逸速度,它不再需要返回潜藏着死亡的太阳系,而是向广漠的外太空飞去。漫长的流浪时代开始了。

就在木星暗红色的阴影下,我的儿子在地层深处出生了。

叛 乱

离开木星后,亚洲大陆上一万多台地球发动机再次全功率开动。这一次，它们要不停地运行五百年，不停地加速地球。这五百年中，发动机将把亚洲大陆上一半的山脉当作燃料消耗掉。

从四个多世纪死亡的恐惧中解脱出来，人们长出了一口气。但预料中的狂欢并没有出现，接下来发生的事情出乎所有人的想象。

在地下城的庆祝集会后，我一个人穿上密封服来到地面。童年时熟悉的群山已被超级挖掘机夷为平地，大地上只有裸露的岩石和坚硬的冻土，冻土上到处是白色的斑块，那是大海潮留下的盐渍。面前那座爷爷和爸爸度过了一生的曾有千万人口的大城市现在已是一片废墟，钢筋外露的高楼残骸在地球发动机光柱的蓝光中拖着长长的影子，好像是史前巨兽的化石……一次次的洪水和小行星的撞击已摧毁了地面上的一切，各大陆上的城市和植被都荡然无存，地球表面已变成火星一样的荒漠。

这一段时间，加代子心神不定。她常常扔下孩子不管，一个人开着飞行汽车出去旅行，回来后，只是说她去了西半球。最后，她拉我一起去了。

我们的飞行汽车以四倍音速飞行了两个小时，终于能够看到太阳了。它刚刚升出太平洋，看上去只有棒球大小，给冰封的洋面投下一片微弱的、冷冷的光芒。加代子把飞行汽车悬停在五千米的空中，然后从后面拿出了一个长长的东西。去掉封套后，我看到那是一架天文望远镜，业余爱好者用的那种。加代子打开车窗，把望远镜对准太阳，让我看。

从有色镜片中，我看到了放大几百倍的太阳，我甚至清楚地看到太阳表面缓缓移动的明暗斑点，还有日球边缘隐隐约约的日珥。

加代子把望远镜同车内的计算机联起来，记录下一幅太阳影像。然后，她又调出了另一幅太阳图像，说：“这是四个世纪前的太阳图像。”接着，计算机对两幅图像进行比较。

“看到了吗？”加代子指着屏幕说，“它们的光度、像素排列、像素概率、层次统计等参数都完全一样！”

我摇摇头说:“这能说明什么？一架玩具望远镜，一个低级图像处理程序，加上你这个无知的外行……别自寻烦恼了，别信那些谣言！”

“你是个白痴。”她说着，收回望远镜，把飞行汽车向回开去。这时，在我们的上方和下方，我又远远地看到了几辆飞行汽车，同我们刚才一样悬在空中，从每辆车的车窗中都伸出一架望远镜对着太阳。

以后的几个月中，一个可怕的说法像野火一样在全世界蔓延。越来越多的人自发地用更大型、更精密的仪器观测太阳。后来，一个民间组织向太阳发射了一组探测器，它们在三个月后穿过日球。探测器发回的数据最后证实了那个传言。

同四个世纪前相比，太阳没有任何变化。

现在，各大陆的地下城已成了一座座骚动的火山，随时可能喷发。一天，按照联合政府的法令，我和加代子把儿子送进了养育中心。回家的路上，我俩都感到维系我们关系的唯一纽带已不复存在了。走到市中心广场，我们看到有人在演讲，另一些人在演讲者周围向市民分发武器。

“公民们！地球被出卖了！人类被出卖了！文明被出卖了！我们都是一个超级骗局的牺牲品！这个骗局之巨大之可怕，上帝都会为之休克！太阳还是原来的太阳，它不会爆发，过去现在将来都不会，它是永恒的象征！爆发的是联合政府中那些人阴险的野心！他们编造了这一切，只是为了建立他们的独裁帝国！他们毁了地球！他们毁了人类文明！公民们，有良知的公民们！拿起武器，拯救我们的星球！拯救人类文明！我们要推翻联合政府，控制地球发动机，把我们的星球从这寒冷的外太空开回原来的轨道！开回到我们的太阳温暖的怀抱！”

加代子默默地走上前去，从分发武器的人手中接过一支冲锋枪，加入拿到武器的市民的队列中。她没有回头，同那支庞大的队列一起消失在地下城的迷雾里。我呆呆地站在那儿，手在衣袋中紧紧攥着父亲用生命和忠诚换来的那枚勋章，它的边角把我的手扎出了血……

三天后，叛乱在各个大陆同时爆发了。

叛军所到之处，人民群起响应。到现在，很少有人不怀疑自己受骗了。但我加入了联合政府的军队，这并非出于对政府的信任，而是因为我三代前辈都有过军旅生涯，他们在我心中种下了忠诚的种子，不论在什么情况下，背叛联合政府对我来说都是一件不可想象的事。

美洲、非洲、大洋洲和南极洲相继沦陷，联合政府收缩防线，死守地球发动机所在的东亚和中亚。叛军很快包围了这里。他们对政府军占有压倒性优势，之所以在相当长一段时间里没有取得进展，完全是由于地球发动机。叛军不想毁掉地球发动机，所以在这一广阔的战区没有使用重武器，联合政府得以苟延残喘。双方这样相持了三个月后，联合政府的十二个集团军相继倒戈，中亚和东亚防线全线崩溃。两个月后，大势已去的联合政府连同不到十万军队在靠近海岸的地球发动机控制中心陷入重围。

我就是这残存军队中的一名少校。控制中心有一座中等城市大小，它的中心是地球驾驶室。我拖着一条被激光束烧焦的手臂，躺在控制中心的伤兵收容站里。就是在这儿，我得知加代子已在澳洲战役中阵亡。我和收容站里所有的人一样，整天喝得烂醉，对外面的战事全然不知，也不感兴趣。不知过了多久,我听到有人在高声说话。

“知道你们为什么这样吗?你们在自责。在这场战争中,你们站到了反人类的一边,我也一样。”

我转头一看,发现讲话的人肩上有一颗将星,他接着说:“没关系,我们还有最后的机会拯救自己的灵魂。地球驾驶室距我们这儿只有三个街区,我们去占领它,把它交给外面理智的人类!我们为联合政府已尽到了责任,现在该为人类尽责任了!”

我用那只没受伤的手抽出手枪,随着这群突然狂热起来的受伤和没受伤的人,沿着钢铁通道,向地球驾驶室冲去。出乎意料,一路上我们几乎没遇到抵抗,倒是有越来越多的人从错综复杂的钢铁通道的各个分支中加入我们。最后,我们来到了一扇巨大的门前,那钢铁大门高得望不到顶,它轰隆隆地打开了,我们冲进了地球驾驶室。

尽管以前无数次在电视中看到过,所有的人还是被驾驶室的宏伟震惊了。很难判断这里的实际大小,因为驾驶室淹没在一幅巨型太阳系全息图中。整幅图实际就是一个向所有方向无限伸延的黑色空间,我们一进来,就悬浮在这空间之中。由于尽量反映真实的比例,太阳和其他行星都很小很小,小得像远方的萤火虫,但能分辨出来。以那遥远的代表太阳的光点为中心,一条醒目的红色螺旋线扩展开来,像广阔的黑色洋面上迅速扩散的红色波纹。这是地球的航线。在螺旋线最外层的一点上,航线变成明亮的绿色,那是地球还没有完成的路程。那条绿线从我们的头顶掠过,顺着看去,我们看到了灿烂的星海。绿线消失在星海的深处,我们看不到它的尽头。在这广漠的黑色空间中,还飘浮着许多闪亮的灰尘,其中几颗尘粒飘近,我发现那是一块块虚拟屏幕,上面翻滚着复杂的数字和曲线。

我看到了全人类瞩目的地球驾驶台,它好像是漂浮在黑色空间中的一颗银白色的小行星。看到它,我更难以想象这里的巨大——驾驶台本身就是一个广场,现在上面密密麻麻地站着五千多人,包括联合政府的主要成员、负责实施地球航行计划的星际移民委员会的大部分成员,以及那些最后忠于政府的人。这时,我听到最高执政官的声音在整个黑色空间响了起来:

"我们本来可以战斗到底的,但这可能导致地球发动机失控,这种情况一旦发生,过量聚变的物质将烧穿地球,或蒸发全部海洋,所以我们决定投降。我们理解所有的人,因为在还要延续一百代人的艰难奋斗中,永远保持理智确实是一个奢求。但也请所有的人记住我们。站在这里的这五千多人里,有联合政府的最高执政官,也有普通的列兵,是我们把信念坚持到了最后。我们都知道自己看不到真理被证实的那一天,但如果人类得以延续万代,以后所有的人都将在我们的墓前洒下眼泪。这颗叫地球的行星,就是我们永恒的纪念碑!"

控制中心巨大的密封门隆隆开启,五千多名最后的地球派成员一群群走了出来,在叛军的押送下向海岸走去。一路上两边挤满了人,所有人都冲他们吐唾沫,用冰块和石块砸他们。他们中有人密封服的面罩被砸裂了,外面零下一百多摄氏度的严寒使那些人的脸麻木了,但他们仍努力地走下去。我看到一个小女孩,举起一大块冰用尽全身力气狠命地向一个老者砸去,她那双眼睛透过面罩射出疯狂的怒火。

当我听到这五千人全部被判处死刑时,觉得太宽容了。难道让他们仅仅一死吗?这一死就能偿清他们的罪恶吗?能偿清他们用一个离奇变态的想象和骗局毁掉地球、毁掉人类文明的罪恶吗？他们应该死一万次！这时，我想起了那些做出太阳爆发预测的天体物理学家、那些设计和建造地球发动机的工程师，他们在一个世纪前就已作古，我现在真想把他们从坟墓中挖出来，让他们也死一万次。

真感谢死刑的执行者，他们为这些罪犯找了一种“最佳”的死法：他们收走了被判死刑的每个人密封服上加热用的核能电池，然后把他们丢在大海的冰面上，让零下百度的严寒慢慢夺去他们的生命。

这些人类文明史上最险恶、最可耻的罪犯在冰海上站了黑压压的一片，岸上有十几万人在看着他们，十几万副牙齿咬得咔咔响，十几万双眼睛喷出和那个小女孩一样的怒火。

这时，所有的地球发动机都已关闭，壮丽的群星出现在冰原之上。

我能想象出严寒像无数把尖刀刺进他们的身体，他们的血液在凝固，生命从他们的体内一点点流走。这想象中的感觉变成一种快感，传遍我的全身。看到那些人在严寒的折磨中慢慢死去，岸上的人快活起来，他们一起唱起了《我的太阳》。我唱着，眼睛看着星空的一个方向。在那个方向上，有一颗刚刚显出圆盘形状的星星发出黄色的光芒，那就是太阳。

啊，我的太阳，生命之母，万物之父，我的大神，我的上帝！还有什么比您更稳定，还有什么比您更永恒？我们这些渺小的、连灰尘都不如的碳基细菌，拥挤在围着您转的一粒小石头上，竟敢预言您的末日，我们怎么能蠢到这个程度！

一个小时过去了，海面上那些反人类的罪犯虽然还全都站着，但已没有一个活人，他们的血液已被冻结了。

我的眼睛突然什么都看不见了。几秒钟后,视力渐渐恢复,冰原、海岸和岸上的人群又在眼前慢慢显影,最后完全清晰了,而且比刚才更清晰,因为这个世界现在笼罩在一片强烈的白光中,刚才我眼睛的失明正是由于这突然出现的强光的刺激。但星空没有重现,所有的星光都被这强光所淹没,仿佛整个宇宙都被强光融化了。这强光从太空中的一点迸发出来,那一点现在成了宇宙中心,那一点就在我刚才盯着的方向。

太阳氦闪爆发了。

《我的太阳》的合唱戛然而止,岸上的十几万人呆住了,似乎同海面上那些人一样,冻成了一片僵硬的岩石。

太阳最后一次把光和热洒向地球。地面上冰结的二氧化碳干冰首先融化,腾起了一阵白色的蒸汽;然后海冰表面也开始融化,受热不均的大海冰层发出惊天动地的巨响;渐渐地,照在地面上的光柔和起来,天空露出了微微的蓝色;后来,强烈的太阳风产生的极光在空中出现,苍穹中飘动着巨大的彩色光幕……

在这突然出现的灿烂阳光下,海面上最后的地球派们仍稳稳地站着,仿佛五千多尊雕像。

太阳氦内爆发只持续了很短的时间,两个小时后,强光开始急剧减弱,很快熄灭了。在太阳的位置上,出现了一颗暗红色球体,它的体积慢慢膨胀,最后达到了从原来地球轨道上看到的太阳大小。这意味着它的实际体积已大到越出火星轨道,而水星、金星和火星这三颗地球的伙伴行星,已在上亿度的辐射中化为一缕轻烟。但那个红球已不是太阳,它不再发出光和热,看去如同贴在太空中的一张冰冷的红纸,它那暗红色的光芒似乎是周围星光的散射。这就是小质量恒星演化的归宿——红巨星。

五十亿年的壮丽生涯已成为飘逝的梦幻。太阳死了。

幸运的是,还有人活着。

流浪时代

当我回忆这一切时,半个世纪已过去了。二十年前,地球航出了冥王星轨道,航出了太阳系,在寒冷广漠的外太空继续着孤独的航程。

最近一次去地面是十几年前的事了,那是儿子和儿媳陪我去的。儿媳是一个金发碧眼的姑娘,就要做母亲了。

到地面后,我首先注意到,虽然所有地球发动机仍在全功率运行,巨大的光柱却看不到了,这是因为地球大气已消失,等离子体的光芒没有散射。我看到地面上布满了奇怪的黄绿相间的半透明晶体块,这是固体氧氮,是已冻结的空气。有趣的是,空气并没有均匀地冻结在地球表面,而是形成了小山丘似的不规则的隆起。在原来平滑的大海冰原上,这些半透明的小山形成了奇特的景观。银河纹丝不动地横过天穹,也像被冻结了,但星光很亮,看久了还刺眼呢。

地球发动机将不间断地开动五百年,到时地球将加速至光速的千分之五,然后地球将以这个速度滑行一千三百年,走完三分之二的航程,然后掉转发动机的方向,开始长达五百年的减速。地球将在航行两千四百年后到达比邻星,再用一百年时间泊入这颗恒星的轨道,成为它的一颗行星。

我知道已被忘却
流浪的航程太长太长
但那一时刻要叫我一声啊
当东方再次出现霞光

我知道已被忘却
起航的时代太远太远
但那一时刻要叫我一声啊
当人类又看到了蓝天

我知道已被忘却
太阳系的往事太久太久
但那一时刻要叫我一声啊
当鲜花重新挂上枝头
……

每当听到这首歌，一股暖流就涌进我这年迈僵硬的身躯，我干涸的老眼又湿润了。我好像看到半人马座三颗金色的太阳在地平线上依次升起，万物沐浴在温暖的光芒中。固态的空气融化了，天变蓝了。两千多年前的种子从解冻的土层中复苏，大地绿了。我看到我的第一百代孙子孙女们在绿色的草原上欢笑，草原上有清澈的小溪，溪中有银色的小鱼……我看到了加代子，她从绿色的大地上向我跑来，年轻美丽，像个天使……

啊,地球,我的流浪地球……

发表于 2000 年第 7 期《科幻世界》

获 2000 年度(第 12 届)银河奖特等奖

乡村教师

他知道，这最后一课要提前讲了。

又一阵剧痛从肝部袭来，使他几乎晕厥过去。他已没有气力下床了，便艰难地挪向床边的窗口。月光映在窗纸上，银亮亮的，使小小的窗户看上去像是通向另一个世界的门。那个世界的一切一定都是银亮亮的，如同用银子和不冻人的雪做成的盆景。他颤颤地抬起头，从窗纸的破洞中望出去，幻觉立刻消失了。他看到了远处自己度过了一生的村庄。

村庄静静地卧在月光下，像是百年前就没了人似的。那些黄土高原上特有的平顶小屋，形状同村子周围的黄土包没啥区别，在月夜中颜色也一样，整个村子仿佛已融入这黄土坡之中。只有村前那棵老槐树很清楚，树上干枯枝杈间的几个老鸦窝更是黑黑的，像是落在这暗银色画面上的几滴醒目的墨点……其实，村子也有美丽温暖的时候。比如秋收时，外面打工的男人女人大都回来了，村里有了人声和笑声，家家屋顶上堆着金灿灿的玉米，打谷场上娃们在秸秆堆里打滚。再比如过年的时候，打谷场被汽灯照得通亮，在那里连着几天热闹红火，摇旱船，舞狮子。那几头狮子只剩下咔嗒作响的木头脑壳，上面油漆都脱了，村里没钱置新狮子皮，就用几张床单代替，玩得也挺高兴……但正月十五一过，村里的青壮年都外出打工挣生活去了，村子一下没了生气。只有每天黄昏，当稀稀拉拉几缕炊烟升起时，村头可能出现一两个老人，扬起山核桃一样的脸，眼巴巴地望着那条通向山外的路，直到在老槐树上挂着的最后一抹夕阳消失。天黑后，村里早早就没了灯光——娃娃和老人睡得都早，电费贵，现在到一块八一度了。

这时村里隐约传出一声狗叫，声音很轻，好像那狗在说梦话。他看着村子周围月光下的黄土地，突然觉得那仿佛是纹丝不动的水面。要真是水就好了，今年是连着第五个旱年了，要想有收成，又要挑水浇地了。想起田地，他的目光向更远处移去。那些小块的山田，月光下如同巨人登山时留下的一个个脚印。在这只长荆条和毛蒿的石头山上，田也只能是这么东一小块西一小块的。别说农机，连牲口都转不开身，只能凭人力耕种。去年一家什么农机厂到这儿来，推销一种微型手扶拖拉机，可以在这些巴掌大的地里干活儿。那东西真是不错，可村里人说他们这是闹笑话哩！他们想过那些巴掌地能产出多少东西来吗？就是绣花似的种，能种出一年的口粮就不错了，遇上这样的旱年，可能种子钱都收不回来呢！为这样的田买那三五千一台的拖拉机，再搭上两块多一升的柴油?！唉，这山里人的难处，外人哪能知晓呢?

这时，窗前走过了几个小小的黑影，在不远的田垄上围成一圈蹲下来，不知要干什么。他知道他们都是自己的学生。其实只要他们在近旁，不用眼睛他也能感觉到他们的存在，这直觉是他一生积累出来的，只是在这生命的最后时间里更敏锐了。

他甚至能认出月光下的那几个孩子，其中肯定有刘宝柱和郭翠花。这两个孩子都是本村人，本来不必住校的，但他还是收他们住了。刘宝柱的爹十年前买了个川妹子成亲，生了宝柱，五年后娃大了，对那女人看得也松了，结果有一天她跑回四川了，还卷走了家里所有的钱。这以后，宝柱爹也变得不成样儿了，开始是赌，同村子里那几个老光棍一样，把个家折腾得只剩四堵墙一张床。然后是喝，每天晚上都用八毛钱一斤的地瓜烧把自己灌得烂醉，拿孩子出气，每天一小揍三天一大揍，直到上个月的一天半夜，抡了根烧火棍差点把宝柱的命要了。郭翠花更惨了，要说她妈还是正经娶来的，这在这儿可是个稀罕事儿，男人也很荣光了。可好景不长，喜事刚办完，大家就发现她妈是个疯子，之所以迎亲时没看出来，大概是吃了什么药。本来嘛，好端端的女人哪会到这穷得鸟不拉屎的地方来？但不管怎么说，翠花还是生下来了，并艰难地长大。但她那疯妈妈的病也越来越重，犯起病来，白天拿菜刀砍人，晚上放火烧房，更多的时间是阴森森地笑，那声音让人汗毛直竖……

剩下的都是外村的孩子了。他们的村子距这里最近的也有十里山路，只能住校。在这所简陋的乡村小学里，他们一住就是一个学期。娃们来时，除了带自己的铺盖，每人还背了一袋米或面，十多个孩子在学校的那个大灶做饭吃。当冬夜降临时，娃们围在灶边，看着菜面糊糊在大铁锅中翻腾，灶膛里秸秆橘红色的火光映在他们脸上……这是他一生中看到过的最温暖的画面，他会把这画面带到另一个世界的。

窗外的田垄上，在那圈娃们中间，亮起了几点红色的小火星。在这一片银灰色的月夜背景上，火星的红色格外醒目。这些娃在烧香，接着他们又烧起纸来，火光把娃们的形象以橘红色在冬夜银灰色的背景上显现出来，这使他又想起了那灶边的画面。他脑海中还出现了另一幅类似的画面：当学校停电时（可能是因为线路坏了，但大多数时间是因为交不起电费），他给娃们上晚课，手里举着一根蜡烛照着黑板。“看见不？”他问。“看不见！”娃们总是这样回答。那么一点点亮光，确实难看清，但娃们缺课多，晚课是必须上的。于是他再点上一根蜡，手里两根举着。“还是看不见！”娃们喊。他于是再点上一根，虽然还是看不清，但娃们不喊了，他们知道再喊老师也不会加蜡了——蜡太多了也是点不起的。烛光中，他看到下面娃们的面容时隐时现，像一群用自己的全部生命拼命挣脱黑暗的小虫虫。

娃们和火光，娃们和火光，总是娃们和火光，总是夜中的娃们和火光，这是这个世界深深刻在他脑子中的画面。

他知道娃们是在为他烧香和烧纸，他们以前多次这么干过，只是这次，他已没有力气斥责他们迷信了。他用尽了一生在娃们的心中燃起科学和文明的火苗，但他明白，同笼罩着这偏远山村的愚昧和迷信相比，那火苗是多么弱小，就像这深山冬夜中教室里的那根蜡烛。半年前，村里的一些人来到学校，要从本来已很破旧的校舍取下椽子木，说是修村头的老君庙用。问他们校舍没顶了，娃们以后住哪儿？他们说可以睡教室里嘛。他说那教室四面漏风，大冬天能住？他们说反正都是外村人。他拿起一根扁担和他们拼命，结果被人家打断了两根肋骨。好心人抬着他走了三十多里山路，送到了镇医院。

就是在那次检查伤势时，意外发现他患了食道癌。这并不稀奇，这一带是食道癌高发区。镇医院的医生恭喜他因祸得福，因为他的食道癌现在处于早期，还未扩散，动手术就能治愈。食道癌是手术治愈率最高的癌症之一，他算拣了条命。

于是他去了省城，去了肿瘤医院，在那里他问医生动一次这样的手术要多少钱，医生说像你这样的情况可以住我们的扶贫病房，其他费用也可适当减免，最后下来不会太多的，也就两万多块吧。想到他来自偏远山区，医生接着很详细地给他介绍住院手续怎么办。他默默地听着，突然问：“要是不手术，我还有多长时间？”

医生呆呆地看了他好一阵儿，才说：“半年吧。”他长出了一口气，好像得到了很大安慰。

至少能送走这届毕业班了。

他真的拿不出这两万多块。虽然民办教师工资很低，但干了这么多年，孤身一人无牵无挂，按说也能攒下一些钱了。只是他把钱都花在娃们身上了，他已记不清给多少学生代交了学杂费，最近的就有刘宝柱和郭翠花。更多的时候，他看到娃们的饭锅里没有多少油星星，就用自己的工资买些肉和猪油回来……反正到现在，他全部的钱也只有手术所需费用的十分之一。

沿着省城那条宽长的大街，他向火车站走去。这时天已黑了，城市的霓虹灯开始发出迷人的光芒，多彩而斑斓，让他迷惑。还有那些高楼，一入夜就变成了一盏盏高耸入云的巨大彩灯。音乐声在夜空中飘荡，疯狂的，轻柔的，走一段一个样。

就在这个不属于他的世界里，他慢慢地回忆起自己不算长的一生。他很坦然，各人有各人的命，早在二十年前初中毕业回到山村小学时，他就选定了自己的命。再说，他这条命很大一部分是另一位乡村教师给的。他就是在自己现在任教的这所小学度过童年的，他爹妈死得早，那所简陋的乡村小学就是他的家,他的小学老师把他当亲儿子待,日子虽然穷,但他的童年并不缺少爱。那年,放寒假了,老师要把他带回自己的家里过冬。老师的家很远,他们走了很长的积雪的山路,看到老师家所在的村子的一点灯光时,已是半夜了。他们身后不远处浮现出四点绿莹莹的亮光,那是两双狼眼。那时山里的狼很多,学校周围就能看到一堆堆狼屎。有一次他淘气,把那灰白色的东西点着扔进教室,浓浓的狼烟充满了教室,把娃们都呛得跑了出来,让老师很生气。现在,那两只狼向他们慢慢逼近,老师折下一根粗树枝,挥动着想拦住狼的来路,同时大声喊着让他向村里跑。他当时吓糊涂了,只顾跑,只想着那狼会不会绕过老师来追他,想着会不会遇到其他的狼。他上气不接下气地跑进村子,同几个拿猎枪的汉子去接老师,却发现他躺在一片已冻成糊状的血泊中,半条腿和整只胳膊都被狼咬掉了。老师在送往镇医院的路上就咽了气。在火把的光芒中,他看到了老师的眼睛,老师的腮帮被深深地咬下一大块,已说不出话,但用目光把一种心急如焚的牵挂传给了他。他读懂了那牵挂,记住了那牵挂。

初中毕业后,他放弃了在镇政府里一个不错的工作机会,直接回到了这个举目无亲的山村,回到了老师牵挂的这所乡村小学。这时,学校因为没有教师已荒废好几年了。

前不久,教委出台新政策,取消了民办教师,其中的一部分经考试考核转为公办。当他拿到教师证时,知道自己已成为一名国家承认的小学教师了,很高兴,但也只是高兴而已,不像别的同事那么激动。他不在乎什么民办公办,只在乎那一批又一批的娃,从他的学校读完了小学,走向生活。不管他们是走出山去还是留在山里,他们的生活同那些没上过一天学的娃总是有些不一样的。

他所在的山区,是这个国家最贫困的地区之一。但穷不是最可怕的,最可怕的是那里的人们对现状的麻木。记得那是好多年前了,搞包产到户,村里开始分田,然后又分其他东西。对于村里唯一的一台拖拉机,油钱怎么出,出机时怎么分配,大伙总也谈不拢,最后大家都能接受的唯一办法是把拖拉机分了——真的分了,你家拿一个轮子他家拿一根轴……再就是两个月前,有一家工厂来扶贫,给村里安了一台潜水泵,考虑到用电贵,人家还给带了一台小柴油机和足够的柴油。挺好的事儿,但人家前脚走,村里后脚就把机器卖了,连泵带柴油机,卖了一千五百块钱,全村好好吃了两顿,算是过了个好年……一家皮革厂来买地建厂,村里什么都没搞清楚就把地卖了。那厂子建起后,硝皮子的毒水流进河里,渗进井里,人一喝了那些水浑身就起红疙瘩。就这也没人在乎,还沾沾自喜那地卖了个好价钱……村里那些娶不上老婆的光棍儿,每天除了赌就是喝,但不去种地。他们都能算清:县里每年总会有些救济,那钱算下来怎么也比在那巴掌大的山地里刨一年土坷垃挣得多……没有文化,人们都变得下作了。穷山恶水固然让人灰心,但真正让人感到没指望的,是山里人那呆滞的目光。

他走累了,就在人行道边坐下来。他面前,是一家豪华的大餐馆,靠街的全是一整面透明玻璃,华丽的枝形吊灯把光芒投射到外面。整个餐馆像一个巨大的鱼缸,里面穿着华贵的客人则像一群多彩的观赏鱼。他看到靠街的一张桌子旁坐着一个胖男人,头发和脸似乎都在冒油,看上去像用一大团表面涂了油的蜡做的。男人两旁各坐着一个身材高挑、穿着暴露的女郎,男人转头对一个女郎说了句什么,把她逗得大笑起来,男人跟着笑起来；另一个女郎则娇嗔地用两个小拳头捶那个男的……真没想到还有个子这么高的女孩子，秀秀的个儿，大概只到她们一半……他叹了口气。唉，又想起秀秀了。

秀秀是本村唯一没有嫁到山外的姑娘，也许是因为她从未出过山，怕外面的世界，也许是别的什么原因。他和秀秀好过两年多，最后那阵差点儿就成了。秀秀家里也通情达理，只要一千五百块的肚疼钱[①]。但后来，村子里出去打工的人赚了些钱回来，和他同岁的二蛋虽不识字但脑子活，去城里干起了挨家挨户清洗抽油烟机的活儿，一年下来竟赚了个万把块。前年这个二蛋回来待了一个月，秀秀不知怎的就跟他好上了。秀秀一家全是睁眼瞎，家里粗糙的干打垒墙壁上，除了贴着一团一团用泥巴和起来的瓜种子，还划着长长短短的道道儿，那是她爹多少年来记的账……秀秀没上过学，但自小对识文断字的人有好感，这是她同他好的主要原因。但二蛋的一瓶廉价香水和一串镀金项链就把这种好感全打消了，“识文断字又不能当饭吃。”秀秀对他说。虽然他知道识文断字是能当饭吃的，但具体到他身上，吃得确实比二蛋差好远，所以他也说不出什么。秀秀看他那样儿，转身走了，只留下一股让他皱鼻子的香水味。

和二蛋成亲一年后，秀秀生娃死了。他还记得那个接生婆，把那些锈不拉叽的刀刀铲铲放到火上烧一烧就向里捅。秀秀可倒霉了，血流了一铜盆，在送镇医院的路上就咽气了。成亲办喜事的时候，二蛋花了三万块，那排场在村里真是风光死了，可他怎的就舍不得花点钱让秀秀到镇医院去生娃呢？后来他一打听，这花费一般也就二三百，就二三百

① 西北一些农村地区彩礼的一个名目，意思是对娘生女儿肚子疼的补偿。

呀。但村里历来都是这样，生娃是从不去医院的。所以没人怪二蛋，秀秀就这命。后来他听说，比起二蛋妈来，她还算幸运。二蛋妈生二蛋时难产，二蛋爹从产婆那儿得知是个男娃，就决定只要娃了，于是把二蛋妈放到驴子背上，让那驴子一圈圈走，硬是把二蛋挤出来。听当时看见的人说，院子里血流了一地……

想到这里，他长出了一口气，笼罩着家乡的愚昧和绝望使他窒息。

但娃们还是有指望的。对那些在冬夜寒冷的教室中盯着烛光照着的黑板的娃娃来说，他也是蜡烛，不管能点多长时间，发出的光有多亮，他总算是从头点到尾了。

他站起身来继续走，没走多远就拐进了一家书店。城里就是好，还有夜里开门的书店。除了回程的路费，他把身上所有的钱都买了书，以充实他的乡村小学里那小小的图书室。半夜，提着两捆沉重的书，他踏上了回家的火车。

在距地球五万光年的远方，在银河系的中心，一场延续了两万年的星际战争已接近尾声。

那里的太空中渐渐出现了一个方形区域，仿佛灿烂的群星的背景被剪出一个方口。这个区域的边长约十万公里，区域的内部是一种比周围太空更黑的黑暗，让人感到一种虚空中的虚空。从这黑色的正方形中，开始浮现出一些实体，它们形状各异，都有月球大小，呈耀眼的银色。这些物体越来越多，组成了一个整齐的立方体方阵。这银色的方阵庄严地驶出黑色正方形，构成了一幅挂在宇宙永恒墙壁上的镶嵌画。这幅画以绝对黑体的正方形天鹅绒为衬底，由纯净耀眼的白银小构件镶嵌而成，仿佛是一首宇宙交响乐的固化。渐渐地，黑色的正方形消融在星空中，群星填补了它的位置，银色的方阵庄严地悬浮在群星之间。

银河系碳基联邦的星际舰队，完成了本次巡航的第一次时空跃迁。

在舰队的旗舰上，碳基联邦的最高执政官看着眼前银色的金属大地，上面布满了错综复杂的纹路，像一块无限广阔的银色蚀刻电路板，不时有几艘闪光的水滴状小艇出现在大地上，沿着纹路以令人目眩的速度行驶几秒钟，然后无声地消失在一口突然出现的深井中。时空跃迁带过来的太空尘埃被电离，成为一团团发着暗红色光芒的云，笼罩在银色大地的上空。

最高执政官以冷静著称，他周围那似乎永远波澜不惊的淡蓝色智能场就是他人格的象征。但现在，像周围的人一样，他的智能场也微微泛出黄光。

“终于结束了。”最高执政官的智能场振动了一下，把这个信息传送给站在他两旁的参议员和舰队统帅。

“是啊，结束了。战争的历程太长太长，以至于我们都忘记了它的开始。”参议员回答。

这时，舰队开始了亚光速巡航，它们的亚光速发动机同时启动，旗舰周围突然出现了几千个蓝色的太阳，银色的金属大地像一面无限广阔的镜子，把蓝太阳的数量又复制了一倍。

远古的记忆似乎被点燃了。其实，谁能忘记战争的开始呢？这记忆虽然传承了几百代，但在碳基联邦的万亿公民的脑海中，它仍是那么鲜活，那么铭心刻骨。

两万年前的那一时刻，硅基帝国从银河系外围对碳基联邦发动全面进攻。在长达一万光年的战线上,硅基帝国的五百多万艘星际战舰同时开始恒星蛙跳。每艘战舰首先借助一颗恒星的能量打开 ·个时空虫洞,然后从这个虫洞跃迁至另一颗恒星,再用这颗恒星的能量打开第二个虫洞继续跃迁……由于打开虫洞消耗了恒星大量的能量,恒星的光谱会暂时红移。当飞船完成跃迁后,恒星的光谱会渐渐恢复原状。当几百万艘战舰同时进行恒星蛙跳时,所产生的这种效应是十分恐怖的——银河系的边缘出现一条长达一万光年的红色光带,向银河系的中心移过来。这个景象在光速视界是看不到的,但在超空间监视器上却能显示出来。那条由变色恒星组成的红带,如同一道一万光年长的血潮,向碳基联邦的疆域涌来。

碳基联邦最先接触硅基帝国攻击前锋的是绿洋星。这颗美丽的行星围绕着一对双星恒星运行,它的表面全部被海洋覆盖。那生机盎然的海洋中漂浮着由柔软的长藤植物构成的森林,温和美丽、身体晶莹透明的绿洋星人在这海中的绿色森林间轻盈地游动,创造了绿洋星伊甸园般的文明。突然,几万道刺目的光束从天而降,硅基帝国舰队开始用激光蒸发绿洋星的海洋。在很短的时间内,绿洋星变成了一口沸腾的大锅。这颗行星上包括五十亿绿洋星人在内的所有生物都在沸水中极度痛苦地死去,它们被煮熟的有机质使整个海洋变成了绿色的浓汤。最后海洋全部蒸发了,昔日美丽的绿洋星变成了一个由厚厚蒸汽包裹着的地狱般的灰色行星。

这是一场几乎波及整个银河系的星际大战,是银河系中碳基和硅基文明之间惨烈的生存竞争,但双方谁都没有料到战争会持续两万银河年!

现在，除了历史学家，谁也记不清有百万艘以上战舰参加的大战役有多少次了。规模最大的一次超级战役是第二旋臂战役，战役在银河系第二旋臂中部进行，双方投入了上千万艘星际战舰。据历史记载，在那广漠的战场上，被引爆的超新星就达两千多颗。那些超新星像第二旋臂中部黑暗太空中怒放的焰火，使那里变成超强辐射的海洋，只有一群群幽灵似的黑洞漂行其间。战役的最后，双方的星际舰队几乎同归于尽。一万五千年过去了，第二旋臂战役现在听起来就像上古时代缥缈的神话，只有那仍然存在的古战场证明它确实发生过。但很少有飞船真正进入过古战场，那里是银河系中最恐怖的区域，这并不仅仅是因为辐射和黑洞。当时，双方数量多得难以想象的战舰为了进行战术机动，进行了大量的超短距离时空跃迁。据说一些星际歼击机在空间格斗时，时空跃迁的距离竟短到令人难以置信的几千米！这样就把古战场的时空结构搞得千疮百孔，像一块内部被老鼠钻了无数长洞的大乳酪。飞船一旦误入这个区域，就可能在瞬间被畸变的空间扭成一根细长的金属绳，或压成一张面积有几亿平方公里但厚度只有几个原子的薄膜，立刻被辐射狂风撕得粉碎。但更为常见的是，飞船变为建造它们时的一块块钢板，或者旧得只剩下一个破外壳，内部的一切都变成古老灰尘。而人在这里也可能瞬间回到胚胎状态或变成一堆白骨……

但最后的决战不是神话，它就发生在一年前。在银河系第一和第二旋臂之间的荒凉太空中，硅基帝国集结了最后的力量，这支由一百五十万艘星际战舰组成的舰队在自己周围构筑了半径一千光年的反物质云屏障。碳基联邦投入攻击的第一个战舰群刚完成时空跃迁，就陷入了反物质云中。反物质云十分稀薄，但对战舰具有极大的杀伤力。

碳基联邦的战舰立刻变成一个个刺目的火球，但它们仍奋勇冲向目标。每艘战舰都拖着长长的火尾，在后面留下一条发着荧光的航迹，这由三十多万个火流星组成的阵列，构成了碳硅战争中最为壮观、最为惨烈的画面。在反物质云中，这些火流星渐渐缩小，最后在距硅基帝国战舰阵列很近的地方消失了，但它们用自己的牺牲为后续的攻击舰队在反物质云中打开了一条通道。在这场战役中，硅基帝国最后的舰队被赶到银河系最荒凉的区域——第一旋臂的顶端。

现在，这支碳基联邦舰队将完成碳硅战争中最后一项使命——在第一旋臂的中部建立一条五百光年宽的隔离带。隔离带中的大部分恒星将被摧毁，以制止硅基帝国的恒星蛙跳。恒星蛙跳是银河系中大吨位战舰进行远距离快速攻击的唯一途径，而一次蛙跳的最大距离是二百光年。隔离带一旦建立，硅基帝国的重型战舰要想进入银河系中心区域，就只能以亚光速跨越这五百光年的距离。这样，硅基帝国实际上被禁锢在第一旋臂顶端，再也无法对银河系中心区域的碳基文明构成任何严重威胁。

“我带来了联邦议会的意愿，”参议员用振动的智能场对最高执政官说，“他们仍然强烈建议：在摧毁隔离带中的恒星前，对它们进行生命级别的保护甄别。”

“我理解议会。”最高执政官说，“在这场漫长的战争中，各种生命流出的血足够形成上千颗行星的海洋了。战后，银河系中最迫切需要重建的是对生命的尊重。这种尊重不仅是对碳基生命的，也是对硅基生命的。正是基于这种尊重，碳基联邦才没有彻底消灭硅基文明。但硅基帝国并没有这种对生命的感情。如果说碳硅战争之前，战争和征服对于它们还仅仅是一种本能和乐趣的话，那么现在，这种东西已根植于它们的每个基因和每行代码之中，成为它们生存的终极目的。由于硅基生物对信息的存贮和处理能力大大高于我们，可以预测硅基帝国在第一旋臂顶端的恢复和发展将是神速的，所以我们必须在碳基联邦和硅基帝国之间建成足够宽的隔离带。在这种情况下，对隔离带中数以亿计的恒星进行生命级别的保护甄别是不现实的。第一旋臂虽属银河系中最荒凉的区域，但其拥有生命行星的恒星仍可能达到支持蛙跳的密度，这种密度足以支持中型战舰进行蛙跳，而即使只有一艘硅基帝国的中型战舰闯入碳基联邦的疆域，可能造成的破坏也是巨大的。因此，在隔离带中只能进行文明级别的甄别。为了拯救银河系中更多的高级和低级生命，我们不得不牺牲隔离带中某些恒星周围的低级生命，这一点我已向议会说明。”

参议员说：“议会也理解您和联邦防御委员会，所以我带来的只是建议而不是法案。但隔离带中周围已形成3C级以上文明的恒星必须得到保护。”

“这一点毋庸置疑。”最高执政官的智能场闪现出坚定的红色，“对隔离带中拥有行星的恒星的文明检测将是十分严格的！”

舰队统帅的智能场第一次发出信息：“其实我觉得你们多虑了。第一旋臂是银河系中最荒凉的荒漠，那里不会有3C级以上文明的。”

“但愿如此。”最高执政官和参议员同时发出了这个信息，他们智能场的共振使一道弧形的等离子体波纹向银色金属大地的上空扩散开去。

舰队开始了第二次时空跃迁，以近乎无限的速度奔向银河系第一旋臂。

夜深了,烛光中,全班的娃们围在老师的病床前。

“老师歇着吧,明儿个讲也行的。”一个男娃说。

他艰难地苦笑了一下,“明儿个有明儿个的课。”

他想,如果真能拖到明天当然好,那就再讲一堂课。但直觉告诉他,怕是不行了。

他做了个手势,一个娃把一块小黑板放到他胸前的被单上。这最后一个月,他就是这样把课讲下来的。他用软弱无力的手接过娃递来的半截粉笔,吃力地把粉笔头放到黑板上,这时又一阵剧痛袭来,手颤抖了几下,粉笔嗒嗒地在黑板上敲出了几个白点儿。从省城回来后,他再也没去过医院。两个月后,他的肝部疼了起来,他知道癌细胞已转移到那儿了。这种疼痛越来越厉害,最后变成了压倒一切的痛苦。他一只手在枕头下摸索着,找出了一些止痛片,是最常见的用塑料长条包装的那种。对于癌症晚期的剧疼,这药已经没有任何作用。可能是由于精神暗示,他吃后总觉得好一些。杜冷丁倒也不算贵,但医院不让带出来用,而且就是带回来也没人给他注射。他像往常一样从塑料条上取出两片药来,但想了想,又把剩下的十二片全剥出来,一口吞了下去——他知道以后再也用不着吃药了。然后,他挣扎着想向黑板上写字,但头突然偏向一边,一个娃赶紧把盆接到他嘴边,他吐出了一口黑红的血,虚弱地靠在枕头上喘息起来。

娃们中传出了低低的抽泣声。

他放弃了在黑板上写字的努力,无力地挥了一下手,让一个娃把黑板拿走。他开始说话,声音细若游丝:

“今天的课同前两天一样,也是初中的课。这本来不是教学大纲上要求的,但我想,你们中的大部分人,这一辈子可能永远也听不到初中的课了,所以我最后讲一讲,也让你们知道稍深一些的学问是什么样子。昨天讲了鲁迅的《狂人日记》,你们肯定不大懂,不管懂不懂都要多看几遍,最好能背下来,等长大了,总会懂的。鲁迅是个很了不起的人,他的书每一个中国人都应该读读的,你们将来也一定要找来读读。"

他累了,停下来喘息着歇歇,看着跳动的烛光。鲁迅写下的几段文字在他的脑海中浮现出来。那不是《狂人日记》中的,课本上没有,他是从自己那套本数不全、已经翻烂的《鲁迅全集》上读到的,许多年前读第一遍时,那些文字就深深地刻在他脑子里:

假如一间铁屋子,是绝无窗户而万难破毁的,里面有许多熟睡的人们,不久都要闷死了,然而是从昏睡入死灭,并不感到就死的悲哀。现在你大嚷起来,惊起了较为清醒的几个人,使这不幸的少数者来受无可挽救的临终的苦楚,你倒以为对得起他们吗?

然而几个人既然起来,你不能说绝没有毁坏这铁屋的希望。

他用尽最后的力气,接着讲下去:

"今天我们讲初中物理。物理你们以前可能没有听说过,它讲的是物质世界的道理,是一门很深很深的学问。

"这课讲牛顿三定律。牛顿是从前英国的一个大科学家,他说了三句话,这三句话很神的,把人间天上所有东西的规律都包括进去了,上到太阳月亮,下到流水刮风,都跑不出这三句话划定的圈圈。用这三句话,可以算出什么时候日食,就是村里老人说的天狗吃太阳,一分一秒都不差的。人飞上月球,也要靠这三句话。这就是牛顿三定律。

“下面讲第一定律:当一个物体没有受到外力作用时,它将保持静止或匀速直线运动不变。”

娃们在烛光中默默地看着他,没有反应。

“就是说,你猛推一下谷场上那个石碾子,它就一直滚下去,滚到天边也不停下来。宝柱你笑什么?是啊,它当然不会那样,这是因为有摩擦力,摩擦力让它停下来。这世界上,没有摩擦力的环境可是没有的……”

是啊,他人生的摩擦力就太大了。在村里他是外姓人,本来就没什么分量,加上他这个倔脾气,这些年来把全村人都得罪了。他挨家挨户拉人家的娃入学,跑到县里,把跟着爹做买卖的娃拉回来上学,拍着胸脯保证垫学费……这一切并没有赢得多少感激。关键在于,他对过日子的看法同周围的人太不一样,成天想的说的,都是些不着边际的事,这是最让人讨厌的。在查出病来之前,他曾跑到县里,居然从教育局要回一笔维修学校的款子,村子里只拿走了一小部分,想过节请个戏班子唱两天戏,结果让他搅了,愣从县里拉了个副县长来,让村里把钱拿回来,可当时戏台子都搭好了。学校倒是修了,但他扫了全村人的兴,以后的日子更难过。先是村里的电工——村长的侄子,把学校的电掐了,接着做饭取暖用的秸秆村里也不给了,害得他扔下自个儿的地不种,一人上山打柴。更别提后来拆校舍房椽子那事了……这些摩擦力无所不在,让他心力交瘁,让他无法做匀速直线运动,他不得不停下来了。

也许,他就要去的那个世界是没有摩擦力的,那里的一切都是光滑可爱的,但那有什么意义?在那边,他的心仍留在这个充满灰尘和摩擦力的世界上，留在这所他倾注了全部生命的乡村小学里。他不在了以后，剩下的两个教师也会离去，这所他用力推了一辈子的小学校就会像谷场上那个石碾子一样停下来。他陷入深深的悲哀，但不论在这个世界或是那个世界，他都无力回天。

“牛顿第二定律比较难懂，我们最后讲。下面先讲牛顿第三定律：当一个物体对第二个物体施加一个力，第二个物体也会对第一个物体施加一个力，这两个力大小相等，方向相反。”

娃们又陷入了长时间的沉默。

“听懂了没？谁说说？”

班上学习最好的赵拉宝说：“我知道是啥意思，可总觉得说不通。晌午我和李权贵打架，他把我的脸打得那么痛，肿起来了，所以作用力应该不相等的才对，我受的肯定比他大嘛！”

喘息了好一会儿，他才解释说：“你痛是因为你的腮帮子比权贵的拳头软，它们相互的作用力还是相等的……”

他想用手比画一下，但手已抬不起来了。他感到四肢像铁块一样沉，这沉重感很快扩展到全身，他感到自己的躯体像要压塌床板，陷入地下似的。

时间不多了。

“目标编号：1033715。绝对目视星等：3.5。演化阶段：主星序偏上。发现两颗行星，平均轨道半径分别为1.3和4.7个距离单位，在一号行星上发现生命。这是红69012舰的报告。”

碳基联邦星际舰队的十万艘战舰目前已散布在一条长一万光年的

带状区域中，这就是正在建立的隔离带。工程刚刚开始，只是试验性地摧毁了五千颗恒星，其中拥有行星的只有一百三十七颗，而行星上有生命的这是第一颗。

“第一旋臂真是个荒凉的地方啊！”最高执政官感叹道。他的智能场振动了一下，用全息图隐去了脚下的旗舰和上方的星空，使他、舰队统帅和参议员悬浮于无际的黑色虚空中。接着，他调出了探测器发回的图像——虚空出现了一个发着蓝光的火球，最高执政官的智能场产生了一个白色的方框，那方框调整大小，圈住了这颗恒星并把它的图像隐去了，于是他们又陷入无边的黑暗之中。但这黑暗中有一个小小的黄色光点，图像的焦距开始大幅度调整，行星的图像以令人目眩的速度推向前来，很快占满了半个虚空，三个人都沉浸在它反射的橙黄色光芒中。

这是一颗被浓密大气包裹着的行星。在它那橙黄色的气体海洋上，汹涌的大气运动描绘出极端复杂的不断变幻的线条。行星图像继续移向前来，直到占据了整个虚空，三个人被橙黄色的气体海洋吞没了。探测器带着他们在这浓雾中穿行，很快雾气稀薄了一些，他们看到了这颗行星上的生命。

那是一群在浓密大气上层飘浮的气球状生物，表面有美丽的花纹，不停变幻着色彩和形状，时而呈条纹状，时而呈斑点状，不知这是不是一种可视语言。每个气球都有一条长尾，那长尾的尾端不时炫目地闪烁一下，光沿着长尾传到气球上，化为一片弥漫的荧光。

“开始四维扫描！”红69012舰上的一名上尉值勤军官说。

一束极细的波束开始从上至下飞快地扫描那群气球。这束波只有几个原子粗细，但它的波管内的空间维度比外部宇宙多一维。扫描数据传回舰上，在主计算机的内存中，那群气球被切成了几亿亿个薄片，每个薄片只有一个原子的厚度。在薄片上，每个夸克的状态都被精确地记录下来。

“开始数据镜像组合！”

主计算机的内存中，那几亿亿个薄片按原有顺序叠加起来，很快组合成一群虚拟气球。在计算机内部广漠的数字宇宙中，这个行星上的那群生物体有了精确的复制品。

“开始3C级文明测试！”

在数字宇宙中，计算机敏锐地定位了气球的思维器官，它是悬在气球内部错综复杂的神经丛中间的一个椭圆体。计算机在瞬间分析了这个大脑的结构，并越过所有低级感官，直接同它建立了高速信息接口。

文明测试是从一个庞大的数据库中任意地选取试题，测试对象如果能答对其中三道，则测试通过。如果头三道题没有答对，测试者有两种选择：可以认为测试对象没有通过，也可以继续测试，题数不限，直到测试对象答对的题数达到三道，这时可认为其通过测试。

“3C文明测试试题1号：请叙述你们已探知的组成物质的最小单元。”

“滴滴，嘟嘟嘟，滴滴滴滴。”气球回答。

“1号试题测试未通过。3C文明测试试题2号：你们观察到物体中热能的流向有什么特点？这种流向是否可逆？”

“嘟嘟嘟，滴滴，滴滴嘟嘟。”气球回答。

“2号试题测试未通过。3C文明测试试题3号：圆的周长和它的直径之比是多少？”

"滴滴滴滴嘟嘟嘟嘟嘟。"气球回答。

"3号试题测试未通过。3C文明测试试题4号……"

"到此为止吧。"当测试题数达到10道时，最高执政官说，"我们时间不多。"他转身对旁边的舰队统帅示意了一下。

"发射奇点炸弹！"舰队统帅命令。

奇点炸弹实际上是没有大小的，它是一个严格意义上的几何点，一个原子同它相比都是无穷大，虽然最大的奇点炸弹质量有上百亿吨，最小的也有几千万吨。当一颗奇点炸弹沿着长长的导轨从红69012舰的武器舱中滑出时，可以看到一个直径达几百米的发着幽幽荧光的球体，这荧光是周围的太空尘埃被吸入这个微型黑洞时产生的辐射。同恒星引力坍缩形成的黑洞不同，这些小黑洞在宇宙之初就形成了，它们是大爆炸前的奇点宇宙的微缩模型。碳基联邦和硅基帝国都有庞大的船队，游弋在银河系银道面外的黑暗荒漠搜集微型黑洞。有的海洋行星上的种群把这些船队戏称为"远洋捕鱼船队"，而这些船队带回的东西，是银河系中最具威慑力的武器之一，是迄今为止唯一能够摧毁恒星的武器。

奇点炸弹脱离导轨后，沿一条由母舰发出的力场束加速，直奔目标恒星。过了不长的一段时间，这颗灰尘似的黑洞高速射入了恒星表面火的海洋。想象在太平洋的中部突然出现一口半径一百公里的深井，就可以大概把握这时的情形。巨量的恒星物质开始被吸入黑洞，汹涌的物质洪流从所有方向会聚到一点并消失在那里。物质被吸入时产生的辐射在恒星表面产生了一团刺目的光球，仿佛给恒星戴上了一枚光彩夺目的钻石戒指。随着黑洞向恒星内部沉下去，光团暗淡下来，可以看到它处于一个直径达几百万公里的大旋涡正中。那巨大的旋涡散射着光团的强光,缓缓转动着,呈现出飞速变幻的色彩,使恒星从这个方向看去仿佛是一张狰狞的巨脸。很快,光团消失了,旋涡也渐渐消失,恒星表面似乎又恢复了它原来的色彩和光度。但这只是毁灭前最后的平静。随着黑洞向恒星中心下沉,这个贪婪的饕餮者更疯狂地吞食周围密度急剧增大的物质,在一秒钟内吸入的恒星物质总量可能相当于上百颗中等行星。黑洞巨量吸入物质时产生的超强辐射向恒星表面蔓延,由于恒星物质的阻滞,只有一小部分到达表面,其余辐射的能量留在了恒星内部,快速破坏着恒星的每一个细胞,从整体上把它飞快地拉离平衡态。从外部看,恒星的色彩在缓缓变化,从浅红变为明黄,从明黄变为鲜艳的绿色,从绿色变为如洗的碧蓝,从碧蓝变为恐怖的紫色。这时,在恒星中心的黑洞产生的辐射能已远远大于恒星本身辐射的能量。随着更多的能量以非可见光形式溢出恒星,紫色渐渐加深,这颗恒星看上去如同太空中一个在忍受超级痛苦的灵魂。痛苦急剧增大,紫色已深到极限,这颗恒星仅用不到一个小时的时间走完了它未来几十亿年的旅程。

一团似乎吞没整个宇宙的强光闪起,然后慢慢消失。在原来恒星所在的位置上,可以看到一个急剧膨胀的薄球层,像一个被吹大的气球,这是被炸飞的恒星表面。随着薄球层体积不断增大,它变得透明了,可以看到它内部的第二个膨胀的薄球层,然后又可以看到更深处的第三个薄球层……这颗爆炸中的恒星,就像宇宙中突然显现的一个套一个的玲珑剔透的镂花玻璃球,其中最深处的薄球层的体积也是恒星原来体积的几十万倍。当爆炸恒星的第一层膨胀外壳穿过那颗橙黄色行星时,它立刻被气化了。其实,在恒星爆炸的壮丽场景中根本就看不到它。同那膨胀的恒星外壳相比,它只是一粒微不足道的灰尘,其大小甚至不能成为那几层镂花玻璃球上的一个小点。

“你们感到消沉?”舰队统帅问。他看到最高执政官和参议员的智能场暗下来了。

“又一个生命世界毁灭了,像烈日下的露珠。”

“那您就想想伟大的第二旋臂战役,当两千多颗超新星被引爆时,有十二万个这样的世界同碳硅双方的舰队一起化为蒸气。阁下,时至今日,我们应该超越这种无谓的多愁善感了。”

参议员没有理会舰队统帅的话,径直对最高执政官说:“这种对行星表面取随机点的检测方式是不可靠的,可能漏掉行星表面的文明特征。我们应该进行面积检测。”

最高执政官说:“这一点我也同议会讨论过。在隔离带中我们要摧毁的恒星有上亿颗,其中估计有一千万个行星系,行星数量可能达五千万颗。我们时间紧迫,对每颗行星都进行面积检测是不现实的。我们只能尽量加宽检测波束,以增大随机点覆盖的面积。除此之外,只能祈祷隔离带中那些可能存在的文明在其星球表面的分布尽量均匀了。”

“下面我们讲牛顿第二定律……”

他心急如焚,极力想在有限的时间里给娃们多讲一些。

“一个物体的加速度,与它所受的力成正比,与它的质量成反比。首先,加速度,这是速度随时间的变化率,它与速度是不同的:速度大,加速度不一定大;加速度大,速度也不一定大。比如:一个物体现在的速度是110米每秒,两秒后的速度是120米每秒,那么它的加速度就是120减110除2,5米每秒——呵,不对,5米每秒的平方。另一个物体现在的速度是10米每秒，两秒后的速度是30米每秒，那么它的加速度就是30减10除2，10米每秒平方。看，后面这个物体虽然速度小，但加速度大！呵，刚才说到平方，平方就是一个数自个儿乘自个……”

他惊奇自己的头脑如此清晰，思维如此敏捷。他知道，自己生命的蜡烛已燃到根上，棉芯倒下了，把最后的一小块蜡全部引燃了，一团比以前的烛苗亮十倍的火焰熊熊燃烧起来。剧痛消失了，身体也不再沉重。其实，他已感觉不到身体的存在，他的全部生命似乎只剩下那个在疯狂运行的大脑。那个悬在空中的大脑竭尽全力，尽量多尽量快地把自己存贮的信息输出给周围的娃们，但靠说话来传输知识是来不及了。他产生了一个幻象：一把水晶样的斧子把自己的大脑无声地劈开，他一生中积累的那些知识——虽不是很多，但他很看重的——像一把发光的小珠子毫无保留地落在地上，发出一阵悦耳的叮当声，娃们像见到过年的糖果一样抢那些小珠子……这幻象让他有一种幸福的感觉。

“你们听懂了没？”他焦急地问。他已经看不到周围的娃们，但还能听到他们的声音。

“我们懂了！老师快歇着吧！”

他感觉到那团最后的火焰在弱下去，“我知道你们不懂，但你们把它背下来，以后慢慢会懂的。一个物体的加速度，与它所受的力成正比，与它的质量成反比。”

“老师，我们真懂了，求求你快歇着吧！”

他用尽最后的力气喊道：“背呀！”

娃们抽泣着背了起来：“一个物体的加速度，与它所受的力成正比，与它的质量成反比。一个物体的加速度，与它所受的力成正比，与它的质量成反比……”

这几百年前就在欧洲化为尘土的卓越头脑产生的思想，以浓重的西北方言的童音在20世纪中国最偏僻的山村中回荡，就在这声音里，那烛火灭了。

娃们围着老师已没有生命的躯体大哭起来。

“目标编号：500921473。绝对目视星等：4.71。演化阶段：主星序正中，带有九颗行星。这是蓝84210号舰的报告。”

“一个精致完美的行星系！”舰队统帅赞叹。

最高执政官很有同感，“是的，它的固态小体积行星和气液态大体积行星的配置很有韵律感。小行星带的位置恰到好处，像一条美妙的装饰链。还有最外侧那颗小小的甲烷冰行星①，似乎是这首音乐最后一个余音未尽的音符，暗示着某种新周期的开始。”

“这是蓝84210号舰，将对最内侧1号行星进行生命检测，检测波束发射。该行星没有大气，自转缓慢，温差悬殊。1号随机点检测，白色结果；2号随机点检测，白色结果……10号随机点检测，白色结果。蓝84210号舰报告，该行星没有生命。”

舰队统帅不以为然地说：“这颗行星的表面温度可以当冶炼炉了，没必要浪费时间。”

“开始2号行星生命检测，波束发射。该行星有稠密大气，表面温度较高且均匀，大部分为酸性云层覆盖。1号随机点检测，白色结果；2号随机点检测，白色结果……10号随机点检测，白色结果。蓝84210号舰

① 本文创作的时候，冥王星尚未被宣布为矮行星。

报告,该行星没有生命。”

通过四维通信,最高执政官对一千光年之外蓝84210号舰上的值勤军官说:“直觉告诉我,3号行星有生命的可能性很大,在它上面检测三十个随机点。”

“阁下,我们时间很紧了。”舰队统帅说。

“照我说的做。”最高执政官坚定地说。

“是,阁下。开始3号行星生命检测,波束发射。该行星有中等密度的大气,表面大部为海洋覆盖……”

来自太空的生命检测波束落到了亚洲大陆靠南一些的一点上,在地面上形成了一个直径约五千米的圆形。如果是在白天,用肉眼有可能觉察到波束的存在,因为当波束到达时,在它的覆盖范围内,一切无生命的物体都将变成透明状态。现在它覆盖的中国西北的这片山区将如同水晶的山脉——阳光在这些山脉中折射,将是一幅十分奇异壮观的景象——大地也会变成深不可测的深渊。而被波束判断为有生命的物体则保持原状态不变,人、树木和草在这水晶世界中显得格外清晰醒目。但这效应只持续了半秒钟,检测波束完成初始化后,一切就会恢复原状,旁观者肯定会认为自己产生了一瞬间的幻觉。但现在,这里正是深夜,自然难以觉察到什么了。

这所山村小学,正好位于检测波束圆形覆盖区的圆心上。

“1号随机点检测,结果……绿色结果,绿色结果!蓝84210号舰报告,目标编号:500921473,第3号行星发现生命!”

检测波束对覆盖范围内的众多种类生命体进行分类。在以生命结构的复杂度和初步估计的智能等级进行排序的数据库中，一个方形掩蔽物下的一簇生命体排在首位。于是波束迅速收缩，会聚到那个掩蔽物上。

最高执政官的智能场接收到从蓝84210号舰上发回的图像，并把它放大到整个太空背景上，那所山村小学的影像在瞬间占据了整个宇宙。图像处理系统已经隐去了掩蔽物，但那簇生命体的图像仍不清晰。它们的外形太不醒目了，几乎同周围行星表面的以硅元素为主的黄色土壤融为一体。计算机只好把图像中所有的无生命部分，包括这些生命体中间的那具体形较大的已没有生命的躯体，全部隐去，这样那一簇生命体就仿佛悬浮在虚空之中。尽管如此，它们看上去仍是那么平淡和缺乏色彩，像一簇黄色的植物，一看就知道是那种在它们身上不会发生任何奇迹的生物。

一束纤细的四维波束从蓝84210号舰发射。这艘有一个月球大小的星际战舰正停泊在木星轨道之外，使太阳系暂时多了一颗行星。那束四维波束在三维太空中以接近无限的速度到达地球，穿过那所乡村小学校舍的屋顶，以基本粒子的精度对这十八个孩子进行扫描。数据的洪流以人类难以想象的速率传回太空。很快，在蓝84210号舰主计算机的广阔内存中，孩子们的数字复制体形成了。

十八个孩子悬浮在一个无际的空间里，那空间呈一种无法形容的色彩——实际上那不是色彩，虚无是没有色彩的，虚无是透明中的透明。孩子们都不由得想拉住旁边的伙伴，但手却从伙伴身体里毫无阻力地穿过去了。孩子们感到了难以形容的恐惧。计算机觉察到这一点，认为这些生命体需要一些熟悉的东西，于是在自己内存宇宙的这一部分模拟出这个行星天空的颜色。孩子们立刻看到了蓝天，没有太阳，没有云，更没有浮尘，只有蓝色，无比纯净，无比深邃。孩子们的脚下不是大地，而是与头顶一样的蓝天。他们似乎置身于一个无限的蓝色宇宙中，而他们是这宇宙中唯一的实体。计算机感觉到，这些数字生命体仍然处于惊恐中。它用了亿分之一秒想了想，终于明白了：银河系中大多数生命体并不惧怕悬浮于虚空之中，但这些生命体不同，它们是大地上的生物。于是，它给了孩子们一个大地，并给了它们重力感。孩子们惊奇地看着脚下突然出现的大地，它是纯白色的，上面有黑线画出的整齐方格。他们仿佛站在一个无限广阔的语文作业本上。他们中有人蹲下来摸摸地面，这是他们见过的最光滑的东西。他们迈开双脚走，但原地不动——这地面是绝对光滑的，摩擦力为零。他们很惊奇自己为什么不会滑倒。这时有个孩子脱下自己的一只鞋子，沿着地面扔出去。那鞋子以匀速直线运动向前滑去，孩子们呆呆地看着它以恒定的速度渐渐远去。

他们看到了牛顿第一定律。

有一个声音，空灵而悠扬，在这数字宇宙中回荡：

“开始3C级文明测试，3C文明测试题1号：请叙述你所在星球生物进化的基本原理，是自然淘汰型，还是基因突变型？”

孩子茫然地沉默着。

“3C文明测试题2号：请简要说明恒星能量的来源。”

孩子茫然地沉默着。

……

“3C文明测试题10号：请说明你们星球上海洋的液体的分子构成。”

孩子仍然茫然地沉默着。

那只鞋在遥远的地平线处变成一个小黑点消失了。

“到此为止吧！”在一千光年之外，舰队统帅对最高执政官说，“不能再耽误时间了，否则我们肯定不能按时完成第一阶段的任务。”

最高执政官的智能场发出了微弱的表示同意的振动。

“发射奇点炸弹！”

载有命令信息的波束越过四维空间，瞬间到达了停泊在太阳系中的蓝84210号舰。那个发着幽幽荧光的雾球滑出了战舰前方长长的导轨，沿着看不见的力场束急剧加速，向太阳扑去。

最高执政官、参议员和舰队统帅把注意力转向了隔离带的其他区域，那里又发现了几个有生命的行星系，但其中最高级的生命是一种生活在泥浆中的无脑蠕虫。接连爆炸的恒星像宇宙中怒放的焰火，使他们想起了史诗般的第二旋臂战役。

不知过了多长时间，最高执政官智能场的一小部分下意识地游移到太阳系，他听到了蓝84210号舰舰长的声音：“准备脱离爆炸威力圈，时空跃迁准备，三十秒倒数！”

“等一下，奇点炸弹到达目标还需多长时间？”最高执政官说，舰队统帅和参议员的注意力也被吸引过来。

“它正越过内侧1号行星的轨道，大约还有十分钟。”

“用五分钟时间，再进行一些测试吧。”

“是，阁下。”

接着听到了蓝84210号舰值勤军官的声音：“3C文明测试题11号：一个三维平面上的直角三角形，它的三条边的关系是什么？”

沉默。

“3C 文明测试题 12 号：你们的星球是你们行星系的第几颗行星？”

沉默。

“这没有意义，阁下。”舰队统帅说。

“3C 文明测试题 13 号：当一个物体没有受到外力作用时，它的运行状态如何？”

数字宇宙广漠的蓝色空间中突然响起了孩子们清脆的声音：“当一个物体没有受到外力作用时，它将保持静止或匀速直线运动不变。”

“3C 文明测试题 13 号通过！ 3C 文明测试题 14 号……”

“等等！”参议员打断了值勤军官，“下一道试题也出关于甚低速力学基本近似定律的。”他又问最高执政官，“这不违反测试准则吧？”

“当然不，只要是测试数据库中的试题。”舰队统帅代为回答。这些令他大感意外的生命体把他的注意力全部吸引过来了。

“3C 文明测试题 14 号：请叙述相互作用的两个物体间力的关系。”

孩子们说：“当一个物体对第二个物体施加一个力，第二个物体也会对第一个物体施加一个力，这两个力大小相等，方向相反！”

“3C 文明测试题 14 号通过！ 3C 文明测试题 15 号：对于一个物体，请说明它的质量、所受外力和加速度之间的关系。”

孩子们齐声说：“一个物体的加速度，与它所受的力成正比，与它的质量成反比！”

“3C 文明测试题 15 号通过，文明测试通过！ 确定目标恒星 500921473 的 3 号行星上存在 3C 级文明。”

“奇点炸弹转向！ 脱离目标！”最高执政官的智能场急剧闪动着，用最大的能量把命令通过超空间传送到蓝 84210 号舰上。

在太阳系，推送奇点炸弹的力场束弯曲了。长达几亿公里的力场束此时像一根弓起的长杆，努力把奇点炸弹挑离射向太阳的轨道。蓝84210号舰上的力场发动机以最大功率工作，巨大的散热片由暗红变为耀眼的白炽色。力场束向外的推力分量开始显示出效果，奇点炸弹的轨道开始弯曲，但它已越过水星轨道，距太阳太近了，谁也不知道这努力是否能成功。通过超空间直播，全银河系都在盯着那个模糊的雾团的轨迹。它的亮度急剧增大，这是一个可怕的迹象，说明炸弹已能感受到太阳外围空间粒子密度的增大。舰长的手已放到了那个红色的时空跃迁启动按钮上，以在奇点炸弹击中太阳前的一刹那脱离这个空间。但奇点炸弹最终像一颗子弹一样擦过太阳的边缘。当它以仅几万米的高度掠过太阳表面时，由于黑洞吸入太阳大气中大量的物质，亮度增到最大，太阳边缘出现了一个刺眼的蓝白色光球，使它在这一刻看上去像一个紧密的双星系统，这奇观对人类将永远是个难解之谜。蓝白色光球飞速掠过时，下面太阳浩瀚的火海黯然失色。像一艘快艇掠过平静的水面，黑洞的引力在太阳表面划出了一道“V”形的划痕，波及半个太阳。奇点炸弹撞断了一条日珥，这条从太阳表面升起的百万公里长的美丽轻纱在高速冲击下，碎成一群欢快舞蹈着的小小的等离子体旋涡……奇点炸弹掠过太阳后，亮度很快暗下来，最后消失在茫茫太空的永恒之夜中。

“我们险些毁灭了一个碳基文明。”参议员长出一口气说。

“真是不可思议，在这么荒凉的地方竟会存在3C级文明！”舰队统帅感叹说。

“是啊，无论是碳基联邦，还是硅基帝国，其文明扩展和培植计划都不包括这一区域。如果这是一个自己进化的文明，那可是一件很不寻常的事。”最高执政官说。

“蓝84210号舰，你们继续留在那个行星系，对3号行星进行全表面文明检测，你舰前面的任务将由其他舰只接替。”舰队司令命令道。

同他们在木星轨道之外的数字复制品不一样，山村小学中的娃们丝毫没有觉察到什么。在那间校舍里的烛光下，他们只是围着老师的遗体哭啊哭。不知哭了多长时间，娃们最后安静下来。

“咱们去村里告诉大人吧。”郭翠花抽泣着说。

“那又咋的？”刘宝柱低着头说，“老师活着时村里的人都腻歪他，这会儿肯定连棺材钱都没人给他出呢！”

最后，娃们决定自己掩埋自己的老师。他们拿起锄头铁锹，开始在学校旁边的山地上挖墓坑。灿烂的群星在整个宇宙中静静地看着他们。

“天啊！这颗行星上的文明不是3C级，是5B级！”看着蓝84210号舰从一千光年之外发回的检测报告，参议员惊呼起来。

人类城市的摩天大楼群的影像在旗舰上方的太空中显现。

“他们已经开始使用核能，并用化学推进方式进入太空，甚至已登上了他们所在行星的卫星。”

“他们的基本特征是什么？”舰队统帅问。

“您想知道哪些方面？”蓝84210号上的值勤军官问。

“比如，这个行星上生命体记忆遗传的等级是多少？”

“他们没有记忆遗传，所有记忆都是后天取得的。”

“那么，他们的个体相互之间信息交流的方式是什么？”

“极其原始，也十分罕见。他们身体内有一种很薄的器官，在这颗行星以氧氮为主的大气中振动时可产生声波，同时把要传输的信息调制到声波之中，接收方也用一种薄膜器官从声波中接收信息。”

“这种方式信息传输的速率是多大？”

“大约每秒1至10比特。”

“什么？！”旗舰上听到这话的人全都大笑起来。

“真的是每秒1至10比特，我们开始也不相信，但反复核实过。”

“上尉，你是个白痴吗？！”舰队统帅大怒，“你是想告诉我们，一种没有记忆遗传、相互间用声波进行信息交流、并且是以令人难以置信的每秒1至10比特的速率进行交流的物种，能创造出5B级文明？！而且这种文明是在没有任何外部高级文明培植的情况下自行进化的？！”

“但，阁下，确实如此。”

“但在这种状态下，这个物种根本不可能在每代之间积累和传递知识，而这是文明进化所必需的！”

“他们有一种个体，有一定数量，分布于这个种群的各个角落，这类个体充当两代生命体之间知识传递的媒介。”

“听起来像神话。”

“不，”参议员说，“在银河文明的太古时代，确实有过这种个体，但即使在那时也极其罕见。除了我们这些星系文明进化史的专业研究者，很少有人知道。”

“你是说那种在两代生命体之间传递知识的个体？”

“他们叫教师。”

“教——师？”

“一个早已消失的太古文明单词，很生僻，在一般的古词汇数据库中都查不到。”

这时，从太阳系发回的全息影像焦距拉长，显示出蔚蓝色的地球在太空中缓缓转动。

最高执政官说:“在银河系联邦时代，独立进化的文明十分罕见，能进化到5B级的更是绝无仅有。我们应该让这个文明继续不受干扰地进化下去，对它的观察和研究，不仅有助于我们对太古文明的认识，对今天的银河文明也有启示。”

“那就让蓝84210号舰立刻离开那个行星系吧，并把这颗恒星周围一百光年的范围列为禁航区。”舰队统帅说。

北半球失眠的人，会看到星空突然微微抖动。那抖动从空中的一点发出，呈圆形向整个星空扩展，仿佛星空是一汪静水，有人用手指在水中央点了一下似的。

蓝84210号舰跃迁时产生的时空激波到达地球时已大大衰减，只使地球上所有的时钟都快了三秒，但在三维空间中的人类是不可能觉察到这一效应的。

“很遗憾，”最高执政官说，“如果没有高级文明的培植，他们还要在亚光速和三维时空中被禁锢两千年，至少还需一千年时间才能掌握和使用湮灭能量，两千年后才能通过多维时空进行通信。至于通过超空间跃迁进行宇宙航行，可能是五千年后的事情了。至少要一万年，他们才具备加入银河系碳基文明大家庭的起码条件。”

参议员说："文明的这种孤独进化，是银河系太古时代才有的事。如果古老的记载正确，我那太古的祖先生活在一个海洋行星的深海中。在黑暗世界的无数个王朝后，一个庞大的探险计划开始了。他们发射了第一艘外空飞船，那是一个透明的浮力小球，经过漫长的路程浮上海面。当时正是深夜，小球中的先祖第一次看到了星空……你们能够想象，那对他们是怎样的壮丽和神秘啊！"

最高执政官说："那是一个让人向往的时代。一粒灰尘样的行星对先祖都是一个无限广阔的世界。在那绿色的海洋和紫色的草原上，先祖敬畏地面对群星——这感觉我们已丢失千万年了。"

"可我现在又找回了它！"参议员指着地球的影像说。它那蓝色的晶莹球体上浮动着雪白的云纹，酷似一种来自他祖先星球海洋中的美丽珍珠，"看这个小小的世界，它上面的生命体在过着自己的生活，做着自己的梦，对我们的存在、对银河系中的战争和毁灭全然不知。宇宙对他们来说，是希望和梦想的无限源泉。这真像一首来自太古时代的歌谣。"

他真的吟唱了起来。他们三人的智能场合为一体，荡漾着玫瑰色的波纹。那从遥远得无法想象的太古时代传下来的歌谣听起来悠远、神秘、苍凉，通过超空间传遍了整个银河系。在这团由上千亿颗恒星组成的星云中，数不清的生命感到了久违的温馨和宁静。

"宇宙的最不可理解之处在于它是可以理解的。"最高执政官说。

"宇宙的最可理解之处在于它是不可理解的。"参议员说。

当娃们造好那座新坟时，东方已经放亮了。老师是放在从教室拆下来的一块门板上下葬的，陪他入土的是两盒粉笔和一套已翻破的小学课本。娃们在那个小小的坟头上立了一块石板，上面用粉笔写着“李老师之墓”。

只要一场雨，石板上那稚拙的字迹就会消失。用不了多长时间，这座坟和长眠在里面的人就会被外面的世界忘得干干净净。

太阳从山后露出一角，把一抹金辉投进沉睡着的山村。在仍处于阴影中的山谷草地上，露珠闪着晶莹的光，可听到一两声怯生生的鸟鸣。

娃们沿着小路向村里走去，那一群小小的身影很快消失在山谷淡蓝色的晨雾中。

他们将活下去，为了在这块古老贫瘠的土地上收获虽然微薄但确实存在的希望。

发表于 2001 年第 1 期《科幻世界》

获 2001 年度（第 13 届）银河奖读者提名奖

混沌蝴蝶

混沌学的现代研究使人们渐渐明白，十分简单的数学方程完全可以模拟系统如瀑布一样剧烈的行为。输入端微小的差别能够迅速放大到输出端，变成压倒一切的差别。这种现象被称为“对初始条件的敏感性”。例如，在天气系统中，这种现象以趣称为“蝴蝶效应”而闻名，意思是说，今天一只蝴蝶在北京拍动一下空气，就足以使纽约产生一场暴雨。

在民谣中对类似现象早有描述：

少了一颗钉子，丢了一块蹄铁；
少了一块蹄铁，丢了一匹战马；
少了一匹战马，丢了一个骑手；
少了一个骑手，丢了一场胜利；
少了一场胜利，丢了一个国家。

——詹姆斯·格莱克《混沌学》

3月24日，贝尔格莱德[①]

四岁的卡佳是在儿童医院五楼的病房中听到最初的几声爆炸的，她看看窗外，夜空依旧。比爆炸声更响、更可怕的是楼内人们纷乱的脚步声，仿佛使整座楼都在颤抖。这时，妈妈艾琳娜抱起卡佳跑出去，混在楼道中的人群里向地下室跑去，而同她们一起跑出病房的父亲亚历山大和他那位叫烈伊奇的俄国朋友同他们分开，逆着人流向楼上跑去。艾琳娜没有注意他们，她这一年来把全部身心都放在卡佳身上。为了把女儿从尿毒症中拯救出来，她把自己的一个肾移植给了卡佳。今天是卡佳出院的日子，女儿获得新生带给她的喜悦使她对战争的爆发不太在意了。

但对亚历山大来说就大不一样了。爆炸响过之后，战争将占据他的全部生活。这时，他和烈伊奇站在露天的楼顶上，环视着远方刚刚出现的几处火光，仰望着高射炮的曳光弹在夜空中写下的一串串明亮的省略号。

“有一个笑话，”亚历山大说，“说的是一家人，有一个漂亮任性的女儿。有一天，这家旁边建了一个兵营，驻扎了很多放荡不羁的大兵。大兵常挑逗那姑娘，这令她的父亲忧心忡忡。有一天，有人告诉他，他女儿怀孕了！他听后长松一口气，欣慰地说：很好，总算发生了。”

“这不是一个俄国式的笑话。”烈伊奇说。

“开始我也不太理解，但现在理解了——你害怕已久的事终于发生了，有时是一种解脱。”

“你不是神，亚历山大。”

“这点总参谋部和国防部的那帮混蛋已提醒过我了。”

---

① 原南斯拉夫首都。

“这么说你找过政府了？他们不相信你能找到大气敏感点？”

“你相信吗？”

“以前也不信，但看到你的数学模型的运转后有些信了。”

“那里没人会仔细看那个数学模型，但他们主要是不相信我这个人。”

“你好像不是反对党。”

“我什么都不是，我对政治没兴趣。也许是因为我在前几年的内战时期说了些不该说的话吧。”

这时，爆炸声停止了，但远方的火光更亮了，映照在市内最高的两座建筑上。它们处在萨瓦河两边，一座是位于新区的塞尔维亚社会党总部，它白色的楼体在火光中凸现出来；另一座是“贝尔格莱德人”大厦，它黑色的楼体在火光中时隐时现，看不清形状，仿佛是前者的一个奇怪的镜像。

“从理论上说，你的模型也许能行。但你想过没有，要计算出一个可作用于这个国家天气的敏感点，并计算出作用方式，用南斯拉夫所拥有的最快的计算机，大概一个月也完成不了一次计算。”

“这正是我找你的原因。我要用你在杜布纳[1]的那一台计算机。”

“你凭什么肯定我会答应？”

“我没肯定。不过你爷爷是铁托的军事顾问，在苏捷斯卡战役[2]中负过伤。”

“好吧。但我如何得到全球大气的初始数据呢？”

“这是公开的，从国际气象网络上就能下载。这是全球所有气象卫

---

① 俄罗斯科学城之一。

② 1943年南斯拉夫人民军粉碎德军“围剿”的战役。

星，以及参加国际气象观测网的地面及海面观测点的实时数据汇总，量很大，用电话线不行，你至少要有一条传输率大于一兆的专线。”

“这我有。”

亚历山大把一个小号码箱递给烈伊奇，“神需要的一切都在这里面。最重要的是那块光盘，上面刻录了我的大气模型软件，有六百多兆字节，一块盘刚能存下，是没编译过的C语言原码，在你们那台大机器上应该能运行的。还有一部卫星电话，以及同这部电话相连的一个经过改装的GPS全球卫星定位系统——通过这个，你就能看到我在全球任何一处的精确位置。”

烈伊奇接过箱子说：“我连夜走，到罗马尼亚去赶飞往莫斯科的班机。顺利的话，明天的这个时候我就能用卫星电话告诉你那个神奇的敏感点，但我很怀疑它的效应真能按预定被放大，呼风唤雨毕竟是神的事。”

烈伊奇走后，亚历山大同妻子和女儿离开医院回家。车到萨瓦河与多瑙河的交汇处时，亚历山大把车停下，他们三人下车，默默地看着夜里的河水。

亚历山大沉默了好一会儿才开口说：“我说过，战争一爆发我就要离开家的。”

“你是害怕炸弹吗，爸爸？带我走吧，我也怕，它的声儿真大！”卡佳说。

“不，亲爱的，我是去想办法不让炸弹落到我们的土地上。爸爸去的地方可能很远，不能带卡佳。事实上，爸爸现在也不知要去哪儿。”

“那你有什么办法不让炸弹落下来呢？你能召集强大的军队来保卫

我们吗？”

“用不着，卡佳。爸爸只是在某个特定的时间，在地球上某个特定的地方，干某件特定的小事，比如说泼一盆热水或抽一支雪茄，就能让整个南斯拉夫笼罩在阴云和大雾中，让投炸弹的人和炸弹都看不到目标！”

“干吗跟孩子说这些？”艾琳娜说。

“不要紧的，她就是说出去也没人相信，包括你。”

“一年前，你曾到澳大利亚的海岸开动一架大鼓风机，并认为这能使干旱的埃塞俄比亚下大雨……”

“那次我是没成功，但并非是因为我的理论和数学模型有误，而是因为我没有足够快的计算机，等敏感点计算出来时，全球大气的演变早已使它不敏感了！”

“亚历山大，你一直生活在自己的梦里。我不拦你，我就是被你的这些梦想打动才嫁给你的……”回首往事，艾琳娜黯然神伤。她出生在一个波黑穆斯林家庭，五年前，当她逃出被围困的萨拉热窝[①]、同这个塞族的大学同学结合时，她那顽固的父亲和哥哥差点儿用冲锋枪杀了她。

把艾琳娜和卡佳送回家后，亚历山大驱车前往罗马尼亚，路很不好走，途中多了许多关卡，还经常塞车，他在第二天中午才通过边境。后面的路好走了许多，他在天没黑时就到达了布加勒斯特[②]机场。

3月25日，杜布纳

莫斯科正北方向一百多公里处，有一个小镇。在那里，看不到莫斯

① 今波黑共和国首都。

② 罗马尼亚首都。

科的颓废和衰落，整洁的小镇坐落于美丽的绿荫和草地之中。这里的时光停止了流动，可以看到列宁的塑像，在小镇的出口——那条穿过伏尔加河底的隧道口上方——还有苏联时代的一行大字：劳动光荣。小镇有六万人口，几乎全部是科学家。这座小镇叫杜布纳，是苏联的高科技和核武器研究中心。

小镇中有一座新建的楼房，外表精致前卫，同周围那些苏联时代的建筑形成鲜明对比。小楼二层是一个全封闭的机房，机房内有一台美国造的克雷巨型计算机。它虽然型号较老，但也属于原巴统[①]严格禁止向东方出口的设备。四年前，美、英、德、法等国提供资金，同俄罗斯联合建立了一个高科技研究中心，想以优厚的待遇和良好的研究环境为诱饵，阻止那些每月只能挣一百多美元的俄国核科学家流向非西方国家，同时西方还能同俄罗斯共享中心的研究成果。这座楼房就是研究中心在杜布纳的一个分部。由于俄罗斯的大型计算机结构落后，操作困难，美国人在这里安装了这台克雷巨型机，巨型机由美国工程师控制，运行的软件都经过他们的审查。如果这台计算机有感觉的话，它一定会感到孤独，因为它在这儿安家的三年时间里，绝大部分时间只是在空转和定时自检，只有在杜布纳的莫斯科大学电子学院的几个研究生通过一楼的终端传给它几个计算程序。那些东西，它用熟睡时残留的神经就能解决。

这天深夜，克雷计算机收到了一个C语言原码软件和要求对其进行编译的指令。这个软件很庞大，事实上，是它见过的最大的软件，但这并没有使它兴奋。它见过很多几百万行甚至几千万行的大程序，运行后才知其中大部分是枯燥的循环和像素转换，最后只是生成一个乏味的三维

① 全称“巴黎统筹委员会”，是对社会主义国家实施禁运和贸易限制的组织。

模型动画。它启动了编译器,漠然地把一行行C代码翻译成由0和1组成的它自己的语言,把那长得难以想象的01链放到外存中。它刚刚完成编译,立刻收到了执行的命令,它迅速把那刚吐出的01堆成的高山吸回内存,并从那堆庞大的乱麻中抽出了一根细细的线头,程序开始执行了。克雷机倒吸了一口冷气,呼啦一下,那个程序瞬间生成了一百多万个高阶矩阵、三百多万个常微分方程和八百多万个偏微分方程!这些数学怪物张着贪婪的大嘴等待着原始数据。很快,从另一个十兆速率的入口,一股数据洪流汹涌而入,克雷机能隐约分辨出组成洪流的分子,它们是一组组的压力、温度和湿度参数。这原始数据的洪流如炽热的岩浆,注入了矩阵和方程的海洋,一切都沸腾了起来!克雷机一千多个CPU满负荷运行,内存里广阔的电子世界中,逻辑的台风在呼啸,数据大洋上浊浪滔天……这种状态持续了四十多分钟,这在克雷机看来有几个世纪那样长。它终于松了一口气,它的能力用到了极限,刚刚能控制这个疯狂的世界。台风弱下来,大洋也渐渐平静。又过了一会儿,台风消失了,大洋凝固,且急剧缩小。最后,它的精华凝结成一粒微小的数据种子,在内存无边的虚空中发出缕缕金光,化作几行数据显示在一楼的一台终端的屏幕上。屏幕前,烈伊奇拿起了卫星电话。

"第一个敏感点已出现,现正在由西经13度和15度、北纬22度和25度围成的区域内徘徊。作用方式:使该敏感点急剧降温。那里是……我看看,哦,去非洲吧,亚历山大!"

3月27日,非洲,毛里塔尼亚

直升机低空掠过炎热的沙漠,热浪让亚历山大窒息。但黑人飞行员却满不在乎，一路说个不停。他对这个奇怪的白人很感兴趣，从努瓦克肖特[1]机场一下班机，这人就租了他的轻型直升机，然后从机场旁的一家饭店里买了一个冰柜，又买了一大块冰放到冰柜中，把冰柜放进直升机，还带了一把大铁锤。这人说不出目的地，只是让直升机按他指的方向朝内地沙漠飞去。一路上，他一直把一部形状奇怪的大电话放在耳边，那电话还连着一个像游戏机的东西，飞行员在为一支铜矿勘探队工作时见过那东西，知道它是全球卫星定位仪。

“嗨，朋友，你好像是从开罗来的？”飞行员在发动机的轰鸣声中用生硬的法语大声说。

“我从巴尔干来，在开罗换乘飞机。”亚历山大心不在焉地回答。

“你说什么？是巴尔干吗？！那儿在打仗呢！”

“好像是吧。”

耳机中，烈伊奇在六千公里外告诉亚历山大，他的位置指示清晰，敏感点现在很稳定，飘移很慢，距他只有五公里了。

“美国人在那里扔了很多炸弹，还有‘战斧’导弹，呲——轰！喂，朋友，你知道一枚‘战斧’多少钱吗？”

“一百五十万美元吧。”

亚历山大，注意，只有三千五百米了。

“哇，白人真阔气，干什么都阔气。那么多钱在这里可以建一个种植园，或一个水库，能养活很多人呢！”

亚历山大，三千米！

“美国为什么打仗？你不知道？！哦，听说米洛舍维奇在那个叫科索

---

[1] 毛里塔尼亚首都。

沃的地方杀人，杀了四十多人……”

两千米，亚历山大，它又飘移了，向左！

“左转一些！”

“……什么？左转？好。好了吗？”

好了吗，烈伊奇？

呵，过了些。

“过了些，再向回转一下！”

“你应该说清方位角……好了吗？”

好了吗，烈伊奇？

好了，亚历山大，正对，还有一千五百米！

“好了，把定，谢谢朋友！”

“不用谢。你给的价钱公道！哦，刚才说杀了四十多人，可你记得吗？前两年非洲也在杀人……”

一千米！

“……在卢旺达……”

五百米！

“……杀了五十万人……”

一百米！

“……谁管了？……”

亚历山大，你在敏感点上了！

“降落！”

“……你们大概已经忘了那事儿……什么，降落？在这儿？好的！但愿沙子别把滑橇陷住……好了，你到了。等会儿再出去，你会迷了眼的!”

亚历山大同黑人飞行员一起把冰柜抬到沙漠上,然后又把已开始融化的大冰块取出来放到沙地上。四周,沙漠在热气中微微颤动。

“嘿,这玩意儿烫手呢!”飞行员笑着说。亚历山大在冰块前举起了铁锤。

“为了苦难中的祖国,我扑动蝴蝶的翅膀……”

他半闭双眼,用塞尔维亚语默诵。然后,他挥动铁锤猛砸冰块,冰块很快碎成一片片晶莹的碎屑,在沙地上迅速融化,如同飞逝的梦幻。一股沁人心脾的凉气升腾扩散开来,很快被这炎热的空气吞没了。

“你到底在干什么,朋友?”飞行员看着这情景,一脸茫然。

“一种仪式,一种图腾仪式,像你们在火上的舞蹈。”亚历山大擦着汗笑着说。

“那这仪式,还有你那神秘的咒语,是向你的神祈求什么?”

“阴雨和大雾,盖住我遥远祖国的阴雨和大雾。”

3月29日,贝尔格莱德

这是卡佳睡得最好的一夜。新移植的肾脏有排异反应,她发起烧来。妈妈让一个当护士的邻居给她注射了从医院带回来的抗排异针剂,她才好了些。更主要的是,昨天晚上爆炸声少多了,只有零星的两三声,公寓楼里的人们没有半夜钻进地下室待到天亮。第二天,卡佳才知道原因。

这天早晨,卡佳起晚了,虽然已是八点多,但外面天还很黑。卡佳来到阳台上,看到天空灰蒙蒙的,树丛间有缕缕雾气在聚集。

“上帝啊……”艾琳娜看到这景象后,低低叫了一声。

"妈妈,是不是爸爸干的?"

"不太可能。不过天要是能连阴半个月的话,就有可能是他干的。"

"爸爸现在在哪儿?"

"不知道。他是一只蝴蝶,在世界的什么地方扑打翅膀。"

"哪有他那么难看的蝴蝶?再说,我不喜欢阴天。"

3月29日,北约空军1362号作战指令

发自:北约盟军空军司令部作战指挥中心

全文转发:南欧盟军司令部,美军南欧特遣部队司令部,第六舰队司令部

EAM来源和NM来源[①]的M441情报有误(见战场条件数据库ASD119,气象部分),已更正于M483情报。

由此引起1351、1353、1357号作战指令变动如下。

以下部分转发前方攻击基地:意大利基地(科米索基地、阿维亚诺基地、利科纳基地、马达莱那岛基地、锡戈内拉基地、布林迪西基地),希腊基地(苏达基地、伊拉克翁基地、雅典基地、敦马科里基地)

并转发:地中海航空母舰战斗群

取消1351指令和1357指令中所有B3类弹药[②]攻击,目标群:GH56、IIT773、NT4412、BBH091145、LO88、1123RRT、691HJ。(索引见目标数据库TAG471)

保留1353指令B3类弹药攻击,目标群:PA851、SSF67(索引同上)

---

① 分别指美国驻欧空军气象情报中心和美国国家气象局。

② 指激光制导炸弹和电视制导炸弹。

1351、1353、1357指令中A2类[1]攻击指令不变。

以下转发阿维亚诺基地:

增加低空观测航次,对保留的B3类弹药攻击进行AF3级效果评估。

绝密,原件无副本。

3月29日,杜布纳

亚历山大,亚历山大!听着,第二个敏感点已形成,在东经134度和133度、北纬29度和30度围成的区域内飘移,现在移动速度很快,但正在稳定下来。作用方式:剧烈扰动该点的海水。知道吗?它在海上。

3月31日,太平洋琉球群岛海面

海面很平静,像蓝色的缎子。这艘小渔船全速行驶着,航迹拖得很长。

在船的后甲板上,两个皮肤很黑的冲绳渔民正在用防水纸包起一捆TNT炸药,并用长长的导线把插在炸药上的电雷管同起爆器连起来。亚历山大在旁边看着他们。他们边干活儿边聊天,由于亚历山大在旁边,他们说的是口音不正但很流利的英语。他们谈的仍是战争,现在全世界都在谈。

"我觉得这对我们有利,"他们中的一个说,"这开了一个先例,将来朝鲜或中国台湾有什么事,我们的七七舰队就和美国人的航空母舰一起浩浩荡荡开过去了,那多威风!"

"去他妈的美国人,我看到他们就讨厌!他们快从冲绳滚蛋吧,他们

① 指"战斧"巡航导弹。

飞机的声音太难听了！”

“你是笨蛋！从小方面考虑，没有基地，我们的鱼卖给谁？从大方面说，你是日本人，应该为日本的利益着想。”

“这要看话怎么说了，岩田君。我和你不一样，你们家十年前才从九州过来，而我呢，祖祖辈辈都在冲绳。冲绳曾经是一个独立的王国，你们同美国人一样，也是外来者。”

“广濑君，听听你说的是什么话？那个大田知事不是个东西，他把好多你们这样的人都带坏了……哦，先生，好了。”

亚历山大把包好的炸药搬到船尾，把卫星电话放在耳边等待着。

“先生，您如果真想炸到鱼，听我的话，换个方向吧！”

“我不想炸鱼，只想炸海水。”

“您花了钱，当然愿意怎么干都行。现在到冲绳来的游客中，您这样的怪人越来越多了。”

亚历山大，亚历山大！你已经在敏感点上了！扰动海水！

亚历山大把炸药抛入海中。

“当心别让导线缠住螺旋桨！”一个冲绳人大喊。甲板上的一盘导线被迅速放入海中。亚历山大把手指按在起爆按钮上。

“为了苦难中的祖国，我扑动蝴蝶的翅膀……”

一声沉闷的巨响从海面下传出，高大的水柱从船后三十多米处腾起。阳光下，白花花的水花十分耀眼。水柱落下，海面涌起大大的水包，但很快一切归于平静。

“我说过，您什么也炸不到的。”一个冲绳人看着那片海面说。

4月1日，贝尔格莱德

“妈妈，连着三天阴天了，这次肯定是爸爸干的！”卡佳站在窗前说。

天上的云层已由前两天的灰白变成了灰黑，低低地压在城市上空。萨瓦河两边一白一黑两幢最高建筑的顶部都隐没于云层中，小雨在下着。

艾琳娜仍然摇摇头，“我更相信是上帝干的。”

4月1日，南斯拉夫上空，F117攻击编队

目标指示机：“黑美人黑美人，你已到达目标上空。”

F117：“独眼独眼，目标可视度为零，我高度4500米，在云层上方。”

目标指示机：“我高度1800米，在云层下面，刚刚试过激光制导照射，照射点可识别度低于攻击标准，雾太大。”

F117：“独眼，测试电视制导。”

目标指示机：“正在测试……黑美人，可识别率刚刚达到攻击标准，你必须穿过云层攻击，现在目标上空云底高2000米。”

F117：“我已作好攻击准备，独眼，请记录攻击效果。”

目标指示机：“黑美人，黑美人，不能进入低空！云层下炮火很猛，且发现塔马拉[①]迹象！”

F117：“独眼，我仍打算低空攻击，我们不能再次空手而归了！”

目标指示机：“黑美人，拉起来！记住指令中的作战原则，格兰特少校。你想上军事法庭吗?！”

格兰特把操纵杆拉回怀中，再向右偏，F117棱角分明的黑色机体懒

① 一种由捷克生产的雷达，采用先进独特的被动探测方式，据说能发现F117和B2两种隐形轰炸机，深为北约空军所恐惧。

洋洋地抬起来，又笨拙地转了向，在一望无际的云层上向意大利方向飞去。格兰特在飞行头盔中叹了口气。

唉，在阿维亚诺基地起飞前，我是在下面这两颗马克12型激光滑翔炸弹上签了名的。

4月1日，北约空军1694号作战指令

发自：北约盟军空军司令部作战指挥中心

全文转发：南欧盟军司令部，美军南欧特遣部队司令部，第六舰队司令部

EAM来源和NM来源的M769、M770情报再次有误（见战场条件数据库ASD123，气象部分），该来源情报可信度由T1级降至T3级。

由此引起1681至1690号作战指令变动如下，变动根据：ND224战场目标攻击效果空中评估报告，S24来源地面情报。

以下部分转发前方攻击基地：意大利基地（科米索基地、阿维亚诺基地、利科纳基地、马达莱那岛基地、锡戈内拉基地、布林迪西基地），希腊基地（苏达基地、伊拉克翁基地、雅典基地、敦马科里基地）

并转发：地中海航空母舰战斗群。

继续取消1681及后续作战指令中所有B3类弹药攻击，目标群：TA67至TA71、110LK、TU81、GH1632、SPT4418、MH703、BR45至BR67（索引见目标数据库TAG471）

绝密，原件无副本。

4月2日，杜布纳

亚历山大，第三敏感点！区域：东经92度至93度，南纬76度至77度，很稳定。作用方式：急剧升高该点温度。

你得去南极了，朋友。你首先赶到阿根廷的纳塔莱斯港，但别租船，来不及的！我在那里有个朋友，在上次南极臭氧空洞调查中，他曾为考查队工作，他很有办法。他有私人飞机，可从纳塔莱斯港直接飞到敏感点所在的南极玛丽伯德地，在那里他可能还有落脚点。这次你追上敏感点可能要花一些时间，到时第二敏感点的作用可能已过去，我们只能让你的国家放晴两三天了。不过请放心，这个新敏感点很稳定，不会飘得太远，能维持很长时间，我想可能同南极的低温有关。更重要的是，它可多次作用！这样，你只要待在那里（当然不会太舒适），至少能让阴云和大雾在半个月内盖住巴尔干！

干得很漂亮，亚历山大，令人难以置信地漂亮！

4月4日，贝尔格莱德

“天晴了，妈妈！”卡佳在阳台上看着蓝天高兴地说。

艾琳娜轻轻叹了口气，“亚历山大，你真的不是救世主。”

一声巨响传来，玻璃嗡嗡响。又一声巨响，天花板上落下了尘土。

“卡佳，我们该去地下室了！”

“不嘛，我喜欢晴天！”

4月6日，南极大陆玛丽伯德地

“好一个纯净的世界，真想永远待在这儿！”亚历山大感叹道。

从飞机上两千多米的空中望下去，无际的冰原在挂在地平线上的太阳下呈一种醉人的微蓝色。

驾驶飞机的是一个叫阿方索的健壮的阿根廷人，他看了亚历山大一眼，说:“这种纯净马上就要消失。南极的旅游业发展很快，开始只是在设得兰群岛一带，现在要深入到内陆了。游客们乘船或飞机一群群地拥来。现在我的旅游公司很兴旺，我不会再像父辈那样去捕鱼或经营牧场了。”

“不只是旅游，你们的政府不是还打算向这个大陆移民吗？”

“为什么不行？我们毕竟是离南极最近的国家！我看，世界迟早要为这个大陆打得头破血流，就像现在的巴尔干那样。”

这时，卫星电话中传来了烈伊奇的声音:“亚历山大，有了点麻烦，美国人把克雷机机房关闭了！”

“你是说，他们觉察到我们在做的事？”

“完全没有。我只是对他们讲，我运行的是一个全球大气模拟软件，我并没说假话。现在政府同西方的关系紧张，这个研究中心也不可能不受影响。你在那里待下来等着，我很快会把事情理顺的。”

飞机降落在雪原上，亚历山大看到前面有一间小屋，小屋用保温板材搭成。为防积雪，它是被四根柱子架空在地面上的。

“这是一支英国考察队留下的，我把它修整了一下，里面的食品和燃油够我们待一个月的。”阿方索指着小屋说。

4月7日，贝尔格莱德

卡佳的排异反应又出现了，她发高烧，说胡话。而艾琳娜在卡佳出院时带回的针剂已用完了，她只得去医院拿。医院在城市的另一边，路很远。

今天仍是晴天。

“妈妈,给我讲个故事再走吧。”卡佳从床上支起身来拉住妈妈。

“亲爱的,妈妈所知道的童话都给你讲完了。现在妈妈给你讲最后一个童话。卡佳已经长大了,以后妈妈不会再给卡佳讲童话了。”

“我听着呢,妈妈。很久很久以前……”卡佳虚弱地躺下了。

“不,孩子,这个童话发生在不太远的过去,也就是卡佳出生前的三四年吧,我们生活在一个比现在大得多的国家,我们的国家几乎绵延了亚得里亚海的整个东岸。在这个国家里,塞尔维亚人、克罗地亚人、斯洛文尼亚人、马其顿人、黑山人和波黑穆斯林都生活在一个大家庭里,和睦相处,情同手足……”

“也包括科索沃的阿尔巴尼亚人吗?”

“当然也包括他们。有一个叫铁托的强有力的人领导着我们的国家,我们强大自豪,有着丰富多彩的文化,受到了全世界的尊敬……”

艾琳娜湿润的双眼呆呆地看着窗外那一角蓝天。

“后来呢?”卡佳问。

艾琳娜站起身来,“孩子,我回来前你就在家躺着,轰炸来的时候听隔壁列特尼奇叔叔的话。记住,到地下室去时多穿衣服,那里又潮又冷,你的病会加重的。”说完,她拿起包开门走了。

“那个国家后来呢?”卡佳冲妈妈的背影问。

家里的车已没有油了,艾琳娜只好乘出租车。等车的时间比平时长了好几倍,但总算是等来了。路上还算顺利,街上的人和车都很少,可以看到远处冒起的几根烟柱。到儿童医院后,她看到医院因轰炸停电了,护士们围着早产婴儿的密封保育箱手工向里面输送氧。药品短缺，但卡佳要用的药还是拿到了。艾琳娜拿到药后急匆匆地往回赶，这次等车用了更长的时间，只等来了一辆公共汽车，车上的人不多。

从车窗中看到多瑙河时，艾琳娜长出了一口气，这意味着回家的路已走了一半。天空万里无云，整座城市如同摆放在大地上的靶子。

“你不是救世主，亚历山大。”艾琳娜又在心中默默地说。

车走上了河上的大桥，桥上空荡荡的。车很快驶到了大桥中央。一阵凉爽的风从河面吹进车窗，艾琳娜并没有闻到硝烟味儿。除了那几根隐隐约约的烟柱外，城市的一切在明媚的阳光下显得那么宁静，甚至比以前都宁静。

就在这时，艾琳娜看到了它。

她是在远处不高的空中看到它的，开始只是一个在蓝天背景上隐约闪现的黑点，后来能看到它细长的形状。它飞得不快，艾琳娜真的没想到它竟飞得那么慢，似乎在寻找着什么。它飞到河上，画出一条优美的曲线，然后它降低了高度，贴着河面飞行，艾琳现在要向下才能看到它。它已很近，她看得更清了，它看上去那么光滑无害，根本不像报纸上描述的像一条恶鲨，倒像是从多瑙河中跃出的一条天真无邪的海豚……

“战斧”导弹击中了这座多瑙河上的大桥，把它完全摧毁了。几天后，人们清理那辆翻落河中的公共汽车时，发现了车中几具已烧焦的尸体，其中有一位女性，她怀中紧紧抱着一个手提包，包中放着两盒针剂。她把手提包保护得很好，那些针剂有一半没碎，盒上的药名也能看清，担任打捞工作的消防队员们觉得，那是一种很罕见的药。

4月7日，南极大陆玛丽伯德地

“我教你跳探戈吧！”阿方索说，于是他和亚历山大在雪地上跳起来。在这里，亚历山大仿佛到了另一个星球，在这似乎是永恒的雪原黄昏中，他忘记了时间，甚至忘记了战争。

“你跳得很不错，不过不是正宗的阿根廷探戈。”

“我的头部动作总是做不好。”

“那是因为你不理解这些动作的含义。在阿根廷牛仔最初跳探戈时，头可能是不动的。但后来，围着看跳舞的牛仔嫉妒圈中抱着漂亮姑娘跳舞的牛仔，就用石头打他们。所以以后在跳探戈时，你就不得不机警地转着头左顾右盼。”

笑过之后，亚历山大叹了口气，“是啊，这就是外面的世界。”

4月10日，杜布纳

亚历山大，事情更糟了，西方中止了研究中心的所有合作项目，美国人要拆下克雷计算机并把它运走……我在想办法再找一台巨型机，杜布纳有一个核爆炸模拟中心，是军方机构，他们那里有巨型机。俄罗斯造的机器可能慢一些，但还是能胜任这些计算的。不过这就需要把这事向上面反映，可能要反映到很高的层次。你再坚持两天，虽然现在不能跟踪了，但我相信敏感点还在南极！

4月13日，贝尔格莱德

在昏暗的地下室中，在地面传来的低沉的爆炸声中，卡佳已奄奄一息。

邻居们想尽了办法，列特尼奇大叔在两天前就让自己的儿子到医院取药，但城里所有的医院都已没有抗排异药物了。这药只能从西欧进口，这在现在根本没有可能。

卡佳的妈妈一直没有消息。

卡佳在昏迷中不停地喊“妈妈”，但在她残存的意识中出现的却是爸爸，爸爸变成一只大蝴蝶，翅膀有足球场那么大，他在高空不停地扑动巨翅，阴云和浓雾散了，阳光照耀着城市和多瑙河……

“我喜欢晴天……”卡佳喃喃地说。

4月17日，杜布纳

亚历山大，我们失败了，我没得到巨型机。是的，我已向最高层反映了这事，通过科学院的渠道，但……不不不，他们没说不相信，也没说相信。信不信已不重要。我被解雇了，他们赶走一个院士，就像赶走一条狗一样。你问为什么？就因为我参与了这事……是的，他们是允许志愿军前往南斯拉夫，但我干的事不一样……我也不知道，他们是政治家，我们永远无法理解他们的思维方式，就像他们永远无法理解我们一样……别天真了，相信我，真的没有可能了，能在短时间完成如此复杂计算的计算机在全球也没几台……回家？不，别回去，卡佳……怎么对你说呢，朋友，卡佳三天前死了，死于排异反应。艾琳娜八天前去医院给孩子拿药，没回来，到现在也没有消息……不知道，我好不容易打通了你家的电话，只从你邻居那里听到这些。亚历山大，朋友，到莫斯科来吧！到我家里来，我们至少还有你的软件，它可以改变世界的！喂，喂，亚历山大！

……

4月14日，南极大陆玛丽伯德地

“阿方索，你先回阿根廷吧，我想一个人待在这里。”在雪原上的小屋前，亚历山大脸上挂着惨然的微笑，“谢谢你做的一切，真的谢谢。”

“你不像烈伊奇所说的那样，是希腊人。”阿方索盯着亚历山大说，“你是南斯拉夫人，我不知道你到这里来干什么，但肯定同战争有关。”

“就算是吧，但都无关紧要了。”

“在你听收音机中的新闻时我就看出来了，那种表情在十多年前的马尔维纳斯岛上我见得多了，那时我是一名英勇作战的士兵。是的，我很英勇，整个阿根廷都很英勇，我们不缺勇敢和热情，只缺几枚‘飞鱼’导弹……我还记得投降那天，岛上的天那个阴啊潮啊冷啊。还好，英国人允许我们带枪走……好了，朋友，我过几天再回来。别远离屋子，最近可能有风暴。”

目送阿方索的飞机消失在南极白色的天空中，亚历山大转身走进小屋，从屋里提出了一个小桶。

他再也没有走进小屋。

亚历山大提着小桶，在南极大陆无际的雪原上漫无目的地走着。不知过了多久，他站住了。

……作用方式：急剧升高该点的温度。

他把桶打开，用已冻僵的手掏出打火机。

“为了苦难中的祖国，我扑动蝴蝶的翅膀……”

他点燃了桶中的汽油，然后坐在雪地上，看着升腾的火苗。这是普通的火苗，不是敏感点的火苗，不会给他的祖国带去阴云和浓雾了……

少了一颗钉子,丢了一块蹄铁;

少了一块蹄铁,丢了一匹战马;

少了一匹战马,丢了一个骑手;

少了一个骑手,丢了一场胜利;

少了一场胜利,丢了一个国家。

7月10日,意大利,北约南欧盟军司令部

在一切都结束之后,周末舞会又恢复了,终于可以脱下穿了三个多月的迷彩服,换上笔挺的军礼服了。在这个文艺复兴时代建成的大厅中,在豪华的大理石立柱间,在巨大的水晶枝形吊灯的光芒下,将官的金星和校官的银星交相辉映。意大利上流社会的女士们不仅外表美艳动人,而且谈吐机智博学,如一朵朵鲜花点缀其间,加上流光溢彩的葡萄美酒,使这个夜晚无比醉人。现在,所有人都庆幸自己参加了这场光荣而浪漫的远征。

当威斯利·克拉克将军在他的一群参谋校官的陪同下出现时,大厅里响起了热烈的掌声。这掌声并不仅仅是对他在这场战争中功勋的颂扬。克拉克将军身材颀长,风度儒雅,同上次战争中的施瓦兹克普夫[①]形成鲜明对照,深得女士们的青睐。

两曲华尔兹后,开始跳方块舞,这是在五角大楼中流行的一种舞,女士们大多不会,年轻军官们便热情地教她们。克拉克将军想一个人出去散散步,就走出了大厅的侧门,来到湖边的一处葡萄园中。有一个人

① 美国陆军上将,中央司令部司令,海湾战争多国部队司令。

从大厅里跟了出来,同将军小心翼翼地保持着一段距离。将军沿着幽静的园中小路来到湖边,仿佛陶醉于这傍晚的湖光山色之中。

但他突然说:“你好,怀特中校。”

怀特没想到将军的第六感这么敏锐,赶紧快步上前立正敬礼,“您还认识我,将军?”

克拉克将军仍没有回头,“对你这三个月的工作我印象很深。中校,谢谢你,以及作战中心所有的人。”

“将军,请原谅我的打扰。有件事我想同您谈谈,这基本上是一个……私人事件。如果现在不谈,以后可能没有机会了。”

“请讲吧。”

“在攻击开始的头几天里,目标区气象情报有些……不稳定。”

“不是不稳定,中校,是完全错误。连着三四天的阴雨和大雾,给我们带来很大被动。如果预报准确,我们会推迟首次攻击的。”

现在日落已有一段时间了,西方的天空还有一点暮光,远方的群山像黑色的剪影,湖面如镜子般平静,湖中的什么地方,传来了优美的意大利船歌……在这样的时刻,他们的谈话实在太不协调了。但中校没办法,这是他唯一的机会,只好硬着头皮讲下去:

“可有些人抓住这事不放,参议院军备委员会质问过去三年空军气象情报系统那二十多亿美元预算是怎么花的,他们还组成了一个调查组,还要开听证会,好像想把这事闹大。”

“我想闹不大的。但总要有人对此负责,中校。”

怀特汗如雨下,“这不公平,将军。谁都知道,气象预报是一件随机性很大的事,大气系统是一个超复杂的混沌系统,精确地预测它的行为几乎是不可能的……”

“中校，如果我没记错的话，你是负责目标甄别工作的，同气象并无关系。”

“是的，将军，但……负责巴尔干目标区气象情报的是驻欧空军司令部气象中心的凯瑟琳中校……嗯……您见过她的，她常到作战中心来。”

“哦……我想起来了，那个麻省博士。”克拉克将军高兴地转过身来，“高高的个子，棕色的皮肤，细长的腿，典型的地中海型美人儿。”

“对对对，将军，我……”

“中校，记得你刚才说过这是一个私人事件。”

“……”

克拉克将军一脸严肃，“中校，我不但记得你的名字，还知道你已结了婚，还知道，嗯，你的妻子不是凯瑟琳中校。”

“是的，将军，可……这儿也不是美国啊。”

克拉克将军想放声大笑，但忍住了，他实在不愿意破坏这幽静的美景。

后记：

小说中所描写的事情是不可能发生的，不是人类能力的局限，而是从大自然的物理和数学本质上不可能。但科幻小说的魅力之一是：它可以对自然规律进行一些改变，然后展示在这种改变之后宇宙是如何带着硬伤运行的。

发表于 2002 年第 1 期《科幻大王》

微纪元

回　归

先行者知道，他现在是全宇宙中唯一的一个人了。

他是在飞船越过冥王星时知道的。从这里看去，太阳是一颗暗淡的星星，同三十年前他飞出太阳系时没有两样。但飞船计算机刚刚进行的视行差测量告诉他，冥王星的轨道外移了许多，由此可以计算出太阳比他启程时损失了百分之四点七四的质量，由此又可推论出另外一个使他的心先是颤抖然后冰冻的结论——

那事已经发生了。

其实，在他启程时，人类已经知道那事要发生了，通过发射上万只穿过太阳的探测器，天体物理学家确定了太阳将要发生一次短暂的能量闪烁，并损失大约百分之五的质量。

如果太阳有记忆，它不会对此感到不安。在几十亿年的漫长生涯中，它曾经历过比这大得多的巨变。当它从星云的旋涡中诞生时，它的生命的巨变是以毫秒为单位的。在那辉煌的一刻，引力坍缩使核聚变的火焰照亮了星云混沌的黑暗……它知道自己的生命是一个过程，尽管现在处于这个过程中最稳定的时期，但偶然的、小小的突变总是免不了的，就像平静的水面上不时会有一个小气泡浮起并破裂。能量和质量的损失算不了什么，它还是它，一颗中等大小、视星等为-26.8的恒星。甚至太阳系的其他部分也不会受到太大的影响：水星可能被熔化；金星稠密的大气将被剥离；再往外围的行星所受的影响就更小了——火星的颜色可能由于表面的熔化而由红变黑；地球嘛，不过是表面温度升高至四千摄氏度，这可能会持续一百小时左右，海洋肯定会被蒸发，各大陆表面岩石也会熔化一层，但仅此而已。这以后，太阳又将很快恢复原状，但由于质量的损失，各行星的轨道会稍微后移。这影响就更小了，比如地球，气温可能稍稍下降，平均降到零下一百一十摄氏度左右，这有助于熔化的表面重新凝结，并多少保留一些水和大气。

那时人们常谈起一个笑话，说的是一个人同上帝的对话：上帝啊，一万年对你是多么短啊？上帝说：就一秒钟。上帝啊，一亿元对你是多么少啊？上帝说：就一分钱。上帝啊，给我一分钱吧！上帝说：请等一秒钟。

现在，太阳让人类等了“一秒钟”——预测能量闪烁的时间是在一万八千年之后。这对太阳来说确实只是一秒钟，但却可以使目前活在地球上的人类对“一秒钟”后将发生的事采取一种超然的态度，甚至当作一种哲学理念。影响不是没有的，人类文化一天天变得玩世不恭起来，但人类至少还有四五百代的时间可以从容不迫地想想逃生的办法。

两个世纪后，人类采取了第一个行动：发射了一艘恒星际飞船，在周围一百光年以内寻找带有可移民行星的恒星。飞船被命名为“方舟号”，这批宇航员都被称为“先行者”。

“方舟号”掠过了六十颗恒星，也就是掠过了六十个炼狱。其中的一颗恒星有一颗行星，那是一滴直径八千公里的处于白炽状态的铁水。因其系液态，所以在运行中不断地改变着形状…… “方舟号”此行唯一的成果，就是进一步证明了人类的孤独。

“方舟号”航行了二十三年，但这是“‘方舟’时间”。由于飞船以接近光速行驶，地球时间已过了两万五千年。

本来“方舟号”是可以按预定时间返回的。

由于在接近光速时无法同地球通信，必须把速度降至光速的一半以下，这需要消耗大量的能量和时间。所以，“方舟号”一般每月减速一次，接收地球发来的信息。而当它下一次减速时，收到的已是地球一百多年后发出的信息了。“方舟号”历经的时间和地球的时间，就像从高倍瞄准镜中看目标一样，瞄准镜稍微移动一下，镜中的目标就跨越了巨大的距离。“方舟号”收到的最后一条信息，是在“‘方舟’时间”自起航十三年、地球时间自起航一万七千年时从地球发出的。“方舟号”一个月后再次减速，发现地球方向已寂静无声了。一万多年前对太阳的计算可能稍有误差，在“方舟号”这一个月，地球这一百多年间，那事发生了。

“方舟号”真成了一艘方舟，但已是一艘只有诺亚一人的“方舟”。其他七名先行者，有四名死于一颗在飞船四光年处突然爆发的新星的辐射，两人死于疾病，一人（男）在最后一次减速通信时，听着地球方向的寂静，开枪自杀了。

以后，这唯一的先行者曾使“方舟号”很长时间保持在可通信速度。

后来他把飞船加速到光速，心中那微弱的希望之火又使他很快把速度降下来聆听，由于减速越来越频繁，回归的行程拖长了。

寂静仍持续着。

“方舟号”在地球时间自启程两万五千年后回到太阳系，比预定时间晚了九千年。

纪念碑

穿过冥王星轨道后，“方舟号”继续飞向太阳系深处。对于一艘恒星际飞船来说，在太阳系中的航行如同海轮行驶在港湾中。太阳很快大了亮了。先行者曾从望远镜中看了一眼木星，发现这颗大行星的表面已面目全非，大红斑不见了，风暴纹似乎更加混乱。他没再关注别的行星，径直飞向地球。

先行者用颤抖的手按下一个按钮，高大舷窗的不透明金属窗帘正在缓缓打开。啊，我的蓝色水晶球，宇宙的蓝眼珠，蓝色的天使……先行者闭起双眼，默默祈祷着。过了很长时间，才强迫自己睁开双眼。

他看到了一个黑白相间的地球。

黑色的是熔化后又凝结的岩石，那是墓碑的黑色；白色的是蒸发后又冻结的海洋，那是殓布的白色。

“方舟号”进入低轨道，从黑色的大陆和白色的海洋上空缓缓越过。先行者没有看到任何遗迹，一切都被熔化了，文明已成过眼烟云。但总该留个纪念碑的，一座能耐四千度高温的纪念碑。

先行者正这么想着，纪念碑就出现了。飞船收到了从地面发上来的一束视频信号，计算机把这信号显示在屏幕上，先行者首先看到了用耐高温摄像机拍下的两千多年前的大灾难景象。能量闪烁时，太阳并没有像他想象的那样亮度突然增强，太阳迸发出的能量主要以可见光之外的辐射传出。他看到，蓝色的天空突然变成地狱般的红色，接着又变成噩梦般的紫色；他看到，城市中他熟悉的高楼群在几千度的高温中先是冒出浓烟，然后像火炭一样发出暗红色的光，最后像蜡一样熔化了；灼热的岩浆从高山上流下，形成一道道巨大的瀑布，无数道这样的瀑布又汇成一条条发着红光的岩浆的大河，大地上火流的洪水在泛滥；原来是大海的地方，只有蒸汽形成的高大蘑菇云，这形状狰狞的云山下部映射着岩浆的红色，上部透出天空的紫色，蘑菇云急剧扩大，很快一切都消失在这蒸汽中……

当蒸汽散去，又能看到景物时，已是几年以后了。这时，大地已从烧熔状态初步冷却，黑色的波纹状岩石覆盖了一切。还能看到岩浆河流，它们在大地上形成了错综复杂的火网。人类的痕迹已完全消失，文明如梦一样无影无踪了。又过了几年，水在高温状态下离解成的氢氧又重新化合成水，大暴雨从天而降，灼热的大地上再次蒸汽弥漫，这时的世界就像在大蒸锅中一样阴暗、闷热和潮湿。暴雨连下几十年，大地被进一步冷却，海洋渐渐恢复了。又过了上百年，因海水蒸发形成的阴云终于散去，天空现出蓝色，太阳再次出现了。再后来，由于地球轨道外移，气温急剧下降，大海完全冻结，天空万里无云，已死去的世界在严寒中变得无比宁静。

先行者接着看到了一个城市的图像：林立的细长的高楼群，镜头从高楼群上方降下去，出现了一个广场，广场上一片人海；镜头再下降，先行者看到所有的人都在仰望天空;镜头最后停在广场正中的一个平台上,平台上站着一个漂亮姑娘,好像只有十几岁,她在屏幕上冲先行者挥挥手,娇滴滴地喊:“喂,我们看到你了,像一颗飞得很快的星星!你是‘方舟一号’?”

在旅途的最后几年,先行者的大部分时间是在虚拟现实游戏中度过的。在游戏中,计算机接收玩家的大脑信号,根据玩家思维构筑三维画面,画面中的人和物还可根据玩家的思想做出有限的反应。先行者曾在寂寞中构筑过从家庭到王国的无数个虚拟世界,所以现在他一眼就看出这是一幅那样的画面,但这幅画面造得很拙劣。由于大脑中思维的飘忽性,这种由想象构筑的画面总会有些不对的地方,但眼前这个画面中的错误太多了:首先,当镜头移过那些摩天大楼时,先行者看到有很多人从楼顶窗子中钻出,径直从几百米高处跳下,经过让人头晕目眩的下坠,这些人都平安无事地落到地上;同时,地上有许多人一跃而起,像会轻功似的一下就跃上几层楼的高度,然后他们的脚踏上了楼壁伸出的一小块踏板(这样的踏板每隔几层就有一个,好像专门为此而设),再一跃,又飞上几层,就这样一直跳到楼顶,从某个窗子钻进去——仿佛这些摩天大楼没有门和电梯,人们就是用这种方式进出的;当镜头移到那个广场平台上时,先行者看到人海中出现了几个用线吊着的水晶球,那球直径可能有一米多,有人把手伸进水晶球,轻易地抓出水晶球的一部分,在他们的手移出后,晶莹的球体立刻恢复原状,而人们抓到手中的那部分立刻变成了一个小水晶球,那些人就把那个透明的小球扔进嘴里……除了这些明显的谬误外,有一点最能反映设计这幅计算机画面的人思维的混乱:在这城市的所有空间,都飘浮着一些奇形怪状的物体,它们大的有两三米长，小的也有半米长，有的像一块破碎的海绵，有的像一根弯曲的大树枝；那些东西缓慢地飘浮着，一根大树枝飘向平台上的那个姑娘，她轻轻推开了它，那大树枝又打着转儿，向远处飘去。先行者理解这些，在一个濒临毁灭的世界中，人们是不会有清晰和正常的思维的。

这可能是某种自动装置，在大灾难前被人们深埋地下，躲过了高温和辐射，后来又自动升到这个已经毁灭的地面世界上。这装置不停地监视着太空，监测到零星回到地球的飞船时就自动发射那个画面，给那些幸存者以这样糟糕透顶又滑稽可笑的安慰。

“这么说，后来又发射过‘方舟’飞船？”先行者问。

“当然，又发射了十二艘呢！”那姑娘说。且不说这个荒诞变态的画面的其他部分，这个姑娘造得倒是真不错，她那融合东西方精华的姣好面容露出一副无比天真的样子，仿佛她仰望的整个宇宙是个大玩具。那双大眼睛好像会唱歌，还有她的长发，好像失重似的永远飘在半空不落下，使得她看上去像身处海水中的美人鱼。

“那么，现在还有人活着吗？”先行者问，他最后的希望像野火一样燃烧起来。

“您这样的人吗？”姑娘天真地问。

“当然是我这样的真人，不是你这样用计算机造出来的虚拟人。”

“前一艘‘方舟号’是在七百三十年前回来的，您是最后一艘回归的‘方舟号’了。请问您船上还有女人吗？”

“只有我一个人。”

“您是说没有女人了？”姑娘吃惊地瞪大了眼。

“我说过只有我一人。在太空中还有没回来的其他飞船吗？”

姑娘把两只白嫩的小手在胸前绞着，“没有了！我好难过好难过啊，您是最后一个这样的人了。如果，呜呜……如果不克隆的话……呜呜……”这美人儿捂着脸哭起来，广场上的人群也是一片哭声。

先行者的心如沉海底，人类的毁灭最后被证实了。

“您怎么不问我是谁呢？”姑娘又抬起头来仰望着他说。她又恢复了那天真神色，好像转眼就忘了刚才的悲伤。

“我没兴趣。”

姑娘娇滴滴地大喊：“我是地球领袖啊！”

“对，她是地球联合政府的最高执政官！”下面的人也都一齐闪电般地由悲伤转为兴奋，这真是个拙劣到家的仿制品。

先行者不想再玩这种无聊的游戏了，起身要走。

“您怎么这样?！首都的全体公民都在这儿迎接您。前辈，您不要不理我们啊！”姑娘带着哭腔喊。

先行者想起了什么，转过身来问：“人类还留下了什么？”

“照我们的指引着陆，您就会知道！”

首　都

先行者进入了着陆舱，把“方舟号”留在轨道上，在那束信息波的指引下开始着陆。他戴着一副视频眼镜，可以从其中的一枚镜片上看到信息波传来的画面。

“前辈，您马上就要到达地球首都了。它虽然不是这颗星球上最大的城市，但肯定是最美丽的城市，您会喜欢的！不过您的着落点要离城市远些，我们不希望受到伤害……”画面上那个自称地球领袖的女孩还在喋喋不休。

先行者在视频眼镜中换了一个画面，显示出着陆舱正下方的区域。现在高度只有一万多米了，下面是一片黑色的荒原。

后来，画面上的逻辑更加混乱起来。也许是几千年前那个画面的构造者情绪沮丧到了极点，也许是发射画面的计算机的内存在这几千年的漫长岁月中老化了。画面上，那姑娘竟然开始唱起歌来：

啊，尊敬的使者，你来自宏纪元！

辉煌的宏纪元，

伟大的宏纪元，

美丽的宏纪元，

你是烈火中消逝的梦……

这个漂亮的歌手唱着唱着开始跳起来。她一下从平台跳上几十米的半空，落到平台上后又一跳，居然飞越了大半个广场，落到广场边的一座高楼顶上；又一跳，飞过整个广场，落到另一边，看上去像一只迷人的小跳蚤。有一次她在空中抓住一根几米长的奇形怪状的飘浮物，那根大树干载着她在人海上空盘旋，她优美地扭动着苗条的身躯。

下面的人海沸腾起来，所有人都大声合唱：“宏纪元，宏纪元……”每个人轻轻一跳就能升到半空，以至于人群看起来如撒到振动鼓面上的一片沙子。

先行者实在受不了了，把声音和图像一起关掉。他现在知道，大灾难前的人们嫉妒他们这些跨越时空的幸存者，所以做了这些变态的东西来折磨他们。但过了一会儿，画面带来的烦恼就消退了一些。当感觉到着陆舱接触地面的震动时，他产生了一个幻觉：也许他真的降落在一个高空看不清楚的城市中。但他走出着陆舱，站在那一望无际的黑色荒原上时，幻觉消失了，失望使他浑身冰冷。

先行者小心地打开宇宙服的面罩，一股寒气扑面而来，空气很稀薄，但能维持人的呼吸。气温在零下四十摄氏度左右。天空呈大灾难前黎明或黄昏时的深蓝色，但现在太阳正在上空照耀着。先行者摘下手套，没有感到它的热力。由于空气稀薄，阳光散射较弱，天空中能看到几颗较亮的星星。脚下是刚凝结了两千年左右的大地，到处可见岩浆流动的波纹形状。地面虽已开始风化，但仍然很硬，很难见到土壤。这带波纹的大地伸向天边，其间有一些小小的丘陵。在另一个方向，可以看到冰封的大海在地平线处闪着白光。

先行者仔细打量四周，看到了信息波的发射源。那儿有一个镶在地面岩石中的透明半球玻璃罩，直径大约有一米，半球玻璃罩似乎扣着一片很复杂的结构。他还注意到远处的地面上还有几个这样的透明半球，相互之间隔开二三十米，像地面上的几个大水泡，反射着阳光。

先行者又在他的左镜片中打开了画面。在计算机的虚拟世界中，那个恬不知耻的小骗子仍在那根飘浮在半空中的大树枝上忘情地唱着扭着，并不时向他送飞吻，下面广场上所有的人都在向他欢呼。

……

宏伟的微纪元！

浪漫的微纪元！

忧郁的微纪元！

脆弱的微纪元！

……

先行者麻木地站着。深蓝色的苍穹中，明亮的太阳和晶莹的星星在闪耀，整个宇宙围绕着他——最后一个人类。

孤独像崩落的积雪一样埋住了他。他蹲下来，捂住脸抽泣。

歌声戛然而止，虚拟画面中的所有人都关切地看着他。那姑娘骑在半空中的大树枝上，嫣然一笑。

“您对人类就这么没信心吗？”

这话中有一种东西使先行者浑身一震，他真的感觉到了什么。站起身来，他突然注意到，左镜片画面中的城市暗了下来，仿佛阴云在一秒钟内遮住了天空。他移动脚步，城市立即亮了起来。他走近那个透明半球，俯身向里面看。虽然看不清里面那些密密麻麻的细微结构，但他左镜片中的画面上，城市的天空立刻被一个巨大的东西占据了。

那是他的脸。

“我们看到您了！您能看清我们吗？去拿个放大镜吧！”姑娘大叫着，广场上再次沸腾起来。

先行者明白了一切。他想起那些跳下高楼的人，在微小环境下，重力是不会造成伤害的。同样，在那样的尺度下，人也可以轻而易举地跃上几百米（几百微米？）的高楼。那些大水晶球实际上就是小水珠。在微小的尺度下，水的表面张力处于统治地位，人们从那些水珠中抓出来喝的水珠就更小了。城市空间中飘浮的那些看上去有几米长的奇怪东西，包括载着姑娘飘浮的大树枝，只不过是空气中细微的灰尘。

那座城市不是虚拟的，它就像两万五千年前人类的所有城市一样真实，它就在这个直径一米的半球形透明玻璃罩中。

人类还在，文明还在。

在微型城市中，飘浮在树枝上的姑娘——地球联合政府最高执政官——向几乎占满整个宇宙的先行者自信地伸出手来。

“前辈，微纪元欢迎您！”

微人类

“在大灾难到来前的一万七千年中，人类想尽了逃生的办法，其中最容易想到的是恒星际移民，但包括您这艘在内的所有‘方舟’飞船都没有找到带有可居住行星的恒星。即使找到了，以大灾难前一个世纪人类的宇航技术，连移民千分之一的人类都做不到。另一个设想是移居到地层深处，躲过太阳能量闪烁后再出来。但那不过是延长死亡的过程而已——大灾难后，地球的生态系统将被完全摧毁，养活不了人类。

“有一段时期，人们几乎绝望了。但某位基因工程师的脑海中闪现出一丝火花：如果把人类的体积缩小十亿倍会怎么样？这样人类社会的尺度也会缩小十亿倍，只要有很微小的生态系统，消耗很少的资源，就可以生存下来。很快，全人类都意识到这是拯救人类文明唯一可行的办法。这个设想是以两项技术为基础的：其一是基因工程，在修改人类基因后，人类将缩小至十微米左右，相当于一个细胞大小，但其身体的结构完全不变——做到这点是完全可能的，人和细菌的基因本来就没有太大的差别；其二是纳米技术，这是一项在20世纪就发展起来的技术，那时人们已经能造出细菌大小的发电机了，后来人们可以在纳米尺度上造出从火箭到微波炉的一切设备，只是那些纳米工程师做梦都不会想到他们的产品的最后用途。

“培育第一批微人类似于克隆:从人类细胞中抽取全部遗传信息,然后培育出同主体一模一样的微人,但其体积只是主体的十亿分之一。以后,他们就同宏人(微人对你们的称呼,他们还把你们的时代叫“宏纪元”)一样生育后代了。

“第一批微人的亮相极富戏剧性。有一天,大约是您的飞船起航后一万二千五百年吧,全球的电视上都出现了一个教室,教室中有三十个孩子在上课,画面极其普通,孩子是普通的孩子,教室是普通的教室,看不出任何特别之处。但镜头拉开,人们发现这个教室是放在显微镜下拍摄的……”

“我想问,”先行者打断最高执政官的话,“以微人这样微小的大脑,能达到宏人的智力吗?”

“那么您认为我是个傻瓜了?鲸鱼也并不比您聪明!智力不是由大脑的大小决定的,以微人大脑中的原子数目和它们的量子状态的数目来说,其信息处理能力是同宏人大脑一样的……嗯,您能请我们到那艘大飞船里去转转吗?”

“当然,很高兴。可……怎么去呢?”

“请等我们一会儿!”

最高执政官跳上了半空中一个奇怪的飞行器,那飞行器就像一片带螺旋桨的大羽毛。接着,广场上的其他人也都争着向那片“羽毛”上跳。这个社会好像完全没有等级观念,那些从人海中随机跳上来的人肯定是普通平民,他们有老有少,但都像最高执政官姑娘一样一身孩子气,兴奋地吵吵闹闹。这片“羽毛”上很快挤满了人,空中不断出现新的“羽毛”,

每片刚出现，就立刻挤满了跳上来的人。最后，城市的天空中飘浮着几百片载满微人的“羽毛”，它们在最高执政官那片羽毛的带领下，浩浩荡荡向一个方向飞去。

先行者再次伏在那个透明半球上方，仔细观察里面的微城市。这一次，他能分辨出那些摩天大楼了，它们看上去像一片密密麻麻的直立的火柴棍。先行者穷极目力，终于分辨出那些羽毛一样的交通工具，它们像清水中漂浮的细小白色微粒，如果不是几百片一群，根本无法分辨出来——凭肉眼看到微人是不可能的。

在先行者视频眼镜的左镜片中，那由微人摄像师用小得无法想象的摄像机实况拍摄的画面仍很清晰，现在那摄像师也在一片“羽毛”上。先行者发现，在微城市的交通中，碰撞随时都在发生。那群快速飞行的“羽毛”不时互相撞在一起，或者撞在空中飘浮的巨大尘粒上，甚至不时迎面撞到高耸的摩天大楼上！但飞行器和它的乘员都安然无恙，似乎没有人去注意这种碰撞。其实这是个初中生都能理解的物理现象：物体的尺度越小，整体强度就越高，两辆自行车碰撞与两艘万吨轮碰撞的后果是完全不一样的。如果两粒尘埃相撞，它们会毫无损伤。微世界的人们似乎都有金刚之躯，毫不担心自己会受伤。当“羽毛”群飞过时，旁边的摩天大楼上不时有人从窗中跃出，想跳上其中的一片，这并不总是能成功的，于是，那人就从几百米处开始了令先行者头晕目眩的下坠，而下坠的过程中，那人还在神情自若地同经过的大楼窗子中的熟人打招呼！

“呀，您的眼睛像黑色的大海，好深好深，带着深深的忧郁呢！您的忧郁罩住了我们的城市，您把它变成一个博物馆了！呜呜呜……”最高执政官又伤心地哭了起来，其他人也都同她一起哭，任他们乘坐的“羽毛”在摩天大楼间撞来撞去。

先行者也从左镜片中看到了城市的天空中自己那双巨大的眼睛，那放大了上亿倍的忧郁深深震撼了他自己。“为什么是博物馆呢？”先行者问。

“因为只有在博物馆中才有忧郁。微纪元是无忧无虑的纪元！”地球领袖高声欢呼，尽管泪滴还挂在她那娇嫩的脸上，但她已完全没有悲伤的痕迹了。

“微纪元是无忧无虑的纪元！”其他人也都忘情地欢呼起来。

先行者发现，微纪元人类的情绪变化比宏纪元快上百倍，这变化主要表现在悲伤和忧郁这类负面情绪上，他们能一瞬间摆脱这种情绪。还有一个发现让他更惊奇：由于负面情绪在这个时代十分少见，微人把它当成了稀罕物，一有机会就迫不及待地去体验。

“您不要像孩子那样忧郁。您很快就会发现，微纪元没有什么可忧虑的！”

这话使先行者万分惊奇，他早看出微人的精神状态很像宏时代的孩子，但孩子的精神状态还得要夸张许多倍才真正像他们。“你是说，在这个时代，人们越长越……越幼稚？”

“我们越长越快乐！”领袖女孩说。

“对，微纪元是越长越快乐的纪元！”众人大声应和着。

“但忧郁也是很美的，像月光下的湖水，它代表着宏时代的田园爱情，呜呜呜……”地球领袖又大放悲声。

“对，那是一个多美的时代啊！”其他微人也眼泪汪汪地附和着。

先行者笑起来，“你们根本不知道什么是忧郁，小人儿。真正的忧郁是哭不出来的。”

“您会让我们体验到的！”最高执政官又恢复到兴高采烈的状态。

“但愿不会。”先行者轻轻地叹息说。

“看，这就是宏纪元的纪念碑！”当“羽毛”群飞过另一个城市广场时，最高执政官介绍说。先行者看到那个纪念碑是一根粗大的黑色柱子，有过去的巨型电视塔那么粗，表面光滑，高耸入云，他看了好长时间才明白，那是一根宏人的头发。

宴 会

“羽毛”群从半球形透明罩上的一个看不见的出口飞了出来，这时，最高执政官在视频画面中对先行者说：“我们距您那个飞行器有一百多公里呢，我们还是落到您的手指上，您把我们带过去要快些。”

先行者回头看看身后不远处的着陆舱，心想，他们可能把计量单位也都微缩了。他伸出手指，“羽毛”群落了上来，看上去像是在手指上飘落了一小片细小的白色粉末。

先行者从视频画面中看到，自己的指纹如一道道半透明的山脉，降落其上的“羽毛”飞行器显得很小。最高执政官第一个从“羽毛”上跳下来，立刻摔了个四脚朝天。

“太滑了，您是油性皮肤！”她抱怨着，脱下鞋子远远地扔出去，光着脚丫好奇地来回转着。其他人也都下了“羽毛”，手指上的半透明山脉间出现了一片人海。先行者粗略估计了一下，他的手指上现在有一万多人！

先行者站起来，伸着手指小心翼翼地向着陆舱走去。

刚进入着陆舱，微人群中就有人大喊：“哇，看那金属的天空，人造的太阳！”

“别大惊小怪，像个白痴！这只是小渡船，上面那个才大呢！”最高执政官训斥道，但她自己也惊奇地四下张望，然后又同众人一起唱起那支奇怪的歌来：

辉煌的宏纪元，

伟大的宏纪元，

忧郁的宏纪元，

你是烈火中消逝的梦……

在着陆舱飞向“方舟号”的途中，地球领袖继续讲述微纪元的历史。

“微人社会和宏人社会共存了一个时期，在这段时间里，微人完全掌握了宏人的知识，并继承了他们的文化。同时，微人在纳米技术的基础上，发展起了一个十分先进的技术文明。宏纪元向微纪元的过渡期大概有……嗯，二十代人左右吧。

“后来，大灾难临近，宏人不再进行传统生育了，他们的数量一天天减少；而微人的人口飞快增长，社会规模急剧扩大，很快超过了宏人。这时，微人开始要求接管世界政权，这在宏人社会中激起了轩然大波，顽固派拒绝交出政权，用他们的话说，怎么能让一帮细菌领导人类！于是，在宏人和微人之间爆发了一场世界大战！”

“那对你们可太不幸了！”先行者同情地说。

“不幸的是宏人，他们很快就被击败了。”

“这怎么可能呢？他们用一把大锤就可以捣毁你们一座上百万人的

城市。”

“可微人不会在城市里同他们作战。宏人的那些武器对付不了微人这样看不见的敌人，他们能使用的唯一武器就是消毒剂，而他们在整个文明史上一直用这东西同细菌作战，最后也并没有取得胜利。他们现在要战胜的是跟他们有着同样智力的微人，取胜就更没可能了。他们看不到微人军队的调动，而微人可以轻而易举地在他们眼皮底下腐蚀掉他们的计算机芯片。没有计算机，他们还能干什么呢？大不等于强大。”

“现在想想是这样。”

“那些战犯得到了应有的下场，几千名微人特种部队士兵带着激光钻头空降到他们的视网膜上……”领袖女孩恶狠狠地说。

“战后，微人取得了世界政权。宏纪元结束了，微纪元开始了！”

“真有意思！”

登陆舱进入了近地轨道上的“方舟号”，微人们乘着“羽毛”四处观光，这艘飞船之巨大令微人们目瞪口呆。先行者本想从他们那里听到赞叹的话，但最高执政官这样告诉他自己的感想：“现在我们知道，就是没有太阳的能量闪烁，宏纪元也会灭亡的。你们对资源的消耗是我们的几亿倍！”

“但这艘飞船能够以接近光速的速度飞行，可以到达几百光年远的恒星。小人儿，这件事，只有巨大的宏纪元做得到。”

“我们目前确实做不到，我们的飞船目前只能达到光速的十分之一。”

“你们能宇宙航行？”先行者大惊失色。

“当然不如你们。微纪元的船队最远只到达金星。刚收到他们的信息，说现在那里比地球更适合居住。”

“你们的飞船有多大？”

“大的有你们时代的……嗯……足球那么大，可运载十几万人；小的嘛，只有高尔夫球那么大——当然是宏人的高尔夫球。”

现在，先行者最后一点优越感荡然无存了。

“前辈，您不请我们吃点什么吗？我们饿了！”当所有“羽毛”飞行器重新聚集到“方舟号”的控制台上时，地球领袖代表所有人提出要求。几万个微人在控制台上眼巴巴地看着先行者。

“我从没想到会请这么多人吃饭。”先行者笑着说。

“我们不会让您太破费的！”女孩怒气冲冲地说。

先行者从贮藏舱拿出一听午餐肉罐头，打开后，用刀小心地剜下一小块，放到控制台上那一万多人的旁边。他们所在的位置是控制台上一小块比硬币大些的圆形区域，那区域只是光滑度比周围差些，像在上面呵了口气一样。

“怎么拿出这么多？这太浪费了！”地球领袖指责道。从视频眼镜中可以看到，在她身后，人们拥向一座巍峨的肉山，从那粉红色的山体里抓出一块块肉来大吃着。再看看控制台上，那小块肉丝毫不见减少。眼镜屏幕上，拥挤的人群很快散开了，有人还把没吃完的肉扔掉，领袖女孩拿起一块咬了一口的肉摇摇头。

“不好吃。”她评论说。

“当然。这是生态循环机中合成的，味道肯定好不了。”先行者充满歉意地说。

“我们要喝酒！”地球领袖又提出要求，这又引起了微人们的一片欢呼。先行者吃惊不小,因为他知道酒是能杀死微生物的!

“喝啤酒吗?”先行者小心翼翼地问。

“不,喝苏格兰威士忌或莫斯科伏特加!”地球领袖说。

“茅台酒也行!”有人喊。

先行者还真有一瓶茅台酒,那是他自起航时一直保留在“方舟号”上、准备在找到新殖民行星时喝的。他把酒拿出来,把那白色瓷瓶的盖子打开,小心地把酒倒在盖子中,放到人群的边上。他在眼镜屏幕上看到,人们开始攀登瓶盖那道似乎高不可攀的悬崖绝壁。光滑的瓶盖在微尺度下有大块的突出物,微人用他们攀爬摩天大楼的本领很快攀到了瓶盖的顶端。

“哇,好美的大湖!”微人们齐声赞叹。从眼镜屏幕上,先行者看到那广阔酒湖的湖面由于表面张力而呈巨大的弧形。微人记者的摄像机一直跟着最高执政官。这个女孩用手去抓酒,但够不着,于是她坐到瓶盖沿上,用一只白嫩的小脚在酒面上划了一下,她的脚立刻包在一颗透明的酒珠里。她把脚伸上来,用手从脚上那颗大酒珠里抓出了一颗小酒珠,放进嘴里。

“哇,宏纪元的酒比微纪元好多了。”她满意地点点头。

“很高兴我们还有比你们好的东西。不过你这样用脚够酒喝,太不卫生了。”

“我不明白。”她不解地仰望着他。

“你光脚走了那么长的路,脚上会有病菌什么的。”

“啊,我想起来了!”地球领袖大叫一声,从旁边一位随行者的手中接过一个箱子。她把箱子打开,从中取出一个活物,那是个足球大小的圆家伙，长着无数只乱动的小腿，她抓着其中一只小腿，把那东西举起来，“看，这是我们的城市送您的礼物！乳酸鸡！”

先行者努力回忆着他的微生物学知识，“你说的是……乳酸菌吧！”

“那是宏纪元的叫法。这就是使酸奶好吃的动物，是有益的动物！”

“有益的细菌。”先行者纠正说，“现在我知道细菌确实伤害不了你们，我们的卫生观念不适合微纪元。”

“那不一定。有些动物……呵呵，细菌，会咬人的，比如大肠杆狼，战胜它们需要体力。但大部分动物，像酵母猪，是很可爱的。”地球领袖说着，又从脚上取下一团酒珠送进嘴里。当她抖掉脚上剩余的酒球站起来时，已喝得摇摇晃晃了，舌头也有些打不过转来。

“真没想到人类连酒都没有失传！”

“我……我们继承了人类所有美好的东西，但那些宏人却认为我们无权代……代表人类文明……”地球领袖可能觉得天旋地转，一屁股坐在了地上。

“我们继承了人类所有的哲学，西方的，东方的，希腊的，中国的！”人群中有一个声音说。

地球领袖坐在那儿，向天空伸出双手大声朗诵着：“没人能两次进入同一条河流！道生一，一生二，二生三，三生万……万物！”

“我们欣赏梵·高的画，听贝多芬的音乐，演莎士比亚的戏剧！”

“生存还是毁灭，这是个……是个问题！”领袖女孩又摇摇晃晃站起，扮演起哈姆雷特来。

“但在我们的纪元，你这样的女孩是做梦也当不了世界领袖的。”先行者说。

“宏纪元是忧郁的纪元，有着忧郁的政治；微纪元是无忧无虑的纪元，需要快乐的领袖。”最高执政官说，她现在看起来清醒了许多。

“历史还没……没讲完，刚才讲到……哦，战争，宏人和微人间的战争，后来微人之间也爆发过一次世界大战……”

“什么？不会是为了领土吧？”

“当然不是。在微纪元，要是有什么是取之不尽的东西的话，就是领土了。是为了一些……一些宏人无法理解的事。在一场最大的战役中，战线长达……哦，按你们的计量单位吧，一百多米。那是多么广阔的战场啊！”

“你们所继承的宏纪元的东西比我想象的多多了。”

“再到后来，微纪元就集中精力为即将到来的大灾难做准备了。微人用了五个世纪的时间，在地层深处建造了几千座超级城市，每座城市在您看来都是一个直径两米的不锈钢大球，可居住上千万人。这些城市都建在地下八万公里深处……”

“等等，地球半径只有六千公里。”

“哦，我又用了我们的单位。那相当于你们的……嗯，八百米深吧！当太阳能量闪烁的征兆出现时，微世界便全部迁移到地下。然后，然后就是大灾难了。

“在大灾难后的四百年，第一批微人从地下城中沿着宽大的隧道（大约是宏人时代的自来水管粗细）用激光钻透凝结的岩浆来到地面；又过了五个世纪，微人在地面上建起了人类的新世界，这世界有上万个城市，一百八十亿人口。

“微人对人类的未来是乐观的，这种乐观之彻底、之毫无保留，是宏纪元的人们无法想象的。这种乐观的基础，就是微纪元社会尺度的微小，这种微小使人类在宇宙中的生存能力增强了上亿倍。比如您刚才打开的那听罐头，够我们这座城市的全体居民吃一到两年，而那个罐头盒，又能满足这座城市一到两年的钢铁消耗。”

“作为一个宏纪元的人，我更能理解微纪元文明这种巨大的优势。这是神话，是史诗！”先行者由衷地说。

“生命进化的趋势是向小。大不等于伟大，微小的生命更能同大自然保持和谐。巨大的恐龙灭绝了，同时代的蚂蚁却生存下来。现在，如果有更大的灾难来临，一艘像您的着陆舱这样大小的飞船就可能把全人类运走。在太空中一块不大的陨石上，微人也能建立起一个文明，创造一种过得去的生活。”

沉默了许久，先行者对着他面前占据硬币般大小面积的微人人海庄严地说：“当我再次看到地球时，当我认为自己是宇宙中最后一个人时，我是全人类中最悲哀的人。哀莫大于心死，没有人曾面对过那样让人心死的境地。但现在，我是全人类中最幸福的人——至少是宏人中最幸福的人——我看到了人类文明的延续。其实，用文明的延续来形容微纪元是不够的，这是人类文明的升华！我们都是一脉相传的人类，现在，我请求微纪元接纳我作为你们社会中一名普通的公民。”

“从我们探测到‘方舟号’时，我们就已经接纳您了。您可以到地球上生活，微纪元供应您一个宏人的生活还是不成问题的。”

“我会生活在地球上，但我需要的一切都能从‘方舟号’上得到，飞船的生态循环系统足以维持我的残生了，宏人不能再消耗地球资源了。”

“但现在情况正在好转。除了金星的气候正变得适合人类外，地球的气温也正在转暖，海洋正在融化，可能到明年，很多地方将会下雨，将能生长植物。”

“说到植物，你们见过吗？”

“我们一直在保护罩内种植苔藓，那是一种很高大的植物，每个分支有十几层楼高呢！还有水中的小球藻……”

“你们听说过草和树木吗？”

“您是说那些像高山一样巨大的宏纪元植物吗？唉，那是上古时代的神话了。”

先行者微微一笑，“我要办一件事情。回来时，我将给你们看我送给微纪元的礼物。你们会很喜欢那些礼物的！”

新 生

先行者独自走进了“方舟号”上的一间冷藏舱，冷藏舱内整齐地摆放着高大的支架，支架上放着几十万个密封管——那是种子库，收藏了地球上几十万种植物的种子，是“方舟号”准备带往遥远的移民星球上去的。还有几排支架，那是胚胎库，冷藏了地球上十几万种动物的胚胎细胞。

明年气候变暖时，先行者将到地球上去种草。这几十万类种子中，有生命力极强的能在冰雪中生长的草，它们肯定能在现在的地球上种活的。

只要地球生态恢复到宏时代的十分之一，微纪元就将拥有天堂中的天堂。事实上，地球能恢复的可能远不止于此。先行者幸福地想象着微人们第一次看到那棵顶天立地的绿色小草时的狂喜。那么一小片草地呢？一小片草地对微人意味着什么？一个草原！一个草原又意味着什么？那是微人的一个绿色宇宙了！草原中的小溪呢？当微人们站在草根下看着清澈的小溪时，那在他们眼中是何等壮丽的奇观啊！地球领袖说过会下雨，会下雨就会有草原，就会有小溪的！还一定会有树。天啊，树！先行者想象一支微人探险队，从一棵树的根部出发，开始他们漫长而奇妙的旅程。每一片树叶，对他们来说都是一个一望无际的绿色平原……还会有蝴蝶，它的双翅是微人眼中横贯天空的彩云。还会有鸟，每一声啼鸣在微人耳中都是来自宇宙的洪钟……是的，地球生态资源的千亿分之一就可以哺育微纪元的一千亿人口！现在，先行者终于理解了微人们向他反复强调的一个事实——

微纪元是无忧无虑的纪元。

没有什么能威胁到微纪元，除非……

先行者打了一个寒战，他想起了自己要来干的事，这事一秒钟也不能耽搁了。他走到一排支架前，从中取出了一百支密封管。

这是他同时代人的胚胎细胞，宏人的胚胎细胞。

先行者把这些密封管放进激光废物焚化炉，然后又回到冷藏舱仔细看了好几遍。他在确认没有漏掉这类密封管后，回到焚化炉边，毫不动感情地，他按下了按钮。

在激光束几十万摄氏度的高温下，装有胚胎的密封管瞬间气化了。

发表于 2001 年第 4 期《科幻世界》

全频带阻塞干扰

以深深的敬意献给俄罗斯人民，他们的文学影响了我的一生。

在战场电磁干扰形式的选择上，本手册主张采用对某一特定频率或信道所进行的瞄准式干扰，而不主张采用同时干扰一个较宽频带的阻塞式干扰，因为后者对己方的电磁通信和电子支援措施也会产生影响。

——摘自1993年美国陆军《电子战手册》

1月5日，斯摩棱斯克前线

失陷的城市已经看不见了，战线在一夜之间后退了四十公里。

在凌晨的天光下，雪原呈现出寒冷的暗蓝色。在远方的各个方向上，被击中的目标冒出一道道黑色的烟柱，笔直地向高空升去，好像是连接天地的一条条细长的黑纱。顺着烟柱向上看，卡琳娜吃了一惊——刚刚显现晨光的天空被一团巨大的白色乱麻充塞着，这纷乱的白色线条仿佛是一个精神错乱的巨人疯狂地画在天上的。那是歼击机的混乱尾迹，是俄罗斯空军和北约空军为争夺制空权所进行的一夜激战留下的。

来自空中和远方的精确打击也持续了一夜。在非专业人士看来，打击似乎并不密集，爆炸声每隔几秒钟甚至几分钟才响一次。但卡琳娜知道，每一次爆炸都意味着一个重要目标被击中，几乎不会打空。这一声声爆炸，仿佛是昨夜这篇黑色文章中的一个个闪光的标点符号。凌晨到来时，卡琳娜不知道防线还剩下多少力量，甚至不知道防线是否存在，似乎整个世界只有她一人在抵抗。

卡琳娜少校所在的电子对抗排是在半夜被摧毁的，当时这个排所在的位置落下了六颗激光制导炸弹。卡琳娜所乘的那辆装载干扰机的BMP-2装甲车还在燃烧，这个排的其他电子战车现在都变成散落在周围雪地上的一堆堆黑色金属块。卡琳娜所在的弹坑中的余热正在散去，她感到了寒冷。她用手撑着坐直身，右手触到了一团黏糊糊的冰冷绵软的东西，看去像一个沾满了黑色弹灰的泥团。她突然意识到那是一块残肉。她不知道它属于身体的哪一部分，更不知道属于哪个人。在昨夜的那次致命打击中，阵亡了一名中尉、两名少尉和八名士兵。卡琳娜呕吐起来，但除了酸水什么也没吐出来。她拼命把双手在雪里擦，想把手上的血迹擦掉，但黑红色的血在寒冷中很快凝固，还是那么醒目。

令人窒息的死寂已持续了半个小时，这意味着新一轮的地面进攻就要开始了。卡琳娜拧大了别在左肩上的对讲机的音量，但传出的只有沙沙的噪音。突然，几句模糊的话语传了出来，仿佛是大雾中掠过的几只鸟儿：

“……06观察站报告：1437阵地正面，M1A2三十七辆，平均间隔六十米；‘布莱德雷’运兵车四十一辆，距M1A2攻击前锋五百米；M1A2

二十四辆，‘勒克莱尔’八辆，正在向1633阵地侧翼迂回，已越过同1437的接合部。1437，1633，1752，准备接敌！”

卡琳娜克制住因寒冷和恐惧引起的颤抖，使地平线在望远镜视野中稳定下来。她看到天边出现了一团团模糊的雪雾，给地平线镶上了一道毛茸茸的边儿。

这时，卡琳娜听到身后传来发动机的轰鸣，一排T90式坦克越过她的位置冲向敌人，在后面，更多的俄罗斯坦克正在越过高速公路的路基。卡琳娜又听到了另一种轰鸣，敌人的攻击直升机群在前方的天空中出现，它们队形整齐，在黎明惨白的天空中形成一片黑色的点阵。卡琳娜周围坦克的发烟管启动了，随着一阵低沉的爆破声，阵地笼罩在一团白色的烟雾中。透过白雾的缝隙，她看到俄罗斯的直升机群正从头顶掠过。

坦克上的125毫米口径炮疾风骤雨般地响了起来，白雾变成了疯狂闪烁的粉红色光幕。几乎与此同时，敌人的第一批炮弹落了下来，白雾中，粉红色的光芒被爆炸产生的刺眼蓝白色闪电所代替。卡琳娜伏在弹坑底部，感到身下的大地在密集的巨响中像一张震动的鼓皮，身边的泥土和小石块被震得飞起好高，落满了她的后背。在这爆炸声中，还可隐约听到反坦克导弹发射时的嘶鸣。卡琳娜感到整个宇宙都在这撕心裂肺的巨响中化为碎片，向无限深处坠落……就在她的神经几乎崩溃时，这场坦克战结束了，它只持续了约三十秒钟。

当白雾和浓烟散去时，卡琳娜看到面前的雪地上散布着被击中的俄罗斯坦克，燃起一堆堆裹着黑烟的熊熊大火。她举目望去，远方同样有一大片被击毁的北约坦克，看上去只是雪原上一个个冒出浓烟的黑点。但更多的敌人坦克正越过那一片残骸冲过来，裹在由履带搅起的一团团雪雾中。“艾布拉姆斯”那凶猛的扁宽前部不时从雪雾中露出来，仿佛是一只只从海浪中冲出的恶龟，滑膛炮炮口的闪光不时亮起，好像恶龟闪亮的眼睛……低空中，直升机的混战仍在继续，卡琳娜看到一架“阿帕奇”在不远的半空爆炸，一架米28拖着漏出的燃料，摇晃着掠过她的头顶，在几十米之外坠地，炸成了一团火球。近距空空导弹的尾迹，在低空拉出了无数条平行的白线……

卡琳娜听到咣的一声，转身一看，不远处一辆被击中后冒出浓烟的T90后部的底门打开了，没看到人出来，只见门下方垂下一只手。卡琳娜从弹坑中跃出，冲到那辆坦克后面，抓住那只手向外拉。车内响起一声沉闷的爆炸，一股灼热的气浪把卡琳娜向后冲了几步远。她的手中抓着一团黏软的、很烫的东西，那是从坦克手的手上拉脱的一团烧熟的皮肤。卡琳娜抬头看到一股火焰从底门中喷出，车内已成了一座小型的炼狱，在那暗红色的透明火焰中，阵亡坦克手的身影清晰可见，像在水中一样波动着。

卡琳娜又听到两声尖啸，这是她左前方的一个导弹班把最后两枚反坦克导弹发射出去，其中一枚有线制导的“赛格”导弹成功地击毁了一辆“艾布拉姆斯”；另一枚无线制导的导弹则被干扰，向斜上方冲去，失去了目标。导弹班的六个人撤出掩体，向卡琳娜所在的弹坑跑来。一架“科曼奇”直升机向他们俯冲下来，那棱角分明的机体看上去像一只凶猛的鳄鱼。一长排机枪子弹打在雪地上，击起的雪和土如同一道突然立起又很快倒下的栅栏。这栅栏从那支小小的队伍中穿过，击倒了其中四人，只有一名中尉和一名士兵到达了弹坑。这时卡琳娜才注意到那名中尉戴着坦克防震帽，可能来自一辆已被击毁的坦克。他们每人手中都拿着一管反坦克火箭筒。跳进弹坑后，中尉首先向距他们最近的一辆敌坦克射击，击中了那辆M1A2的正面，诱发了它的反应装甲，火箭弹和反应装甲的爆炸声混在一起，听起来很怪异。坦克冲出了爆炸的烟雾，反应装甲的残片挂在它前面，像一件破烂的衣衫。那名年轻的士兵继续对着它瞄准，手中的火箭筒随着坦克的起伏而抖动，一直没有击发。当距他们只有四五十米的坦克冲进一处低洼地时，那名士兵只能站到弹坑边缘向斜下方瞄准。他手中的火箭筒与那辆“艾布拉姆斯”的120毫米口径炮同时响了，坦克的炮手情急之中发射的是一发不会爆炸的贫铀穿甲弹，初速每秒八百米的炮弹击中了那个士兵，把他上半身打成了一团飞溅的血花！卡琳娜感觉到细碎的血肉有力地打在她的钢盔上，噼啪作响。她睁开眼睛，看到就在她眼前的弹坑边缘，那名士兵的两条腿如同两根黑色的树桩，无声地滚落到弹坑底部她的脚下。他身体被粉碎的其他部分，在雪地上溅出了一大片放射状的红色斑点。火箭击中了“艾布拉姆斯”，聚能爆炸的热流切穿了它的装甲，车体冒出了浓烟。但那个钢铁怪兽仍拖着浓烟向他们冲来，直到距他们二十米左右才在车体内的一声爆炸中停了下来，那声爆炸把它炮塔的顶盖高高地掀了上去。

紧接着，北约的坦克阵线从他们周围通过，地皮在履带沉重的撞击下微微颤抖。但这些坦克对他们俩所在的弹坑未加理会。当第一波坦克冲过去后，中尉一把拉住卡琳娜的手，拽着她跃出弹坑，来到一辆已布满弹痕的吉普车旁。在两百多米远处，第二道装甲攻击波正快速冲过来。

“躺下装死！”中尉说。于是卡琳娜于是躺到了吉普车的轮子边，闭上双眼，“睁开眼更像！”中尉又说，并在她脸上抹了一把不知是谁的血。

他也躺下，与卡琳娜成直角，头紧挨着卡琳娜的头。他的钢盔滚到了一边，粗硬的头发扎着卡琳娜的太阳穴。卡琳娜大睁着双眼，看着几乎被浓烟吞没的天空。

两三分钟后，一辆半履带式“布莱德雷”运兵车在距他们十几米处停下来，从车上跳下几名身穿蓝白相间雪地迷彩服的美军士兵，他们中的大部分平端着枪呈散兵线向前去了，只有一个朝这辆吉普走来。卡琳娜看到两只粘满雪尘的伞兵靴踏到了紧靠她脸部的地方，插在伞兵靴上的匕首刀柄上82空降师的标志清晰可辨——一匹帕加索斯飞马。那个美国人俯身看她，他们的目光相遇了。卡琳娜尽最大努力使自己的目光呆滞无神，对着那双透出惊愕的蓝色瞳仁。

“Oh，God！”

卡琳娜听到了一声惊叹，不知是惊叹这名肩上有一颗校星的姑娘的美丽，还是她那满脸血污的惨相，也许两者都有。接着他伸手解她领口的衣扣，卡琳娜浑身起了鸡皮疙瘩，把手向腰间的手枪移动了几厘米，但这个美国人只是扯下了她脖子上的识别牌。

他们等的时间比预想的长。敌人的坦克和装甲车源源不断地从他们两旁轰鸣着通过，卡琳娜感到自己的身体在雪地上都快冻僵了。她这时竟想起了一首军旅诗歌中的一句，那首诗是她在一本记述马特洛索夫事迹的旧书上读到的：“士兵躺在雪地上，就像躺在天鹅绒上一样。”她得到博士学位的那天，曾把这句诗写到日记上。那也是一个雪夜，她站在莫斯科大学科学之宫顶层的窗前。那夜的雪也真像天鹅绒，雪雾中，首都的万家灯火时隐时现。第二天她就报名参军了。

这时，一辆敌方吉普车在距他们不远处停了下来，三名北约军官在车上抽着雪茄聊天。卡琳娜和中尉的周围空旷起来，他们跳上己方吉普车，中尉把车发动，沿着早已看好的路飞快驶去。他们身后响起了冲锋枪的射击声，子弹从头顶飞过，其中一颗打碎了后视镜。吉普车迅疾拐进了一个燃烧着的居民点，敌人没有追过来。

“少校，你是博士，对吗？”中尉开着车问。

“你在哪儿认识的我？”

“我见过你和列夫森科元帅的儿子在一起。”

沉默了一会儿，中尉又说：“现在，他的儿子可是世界上离战争最远的人了。”

“你这话什么意思？你要知道……”

“没什么意思，说说而已。”中尉淡淡地说。他们的心思都不在这个话题上，他们都在想着还抱有的那一线希望——

但愿整个战线只有这一处被突破。

1月5日，近日轨道，“万年风雪号”

米沙感觉到了一个人独居一座城市的孤独。

“万年风雪号”太空组合体确实有一座小城市那么大，体积相当于两艘巨型航空母舰，能容纳五千人同时在太空中生活。当组合体处于旋转重力状态时，里面甚至有一个游泳池和一条小河，这在当今的太空工作环境中，可以说是绝无仅有的奢侈。但事实是，“万年风雪号”是自“和平号”以来俄罗斯航天界一贯的节俭思维的结果。它的设计思想是：赋予一个构造从事太阳系内太空探索的所有功能。这样虽一次性投资巨大，但从长远看还是十分经济的。“万年风雪号”被西方戏称为“太空的瑞士军刀”,它可作为空间站在地球各个高度的轨道上运行,也可以方便地移动到绕月轨道上,或作行星际探索飞行。“万年风雪号”已去过金星和火星,还探测过小行星带。以它那巨大的体积,等于把一个研究院搬到了太空中。就太空科学研究而言,它比西方那些数量众多但小巧玲珑的飞船具有更大的优势。

当“万年风雪号”准备开始前往木星的为期三年的航行时,战争爆发了。它上面的一百多名乘员几乎全都返回了地面——他们大部分是空军军官——只留下了米沙一个人。这时,“万年风雪号”暴露出它的一个缺陷:它目标太大,且没有任何防御能力。没有预见到后来太空军事化的进程,是设计者的一个失误。战争爆发后,“万年风雪号”只能进行躲避飞行。去外太空是不行的。在木星轨道之内,有大量的北约无人航行器,它们体积都不大,武装或非武装,每一个对“万年风雪号”都是致命的威胁。于是,它只有航向近日空间。“万年风雪号”引以为傲的主动制冷式热屏蔽系统,使它可以比目前人类的任何太空航行器都更接近太阳。现在“万年风雪号”已到达水星轨道,距太阳五千万公里,距地球一亿公里。

虽然“万年风雪号”上的大部分舱室已经关闭,但留给米沙的空间仍大得惊人。透过广阔的透明穹顶,比地球上看去大三倍的太阳发出耀眼的光芒,太阳表面的耀斑和紫色日冕中奇丽的日珥清晰可见,有时甚至还可以看到光球表面因对流而产生的米粒组织。这里的宁静是虚假的。飞船外面,太阳抛出的粒子流和射电波的狂风巨浪在呼啸,“万年风雪号”就是这动荡海洋中一粒漂浮的小小的种子。

一束细如游丝的电波把米沙同地球连接起来,也把那遥远世界的忧虑带给了他。他刚刚得知，莫斯科近郊的控制中心已被巡航导弹摧毁，对“万年风雪号”的控制转由设在古比雪夫的第二控制中心执行。他每隔五个小时接收一份从地球传来的战争新闻，每到这时，他就想起了父亲。

1月5日，俄罗斯军队总参谋部

米哈伊尔·谢米扬诺维奇·列夫森科元帅觉得自己面对着一堵墙，他面前实际是一幅平铺的莫斯科战区全息战场地图。而以前当他面对挂在墙上的宽大纸制地图时，却能看到广阔而深邃的空间。不管怎样，他还是喜欢传统的地图。记不清有多少次，要找的位置在地图的最下方，他和参谋们只好趴在地上看。现在想起来，他不禁微微一笑。他又想起多次演习前，在野战帐篷中用透明胶带把刚发下来的作战地图拼贴起来，他总贴不好，倒是第一次随他看演习的儿子一上手就比他贴得好……发现自己又想起儿子，他警觉地打住了思绪。

作战室中只有他和西部集群司令两人，后者一根接一根地抽着烟，他们凝神盯着全息地图上方变幻的烟团，仿佛那就是严峻的战局。

西部集群司令说：“北约在斯摩棱斯克一线的兵力已达七十五个师，攻击正面有一百公里宽，已多处突破。”

“东线呢？”列夫森科元帅问。

“第11集团军的大部也倒向右翼联盟了，这您是知道的。右翼联盟的军队已达二十四个师，但他们对雅罗斯拉夫尔的攻击仍然是试探性的。”

地面的一次爆炸把微微的震动传了下来，作战室里充满了随着顶板上的挂灯而轻轻摇晃的影子。

“现在，已有人谈论退守莫斯科，凭借城市外围建筑和工事进行巷战了，像七十多年前一样。”

“胡说八道！我们一旦从西线收缩，北约就可能从北部迂回，在加里宁同右翼军队会合，莫斯科将不战自乱。下步作战方针，第一是反击，第二是反击，第三还是反击。”

西部集群司令叹了一口气，无言地看着地图。

列夫森科元帅接着说:“我知道西线力量不够，准备从东线抽调一个集团军加强西线。”

“什么？现在雅罗斯拉夫尔的防守已经很难了。”

列夫森科元帅笑了笑，“现在相当多的指挥官只从军事角度考虑问题，严峻的形势让我们钻进去出不来了。从目前的态势看，你认为右翼联盟的军队没有力量攻下雅罗斯拉夫尔吗？”

“我认为不是，像第14集团军这样的精锐部队，集中了如此密集的装甲和低空攻击力量，在没有遭受太大损失的情况下，一天的推进还不到十五公里，显然是有意放慢的。”

“这就对了。他们在观望，在观望西线战局！如果我们在西线夺回战场主动权，他们就会继续观望下去，甚至有可能在东线单方面停火。”

西部集群司令把刚拿出的一支烟夹在手上，忘了点火。

“东线的几个集团军的叛变确实是在我们背后捅了一刀，但一些指挥官在心理上把这当作借口，使我们的作战方针趋向消极。这种心态必须转变！当然，应当承认，要从根本上扭转战局，莫斯科战区的力量不够，我们的最终希望寄托在增援的高加索集群和乌拉尔集群上。

“较近的高加索集群要完成集结并进入出击位置，最少也需一个星期。考虑到争夺制空权的因素，时间可能还要长。”

1月5日，莫斯科

卡琳娜和中尉的吉普车开进城时已是下午三点多，空袭警报刚刚响过，街上空荡荡的。

中尉长叹一口气说：“少校，我真想念我那辆T90啊！四年前从装甲学院毕业的时候，我正失恋，可刚到部队的我一看到那辆坦克，心情一下子由阴转晴了。我摸着它的装甲，光溜溜、温乎乎的，像摸着女孩子的手。嗨，女孩儿算什么，这才是男人真正的伴侣！可今天早上，它中了一颗‘西北风’。唉，可能现在火还没灭呢……”

这时，城市西北方向传来密集的爆炸声。这是现代空袭中很少见的野蛮的地毯式轰炸。

中尉仍沉浸在早上的战斗中，“唉，不到三十秒钟，整整一个坦克营就完了。”

“敌人的伤亡也很大。”卡琳娜说，“我注意观察了战果，双方被击毁的装甲的数量相差并不大。”

“敌我坦克的对毁率大约1比1.2吧。直升机差一些，但也不会超过1比1.4。”

“尽管如此，战场的主动权也仍在我们一边——我们在数量上占很大优势——仗怎么会打成这样呢？”

中尉扭头看了卡琳娜一眼，“你是搞电子战的，还不明白为什么？你们的那套玩意儿，什么第五代C3I，什么三维战场显示，还有动态态势模拟、攻击方案优化之类的,在演习中很像回事,可一到实战中,我面前的液晶屏上最常显示的就两句:COMMUNICATION ERROR和COULD NOT LOG IN。就说今天早上吧,我对正面和两翼的情况完全不清楚,只接到一个命令:接敌。唉……假如再投入一半的增援兵力,敌人就不会在我们的位置突破。整个战线的情况,大都如此。”

卡琳娜知道,在刚刚过去的战斗中,双方在整个战线上投入的坦克总数可能超过一万辆,还有数目相当于坦克一半的武装直升机。

他们的车驶入了阿尔巴特街,昔日的步行街现在空空荡荡,古玩店和艺术品商店的门前堆着做工事的沙袋。

“我的那辆钢铁情人不亏本儿。”中尉仍沉浸在早上的战斗中不可自拔,“我肯定打中了一辆‘挑战者’,但我最想打中的是一辆‘艾布拉姆斯’,知道吗?一辆‘艾布拉姆斯’……”

卡琳娜指着一家古玩店的门口,“那儿,我爷爷就死在那儿。”

“可这里好像没有遭到空袭。”

“我说的是二十年前的事了,那时我才四岁。那个冬天真冷啊。暖气停了,房间里结了冰,我只好抱着电视机取暖,听着总统在我怀中向俄罗斯人许诺一个温暖的冬天。我哭着喊冷,喊饿,爷爷默默地看着我,终于下了决心,拿出他珍藏的勋章,带着我走了出去,来到这条街。那时这儿是自由市场,从伏特加到政治观点,人们什么都卖。一个美国人看上了爷爷的勋章,但只肯出四十美元。他说,红旗勋章和红星勋章都不值钱的,但如果有赫梅利尼茨基勋章,我肯出一百美元;光荣勋章,一百五十;纳希莫夫勋章,两百;乌沙科夫勋章,两百五十;最值钱的胜利勋章你当然不可能有,那只授给元帅,但苏沃洛夫勋章也值钱,我可以出四百五十美元……爷爷默默地走开了。我们沿着寒风中的阿尔巴特街走啊走，后来爷爷走不动了，天也快黑了，他无力地坐到那家古玩店的台阶上，让我先回家。第二天人们发现他冻死在那里，一只手伸进怀中，握着他用鲜血换来的勋章，睁大双眼看着这个他在七十多年前从古德里安的坦克群下拯救的城市……”

1月5日，俄罗斯军队总参谋部

一个星期以来，列夫森科元帅第一次走出了地下作战室，踏着厚厚的白雪散步，同时寻找着太阳。这时，太阳已在挂满雪的松林后面落下了一半。在元帅的想象中，有一个小黑点正在夕阳那橘红色的表面缓缓移动。那是“万年风雪号”，元帅的儿子在上面。他是这颗星球上离父亲最远的儿子了。

这件事在国内引起了许多流言蜚语，国际上，敌人更是大肆炒作。《纽约时报》用大得吓人的黑体字登出了一个标题:《战争史上逃得最远的逃兵！》，下面是米沙的照片，照片的注脚是：在俄国政府煽情动员三亿俄罗斯人用鲜血淹没入侵者时，他们最高军事统帅的儿子却乘着这个国家唯一一艘巨型飞船，逃到了距战场一亿公里的地方。他是目前这个国家最安全的人了。

但列夫森科元帅问心无愧。从中学到博士后，米沙周围几乎没有人知道他父亲是谁。航天控制中心做出这个决定，仅仅是因为米沙的研究专业是恒星数学模型。“万年风雪号”这次接近太阳，对他的研究是一次难得的机会，而组合体不能完全遥控飞行，上面至少应有一个人。总指挥也是后来从西方的新闻中才得知米沙的身份的。

另一方面，不管列夫森科元帅是否承认，在他的内心深处，确实希望儿子远离战争。这并不仅仅是出于血肉之情。列夫森科元帅总觉得自己的儿子不属于战争。是的，他是世界上最不属于战争的人了。但他又知道自己这想法有问题：谁是属于战争的？

况且，米沙就属于恒星吗？他喜欢恒星，把全部生命投入到对它的研究上面。但他自己却是恒星的反面，他更像冥王星，像那颗寂静、寒冷的矮行星，孤独地运行在尘世之光照不到的遥远空间。米沙的性格，加上他那白皙清秀的外表，使人很容易觉得他像个女孩子。但列夫森科元帅心里清楚，儿子从本质上一点不像女孩子——女孩儿都怕孤独，但米沙喜欢孤独。孤独是他的营养，他的空气。

米沙是在东德出生的。儿子的生日对元帅来说是一生中最暗淡的一天。那天傍晚，还是少校的他，在西柏林蒂加尔登苏军烈士墓前，同部下一起为烈士们站四十多年来的最后一班岗。他的前面，是一群满脸笑容的西方军官，和几个牵着狼狗来换防的吊儿郎当的德国警察，还有那些高呼“红军滚出去”的光头新纳粹。他的身后，是大尉连长和士兵们含泪的眼睛。他控制不住自己，只好也让泪水模糊了这一切。天黑后回到已搬空的营地，在这回国前的最后一夜，他得知米沙出生了，但妻子却因难产而死……回国后日子也很难。同从欧洲撤回的四十万军人和十二万文职人员一样，他没有住房，和米沙住在一间冬冷夏热的临时铁皮屋里。他昔日的战友为了生活什么都干，有的向黑社会出售武器，有的甚至到夜总会跳脱衣舞。但他一直像军人一样正直地活着，米沙也在艰辛中默默地长大。同别的孩子不同，他似乎天生就会忍受，因为他有自己的世界。

早在上小学的时候，米沙每天都在自己的小房间里静悄悄地一人度过整晚，元帅起初以为他在看书，但有一次他无意中发现，儿子是站在窗前一动不动地看星星。

“爸爸，我喜欢星星。我要看一辈子星星。”他这样对父亲说。

十一岁生日那天，米沙首次向父亲提出了一个要求：想要一架天文望远镜。这之前，他一直用列夫森科元帅的军用望远镜观察星星。后来，那架天文望远镜就成了米沙唯一的伴侣。他在阳台上看星星可以一直看到东方发白。有不多的几次，他们父子俩一起在阳台上看星星，元帅总是把望远镜对准夜空中看起来最亮的一颗星，但儿子不以为然地摇摇头，“那颗没意思，爸爸。那是金星，金星是行星，我只喜欢恒星。”

但对其他男孩子喜欢的东西，米沙却一点兴趣都没有。隔壁空降兵参谋长家的那个小胖子，偷拿父亲的手枪玩儿，结果走火把大腿打穿了。参谋部将军们的那些男孩子，如果能让爸爸领到部队的靶场上打一次枪，就算是最高的奖赏了。但男孩子对武器的这种天生的迷恋，在米沙身上丝毫没有出现。从这点来说，他确实不像男孩子。元帅对此很不安，他几乎无法容忍自己的儿子对武器无动于衷，以至于后来作了一件至今想起来仍让他很不好意思的事。有一次，他把自己的那支马卡诺夫式手枪悄悄放到了儿子的书桌上。放学回来后不久，米沙就拿着枪从他的小房间中出来——他拿枪像女人一样，小心地握着枪管——把枪轻轻地放到父亲面前，淡淡地说：“爸，以后别把这东西乱放。”

在米沙的前途问题上，元帅是一个开明的人。他不像自己周围的那些将军，一心让儿子甚至女儿延续自己的军旅生涯。但米沙离父亲的事业确实太远太远了。

列夫森科元帅不是一个脾气暴躁的人,但作为全军统帅,他不止一次在上万名官兵面前斥责一位将军。但对米沙,他却从来没有发过火。这固然因为米沙一直默默地沿着自己的轨道成长,很少让父亲操心;更重要的是,米沙身上似乎生来就有一种非同寻常的超脱的气质,这气质有时甚至让列夫森科元帅感到有些敬畏。就如同他在花盒中随意埋下一颗种子,却长出了绝世珍稀的植物。他敬畏地看着这植物一天天成长,小心地呵护着它,等着它开出花朵。他的期望没有落空,儿子现在已成为世界上最出色的天体物理学家。

这时,太阳已在松林后面完全落下去,地上的雪由白色变成了浅蓝色。列夫森科元帅收回了思绪,回到地下作战室。开作战会议的人都到齐了,包括西部集群和高加索集群的主要指挥官。

另外还有电子战指挥官,从少将到上尉都有,大部分是刚从前线回来的。作战室里正在进行一场激烈的争论,争论的双方是西部集群的陆战部队和电子战部队的军官们。

“我们正确判明了敌人主攻方向的转变。”塔曼摩的费列托夫师长说,“我们的装甲力量和陆航低空攻击力量的机动性也并不差,但通信系统被干扰得一塌糊涂,C3I指挥系统几乎瘫痪!集团军中的电子战单位,级别从营升到了团,从团又升到了师,这两年在这上面的资金投入比常规装备的投入都多,就这么个结果?!”

负责指挥战区电子战的一位中将看了身边的卡琳娜一眼。同其他刚从前线归来的军官一样,她的迷彩服上满是污渍和焦痕,脸上还残留着血迹。中将说:“卡琳娜少校在电子战研究方面很有造诣,同时也是总参派往前线的电子战观察员,她的看法可能更有说服力一些。”像卡琳娜这样的年轻博士军官大多心直口快，无所顾忌，往往被人当枪使，这次也不例外。

卡琳娜站起来说："上校，话不能这么说！比起北约，我们这些年对C3I的投入微不足道。"

"那电子反制呢？"师长问，"敌人能干扰我们，你们就不能干扰他们?！我们的C3I瘫痪了，北约的却运转得很好，像上了润滑油似的。今天早上我对面的陆战一师能那么快速地转变攻击方向就是证明！"

卡琳娜苦笑了一下，"提起对敌干扰，费列托夫上校，不要忘了，就是在你们师的阵地上，你的人用枪顶着操作员的脑袋，逼停了集团军电子对抗部队的干扰机！"

"怎么回事？"列夫森科元帅问，这时人们才发现他进来了，纷纷起身敬礼。

"是这样，"师长对元帅解释说，"对我们的通信指挥系统来说，他们的干扰比北约的更厉害！在北约的干扰中，我们还能维持一定的无线通信，可他们的干扰机一开，就把我们全盖住了！"

卡琳娜说："可同时敌人也全被盖住了！这是我军目前实施电子反制可选择的唯一战略。北约目前在战场通信中，已广泛采用诸如跳频、直接序列扩频、零可控自适应天线、猝发、单频转发和频率捷变[①]等技术。我们用频率瞄准方式进行干扰根本不起作用，只能采用全频带阻塞干扰。"

---

①跳频：发射机和接收机以同样的序列变换频率。直接序列扩频：使信号能量分散在很宽的频带上，以给侦听和干扰带来困难。零可控自适应天线：一种覆盖范围似肾形的天线，凹点指向天线无响应的敌方干扰机，以便在其他方向与己方天线通信。猝发：短时间采用宽频带或长时间采用很窄频带发送信息。频率捷变：在遭到干扰时自动改频。

第5集团军的一位上校质问:“少校,北约采用的可全是频率瞄准式干扰,频带还相当窄,而我们的C3I系统也普遍采用了你提到的那些通信技术,为什么他们对我们的干扰那样有效呢?”

“这原因很简单。我们的C3I系统是建立在什么样的软硬件平台上?UNIX,LINUX,甚至WINDOWS 2010,CPU是INTEL和AMD!这是用人家养的狗给自己看门!在这种情况下,敌人可以很快掌握诸如跳频规律之类的电子战情报,同时用更多更有效的纯软件攻击加强其干扰效果。总参谋部曾经大力推广过国产操作系统,但到了下面阻力重重,你们集团军就是最顽固的堡垒……”

“好了,你们所说问题和矛盾正是今天会议要解决的。开会!”列夫森科元帅打断了这场争论。

当大家在电子沙盘前坐好后,列夫森科元帅叫过一位少校参谋,这个身材细高的年轻人双眼眯缝着,好像不适应作战室中的光线。“介绍一下,这位是邦达连科少校,他的最大特点就是深度近视。他的眼镜与众不同,别人的眼镜镜片在镜框里边,他的镜片在镜框外面,哈,就像茶杯底那么厚啊!但我们现在看不到镜片——早上少校的吉普车遇到空袭时给砸了,好像隐形眼镜也弄丢了?”

“报告首长,那是五天前在明斯克丢的。我的眼睛是在半年内变成这样的。这变化早些的话,我进不了伏龙芝军事学院。”少校立正说。

虽然谁也不知道元帅为什么介绍这位少校,人群中还是响起了低低的笑声。

“战争爆发以来的事实说明,虽然有白俄罗斯战场的失利,但在空中和陆上常规武器方面,我们并不比敌人差多少;而在电子战方面,我们的差距之大出乎意料。造成这样的局面有很深远的历史原因，这不是我们今天要讨论的。我们要明确的是以下一点：目前，电子战是我军夺回战争主动权的关键！我们首先必须承认敌人在电子战方面的优势，甚至是压倒性优势，然后我们必须以我军现有的电子战软硬件条件为基础，制定出一套行之有效的战略战术。这套战略战术的目的，是要在短时间内，使我军和北约在电子战方面形成力量上的平衡。也许大家认为这不可能——我军20世纪末以来的战争理论，主要是基于局部有限战争的，对目前在军事上如此强大的敌人的全面进攻，确实研究得不够。在这样严峻的形势下，我们必须以一种全新的方式思维。下面我要介绍的统帅部新的电子战战略，就可以看作这种思维的结果。”

灯灭了，电脑屏幕和电子沙盘都关闭了，重重的防辐射门也紧紧关闭，作战室淹没于伸手不见五指的黑暗之中。

“是我让关灯的。”黑暗中传来元帅的声音。

时间在黑暗和沉默中慢慢流逝，这样过了有一分钟。

“大家现在有什么感觉？”列夫森科元帅问。

没有人问答。浓重的黑暗使军官们仿佛沉没在夜之海的海底，呼吸都有些困难。

“安德烈将军，你说说看。”

“这几天在战场上的感觉。”第5集团军军长说。黑暗中又响起了一阵低低的笑声。

“其他人呢？大概都与他有同感吧？”元帅说。

“当然。您想想，耳机里除了沙沙声什么也没有，屏幕上一片空白，对作战命令和周围的战场态势一无所知，可不就是这种感觉嘛！这黑暗，压得人喘不过气来啊！”

“但并非所有人都是这种感觉。邦达连科少校，你呢？”列夫森科元帅问。

邦达连科少校的声音从作战室的一角传来，“我的感觉不像他们这么糟糕。在亮着灯的时候，我看周围也是模模糊糊的。”

“你甚至还有一种优越感吧？”列夫森科元帅问。

“是的，元帅。您可能听说过，在纽约大停电时，是瞎子带领人们走出摩天大楼的。”

“但安德烈将军的感觉也是可以理解的。他有一双鹰眼，还是个神枪手，喝酒时常用手枪在十几米外开酒瓶盖。想想他和邦达连科少校在这里用手枪决斗，可是一件很有意思的事。”

黑暗中的作战室又陷入了沉默，指挥官们都在思考。

灯亮了，人们都眯起了双眼，这与其说是不能适应突然出现的亮光，不如说是对元帅刚刚的暗示感到震惊。

列夫森科元帅站起来说：“我想，刚才我已把我军的电子战新战略表达清楚了：全频段大功率的阻塞干扰，在电磁通信上，制造一个双方‘共享’的全黑暗战场！”

“这样将使我军的战场指挥系统全面瘫痪！”有人惊恐地说。

“北约也一样！瞎大家一起瞎，聋大家一起聋——在这样的条件下同敌人达到电子战的力量平衡。这就是新战略的核心思想。”

“那总不至于让我们用通信员骑摩托车传达作战命令吧?!”

“要是路不好，他们还得骑马。”列夫森科元帅说，“我们粗略估计了一下，这样的全频带阻塞干扰，至少可覆盖北约百分之七十的战场通信系统，这就意味着他们的C3I系统将全面瘫痪。同时还可使敌人百分之五十至百分之六十的远程打击武器失去作用，尤其是‘战斧’巡航导弹——现在这种导弹的制导系统同上个世纪有了很大的改变，那时的‘战斧’主要使用地形匹配和小型测高雷达来导航，现在这种导航方式只用作末端制导，而在其运行过程的大部分都依靠全球卫星定位系统。通用动力公司和麦克唐纳·道格拉斯公司认为，他们所做的这种改进是一大进步。美国人太相信来自太空中的导航电波了，但GPS系统的电波传输一旦被干扰，‘战斧’就成了瞎子。这种对GPS的依赖在北约大部分远程打击武器中都存在。在我们所设想的战场电磁条件出现时，敌人就会被迫同我们打常规战，我们自己的优势就会充分发挥出来。”

“我还是心里没底。”被从东线调往西线的第12集团军军长忧心忡忡地说，“在这样的战场通信条件下，我甚至怀疑我的集团军能不能从东线顺利地调到西线。”

“你肯定能的！”列夫森科元帅说，“这段距离，对库图佐夫[①]来说很短，我不信今天的俄罗斯军队离了无线电就走不过去了！被现代化装备惯坏的，应该是美国人而不是我们。我知道，当整个战场都处于电磁黑暗中时，你们心中肯定会感到恐惧。这时要记住，敌人比你们恐惧十倍！”

看着卡琳娜的身影混在穿迷彩服的军官中，消失在作战室的出口，列夫森科元帅不禁担心起来。她将重返前线，而她所在的电子战部队将是敌人火力最集中的地方。昨天，在同一亿公里远的儿子那来回延时达

① 库图佐夫（1745—1813），俄国陆军统帅，曾击退过入侵莫斯科的拿破仑。

五分钟的通话中,元帅曾告诉他卡琳娜很好,但在今早的战斗中,她就险些没回来。

米沙和卡琳娜是在一次演习中认识的。那天,元帅和儿子一起吃晚饭,同往常一样,他们默默地吃着,米沙早逝的母亲在远处的镜框中默默地看着他们。米沙突然说:"爸爸,我想起明天就是您的五十一岁生日了,我应该送您一件生日礼物。我是看见那架天文望远镜才想起来的,那件礼物真好。"

"送我几天时间吧。"

儿子抬头静静地看着父亲。

"你有你的事业,我很高兴。但做父亲的想让儿子了解自己的事业,这总不算过分吧!明天你和我一起去看军事演习怎么样?"

米沙笑着点点头。他很少笑的。

这是21世纪国内规模最大的一场演习。演习开始的前夜,米沙对公路上那滚滚而过的钢铁洪流没什么兴趣。一下直升机,他就钻进野战帐篷,用透明胶带替父亲粘贴刚发下来的作战地图。第二天演习的整个过程中,米沙也没表现出丝毫的兴趣。这早在列夫森科元帅的预料之中,但有一件事使他感到莫大的安慰。

上午进行的演习项目是装甲师进攻高地,米沙同一群地方官员一起坐在观摩台的北侧。这次观摩台的位置虽在安全距离之外,但应那些猎奇的地方官员的要求,比过去大大靠前了。图22轰炸机群掠过高地上空,重磅航空炸弹雨点般地落下,使那座山头变成喷发的火山口。这时,那群地方官员才明白真实战场同电影里的区别。在那地动山摇的巨响中,他们全都用双臂抱住脑袋伏在桌子上,有几位女士甚至尖叫着往桌下钻。但元帅看到,只有米沙一个人直直坐着,仍是那副冷漠的表情,静静地无动于衷地看着那座可怕的火山,任爆炸的火光在他的墨镜中狂闪。一股暖流冲击着列夫森科元帅的心田。儿子,你的身上到底流着军人的血啊!

这天晚上,父子俩在白天的演习现场散步。远处,各种装甲车辆的前灯如繁星洒满山谷和平原,空气中还残留着淡淡的硝烟味儿。

“这场演习要花多少钱?”米沙问。

“直接费用大约三亿卢布。”

米沙叹了口气,“我们的课题组想搞第三代恒星演化模型,申请了三十五万经费都批不下来。”

列夫森科元帅把他早就想对儿子说的话说了出来:“我们两个的世界相差太远了。你的恒星,最近的也有四光年吧,它同地球上的军队与战争真是毫不相干。我对你的事业知之不多,但很为之感到骄傲。作为军人,我们也是最想让儿子了解自己事业的人。哪一个父亲不把对儿子讲述自己的戎马生涯当作最大的幸福?而你对我的事业却总抱着冷漠的态度。事实上,我的事业是你的事业的基础和保障。一个国家,如果没有足够数量和质量的武装力量保证它的和平的话,像你从事的这种纯基础研究根本不可能进行。”

“爸爸,你说反了。如果人们都像我们这样,用全部的生命去探索宇宙的话,就能领略到宇宙的美——它的宏大和深远后面的美。而一个对宇宙和自然的内在美有深刻感觉的人,是不会去进行战争的。”

“你这种想法真是幼稚到家了!如果战争是因为人们缺乏美感造成的,那和平可太容易了!”

“您以为让人类感受这种美就那么容易吗？”米沙指指夜空中灿烂的星海，“您看这些恒星。人们都知道它们是美的，但有多少人能够真正体会到这种美的最深层呢？这无数的天体，它们从星云到黑洞的演化是那么壮丽，它们喷发的能量是那么巨大，但您知道吗？只用数目不多的几个优美的方程式就能精确地描述这一切。用这些方程式建立的数学模型能极其精确地预言恒星的一切行为。甚至我们对自己星球上大气层建立的数学模型，精确度都要比它低几个数量级。”

列夫森科元帅点点头，“这是可能的，据说人类对月球的了解比对地球海底的了解还要多。但你所说的对宇宙和自然深层次美的感受还是制止不了战争。没有人比爱因斯坦更能感受这种美了，原子弹不还是在他的建议下造出来的吗？”

“爱因斯坦在他的后期研究中没什么建树，很大程度上是由于他过多地介入了政治。我不会走他的老路的。但，爸爸，到了需要的时候，我也会尽自己的责任的。”

米沙在演习区待了五天。元帅不知儿子是什么时候认识卡琳娜的。第一次看到他们在一起的时候，他们已经谈得很融洽了。他们谈恒星，而卡琳娜对此知道的很多。卡琳娜只是个天真烂漫的女孩，但因为拥有博士学位，她早早就扛上了一颗校星，他对此心里多少有些别扭。不过除此之外，他对卡琳娜的印象还是很好的。第二次见到米沙和卡琳娜在一起时，列夫森科元帅发现他们的关系已更加亲密。他们谈话的内容让他很意外——他们在谈电子战。当时他们俩在距元帅的吉普车不远的一辆坦克边，并没有避开别人的意思。

元帅听到米沙说：“你们现在只关注于一些纯软件的、高层次的东西，比如C3I、病毒攻击、数字战场，等等，可你想到没有，你们可能握着一把木头做的剑。”看着卡琳娜惊奇的目光，米沙继续说，“你想过这些东西的基础吗，也就是位于网络七层协议最下面的物理层？对于民用网络，可以使用光纤和定向激光之类的东西作为通信媒介。但对于用于战场的C3I系统，它的各个终端是快速移动且位置不定的，只能主要依赖电磁波来进行信息联系，而电磁波这东西，你知道，在干扰下就像薄冰一样脆弱……”

元帅真的吃惊不小。他从未与儿子交流过这些，米沙更不可能偷看他的机密文件，但米沙却把元帅在电子战上多年来形成的思想简明准确地表达了出来！米沙的这番话对卡琳娜的影响更大，居然使她偏离了原来的研究方向，研制出一种代号“洪水”的电磁干扰装置。“洪水”的大小可以装入一辆装甲车，能同时发出3KHz到30GHz的强烈电磁干扰波，覆盖除毫米波之外的所有电磁通信波段。这种武器在西伯利亚某基地进行的第一次实验就为军队惹来了一屁股官司——“洪水”使附近那座城市的电磁波通信全部中断，手机不通了，传呼机不响了，电视机和收音机都收不到信号。对银行和股市的影响更是灾难性的，地方上把造成的损失说成了天文数字。“洪水”的灵感来自一种电磁炸弹，原理是使用高爆炸药在一次性线圈中产生强烈的电磁脉冲。所以“洪水”工作起来如同火箭发动机一样，产生的音响能震破附近的窗玻璃，这就决定了它只能遥控操作，而距它两三千米处的操作人员还得穿上防微波辐射的防护服。“洪水”在总装备部和总参谋部的电子战指挥机构引起了很大的争论。很多人认为它没什么实战价值，在有限战场上使用它，就如同在巷战中使用核武器，对敌我的杀伤力都一样大。但在元帅的坚持下，“洪水”还是批量生产了两百多台。现在，在统帅部新的电子战战略中，它将担当主要角色。

儿子爱上了一个军中的姑娘，元帅深感意外。他的结论是，米沙对卡琳娜的感情同她的职业无关。后来米沙带卡琳娜到家里来过几次，第一次卡琳娜穿着一件亮丽的连衣裙，走时元帅听到米沙对卡琳娜说：“下次穿军装来。”这事使元帅否定了自己先前的结论。他现在知道，米沙爱上卡琳娜，与她是一名少校军官并非一点关系也没有。与演习第一天上午感到的别扭不同，现在元帅觉得卡琳娜肩上的那颗校星无比美丽。

1月6日，莫斯科战区

强烈的电磁波在战区上空很快聚集，最后形成了巨大的电磁台风。据战后人们回忆，当时在远离前线的山村里，人们也看到动物和鸟儿骚动不安；在灯火管制的城市中，人们能看到电视天线上感应出的微小火花……

从东线调往西线的第12集团军的一个装甲团正在急速行军，团长站在停靠路边的吉普车旁，满意地看着漫天雪尘中急速行进的部队。敌人的空袭远没有预料的强度，所以部队可以在白天赶路了。这时，三枚“战斧”导弹低低地从他们头顶掠过，冲压发动机低沉的嗡嗡声清晰可闻。不一会儿，远处响起了三声爆炸。团长身边的通信员拿着只听得到沙沙声的耳机无事可做，转头看看爆炸的方向，然后惊叫起来让他看，他让通信员不要大惊小怪，但旁边的一位少校营长也让他看，他就看了，然后困惑地摇了摇头。“战斧”不是每枚都能命中目标，但像这样三枚相距上千米落到空无一物的田野上，真是少见。

两架苏27孤独地飞行在战区五千米上空。它们本来属于一支歼击机中队，但这支中队刚刚在海上跟一组北约的F22发生了遭遇战，混战中，它们和中队失散了。在以前，重新会合是轻而易举的事。但现在，无线电联络不通了，原来对高速歼击机来说很狭小的空域，现在变得如宇宙一样广阔，要想会合如同大海捞针。这对长僚机只能紧贴着飞行，距离之近像在飞特技。只有这样，他们才能听到对方的无线电呼叫。

“左上方发现可疑目标，方位220，仰角30！”僚机报告。长机飞行员沿那个方位看去，冬日雪后的晴空一碧如洗，能见度极好。两架飞机向斜上方靠近目标观察。那个目标与他们同一方向飞行，但速度慢了许多，所他们很快追上了它。

当他们看清目标后，真觉得白天见了鬼。那是一架北约的E-4A预警飞机，是歼击机最不可能遇到的敌方飞机，就像一个人不可能看到自己的后脑勺一样。E-4A预警飞机上的雷达监视面积可达一百万平方公里，环视一圈只需五秒钟。它能发现远离防区两千公里处的目标，可以提供四十分钟以上的预警时间。它能发现一千至两千公里范围里的八百至一千个电磁信号，每次扫描可询问和识别两千个海陆空各类目标。预警机从不需护航，它强有力的千里眼可使自己远远地避开歼击机的威胁。所以长机飞行员理所当然地认为这可能是一个圈套。他和僚机向四周的空域仔细搜索了一遍，明净寒冷的空中看不到任何东西，长机决定冒一次险。

“雷球雷球，我将发起攻击，你向317方位警戒，但注意不要超出目视距离!”

看着僚机向着机长认为最可能有埋伏的方位飞去后,他松开油门,猛拉操纵杆。苏27拖着加速产生的黑烟,如一条仰起头的眼镜蛇向斜上方的预警机扑去。这时,E-4A也发现了向自己逼近的威胁,急忙向东南方向作逃脱的机动飞行。干扰热寻的导弹的镁热弹不断地从机尾蹦出,那一串小小的光球仿佛是它那被吓出壳的灵魂。预警飞机在歼击机面前就如同自行车在摩托车面前一样,是无法逃脱的。这时长机飞行员才感到,他刚才给僚机的命令是多么自私。他在E-4A的后上方远远跟着它,欣赏着到手的猎物。E-4A背上蓝白相间的雷达天线罩线条优美,像一件可人的圣诞玩具。它那粗大的白色机身,如同摆在盘子里的一只肥美的烤鸭,令他垂涎欲滴,又不忍下刀叉。但直觉使他不敢拖延。他首先用二十毫米口径机炮做了一个点射,击碎了E-4A的雷达天线罩。他看到,西屋公司制造的AN/PY-3型雷达的天线碎片飞散在空中,如圣诞节银色的纸花。接着他用机炮切断了E-4A的一只机翼,最后,射速达每分钟六千发的双管机炮射出的死亡之刃,将已经翻滚下坠的E-4A拦腰斩断。苏27盘旋着跟随两块坠落的机体,飞行员看到,人员和设备不停地从机舱中掉出来,就像从盒中掉出的糖果一样,有几朵伞花在空中绽开。他想起了在刚过去的空战中,一位战友被击落时的情景:一架F22三次从战友的降落伞上方掠过,把伞冲翻了,他看着战友像一块石头一样渐渐消失在大地的白色背景中。他克制了这样做的冲动,同僚机会合后,双机编队以最快的速度脱离这个空域。

他们仍觉得这可能是个圈套。

走散的飞机并不止那两架。在西线的上空，一架隶属于美国陆军骑一师的“科曼奇”漫无目的地飞着，飞行员沃克中尉却倍感兴奋。他刚从“阿帕奇”转飞“科曼奇”不久，对这种20世纪末才大量装备陆军的武装攻击直升机不太适应。他不喜欢“科曼奇”没有脚踏的操纵系统，同时觉得它的双目头盔瞄准镜不如“阿帕奇”的单目镜舒服，但他最不适应的还是坐在前面的攻击指挥员哈尼上尉。他们第一次见面时，哈尼说：“中尉，你要清楚自己的位置，我是这架直升机的大脑，你只是它的电子和机械部件的一部分——你要尽一个部件的责任！”而沃克最讨厌作为一个部件而存在。记得一位年近百岁的参加过“二战”的前海军飞行员参观他们的基地时，在看了看“科曼奇”的座舱后，摇摇头说：“唉，孩子们，我当年那架野马式，座舱里的仪表还不如现在微波炉上的多。我最好的仪表是它！”他拍了拍沃克的屁股，“我们两代飞行员的区别，就是空中骑士和电脑操作员的区别。”沃克想当空中骑士，现在机会来了。在俄罗斯人那近乎变态的疯狂干扰下，这架直升机上的什么“作战任务设备一体化系统”、什么“目标探测系统”、什么“辅助目标探查分类系统”、什么“真实视觉场面发生器”，还有“资料突发系统”，全他妈的休克了！只剩下那两台一千二百马力的T800型引擎还在忠实地转动着。哈尼平时就是全凭那些电子玩意儿发号施令的，现在他那张喋喋不休的臭嘴也随着这些东西沉默下来。这时，内部送话系统传来了哈尼的话音：“注意，发现目标，好像在左前方，好像在那个小山包旁边，有一支装甲部队，好像是敌人的，你……看着办吧。”

沃克差点笑出声来。哈，这小子，听他以前是怎么指挥的：“发现目标，方位133，90式坦克十七辆，89式运兵车二十一辆，向391方位以平均时速四十三点五公里运动，平均间隔三十一点四米。按AJ041号优化攻击方案，从179方位以三十七度倾角进入……”现在呢，“好像”有装甲部队，“好像”在“山包那边”。这他妈用你说？我早看见了！还让我看着办。你是废物了哈尼，现在是我的天下，我要用屁股当仪表做一个骑士了！这架“科曼奇”在我的手中将不辜负它那英勇的印第安部落的名字。

“科曼奇”向着那显而易见的目标冲去，把机上的六十二枚27.5英寸[①]口径“蜂巢”火箭全部发射出去。沃克陶醉地看着那群拖着火尾的“小蜜蜂”欢快地向目标飞去，把敌人的车队淹没于一片火海之中。但当他迂回飞行观察战果时却发现事情不对，地面上敌人的士兵没有隐蔽，而是全都站在雪地上冲他指点着，像是在破口大骂。沃克飞近一些，清楚地看到了一辆被击毁的装甲车上的标志，那是个三环同心圆，中间是蓝色，然后是一个白圈儿和一个红圈儿。沃克眼前一黑，顿时感到世界变成了地狱，不禁破口大骂起来：

“你个狗娘养的白痴，你瞎眼了?！”

但他还是聪明地远远飞开，以防那些暴怒的法国佬还击。“你个狗娘养的，你现在大概在想到军事法庭上怎样把责任推给我。你推不掉的，你是负责目标甄别的，你要明白这一点！”

“也许……我们还有机会补救。”哈尼怯生生地说，“我又发现了一支部队，就在对面……”

“去你妈的吧！”沃克没好气地说。

“这次没错，他们正在同法国人交火！”

这下沃克又来了精神，驾机向新目标冲去，看到对方主要是步兵，

① 1英寸约为2.54厘米。

装甲力量不多，这倒证实了哈尼的判断。沃克把仅剩的四枚“地狱火”导弹发射出去，然后把加特林双管机枪的射速调到每分钟一千五百发并开始射击。他舒服地感觉到机枪通过机体传来的微微振动，看到地面敌人的散兵线被撒上了一层白色的“胡椒面”。但一名老练的武装直升机飞行员的直觉告诉他有危险。他扭头一看，只见一枚肩射导弹刚刚从左下方一名站在吉普车上的士兵肩上发射出来。沃克手忙脚乱地发射了诱饵镁热弹，又向后方作摆脱飞行，但晚了一点，那枚导弹拖着蛛丝般的白烟击中了“科曼奇”的机头下部。沃克从爆炸带来的短暂昏眩中醒来时，发现直升机已坠落到雪地上。沃克拼命爬出全是白烟的机舱，在雪地上抱住一棵刚被螺旋桨齐腰砍断的树，回头发现前舱中的哈尼上尉已被炸成肉浆。随即，他看到前方一群端着冲锋枪的士兵正在向他跑来。沃克颤抖着抽出手枪放到面前的雪地上，然后掏出俄语会话本读了起来：

“吾已方下无起，吾是战扶，日内瓦……”（“我已放下武器，我是战俘……”）

他后脑挨了一枪托，肚子上又挨了一脚。但他翻倒在雪地上时却大笑起来——他可能被揍个半死，但不会全死，因为他看到了那些士兵衣领上波兰军队的鹰形领章。

1月7日，明斯克，北约军队作战指挥中心

“把那个该死的军医叫来！”托尼·帕克上将烦躁地喊道。当那名瘦高的上校军医跑到面前时，他恼怒地说：“怎么搞的？你折腾了两次，我的假牙还在嗡嗡响！”

“将军，这是我见过的最奇怪的事，也许是您的神经系统有问题，要不我给您打一针局部麻醉？”

这时，一位少校参谋走过来说：“将军，请把假牙给我，我有办法的。”于是帕克取下假牙，放到了少校递过来的纸巾上。

关于将军掉的两颗门牙，媒体的普遍说法是在波斯湾战争中他所在的坦克被击中时造成的，只有将军自己知道这不是真的。那次是断了下颌，牙则是更早些时候掉的。那是在克拉克空军基地，当时的世界好像除了火山灰外什么都没有——天是灰的，地是灰的，空气也是灰的，就连他和基地最后一批人员将要登上的那架“大力神”，机顶上也落了厚厚白白的一层。火山岩浆的暗红色火光在这灰色的深处时隐时现。那个菲律宾女职员还是找来了，说基地没了，她失业了，房子也压在火山灰下，让她和肚子里的孩子怎么活？她拉着他求他一定带她到美国去，他告诉她这不可能，于是她脱下高跟鞋朝他脸上打，打掉了他的两颗门牙。看着灰色的海水，帕克默念，我的孩子，现在你在哪儿？你是和母亲在马尼拉的贫民窟中度日吗？你的父亲现在某种程度上是为你而战。俄罗斯的民主政府上台后，北约的前锋将抵达中国边境，苏比克和克拉克将重新成为美国在太平洋上的海空军基地，那里将比20世纪更繁荣，你会在那儿找到工作的！如果你是个女孩，说不定像你妈妈（她叫什么来着，哦，阿莲娜）一样能认识个美国军官……

修牙的少校回来了，打断了将军的胡思乱想。将军拿过纸巾上的假牙装上，几秒钟后惊奇地看着少校，“嗯？你是怎么做到的？”

“将军，您的假牙响是因为它对电磁波产生了共振。”

将军盯着少校，分明不相信他的话。

“将军，真是这样！也许您以前也曾暴露在强烈的电磁波下，比如在雷达的照射范围里，但那些电磁波的频率同您的假牙的固有频率不吻合。而现在，空中所有频带的电磁波都很强烈，于是导致了这种情况。我把假牙进行了一些加工，使它的共振频率提高了许多，它现在仍然共振，但您感觉不到了。”

少校离开后，帕克将军的目光落到了电子作战图旁的一只座钟上。钟座是骑着大象的汉尼拔塑像，上面刻着“战必胜”三个字，原来摆放在白宫的蓝厅，当时总统发现他的目光总落在那玩意儿上，就亲自拿起了在那儿放了一百多年的钟赠给了他。

“上帝保佑美国，将军，现在您就是上帝！”

帕克沉思了很久，缓缓地说：“命令全线停止进攻，用全部空中力量搜寻并摧毁俄罗斯人的干扰源。”

1月8日，俄罗斯军队总参谋部

“敌人停止进攻了，你好像并不感到高兴。”列夫森科元帅对刚从前线归来的西部集群司令说。

“是高兴不起来。北约的全部空中力量已集中打击我们的干扰部队，这种打击确实是很奏效的。”

“这在我们的预料之中。”列夫森科元帅平静地说，“我们的战术在开始会使敌人手足无措，但他们总会想出对付的办法的。用于阻塞式干扰的干扰机，由于其强烈的全频带发射，很容易被探测和摧毁。好在我们已争取了相当的时间，现在全部希望都寄托在两个集群的快速集结上了。”

“情况可能比预想的严峻。”西部集群司令说，“在我们失去电子战优势之前，可能没有给高加索集群进入出击位置留下足够的时间。”

西部集群司令走后，列夫森科元帅看着电子沙盘上的前线地形，想起了正处于敌人密集火力下的卡琳娜，由此又想起了米沙。那天，米沙回到家里，脸上青一块紫一块的。这之前元帅已听到传言，说他儿子是那所大学中唯一一名反战分子，结果被学生们打了。

“我只是说不要轻言战争，我们真的不能同西方达成一种理智的和平吗？”米沙对父亲解释说。

元帅用从未有过的严厉口吻对儿子说：“你知道自己的身份。你可以不说话，但以后绝不允许出现类似的言论。”

米沙点点头。

又过了几天，晚上一进家门，元帅就告诉米沙：“俄共上台了。”

米沙看了父亲一眼，淡淡地说：“吃饭吧。”

再往后，西方宣布俄罗斯新政府为非法，杜波列夫组织右翼联盟并发动内战，列夫森科元帅都不需要告诉米沙了，父子俩每天晚上都像往常一样默默地吃饭。直到有一天，米沙接到航天基地的通知，收拾起行装走了。两天后，他乘航天飞机登上了在近地轨道运行的“万年风雪号”。

又过了一周，战争全面爆发了。这是一场由空前强大的敌人从意料不到的方向发起的旨在彻底肢解俄罗斯的世界大战。

1月9日，近日轨道，“万年风雪号”掠过水星

由于“万年风雪号”的速度很快，它不可能成为水星的卫星，只能从这颗行星面对太阳的那一面高速掠过。这是人类第一次用肉眼直接对水星表面进行近距离观察。米沙看到，水星表面高达两公里的峭壁，蜿蜒数百公里，穿过布满巨大坑穴的平原。他还看到被行星地质学家称作“不可思议的地形”的名叫“卡托里萨”的盆地，其直径达一千三百公里。它的不可思议之处在于，在水星的另一面，有一个面积相仿的盆地正对着它。人们猜测，这是一颗巨大的彗星撞击了水星，强烈的震波穿过了整个星体，在两个半球同时形成了极其相似的两个盆地。米沙还发现水星表面有许多明亮的光斑。当他在屏幕上把那些光斑放大后，激动得屏住了呼吸——

那是水星上的水银湖泊，平均面积达上千平方公里。

米沙想象着在水星那漫长的白天，在那一千八百摄氏度的高温下，站在水银湖岸边的情形。即使在狂风中，水银湖也会很平静，而水星没有大气，没有风，湖的表面如广阔的镜子平原，太阳和银河毫不失真地投射在上面。

“万年风雪号”掠过水星后，将继续靠近太阳，一直航行到它那由核聚变制冷装置支持的绝热层所能忍受的极限距离。太阳的高温将是它最好的掩护，北约的任何太空航行器都不可能飞进这座酷热的地狱。

看看这广阔的宇宙，再想想一亿公里之外的母星上的那场战争，米沙再次哀叹人类目光的狭隘。

1月10日，斯摩棱斯克前线

看着敌人渐渐靠近的散兵线，卡琳娜明白了为什么当周围的干扰点相继被摧毁后，只有她这里幸存下来——敌人想夺取一台完整的“洪水”。

由三架“科曼奇”和四架“黑鹰”组成的直升机群轻而易举地发现了这台“洪水”的位置。由于“洪水”巨大的电磁发射，对它的遥控只能通过光缆，敌人顺着光缆发现了卡琳娜所在的距那台“洪水”三千米的遥控站。这是一间被废弃的孤立的小库房。

四架运载着敌人四十多名步兵的“黑鹰”在距库房不到二百米处降落了。当时，遥控站中除卡琳娜之外，还有一名上尉和一名上士。上士听到引擎声响，刚拉开库房门，就被直升机上的狙击手射出的一颗子弹掀开了头盖骨。敌人随后的火力很谨慎也很节制，显然怕伤了库房里他们想得到的设备，于是卡琳娜和那名上尉得以多坚守了一段时间。

现在，在卡琳娜的左前方，上尉的冲锋枪沉默了，这枪声是这里唯一的安慰。她看到在作为掩体的树桩后面，上尉一动不动，一圈殷红的鲜血正在他周围的雪地上扩散。卡琳娜处在库房前由几个沙袋堆成的简易掩体后面，脚下散落着八只冲锋枪弹匣，滚烫的枪管在沙袋上面的积雪中发出嘶嘶的声音。每当卡琳娜射击时，对面的敌人就卧倒，子弹在他们前面溅起一团团雪花，而半圆形包围圈未受攻击方向的敌人则跃起快步推进一段距离。现在，卡琳娜仅剩下三只弹匣了，她开始打单发，这没有经验的举动等于告诉敌人她子弹不多了，他们开始更快更大胆地推进。卡琳娜再次换弹匣时，听到沙袋顶上厚厚的积雪“吱”的响了一声，有什么东西从中飞快地钻了过来，她感到右肋被什么猛推了一下，没有疼痛，只有一阵很快扩散的麻木感，温热的血顺着右侧身体流下去。她坚持着，几乎是漫无目标地打完了这只弹匣。当她伸手拿起沙袋顶上最后一只弹匣时，一颗子弹打断了她的前臂，弹匣掉到雪地上。卡琳娜站起身，回头向库房门走去，身后的雪地上留下了一条细细的血迹。当她拉开门时，又一颗子弹穿透了她的左肩。

由瑞特·唐纳森上尉率领的美国海军陆战队“海豹”突击队小分队谨慎地靠近库房。唐纳森和两名陆战队员越过那名俄罗斯上士的尸体，踹开门冲进帐篷，发现里面只有一名年轻女军官。她坐在他们的目标——“洪水”遥控仪旁边，一只被打断的手臂无力地垂在控制台上，对着显示屏上映出的影子；另一只手整理着自己的头发，不断滴下的鲜血在她脚下积成了小小的血洼。她对着冲进来的美国人和那排枪口笑了一下，算是打了招呼。唐纳森长出了一口气，但这口出来的气再也没有吸回去——他看到她整理头发的手从控制台上拿起了一个墨绿色的椭圆东西，把它悬在半空中。唐纳森立刻认出那是一枚气体炸弹，由于是装备武装直升机的，体积很小。那东西可由激光近炸引信引爆，在距地面半米处发生两次爆炸，第一次扩散气体炸药，第二次引爆炸药雾，他现在就是一支箭也飞不出它的威力圈。

他朝她伸出一只手向下压着，“镇静，少校，镇静下来，不要激动！”他朝周围示意了一下，陆战队员们的枪口垂了下来，“您听我说，事情没您想的那么严重，您将得到最好的医疗，您将被送到德国最好的医院，然后，会作为第一批交换的战俘……”少校又对他笑了一下，这使他多少受到了一些鼓励，“您完全没必要采用这么野蛮的方式，这是一场文明的战争，它本来是会很顺利的，这一点在二十天前越过波俄边境时我就感觉到了。当时你们的大部分火力都被摧毁，只有零星的机枪声恰到好处地点缀着我们这场光荣而浪漫的远征。您看，一切都会很顺利的，没必要……”

“我还知道另一次更美妙的开始。”少校用纯正的英语说，她轻柔的声音如同来自天堂，能让火焰熄灭、钢铁变软，“美丽的沙滩，棕榈树上挂着欢迎的横幅。到处是漂亮的姑娘，留着齐腰的长发，穿着沙沙作响的丝裤，在年轻的士兵中移动，用红色和粉红色的花环装点着他们，羞怯地对着目瞪口呆的士兵们微笑……上尉，您知道这次登陆吗？”

唐纳森困惑地摇摇头。

“这就是1965年3月8日上午9点，在岘港，美国首批海军陆战队士兵登上越南土地的情景，也是越战的开端。”

唐纳森觉得自己一下子掉进了冰窟，刚才的镇静瞬间消失了，他的呼吸急促起来，声音开始颤抖，“不，别这样，少校。您这样对待我们是不公平的！我们没有杀过多少人，杀人的是他们。”他指着窗外半空中悬停着的直升机说，“是那些飞行员，还有那些在很远的航空母舰上操作电脑指引巡航导弹的先生，但他们也都是些体面的先生，他们所面对的目标都是屏幕上漂亮的彩色标记，他们按一下按钮或动一下鼠标，耐心地等一会儿，那些标志就消失了。他们都是文明的先生，他们没有恶意，真的没有恶意……您在听我说吗？”

少校笑着点点头。谁说死神是丑恶恐怖的？死神真美。

“我有一个女朋友，她在马里兰大学读博士，她像您一样美丽，真的，她还参加反战游行……”我真该听她的，唐纳森想，“您在听我说吗？您也说点什么吧，求求您说点什么……”

美丽的少校最后对敌人微笑了一次，“上尉，我尽责任。”

这时，赶来增援的俄军104摩步师的一支部队距那个“洪水”遥控站还有半公里，他们首先听到了一声沉闷的爆炸，然后远远看到那间宽阔田野中孤零零的小库房隐没于一团白雾之中。紧接着是一声比刚才响百倍的巨响，地动山摇，一团巨大的火球在库房的位置出现，火焰裹在黑色的浓烟中高高升起，化作高耸的蘑菇云，如绽放在天地之间的一朵绝美的生命之花。

1月11日，俄罗斯军队总参谋部

“我知道你想要什么东西，别废话，要吧！”列夫森科元帅对高加索集群司令说。

“我想让前两天的战场电磁条件再保持四天。”

“你清楚，我们的战场干扰部队现在有百分之七十已被摧毁，我现在连四个小时都无法给你了！”

“那我的集群将无法按时到达出击位置，北约的空中打击大大迟滞了部队的集结速度。”

“要是那样的话，你就把一颗子弹打进自己脑袋里去吧！现在敌人已逼近莫斯科，已到了七十年前古德里安到过的位置。”

在走出地下作战室的途中，高加索集群司令在心里默念：莫斯科，坚持啊！

1月12日，莫斯科防线

塔曼摩步师师长费列托夫上校清楚，他们的阵地最多只能再承受一次进攻了。

敌人的空中打击和远程打击渐渐猛烈起来，而俄军的空中掩护却越来越弱了。这个师的装甲力量和武装直升机都所剩无几，最后的坚守几乎全靠血肉之躯了。

师长拖着被弹片削断的腿，拄着一支步枪走出掩体。他看到战壕挖得不深，这也难怪，现在阵地上大部分都是伤员了。但他惊奇地发现，在战壕的前面构起了一堵整齐的高约半米的胸墙。师长很奇怪这胸墙是用什么材料这么快筑起的，这时，他看到被雪覆盖的胸墙上伸出几条树枝一样的东西，走近一看，那是一只只惨白僵硬的手臂……他勃然大怒，一把抓住一位上校团长的衣领。

"混蛋！谁让你们用士兵的尸体筑掩体的?!"

"是我命令这样干的。"师参谋长的声音从师长身后平静地响起，"昨天晚上进入新阵地太快，这里又是一片农田，实在没有什么别的材料了。"

他们沉默对视着。参谋长额头绷带中流出的血在脸上一道道地冻结了。这样过了一会儿，他们两人朝这堵用青春和生命筑成的胸墙走去。师长的左手拄着用作拐杖的步枪，右手扶正了钢盔，向着胸墙行军礼，仿佛在最后一次检阅自己的部队……

他们路过了一个被炸断双腿的小士兵，从断腿中流出的血把下面的雪和土混成了红黑色的泥，这泥的表面现在又冻住了。小士兵正躺着把一颗反坦克手雷往自己怀里放，他抬起没有血色的脸，朝师长笑了笑，"我要把这玩意儿塞进'艾布拉姆斯'的履带里。"

寒风卷起道道雪雾，发出凄厉的啸声，仿佛在奏着一首上古时代的战歌。

"如果我比你先阵亡，请你也把我砌进这堵墙里。这确实是一个好归宿。"师长说。

"我们两个不会相差太长时间的。"参谋长用他那特有的平静语调说。

1月12日,俄罗斯军队总参谋部

一位参谋来告诉列夫森科元帅,航天部部长急着要见他,事情很紧急,是有关米沙和电子战的事。

听到儿子的名字,列夫森科元帅心里一震。他已得知卡琳娜阵亡的消息,但他无法想象一亿公里之外的米沙同电子战有什么关系,他甚至想象不出米沙现在和地球有什么关系。

部长一行人走了进来,他没有多说话,径直把一只三英寸光盘递给了列夫森科元帅,"元帅,这是我们一小时前收到的米沙从'万年风雪号'上发回的信息。后来他又补充说,这不是私人信息,希望您能当着所有相关人员的面播放它。"

作战室中的所有人听着来自一亿公里以外的声音:"我从收到的战争新闻中得知,如果电磁干扰不能再持续三到四天的话,我们可能输掉这场战争。如果这是真的,爸爸,我能给您这段时间。

"以前,您总认为我所研究的恒星与现实相距太远,我自己也是这么认为,现在看来我们都错了。我记得曾对您提起过,恒星产生的能量虽然巨大,但它本身却是一个相对单纯和简单的系统。比如我们的太阳,组成它的只是两种最简单的元素:氢和氦;它的运行也只是由核聚变和引力平衡两种机制构成。同我们的地球相比,它的运行状态在数学模型上比较容易把握。现在,我们对太阳已经建立了十分精确的数学模型,其中也有我做的工作。通过这个数学模型,我们可以对太阳的行为做出十分精确的预测,这就使我们可以利用一个微小的扰动,在短时间内局部打破太阳运行的平衡。方法很简单：用‘万年风雪’精确撞击太阳表面的某点。

“也许您认为，这不过是把一块小石头投入海洋，但事实不是这样。爸爸，这是一粒沙子掉进了眼睛！

“根据数学模型我们得知，太阳是一个极其精细而敏感的能量平衡系统，如果计算得当，一个微小的扰动就能在太阳表面和内部产生连锁反应，这种反应扩散开来，其局部平衡就会被打破。历史上有过这样的先例，最近的记载是在1972年8月初，在太阳表面一个很小的区域发生了一次剧烈的电磁爆发，对地球产生了巨大的影响：飞机和轮船上的罗盘指针胡乱跳动，远距离无线电通信中断；在北极地区，夜空中闪动着炫目的红光；在乡村，电灯时亮时灭，如同处于雷暴的中心。这种效应持续了一个多星期。现在比较可信的解释是：当时一颗比‘万年风雪号’还小的天体撞击了太阳表面。这样的太阳表面平衡扰动在历史上一定多次发生，但大部分发生在人类发明无线电接收装置以前，所以没被察觉。这些对太阳表面的撞击都是随机的、偶然的，因而所能产生的平衡扰动在强度和范围上都是有限的。

“但‘万年风雪号’对太阳的撞击点是经过精确计算的，所产生的扰动比上面提到的自然产生的扰动要大几个数量级。这次扰动将使太阳向太空喷发出强烈的电磁辐射，包括从极低频到甚高频的所有频带的电磁波。同时，太阳射出的强烈的X射线将猛烈撞击对短波通信十分重要的电离层，从而改变电离层的性质，使通信中断。在扰动发生时，地球表面除毫米波外的绝大部分无线电通信将中断。这种效应在晚上可能相对弱一些，但在白天甚至会超过你们前两天进行的电磁干扰。据计算，这次扰动大约可持续一周。

“爸爸，以前我们两个人一直生活在相距遥远的两个世界中，互相交流很少。但现在，我们这两个世界已融为一体，我们在为一个共同的目标而战，我为此自豪。爸爸，像您的每一个士兵一样，我在等着您的命令。”

航天部部长说：“米哈伊尔博士所说的都是事实。去年，我们向太阳发射过一枚探测器，它依据数学模型的计算对太阳表面进行了一次小型的撞击实验，证实了模型所预言的扰动。庄博士和他的研究小组还提出了一个设想：将来也许可以用这种方法适当改变地球的气候。”

列夫森科元帅走进一个小隔间，拿起直通总统的红色电话。过了一会儿，他从隔间走了出来。历史对这一时刻的记载是不同的，有人说他马上说出了那句话，也有人说他沉默了一分钟之久，但那句话的内容是一致的。

“告诉米沙，照他说的去做吧。”

1月12日，近日轨道，“万年风雪号”冲向太阳

“万年风雪号”的十台核聚变发动机全部打开，每台发动机的喷口都喷出了长达上百公里的等离子体射流，它在做最后的轨道和姿态修正。

在“万年风雪号”的正前方，有一道巨大的美丽日珥，那是从太阳表面盘旋而上的灼热的氢气气流，像一条长长的轻纱，飘浮在太阳火的海洋上空，变幻着形状和姿态。它的两端都连着日球表面，形成了一座巨大的拱门。“万年风雪号”从这高达四十万公里的凯旋门正中缓缓地、庄严地通过。前方又出现了几道日珥，它们只有一头同太阳相连，另一头

则伸进太空深处。发动机闪着蓝光的“万年风雪号”像穿行在几棵大火树中的一只小小的萤火虫。后来,那蓝光渐渐熄灭,发动机停止了,“万年风雪号”的轨道已精确设定,剩下的一切都将由万有引力定律来完成了。

当飞船进入了太阳的上层大气日冕时,上方太空黑色的背景变成了紫红色,这紫红色的辉光弥漫了这里的所有空间。在下方,可以清楚地看到太阳色球中的景象。在那里,成千上万的针状体闪闪发光。那些东西在19世纪就被天文学家观察到了,它们是从太阳表面射向高空的发光的气体射流,这些射流使得太阳大气看上去像一片燃烧的大草原,每株草都有上千公里长。在这燃烧的大草原下面就是太阳的光球,那是无边无际的火的海洋。

从“万年风雪号”发回的最后的图像中,人们看到米沙从巨大的监视屏前起身,打开了透明穹顶外面的防护罩,壮丽的火的海洋展现在他面前。他想亲眼看看自己童年梦幻中的世界。火之海在抖动变形,那是半米厚的绝热玻璃在熔化。很快,那上百米高的玻璃壁化作一片透明的液体滚落下来。像一个初见海洋的人陶醉地面对海风,米沙伸开双臂迎接那向他呼啸而来的六千摄氏度的飓风。在摄像机和发射设备被烧熔之前发回的最后几秒钟图像中,可以看到米沙的身体燃烧起来,最后变成了一支跳动的火炬,和太阳的火海融为一体……

接下来的景象只能猜想了:“万年风雪号”的太阳能电池板和突出结构首先熔化,由于其表面张力在飞船的表面形成一个个银色的小球。当“万年风雪号”越过色球和日冕的交界处时,它的主体开始熔化。当它深入色球两千公里后,整个飞船完全熔化了。一个个分开的金属液珠合并成一个巨大的银色液球，精确地沿着那已化为液体的计算机所设定的目标高速飞去。太阳大气的作用开始显现——液球的周围出现了一圈淡蓝色的火焰，向后拖了几百公里长，颜色由淡蓝渐变为黄色，在尾部变成美丽的橘红色。

最后，这美丽的火凤凰消失在浩渺的火海之中。

1月13日，地球

人类回到了马可尼之前的世界。

入夜，即使在赤道地区，夜空也充满了涌动的极光。

面对着一片雪花的电视屏幕，大多数人只能猜测和想象那块激战中的广阔土地上的情形。

1月13日，莫斯科前线

帕克将军推开了企图把他拉上直升机的82空降师师长和几名前线指挥官，举起望远镜继续看着远方。那里，俄罗斯人的坦克滚滚而来。

“定标4000米，9号弹药装填，缓发引信，放！”

从来自后方的射击声帕克知道，还有不到三十门105毫米口径榴弹炮可以射击，这是他目前唯一可以用于防守的重武器了。

一小时前，这个阵地上唯一一支装甲力量——德军的一个坦克营——以令人钦佩的勇气发起反冲锋，并取得了显著的战果：在距此八公里处击毁了相当于他们坦克数目一倍半的俄罗斯坦克。但由于数量上的绝对劣势，他们在俄罗斯人的钢铁洪流面前如正午太阳下的露珠一样消失了。

“定标3500米，放！”

炮弹飞行的嘶鸣过后，在俄罗斯人的坦克阵前面掀起了一道由泥土和火焰构成的高墙。但就如同塌下的泥土只能暂时挡住洪水，洪水终将漫过来一样，爆炸激起的泥土落下后，俄罗斯人的装甲前锋又在浓烟中显现。帕克看到他们的编队十分密集，如同在接受检阅。在前几天用这种队形进攻是自取灭亡，但现在，在北约的空中和远程打击火力几乎全部瘫痪的情况下，这却是可以采用的队形，可以最大限度地集中装甲攻击力量，以确保在战线一点上的突破。

防线配置的失误是在帕克将军预料之中的，因为在这样的战场电磁条件下，要想准确快速地判明敌人的主攻方向几乎是不可能的。对下一步的防守他心中一片茫然，在C3I系统全面瘫痪的情况下，快速调整防御布局十分困难。

“定标3000米，放！”

“将军，您在找我？”法军司令若斯凯尔中将走了过来。他身边只跟着一名法军中校和一名直升机飞行员。他没穿迷彩服，胸前的勋章和肩上的将星擦得亮亮的，但却戴着钢盔，提着步枪，显得不伦不类。

“听说在我们的左翼，幼鹿师正在撤出阵地？”

“是的，将军。”

“若斯凯尔将军，在我们的身后，七十万北约部队正在撤退，他们的成功突围取决于我们的坚固防守！”

“是取决于你们的坚固防守。”

“我听不明白。”

“您什么都明白！你们对我们隐瞒了真实战局，你们早就知道右翼联盟的军队要在东线单方面停火!”

“作为北约军队最高指挥官，我有权这样做。将军，我想您也明白，您和您的部队有接受指挥的职责。”

……

“定标2500米，放!”

……

“我只遵守法兰西共和国总统的命令。”

“我不相信现在您能收到这样的命令。”

“几个月前就收到了。在爱丽舍宫的国庆招待会上，总统亲自向我说明了在这种情况下法国军队的行为准则。”

“你们这些戴高乐的杂种，这几十年来你们一直没变!”[①]帕克终于失去控制了。

“话别说得这么难听，将军。如果您不走，我也会一个人留下来，我们一起光荣地战死在这广阔的雪原上。拿破仑在这儿也失败过，我们不丢人。”若斯凯尔向帕克挥动着那支FAMS法军制式步枪说。

……

“定标2000米，放!”

……

帕克慢慢地转过身，面对一群前线指挥官，“请你们向坚守阵地的美军部队传达我下面的话:我们并非生来就是一支只能靠电脑才能打仗的军队，我们原本是由庄稼汉组成的军队。几十年前，在瓜达卡纳尔岛，我们在热带丛林中一个地洞一个地洞地同日本人争夺;在溪山，我们用圆

① 1966年戴高乐将军使法国退出北约，这对当时冷战中的北约是一个沉重打击。

锹挡开北越士兵的手榴弹；更远一些的时候，在那个寒冷的冬夜，伟大的华盛顿领着没有鞋穿的士兵渡过冰封的特拉华河，创造了历史……”

“定标1500米，放！”

“我命令，销毁文件和非战斗辎重……”

“定标1200米，放！”

帕克将军戴上钢盔，穿上防弹衣，并把那支9毫米口径手枪别在左腋下。这时榴弹炮的射击声沉默了，炮手正把手榴弹填进炮膛中，接着响起了一阵杂乱的爆炸声。

“全体士兵，”帕克将军看着已像死亡屏障一样在他们面前展开的俄罗斯坦克群说，“上刺刀！”

战场的浓烟后面，太阳时隐时现，给血战中的雪野投下变幻的光影。

发表于2001年第8期《科幻世界》

获2001年度（第13届）银河奖

纤　维

“喂，你走错纤维了！”

这是我到达这个世界后听到的第一句话，当时我正驾驶着F-18返回“罗斯福号”，这是大西洋上空的一次常规巡逻飞行，不知怎的突然就闯进了这里。尽管我把加力开到最大，歼击机还是悬在巨大的透明穹顶下一动不动，好像被什么看不见的力场固定住了。穹顶外面有一颗巨大的黄色星球，围绕着星球的纸一样薄的巨环在它的表面投下阴影。不像那些傻瓜，我并不认为自己在做梦，我知道这是现实。理智和冷静是我的长项，正因为如此，我才通过了淘汰率高达百分之九十的严格选拔，登上了F-18。

“请到意外闯入者登记处！当然，你得先下飞机。”那声音又在我的耳机中说。

我看看下面，飞机现在悬停的高度足有五十米。

“跳下来，这里重力不大！”

果然如此。我打开舱盖，双腿使劲想站起来，人却跳了起来，整个人像乘了弹射座椅似的飞出了座舱，轻轻地飘落在地。我看到光洁的玻璃地面上有几个人在闲逛，他们让我感到最不寻常的地方就是太寻常了——这些人的穿着和长相，就是走在纽约大街上都不会引起注意，但在这种地方，这种寻常反而让人感觉怪异。然后我就看到了那个登记处，那里除了登记员外，还有两男一女三个人，可能都是与我一样的意外闯入者。我走了过去。

“姓名？”登记员问，这人又黑又瘦，一副地球上低级公务员的样子，“如果您听不懂这里的语言，就用翻译器。”他指了指旁边桌子上那一堆形状奇怪的设备，“不过我想用不着，我们的纤维都是相邻的。”

“戴维·斯科特。”我回答，接着问，“这是哪儿？”

“这儿是纤维中转站。您不必沮丧，走错纤维是常有的事。您的职业？”

我指着外面那个有环的黄色星球，“那……那是哪儿？”

登记员抬头看了我一眼，我发现他面带倦容，无精打采，显然每天都在处理这类事、见这类人，已厌烦了。“当然是地球了。”他说。

“那怎么会是地球?! ”我惊叫起来，但很快想到了一种可能，“现在是什么时间？”

“您是问今天的日期吗？2001年1月20日。您的职业？”

“你肯定吗？”

“什么？日期？当然肯定，今天是美国新总统就职的日子。”

听到这里我松了一口气，多少有了些归属感。他们肯定是现代地球人了。

“戈尔那个白痴，怎么能当选总统？”旁边那三位中一个披着棕色大衣的人说。

“您搞错了，当选总统的是布什。”我对他说。

他坚持说是戈尔，我们吵了起来。

“我听不明白你们在说些什么。”后面的一个男人说，他穿着一件很古典的外套。

“他们两个的纤维距离较近，所以相似度大一些。”登记员对那人解释说，又问我，“您的职业，先生？”

“先别扯什么职业，我想知道这是哪儿？外面那个星球绝不是地球。地球怎么会是黄色的？”

“说得对！地球怎么会是这种颜色？你拿我们当白痴吗？”披棕色大衣的人对登记员说。

登记员无奈地摇摇头，“您最后这句话是虫洞产生以来我听到的最多的一句话。”

我立刻对披棕色大衣的人产生了亲近感，问他：“您也走错纤维了吗？”尽管我自己也不理解这话的意思。

他点点头，“这两位也都是。”

“您是乘飞机进来的？”

他摇摇头，“早上跑步跑进来的。他们两位的情况有些不同，但都类似：走着走着，突然一切都变了，就到了这儿。”

“都从地球来？”

“当然！”

我点点头，“所以你们一定明白我的话：外面那个星球绝不是地球！”

他们三个都频频点头。我得意地看了登记员一眼。

“地球怎么会是这种颜色？拿我们当白痴？”披棕色大衣的人重复道。

我也连连点头。

“连白痴都知道，地球从太空中看是深紫色的！”

在我发呆的当儿，穿古典外套的人说：“您可能是色盲吧？”

我又点头，“或者真是个白痴。”

穿古典外套的人接着说：“谁都知道地球的色彩是由其大气的散射特性和海洋的反射特性决定的，这就决定了它的色彩应该是……”

我不停地点头，穿古典外套的人说着也对我点头。

“……是深灰色。”

“你们都是白痴吗？”那个姑娘第一次说话了，她身材窈窕，面容姣好，如果这时我不是心烦意乱，准会被她吸引住的。“谁都知道地球是粉红色的！它的天空是粉红色的，海洋也是，你们没听过这首歌吗：‘我是一个迷人的女孩儿，蓝色的云彩像我的双眸，粉红的晴空像我的脸蛋儿……’”

“您的职业？”登记员又问我。

我冲他大喊起来：“别急着问他妈的什么职业，告诉我这是哪儿？这儿不是地球！就算你们的地球是黄色的，那个环是怎么回事？”

这下我们四个走错纤维的人达成了一致。他们三个都同意说地球没有环，只有土星、天王星和海王星才有环。

姑娘说：“地球只不过是有三颗卫星而已。”

“地球只有一颗卫星！”我冲她大叫。

“那你们谈情说爱时是多么乏味，你们怎么能体会到两人手拉手在海边上，一月、二月和三月给你们在沙滩上投下六个影子的那种浪漫？”

穿古典外套的人说：“我觉得那情形十分恐怖，毫无浪漫可言。谁都知道地球没有卫星。”

姑娘说：“那你们谈情说爱就更乏味了。”

“您怎么能这么说？两人在海滩上看着木星升起，乏味？”

我不解地看着他，“木星？木星怎么了？你们谈恋爱时还能看到木星？”

“您是个瞎子吗？”

“我是个飞行员，我的眼睛比你们谁都好！”

“那您怎么会看不到一颗准恒星呢？您怎么这么看着我？您难道不知道因为木星质量太大，其引力在八千万年前引发了内部的核反应，使其变成了一颗准恒星吗？您难道不知道恐龙因此而灭绝吗？您没有上过学吗？就算如此，您总看到过木星单独升起时那银色的黎明吧？您总看到木星与太阳一同落下时那诗一般的黄昏吧？唉，您这个人啊。”

我感觉像来到了疯人院，便转向登记员，“你刚才问我的职业，好吧，我是美国空军少校飞行员。”

“哇！”姑娘大叫起来，“您是美国人？”

我点点头。

“那您一定是角斗士吧！我早看出您不一般。我叫哇哇妮，印度人。我们会成为朋友的。”

“角斗士？那和美国有什么关系？”我一头雾水。

“我知道美国国会是打算取消角斗士和角斗场的，但现在这个法案不是还没通过吗？再说布什与他老子一样，是个嗜血者，他上台后，法案就更没希望通过了。您觉得我没有见识,是吗?最近一次亚特兰大奥角会我可是去了的。唉,买不起票,只在最次的座位上看了一场最次的角斗。那叫什么?两人扭成一团,刀都掉了,一点儿血都没见。”

“您说的是古罗马的事吧?”

“古罗马?呸!那个绵软的时代,那个没有男人的时代,那时最重的刑罚就是让罪犯看看杀鸡,他百分之百会晕过去。”她温情地向我靠过来,“您就是角斗士。”

我不知该说什么了,甚至不知该有什么表情,于是又转向登记员,“你还想问什么?”

登记员冲我点点头,“这就对了,我们十个人应该互相配合,事情就能快点完。”

我、哇哇妮、披棕色大衣的人和穿古典外套的人都四下看看,“我们只有五个人啊!”

“‘五’是什么?”登记员一脸茫然,“你们四个加上我不就是十个吗?”

“你真是白痴吗?”穿古典外套的人说,“如果不识数,我就教你,达达加一才是十!”

这次轮到我不识数了,“什么是达达?”

“你的手指和脚趾加起来是多少?十个。如果砍去一个——随便手指或脚趾——就剩达达个了。”

我想想,明白了,便点点头,“达达是十九,那你们是二十进制,他们——”我指指登记员,“是五进制。”

“您就是角斗士……”哇哇妮亲昵地用手指触摸着我的脸,那感觉很舒服。

穿古典外套的人轻蔑地看了一眼登记员,“多么愚蠢的数制。你们有两只手和两只脚,计数时却只利用了四分之一。”

登记员大声反驳:“你们才愚蠢呢!如果你用一只手上的指头就能计数,干吗还要把你的另一个爪子和两个蹄子都伸出来?”

我问大家:“那你们的计算机的数制呢?你们都有电脑吧?”

我们再次达成了一致,他们都说是二进制。

披棕色大衣的人说:“这是很自然的,要不计算机就很难被发明出来。因为只有两种状态:豆子掉进竹片的洞中或没掉进去。”

我又迷惑了,“……竹片?豆子?”

“看来你真的没上过学,不过周武灵王发明计算机这件事应该属于常识。”

“周武灵王?那个东方的国王或巫师?”

“你说话要有分寸,怎么能这样形容控制论的创始人?”

“那计算机……您是指中国的算盘吧?”

“什么算盘,那是计算机!占地面积有一个足球场那么大,用竹片和松木制造,以黄豆作为运算介质,要一百多头牛才能启动呢!可它的CPU做得很精致,只有一座小楼那么大,其中竹制的累加器是工艺上的绝活儿。”

“怎么编程呢?”

“在竹片上打眼儿呀!那个出土的青铜钻头现在还保存在北京的故宫博物院里呢!它的中文名字叫‘辞头’,现在人们用这个名称称呼磁盘上读写的那个部件。周武灵王开发的‘易经3.2’有上百万行代码,钻出的竹条有上千公里长呢……”

“您就是角斗士……”哇哇妮依偎着我说。

登记员不耐烦了，“我们先登记好吗？之后我会再试着向你们解释这一切。”

我看着外面那有环的黄色地球沉思了一会儿，说：“我好像明白一些了。我不是没上过学，我知道一些量子力学，我知道量子系统是多种状态并存的，当对它进行观察时，它才能确定到一种状态。”

披棕色大衣的人是这几个人中看上去最有学问的，他点点头说：“这时宇宙就分裂了。一个量子系统每做出一个选择，宇宙就分裂为两个或几个，由此产生了众多的平行宇宙。这是量子多态叠加放大到宏观宇宙的结果。”

登记员说：“我们把这些平行宇宙叫纤维，整个宇宙就是这样一个纤维丛，你们都来自临近的纤维，所以你们的世界比较相似。”

我说：“至少我们都能听懂彼此的语言。”刚说完，哇哇妮就部分否定了我的话。

“妙名其莫！你们都在说些什么？”她最没学问，但最可爱，而且我相信，那个词在她的纤维中就是那个顺序。她又冲我温柔的一笑，“您就是角斗士。”

“你们打通了纤维？”我问登记员。

他点点头，“只是超光速航行的附带效应。那些虫洞很小，很快就会消失，但同时又有新的出现，特别是当你们的纤维都进入超光速宇航时代时，虫洞就更多了，会有更多的人走错纤维的。”

“那我们怎么办呢？”

“你们不能驻留在我们的纤维，登记后只能把你们送回原纤维。”

哇哇妮对登记员说:“我想让角斗士和我一起回到我的纤维。”

“他要愿意当然行，只要不留在这个纤维就行。”登记员指了一下黄地球。

我说:“我要回自己的纤维。”

“你的地球是什么颜色的？”哇哇妮问我。

“蓝色，还点缀着雪白的云。”

“真难看！跟我回粉色的地球吧！”哇哇妮摇着我，娇滴滴地说。

“我觉得好看。我要回自己的纤维。”我冷冷地说。

我们很快登记完了。哇哇妮对登记员说:“能给件纪念品吗？”

“拿个纤维镜走吧，你们每人都可以拿一个。”登记员指着远处玻璃地板上散放着的几个球体说，“分别之前把球上的导线互相连接一下，回到你们的纤维后，就可以看到相关纤维的图像。”

哇哇妮惊喜极了，“如果我和角斗士的球连一下，那我回去后可以看到角斗士的纤维了？”

“不仅如此，我说过是相关纤维，不止一个。”

我不太明白登记员的话，但还是拿了一个球，把上面的导线与哇哇妮的球连了一下。听到一声表示完成的蜂鸣后，我就回到了我的F-18上，座舱里勉强能放下那个球。几分钟后，纤维中转站和黄色地球都在瞬间消失，我又回到了大西洋上空，看到了熟悉的蓝天和大海。当我在“罗斯福号”上降落时，塔台的人说我没有耽误时间，还说无线电联系也没有中断过。

但那个球证明我到过另一个纤维，我设法偷偷从机舱中拿回了球。

当天晚上，航母在波士顿靠岸了，我把那个球带到军官宿舍。从大袋子中把它拿出来时，球上果然显示出了清晰的图像。我看到了粉色的天空和蓝色的云，哇哇妮正在一座晶莹的水晶山的山脚下闲逛。我转动球体，看到另一个半球显示着另一幅图像，仍是粉色的天空和蓝色的云，但画面上除了哇哇妮外还有一个男人，那人穿着美国空军的飞行夹克——那人是我。

其实事情很简单：当我做出了不随哇哇妮走的决定时，宇宙分裂为二，我看到的是另一种可能的纤维宇宙。

纤维镜伴随了我的一生，我看着另一个平行宇宙中的我和哇哇妮在粉红色的地球上恩恩爱爱，隐居在水晶山，生了一大群粉红色的娃娃，并白头到老。

在哇哇妮孤身回到的那个纤维，她也没有忘记我。在我们走错纤维三十周年那天，我在球体相应的一面上看到她挽着一个老头儿的手，亲密地在海边散步，一月、二月和三月把他们的六个影子投在沙滩上。这时，哇哇妮在球体中向我回过头来，她的眸子已不像蓝色的云，脸蛋儿也不再像粉色的天空，但笑容还是那么迷人。

我分明听见她说："您就是角斗士！"

发表于 2001 年《科幻世界·惊奇档案》（霹雳与玫瑰号）

命　运

我们是在距地球一百八十万公里处发现那颗小行星的，它的直径约有十公里，呈不规则的椭圆形。它缓缓地转动着，表面的许多小切面反射着阳光，像是一眨一眨的眼睛。飞船上的计算机显示，它的轨道与地球相交，再过十八天，这块太空巨石就要陨落在墨西哥湾附近！

地球的监视系统应该在一年前就注意到它了，但我们没有听到过这方面的任何消息。我们同地球联系，在应有的五秒钟延时后，耳机里仍是一片寂静。我们又试了多次，但仍没有收到任何回答，仿佛整个人类世界都休克了，而就在十分钟前，我们还与地球通过话。这件事比小行星的出现更令我们震惊。

二十天前，我和爱玛租了这艘小飞船在太空中度蜜月，这是一艘老式的传统动力飞船，在宇宙航行已进入时空跃迁时代的今天，这个像蜗牛一样慢的老古董显得很有情调。我们游览了同步轨道上的太空城，又到月球上旅行，接着从月球向外飞了一百多万公里，整个行程如田园牧歌般浪漫。但就在我们即将返回时，一切突然变得如此诡异。

但那颗小行星就在我们前方五十公里处，凸现在太空漆黑的背景上，像放在黑天鹅绒上的展品那样真实，我确信自己不是做噩梦。

“我们得做些什么！”我说。

同以前一样，一旦我做出行动的决定，爱玛总能想出行动的细节，“我们可以把飞船上的一台发动机向它发射出去，这样可以把它炸离轨道。”

计算机模拟表明这是可行的，但必须在二十四分钟内完成，如果小行星再向前运行一段的话就晚了。

我们没有再犹豫，驾驶飞船与小行星拉开一百公里的安全距离，然后向计算机发出指令。飞船尾部的一台发动机与船体脱离，我们透过舷窗，看着那个小小的圆柱体尾部喷出一道淡蓝色火焰，向小行星方向飞去，很快变成一颗闪耀的小星星。我们屏住呼吸，看着它撞到那块太空中飘浮的巨石上。一道强光闪过后，小行星上出现了一个火球，飞快膨胀，仿佛是前方太空中突然出现的一个向我们猛扑过来的太阳。就在这火球似乎要把我们的飞船吞没之际，它停止了膨胀，急剧缩小，消失了。小行星又在太空中显现出来，可以清楚地看到，爆炸的发动机在它上面炸出了一个凹坑。按比例计算，坑的直径至少有三千米。有许多小光点从小行星上呈放射状飞散，那是被炸飞的岩石碎片，其中一片擦着飞船掠过。计算机正在重新测定小行星的轨道，我们紧张地等待着。

“变轨成功，小行星将不会撞击地球表面，它将在五万八千零三十七公里高度轨道被地球捕获，成为地球的一颗卫星。”

我和爱玛激动地拥抱，“飞船租赁公司会让我们赔发动机吗？”爱玛半开玩笑地问。

“他们敢向救世主提出这个要求？再说，我们拥有这颗小行星的所有权，上面的矿藏会使我们成为亿万富翁的！”

带着救世主的喜悦和自豪，我们用剩下的一台发动机向地球飞去。但再次同地球联系时，仍没有回音，我们的心又悬了起来，实在想象不出我们的世界究竟发生了什么事。

由于只有一台发动机，我们的飞船加速很慢。小行星超过了飞船，很快消失在地球方向。一直在屏幕上观察小行星的爱玛突然惊叫起来：“天啊，地球！你看地球！”

我向地球方向看去。在这个距离上，它只有棒球大小。看着那个晶莹的蓝色球体，我没发现有什么异常。爱玛让我看屏幕上放大的图像，我扫了一眼后立刻大惊失色：地球上的大陆变成了我从未见过的形状。

我们向计算机求助，得到了这样的回答：“我们现在看到的，是白垩纪晚期地球的大陆形状和分布，其中最大的那一块是冈瓦纳古陆。”

“白垩纪？距现在有多长时间？”

“约六千五百万年。不过您的问题可能有误——各种迹象表明，现在就是白垩纪。”

计算机是对的，我们现在明白了为什么地球方向一片寂静，因为人类还没有出现。

在我们的时代，人类利用时空跃迁方式进行恒星际航行。恒星际飞船每次发射时，都在发射点留下一个或几个时空虫洞，这些虫洞飘浮于地球周围的太空中，如果行星际飞船不慎误入它，就会在瞬间被抛到几万光年外，时间也会向前或向后跳跃很漫长的一段。后来，经过改进的恒星际飞船留下的虫洞消除了空间性质，只有时间性质。也就是说，通过这样一个虫洞,你的空间位置不会改变,但会产生时间跳跃。这样一来,这种虫洞的危险性大大减小,如果不慎误入,只要沿原航线回航,从相反的方向再次通过它,就会精确地回到原来的时间。

我们就是误入了这样一个时间虫洞,当时竟丝毫没有感觉到。

误入时间虫洞的事故时有发生,但向后跳跃的飞船都返回了,其中有一艘行星采矿飞船竟跳跃到了寒武纪,宇航员看到了一个发着暗红色光芒的地球,海洋还没有出现,陆地上岩浆横流。跳跃到未来的飞船都没有回来,这倒使现在的人很乐观地期待一个美好的未来。

但地球政府最关心的还是向过去的跳跃,制定了严格的法令,规定误入虫洞的飞船必须返回。如果因虫洞飘移而回不来的(这种情况发生的概率很小),必须航行到距地球足够远的太空中自毁,以避免改变地球历史。

"天啊,我们都干了些什么?"爱玛惊叫道,我的心也一下子沉到了底。转眼间,我们由救世主变成了魔鬼。

"不要怕,亲爱的,并不是每一个微扰动都能触发蝴蝶效应。"我安慰她。

"微扰动?我们干的事还叫微扰动吗?"她突然想起了什么,问计算机,"这是白垩纪晚期?"

计算机给出了肯定的回答。我们都明白,刚才我们推开的,就是毁灭恐龙的那颗小行星。

沉默了好一阵,爱玛低声说:"我们回去吧。"于是我们掉转航向,使飞船精确地沿原航线驶去。

"回去干什么?接受审判吗?"我叹口气说。

“那是最好的结果。如果真的还有审判者，还有人类，我们死也安心了。”

我笑着摇摇头，“你的担心是多余的，爱玛。你想过没有，为什么人类文明遥遥领先于地球上的其他物种？为什么像蚂蚁和海豚之类的动物，虽然也有一定的社会结构和智能，但其文明程度连我们的零头都达不到？要知道，物种进化的机会是均等的。”

“为什么呢？”

“因为人类是万物之灵，宇宙选择了我们。我们的文明发展到现在，这个自信是应该有的！我们将要返回的世界也许与来时有所不同，但人类肯定会有，文明也会有！”

爱玛也笑了一下，“我忘了，你是人择原理的信奉者。”她在胸前画了一个十字，“但愿如此吧。”

再次穿过时间虫洞时，我们感觉到宇宙消失又出现，这过程极其短暂，像是太空眨了一下眼，难怪上次穿过时我们没有觉察到。在穿过虫洞的一瞬间，一直寂静无声的地球方向立刻传来了嘈杂的无线电信号，但我们的兴奋马上转为失望——那些信号听上去是一阵阵低沉的鸣叫，我们和计算机都完全无法理解。我们向地球呼叫，仍然没有回答。再看屏幕上的地球图像，大陆又恢复成我们熟悉的形状，这使我多少松了一口气：即使真有蝴蝶效应，也不会是天翻地覆的那种。

我们的小飞船用仅有的一台发动机向地球飞去，两天后进入近地轨道。飞船上剩下的燃料刚够我们完成降落。我们落在靠近澳大利亚的太平洋上，飞船很快沉了下去，我们靠一只小救生筏浮在海面上。这时正是凌晨，太阳还没有升起来。我四下查看，海是熟悉的海，天是熟悉的天，这世界似乎没什么变化。

我们在海上漂了半个小时后，远远看到了一艘大船，我们打信号弹呼救，那船便向这个方向驶来。

"啊，真的还有人类！"爱玛喊道，眼中涌出激动的泪花。

"我说过人类是万物之灵，总会登上地球文明之巅的。"我说。

"但现在的世界肯定不是我们出发时的世界了。看那船的样子，人类可能还没有进入高科技时代呢。"爱玛有些恐惧地说。

那艘船的外形很古老，绝不是我们生活的现代世界的船只，但这并不意味着这个世界在技术上落后。我注意到那船没有帆，不知它用的是什么动力。

大船驶到我们近处，停了下来，有人从船舷抛下一道绳梯，我和爱玛沿梯子爬上了船。船员们皮肤黝黑，看不出是什么人种，穿着粗糙的很有沧桑感的衣服。我对他们说话，他们不回答，其中一位示意我们跟他走。

我们沿着长长的台阶登上了船中央的一个塔形建筑，这里是全船的制高点。那位船员把我们领到一位体格强壮、有着银色胡须的老人面前，并向我们说了一句话。我们听不懂他的语言，但我戴在胸前的计算机听懂了，它说："这是一种类似于古拉丁语的语言，虽有些差别，但可以理解，意思是：这是我们的船长。"船长也向我们说了一句话，计算机翻译道："你们怎么敢独自在海里漂？不怕被吃掉吗？"

"吃掉？被什么？"我不解地问，计算机把我的话翻译过去。

船长指指海面，这时太阳已升了起来，海面上薄薄的晨雾散射出一片黄色的光芒。我看到刚才还十分平静的海面翻滚起来，一头体形巨大的怪兽跃出海面，接着又钻出一头，随着哗哗的水声，海面上很快出现了一大群怪兽。现在，我和爱玛都明白了我们在六千五百万年前干的那件事的后果。

恐龙一直活到了现在。

一头恐龙向我们的船游来，在船边停住了。它那巨大的身躯如同一座可怖的山峰，我们都处于这山峰的阴影中。在它那灰色的滑腻皮肤下，我看到了纵横交错的黑色血脉，像缠绕在那灰色山峰上的藤蔓。恐龙粗大的脖颈向前探出，巨大的头颅就悬在我们上方，海水像暴雨般从上面泻到甲板上，那双巨大的怪眼直勾勾地盯着我们。在那阴冷的目光下，我们的血液几乎凝固了。爱玛浑身颤抖着紧紧贴住我。

“不要怕，它不会伤人的。这儿是动物园。”船长说。

果然，这头恐龙盯着我们看了一会儿，转身游走了。它激起的波浪轰轰地拍打着船帮，使船摇晃起来。这时，我们看到远方的海面上也有一条这样的大船，两头恐龙正向那条大船游去。

“你们驯化了恐龙？真了不起！”爱玛兴奋地说。

我也十分激动，“是啊，我们原以为，恐龙生存下来会对人类的进化造成威胁。但现在看来，这反而使人类文明更加强大！”

爱玛点点头，“是啊！恐龙为人类工作显然比牛和马强多了，它们可以不费劲儿地搬走一座小山呢！亲爱的，你说得对，人真是万物之灵！从此以后，我也是人择原理的信奉者了！”

计算机把我们的话都翻译了，船长呆呆地看着我们，似乎有些迷惑，“这儿是动物园，它们不伤人的。”他喃喃地说。

这时,我又有了一个惊人的发现:在天海连接处,有一片高大的柱状物。那些巨柱高度惊人,白色的云层在它们的半腰飘浮。我们远远看去,像是蚂蚁看着一片大森林。我问船长那是什么。

“楼群,岸上的高楼群。”船长淡淡地说。

“天啊,那楼有多高?”爱玛惊叫道。

“有一万个你这么高吧。”船长说。

“一万多米的高楼?那楼有几千层吧?”我问。

船长摇摇头,“不,只有百层左右。”

“那每层就有上百米高?那是多么宏伟的宫殿!”爱玛由衷地赞叹着。

“伟大的文明,伟大的人类文明!”我欢呼起来。

“那些高楼是游客建的。”船长说。

“游客?是啊,您说这里是动物园,可是游客呢?……你们显然不是游客。”我问。

“可能是时间还早,动物园还没有开门吧。”爱玛说。

船长用惊诧的目光看看我们,又转头看看远处海面上那些恐龙。他这个动作使我们有了一种不祥的感觉,面前这些人类的木讷表情也使我们迷惑。这时,那群恐龙发出了一阵吼叫,我们感觉很熟悉——这是在太空中从地球发出的无线电波里听到的声音。再看看那上万米高的巨楼,我的脑海中炸响了一声惊雷。爱玛在旁边惊叫一声,瘫倒在地。她也一定同我一样明白了这一切。

宇宙并没有选择人类。在我们的世界,人类文明到达了巅峰,不过那是一次偶然的机遇,而我们以人类的自负把偶然当成了必然。现在,大自然掷出的进化硬币翻到了另一面。

我们确实处于地球文明的动物园里,但恐龙是游客。

我两腿一软,与爱玛一起跌坐在甲板上,眼前的世界一片漆黑,只听到计算机在翻译船长的话:“你们的长相很精致,与我们在一起吧,你们会被批准成为观赏人的。”

“观赏人?”我木然地问,眼前的世界渐渐清晰起来,又看到了海天连线处的巨城。我听到爱玛喃喃地说:“不,我想上岸……”

“你疯了?上岸后你们会成为菜人的!”

“菜人?”

“就是作为食品的人。那座城市每天需要几千个菜人呢!只有在动物园中做观赏人,才不会被吃掉,这是所有人追求的目标。”

这时,整个世界似乎变成了一座阴森的冰窖,我们彻底绝望了。我已失去了活下去的信心,开始打算怎样结束自己的生命,爱玛却突然用手指向天空,高声说:“看!”

那是一颗明亮的星星,刚才隐没于朝阳的光芒中,现在才可以看清。它的运行速度很快,在空中可以明显地看出它在动。仔细看看,它不只是一个光点,还显出一定的大小。

“那是魔星。”船长说,“游客中的一位科学家说,他们对它进行了仔细的研究,确定那颗星在很久很久以前是直冲地球而来的,救世主用一次强烈的爆炸推开了它,使游客的祖先免遭灭绝。现在,在魔星的表面上还留一个爆炸产生的凹坑。看那儿——”船长指指远方巨城中最高大的一幢尖顶巨楼,“那就是大教堂,游客们在里面朝拜救世主。”

“你们知道我们的来历吗?”

船长摇摇头，他不感兴趣。好奇心只属于巅峰物种，他们没有任何好奇心，就像在我们的世界里，蚂蚁和蜜蜂没有好奇心一样。

我说——对爱玛又对自己，可能也对这些不可能理解我的人："进化的命运是残酷的，人类曾经生在幸运中而不知幸运。但现在，比起蚂蚁和蜜蜂来，我们仍有更多的机会，我们应该抓住这些机会，不向命运屈服。"

爱玛说："是的，我们既然已经无意中改变了地球历史，那就再改变一次吧。"

我看看远方那耸入云霄的大教堂，然后指着海面上的恐龙群问船长："它们……那些游客，很崇拜救世主，是吗？"

船长点点头，"对它们来说，救世主是至高无上的。"

我和爱玛通过视网膜屏幕接通了胸前的计算机，检索飞船的航行记录，发现我们在六千五百万年前改变小行星轨道的过程，包括数据和图像，都被完整地记录了下来。

"你会讲它们的语言吗？"爱玛问船长，后者点点头。

"那好，"我说，"告诉它们，我们就是推开魔星的救世主。我们可以向它们出示确切的证据。"

船长和船员们呆呆地看着我们。

"快一点！以后我再告诉你们人类的另一个故事。现在请快一点把我的话告诉它们！"

船长双手在嘴边围成喇叭状，向那些恐龙喊了起来。比起恐龙的吼叫，他的声音纤细而微弱，很难相信这是同一种语言。

那群恐龙停止了戏耍，一起向我们转过头来。接着，它们向我们的大船游过来。

发表于 2001 年《科幻世界·惊奇档案》（太阳舞号）

信　使

老人是昨天才发现楼下那个听众的。这些天他的心绪很不好，除了拉琴，很少向窗外看。他想用窗帘和音乐把自己同外部世界隔开，但做不到。

早年，在大西洋的那一边，当他在狭窄的阁楼上摇着婴儿车，在专利局喧闹的办公室中翻着枯燥的专利申请书时，他的思想却沉浸在美妙的世界里。在那个世界中，他正以光速奔跑……现在，普林斯顿是一个幽静的小城，早年的超脱却离他而去，外部世界时时困扰着他。有两件事使他不安。其中一件是量子理论，这个由普朗克开始、现在有许多年轻的物理学家热衷的东西，让他觉得很不舒服，他不喜欢那个理论中的不确定性。“上帝不掷骰子”，他最近常常自言自语。而他后半生所致力的统一场论却没有什么进展，他所构筑的理论只有数学内容，而缺少物理内容。另一件事是原子弹。广岛和长崎的事已过去很长时间了，甚至战争也过去很长时间了，但他的痛苦在这之前只是麻木的伤口，现在才痛起来。那只是一个很小的、很简单的公式，只是说明了质量和能量的关系。事实上，在费米的反应堆建成之前，他自己也认为人类在原子级别上把质量转化为能量是异想天开。海伦·杜卡斯最近常这么安慰他。但她不知道，老人并不是在想自己的功过荣辱，他的忧虑要深远得多。最近的睡梦中，他常常听到一种可怕的声音，像洪水，像火山，终于有一夜，他被这声音从梦中惊醒，发现那不过是门廊中一只小狗的鼾声。此后，那声音再也没在他梦中出现。他梦见了一片荒原，上面有被残阳映照着的残雪。他试图跑出这荒原，但它太大了，无边无际。后来他看到了海，残阳中呈血色的海，他这才明白，整个世界都是盖着残雪的荒原。他再次从梦中惊醒，这时，一个问题像退潮时黑色的礁石一样突然出现在他的脑海中：人类还有未来吗？这问题像烈火一样煎熬着他，他几乎无法忍受了。

楼下的那人是个年轻人，穿着现在很流行的尼龙夹克。老人一眼就看出他是在听自己的音乐。后来的三天，每当老人在傍晚开始拉琴时，那人总是准时到来，静静地站在普林斯顿渐渐消失的晚霞中，一直到夜里九点左右老人放下琴要休息时，他才慢慢地离去。这人可能是普林斯顿大学的学生，也许听过老人的讲课或某次演讲。老人早已厌倦了从国王到家庭主妇的数不清的崇拜者，但楼下这个陌生的知音却给了他一种安慰。

第四天傍晚，老人的琴声刚刚响起，外面就下起雨来。从窗口看下去，年轻人站到了这里唯一能避雨的一棵梧桐树下。雨越下越大，那棵在秋天已很稀疏的树遮不住雨了。老人停下了琴，想让他早些走。但年轻人似乎知道这不是音乐结束的时间，仍一动不动地站在那儿，浸透了雨水的夹克在路灯下发亮。老人放下提琴，迈着不灵便的步子走下楼，穿过雨雾，走到年轻人面前。

“你如果……哦，喜欢听，就到楼上去听吧。”

没等年轻人回答，老人便转身往回走。年轻人呆呆地站在那儿，双眼望着无限远处，仿佛刚才发生的是一场梦。音乐又在楼上响了起来，他慢慢转过身，恍惚地进了门，走上楼去，好像被那乐声牵着魂儿一样。楼上老人房间的门半开着，他走了进去。老人面对着窗外的雨夜拉琴，没有回头，但感觉到了年轻人的到来。对这个如此迷恋自己琴声的人，老人心中有一丝歉意。他拉得不好，特别是今天这首他最喜欢的莫扎特的《回旋曲》，常常拉走调。有时，他忘记了一个段落，就用自己的想象补上。还有那把价格低廉的小提琴，很旧了，音也不准。但年轻人静静地听着，他们俩很快就沉浸在这不完美但充满想象力的琴声中。

这是20世纪中叶一个普通的夜晚。这时，东西方的铁幕已经落下，在刚刚出现的核阴影中，人类的未来就像这秋天的夜雨一样阴暗而迷蒙。就在这夜、这雨中，莫扎特的《回旋曲》从普林斯顿这座小楼的窗口飘出……

时间过得似乎比往常快，又到九点了。老人停下琴，想起了那个年轻人，抬头见他正向自己鞠躬，然后转身向门口走去。

“哦，你明天还来听吧？”老人说。

年轻人站住，但没有转身，“不了，教授，您明天有客人。”他拉开门，又像想起了什么，“哦对，客人八点十分就会走的，那时您还拉琴吗？”

老人点点头，并没有仔细领会这话的含义。

“好，那我还会来的，谢谢。”

第二天雨没停，但晚上真有客人来，是以色列大使。老人一直在祝福那个遥远的新生国家——这是他自己的民族，并用出卖手稿的钱支援过它。但这次大使带来的请求让他哭笑不得，他们想让他担任以色列总统！他坚决拒绝了。他送大使到外面的雨中，大使上车前掏出怀表。老人在路灯下看到表上的时间是八点十分。他突然想起了什么。

“您……哦，您来这里还有人知道吗？”他问大使。

“请放心，教授。这是严格保密的，没有任何人知道。”

也许那个年轻人知道，但他还知道……老人又问了一个很奇怪的问题：“那么，您来之前，就打算八点十分离开吗？”

“嗯……不，我想同您谈很长时间的，但既然您拒绝了，我就不想再打扰了。我们都会理解的，教授。”

老人困惑地回到楼上，但当他拿起小提琴时，就把这困惑忘记了。琴声刚刚响起，年轻人就出现了。

十点钟，两个人的音乐会结束了。老人又对将要离去的年轻人说了昨天的话：“你明天还来听吧？”他想了想又说，“我觉得这很好。”

“不，明天我还在下面听。”

“明天好像还会下雨，这是连阴天。”

“是的，明天会下雨，但在您拉琴的时候不下。后天还会下一天，您拉琴时也下，我会上来听。雨一直要下到大后天上午十一点才会停。”

老人笑了，觉得年轻人很幽默。但看着他离去的背影，他突然预感到这未必是幽默。

老人的预感是对的。往后几天的天气精确地证实了年轻人的预言：第二天晚上没雨，他在楼下听琴；第三天外面下雨，他上来听；普林斯顿的雨准确地在第四天上午十一点停了。

雨后初晴的这天晚上，年轻人却没有在楼下听琴，他来到老人的房间里，拿着一把小提琴。他没说什么，双手把琴递给老人。

“不，不，我用不着别的琴。”老人摆摆手。有很多人给他送提琴，其中有很名贵的意大利著名制琴师的制品，但他一一谢绝了，认为自己的技巧配不上这么好的琴。

“这是借给您的，过一段时间您再还给我。对不起，教授，我只能借给您。”

老人接过琴来，这是一把看上去很普通的小提琴，居然没有弦！再仔细一看，弦是有的，但是极细，如蛛丝一般。老人不敢把手指按到弦上，那蛛丝似乎一口气就可吹断。他抬头看了看年轻人，后者微笑着向他点点头，于是他轻轻地把手指按到弦上，弦没断，他的手指却感到了那极细的蛛丝所不可能具有的强劲张力。他把琴弓放上去，放琴弓时这不经意的一点滑动，竟也让那弦发出了声音。这时，老人知道了什么叫天籁之音！

那是太阳的声音，那是声音的太阳！

老人拉起了《回旋曲》，立刻把自己融入了无边的宇宙。他看到光波在太空中行进，慢得像晨风吹动的薄雾；无限宽广的时空薄膜在引力的巨浪中轻柔地波动着，浮在膜上的无数恒星如晶莹的露珠；能量之风浩荡吹过，在时空之膜上激起梦幻般的霓光。

当老人从这神奇的音乐中醒来时，年轻人不知什么时候已经走了。

老人被那把小提琴迷住了，每天都拉琴到深夜。杜卡斯和医生都劝他注意身体，但他们也知道，每当琴声响起时，老人就能感到一种从未有过的生命活力在血管中涌动。

年轻人却再也没来。

这样过了十多天，老人的琴突然拉得少了，并且有时又拉起了他原来那把旧提琴。这是因为他突然产生了一种忧虑，怕过多的演奏会磨断那蛛丝般的弦。但那把琴所发出的声音的魔力让他无法抗拒，特别是想到年轻人在某一天还会来要回那把琴，他又像开始时那样整夜地拉那把琴了。每天深夜，当他依依不舍地停止演奏时，总要细细地察看琴弦。他已老眼昏花，就让杜卡斯找了一只放大镜，而放大镜下的琴弦丝毫没有磨损的痕迹，它的表面如宝石一样光滑晶莹，在黑暗中还会发出蓝色的荧光。

这样又过了十多天。

这天深夜，入睡前，老人像往常那样最后看了看那把琴，突然发现琴弦有些异样。他拿起放大镜仔细察看，肯定了自己的判断。其实这迹象在几天前就出现了，只是到现在才明显到能轻易察觉的程度。

琴弦越磨越粗。

第二天晚上，当老人刚把琴弓放到琴弦上时，年轻人突然出现了。

“你来要琴吗？”老人不安地问。

年轻人点点头。

“哦……如果能把它送给我的话……”

“绝对不行。真对不起，教授，绝对不行。我不能在现在留下任何东西。”

老人沉思起来，他有些明白了。他双手托起那把琴，问：“那么这个，不是现在的东西？”

年轻人点点头。他站在窗前,窗外的银河横贯长空,群星灿烂。在这壮丽的背景前,他呈现出一个黑色的剪影。

老人明白了更多的事。他想起了年轻人神奇的预测能力——其实很简单,他不是在预测,是在回忆。

“我是信使,我们的时代不想看到您太忧虑,所以派我来。”

“那么你给我带来了什么呢?这把琴吗?”老人并没有表现出任何惊奇。在他的一生中,整个宇宙对他来说就是一个大惊奇,正因为如此,他才超越别人,首先窥见了宇宙最深的奥秘。

“不是的,这把琴只是一个证明,证明我来自未来。”

“怎么证明呢?”

“在您的时代,人们能够把质量转化为能量:原子弹,还有很快将出现的核聚变炸弹。在我们的时代,已可以把能量转化成质量,您看——”他指着那把提琴的琴弦,“它变粗了,所增加的质量是由您拉琴时产生的声波能量转化的。”

老人困惑地摇摇头。

“我知道,这两件事不符合您的理论:一,我不可能逆时间而行;二,按照您的公式,要增加琴弦上已增加的那么多的质量,需要大得多的能量。”

老人沉默了一会儿,宽容地笑了,“哦,理论是灰色的。”他微微叹息,“我的生命之树也是灰色的了。好吧,孩子,你给我带来了什么?”

“两条信息。”

“那么第一条是……”

“人类有未来。”

老人宽慰地躺到扶手椅上，像每一个了却了人生最后夙愿的老者一样，一种舒适感涌遍全身，他可以真正休息了。“孩子，见到你我就应该知道这一点的。”

“投在日本的两颗原子弹是人类最后两颗用于实战的核弹。本世纪90年代末，大部分国家签署了禁止核试验和防止核扩散的国际公约。又过了五十年，人类的最后一颗核弹被销毁。我是在那两百年后出生的。”

年轻人拿起那把他要收回的小提琴，“我该走了。为了听您的音乐，我已耽误了很多行程。我还要去三个时代，见五个人，其中有统一场论的创立者，那是距您百年以后的事了。”但他没说的还有：他在每个时代拜见的伟人，都会选在其不久于人世的时候，这样可把对未来的影响减到最小。

“还有你带来的第二条信息呢？”

年轻人已拉开房门。他转过身来微笑着，似乎带着歉意。

“教授，上帝确实掷骰子。”

老人从窗口看着年轻人来到楼下，此时已是深夜，街上没什么人。年轻人开始脱衣服，他不想带走这个时代的东西。他的紧身衣在夜色中发着荧光，那显然是他的时代的衣服。他没有像老人想象的那样化作一道白光离去，而是沿着一条斜线飞速向上升去。几秒钟后，他就消失在群星灿烂的夜空之中。他上升的速度很恒定，没有加速过程。很明显，不是他在上升，而是地球在转动，他是绝对静止的，至少在这个时空中是绝对静止的。老人猜测，他可能使自己处于一个绝对时空坐标的原点，就像站在时间长河的河岸上，看着时间的急流滚滚而过，愿意的话，他可以走到上下游的任何一处。

爱因斯坦默默站了一会儿,慢慢地转身,又拿起了他的那把旧小提琴。

发表于 2001 年第 11 期《科幻大王》

中国太阳

水娃从娘颤颤的手中接过那个小小的包裹，包裹中有娘做的一双厚底布鞋、三个馍、两件打了大块补丁的衣裳和二十块钱。爹蹲在路边，闷闷地抽着旱烟锅。

“娃要出门了，你就不能给个好脸？”娘对爹说。爹仍蹲在那儿，还是闷闷的，一声不吭。娘又说：“不让娃出去，你能出钱给他盖房娶媳妇啊？”

“走！东一个西一个都走逑了，养他们还不如养窝狗！”爹干号着说，头也不抬。

水娃抬头看看自己出生和长大的村庄。这处于永恒干旱中的村庄，只靠着水窖中积下的一点雨水过活。水娃家没钱修水泥窖，用的还是土水窖，那水一到大热天就臭了。往年，这臭水热开了还能喝，就是苦点儿涩点儿，但今年夏天，那水热开了喝都拉肚子。听附近部队上的医生说，是地里什么有毒的石头溶进水里了。

水娃又低头看了爹一眼，转身走去，没有再回头。他不指望爹抬头看他一眼。爹心里难受时，就那么蹲着抽闷烟，一蹲能蹲几个小时，仿佛变成了黄土地上的一大块土坷垃。但他分明又看到了爹的脸，或者说，他就走在爹的脸上。看周围这广阔的西北土地，干干的黄褐色，布满了水土流失刻出的裂纹，不就是一张老农的脸吗？这里的什么都是这样，树、地、房子、人，黑黄黑黄的，皱巴巴的。他看不到这张伸向天边的巨脸的眼睛，但能感觉到它的存在。那双巨眼在望着天空，年轻时那目光充满着对雨的企盼，年老时就只剩呆滞了。其实这张巨脸一直是呆滞的，他不相信这块土地还有过年轻的时候。

一阵子风吹过，前面这条出村的小路淹没于黄尘中。水娃沿着这条路走去，迈出了他新生活的第一步。

这条路，将通向一个他做梦都想不到的地方。

人生第一个目标：
喝点不苦的水，挣点钱

“哟，这么些个灯！”

水娃到矿区时，天已黑了。这个矿区是由许多私开的小窑煤矿组成的。

“这算啥？城里的灯那才叫多哩。”来接他的国强说。国强也是水娃村里的，出来好多年了。

水娃随国强来到工棚住下，吃饭时喝的水居然是甜丝丝的！国强告诉他，矿上打的是深井，水当然不苦了，但他又加了一句：“城里的水才叫好喝呢！”

睡觉时，国强递给水娃一包硬邦邦的东西当枕头。打开看，是黑塑料皮包着的一根根圆棒棒，再打开塑料皮，看到那棒棒黄黄的，像肥皂。

“炸药。”国强说，随即便翻身呼呼睡着了。水娃看到他也枕着这东西，床底下还放了一大堆，头顶上吊着一大把雷管。后来水娃知道，这些东西足够把他的村子一窝端了！国强是矿上的放炮工。

矿上的活儿很苦很累，水娃前后干过挖煤、推车、打支柱等活计，每样一天下来都把人累得要死。但水娃就是吃苦长大的，他倒不怕活儿重，他怕的是井下那环境，人像钻进了黑黑的蚂蚁窝，刚开始真像做噩梦，但后来也惯了。工钱是计件，每月能挣一百五，好的时候能挣到两百出头，水娃觉得很满足了。

但最让水娃满足的还是这里的水。第一天下工后，浑身黑得像块炭，他跟着工友们去洗澡。到了那里后，工友们用脸盆从一个大池子中舀出水来，从头到脚浇下来，地下流淌着一条条黑色的小溪。当时水娃就看呆了。妈妈呀，哪有这么用水的，这可都是甜水啊！因为有了甜水，这个黑乎乎的世界在水娃眼中变得美丽无比。

但国强一直鼓动水娃进城。国强以前就在城里打过工，因为偷建筑工地的东西被当作盲流遣送回原籍。他向水娃保证，城里肯定比这里挣得多，也不像这样累死累活的。

就在水娃犹豫不决时，国强在井下出了事。那天他排哑炮时，炮炸了。从井下被抬上来的国强浑身嵌满了碎石，死前他对水娃说了一句话：“进城去，那里灯更多……”

人生第二个目标：
到灯更多、水更甜的城里，挣更多的钱

“这里的夜像白天一样呀！”

水娃惊叹说。国强说得没错，城里的灯真是多多了。现在，他正同二宝一起，一人背着一个擦鞋箱，沿着省会城市的主要大街向火车站走去。二宝是水娃邻村的人，以前曾和国强一起在省城里干过。按照国强给的地址，水娃费了好大的劲才找到他。他现在已不在建筑工地干，而是干起擦皮鞋的活儿来。水娃找到他时，与他同住的一个同行正好有事回家了，他就简单地教了水娃几下子，然后让水娃背上那套家伙同他一起去擦鞋。

水娃对这活计没有什么信心，他一路上寻思，要是修鞋还差不多。擦鞋？谁花一块钱擦一次鞋（要是鞋油好些得三块），这人准有毛病！但在火车站前，他们摊还没摆好，生意就来了。这一晚上到十一点，水娃竟挣了十四块！但在回去的路上，二宝一脸晦气，说今天生意不好，言下之意显然是水娃抢了他的买卖。

“窗户下那些个大铁箱子是啥？”水娃指着前面的一座楼问。

“空调，那屋里现在跟开春儿似的。”

“城里真好！”水娃抹了一把脸上的汗说。

“在这儿只要吃得苦，赚碗饭吃很容易的，但要想成家立业可就没门儿了。”二宝说着，用下巴指了指那幢楼，“买套房，两三千一平米呢！”

水娃傻傻地问：“平米是啥？”

二宝轻蔑地晃晃头，不屑理他。

水娃和十几个人住在一间同租的简易房中，这些人大都是进城打工和做小买卖的农民，但在大通铺上，紧挨着水娃的却是个城里人，不过不是这个城市的。在这里时，这个人和大家都差不多，吃的和他们一样，晚上也是光膀子在外面乘凉。但每天早晨，他都西装革履地打扮起来，走出门时像换了一个人，真给人鸡窝里飞出金凤凰的感觉。这人姓庄名宇，大伙儿倒是都不讨厌他，这主要是因为他带来的一样东西。那东西在水娃看来就是一把大伞，但那伞是用镜子做的，里面光亮亮的。把伞倒放在太阳地里，在伞把头上的托架上放一锅水，那锅底被照得晃眼，锅里的水很快就开了。水娃后来知道这叫太阳灶，大伙儿用这东西做饭烧水，省了不少钱，可惜没太阳时就不能用。

这把叫太阳灶的大伞没有伞骨，就那么薄薄的一片。水娃最迷惑的时候就是看庄宇收伞：这伞上伸出一根细细的电线一直通到屋里，收伞时，庄宇进屋拔下电线的插销，那伞就噗的一下摊到地上，变成了一块银色的布。水娃拿起布仔细看，它柔软光滑，轻得几乎感觉不到分量，表面映着自己变形的怪相，还变幻着肥皂泡表面的那种彩纹。一松手，银布便从指缝间无声地滑落到地上，仿佛是一掬轻盈的水银。当庄宇再插上电线的插销时，银布就又如同一朵开放的荷花般懒洋洋地伸展开来，很快变成一个圆圆的伞面倒立在地上；再去摸摸那伞面，薄薄的、硬硬的，轻敲会发出悦耳的金属声响。它强度很高，在地面固定后能撑住一个装满水的锅或壶。

庄宇告诉水娃："这是一种纳米材料，表面光洁，具有很好的反光性，强度很高。最重要的是，它在正常条件下呈柔软状态，但在通入微弱电流后会变硬。”

水娃后来知道，这种叫纳米镜膜的材料是庄宇的一项研究成果。申请专利后，他倾其所有投入资金，想为这项成果打开市场，但包括便携式太阳灶在内的几项产品都无人问津，结果血本无归，现在竟穷到向水娃借钱交房租。虽落到这地步，但这人一点儿都没有消沉，每天仍东奔西跑，努力为这种新材料找出路。他告诉水娃，这是自己跑过的第十三个城市。

除了那个太阳灶外，庄宇还有一小片纳米镜膜，平时它就像一块银色的小手帕摊放在床边的桌子上。每天早晨出门前，庄宇总要打开一个小小的电源开关，那块银手帕立刻变成硬硬的薄片，成了一面光洁的小镜子，庄宇会对着它梳理打扮一番。有一天早晨，他对着小镜子梳头时，斜了刚从床上爬起来的水娃一眼，说：“你应该注意仪表，常洗脸，头发别总是乱乱的。还有你这身衣服，不能买件便宜点的新衣服吗？”

水娃拿过镜子来照了照，笑着摇摇头，意思是对一个擦鞋的来说，没必要那么麻烦。

庄宇凑近水娃，“现代社会充满着机遇，满天都飞着金鸟儿，说不定哪天你一伸手就抓住一只，前提是你得拿自己当回事儿。”

水娃四下看了看，没什么金鸟儿。他摇摇头说：“我没读过多少书呀。”

“这当然很遗憾，但谁知道呢，有时这说不定是一个优势。这个时代的伟大之处就在于捉摸不定，谁也不知道奇迹会在谁身上发生。”

“你……上过大学吧？”

“我有固体物理学博士学位,辞职前是大学教授。”

庄宇走后,水娃目瞪口呆了好半天,然后又摇摇头,心想,庄宇这样的人跑了十三个城市都抓不到那鸟儿,自己怎么行呢?他感到这家伙是在取笑自己,不过这人本身也够可怜够可笑的了。

这天夜里,屋里的其他人有的睡了,有的聚成一堆打扑克,水娃和庄宇则到门外几步远的小饭馆里看人家的电视。这时已是夜里十二点,电视中正在播出新闻,屏幕上只有播音员。

“在今天下午召开的国务院新闻发布会上,新闻发言人透露,举世瞩目的中国太阳工程已正式启动,这是继三北防护林之后又一项改造国土生态的超大型工程……”

水娃以前听说过这个工程,知道它将在头上的天空中再建造一个太阳,这个太阳能给干旱的大西北带来更多的降雨。这事对水娃来说太玄乎,每次遇到这种事,他都会问庄宇,但他扭头一看,只见庄宇圆睁双眼瞪着电视,半张着嘴,好像被它摄去了魂儿。水娃用手在他面前晃了晃,毫无反应,直到那则新闻过去很久才恢复常态,自语道:“真是……我怎么就没想到中国太阳呢?”

水娃茫然地看着他,他不可能不知道这件连水娃都知道的事,这事儿哪个中国人不知道呢?他当然知道,只是没想到。那他现在想到了什么呢?这事儿与他庄宇—— 一个住在闷热的简易房中的潦倒流浪者——能有什么关系?

庄宇说:“记得我早上说的话吗?现在一只金鸟飞到我面前了,好大的一只金鸟儿。其实它以前一直在我的头顶盘旋,我他妈居然没感觉到!”

水娃仍然迷惑不解地看着他。

庄宇站起身来,“我要去北京了,赶两点半的火车。小兄弟,你跟我去吧。”

“去北京?干什么?”

“北京那么大,干什么不行?就是擦皮鞋,也比这儿挣得多好多!”

于是,就在这天夜里,水娃和庄宇踏上了一列连座位都没有的拥挤列车。列车穿过夜色中广阔的西部原野,向太阳升起的方向驰去。

人生第三个目标:
到更大的城市,见更大的世面,挣更多的钱

第一眼看到首都时,水娃明白了一件事:有些东西你只有在看见后才知道是什么样儿,凭想象是绝对想不出来的。比如北京之夜,就在他的想象中出现过无数次,最早不过是把镇子或矿上的灯火扩大许多倍,然后是把省城的灯火扩大许多倍。然而,当他和庄宇乘坐的公共汽车从西站拐入长安街时,他才知道,过去那些灯火就是扩大一千倍,也不是北京之夜的样子。当然,北京的灯绝对不会有一千个省城的灯那么多那么亮,但这夜中北京的某种东西,是那个西部城市怎样叠加也产生不出来的。

水娃和庄宇在一间便宜的地下室旅馆住了一夜,第二天早上就分了手。临别时,庄宇祝水娃好运,说如果以后有难处可以找他。但当水娃让他留下电话或地址时,他却说自己现在什么都没有。

“那我怎么找你呢?”水娃问。

“过一阵子，看电视或报纸，你就会知道我在哪儿。”

看着庄宇远去的背影，水娃迷惑地摇摇头。他这话可真是费解：这人现在身无分文，今天连旅馆都住不起了，早餐还是水娃出的钱，甚至连他那个太阳灶，也在起程前留给房东顶了房费。现在，他已是一个除了梦之外什么都没有的乞丐。

与庄宇分别后，水娃立刻去找活儿干，但大都市给他的震撼使他很快忘记了自己的目的。整个白天，他都在城市中漫无目的地闲逛，仿佛是行走在仙境中，一点儿都不觉得累。

傍晚，他站在首都的新象征之一——去年落成的五百米高的统一大厦前，仰望着那直插云端的玻璃绝壁。在上面，渐渐暗下去的晚霞和很快亮起来的城市灯海正进行着摄人心魄的光与影的表演，水娃看得脖子酸疼。当他正要走开时，大厦本身的灯也亮了起来，这奇景以一种更大的力量攫住了水娃的全部身心，他继续在那里仰头呆望着。

“你看了很长时间，对这工作感兴趣？”

水娃回头，看到说话的是一个年轻人，典型的城里人打扮，但手里拿着一顶黄色的安全帽。“什么工作？”水娃迷惑地问。

“那你刚才在看什么？”那人问，同时拿安全帽的手向上一指。

水娃抬头向他指的方向看，高高的玻璃绝壁上居然有几个人，从这里看去只是几个小黑点儿。“他们站那么高干什么呀？”水娃问，又仔细地看了看，“擦玻璃？”

那人点点头，“我是蓝天建筑清洁公司的人事主管，我们公司主要承揽高层建筑的清洁工程，你愿意干这工作吗？”

水娃再次抬头，高空中那几个蚂蚁似的小黑点让人头晕目眩，“这……太吓人了。”

“如果是担心安全，那你尽管放心，这工作看起来危险，但我向你保证，安全措施是很完备的。只要严格按规程操作，绝对不会有危险。而且，因为敢干这工作的人很少，工资在同类行业中是最高的。你嘛，每月工资一千五，工作日管午餐，公司代买人身保险。”

这钱数让水娃吃了一惊，他呆呆地望着经理，后者误解了水娃的意思，“好吧，取消试用期，再加三百，每月一千八，不能再多了。以前这个工种基本工资只有四五百，每天有活儿干再额外计件，现在是固定月薪，相当不错了。”

于是，水娃成了一名高空清洁工，英文名字叫蜘蛛人。

人生第四个目标：成为一个北京人

水娃与四位工友从航天大厦的顶层谨慎地下降，用了四十分钟才到达第八十三层，这是他们昨天擦到的位置。蜘蛛人最头疼的活儿就是擦倒角墙，即与地面的角度小于九十度的墙。而航天大厦的设计者为了表现他那变态的创意，把整座大厦设计成倾斜的，顶部与地面之间由一根细长的立柱支撑。据这位著名建筑师说，倾斜更能表现出上升感。这话似乎有道理，这座摩天大厦也名扬世界，成为北京的又一标志性建筑。但这位建筑大师的祖宗八代都被北京的蜘蛛人骂遍了，清洁航天大厦有的活儿对他们来说几乎是一场噩梦，因为这座倾斜的大厦有整整一面全是倒角墙，高达四百米，与地面的角度小到六十五度。

到达工作位置后，水娃仰头看看，头顶上这面巨大的玻璃悬崖仿佛正在倾倒下来。他一只手打开清洁剂容器的盖子，另一只手紧紧抓着吸盘的把手。这种吸盘是为清洁倒角墙特制的，但并不好使，常常脱吸，这时蜘蛛人就会荡离墙面，被安全带吊着在空中打秋千。这种事在清洁航天大厦时多次发生，每次都让人魂飞天外。就在昨天，水娃的一位工友脱吸后远远地荡出去，又荡回来，在强风的推送下直撞到墙上，撞碎了一大块玻璃，他的额头和手臂上各划了一道大口子，而那块昂贵的镀膜高级建筑玻璃让他这一年的活儿都白干了。

到现在为止，水娃干蜘蛛人的工作已经两年多了，这活儿可真不容易。地面上风力二级时，百米空中的风力就会有五级，而在现在的四五百米的超高层建筑上，风就更大了。危险自不必说，从本世纪初开始，蜘蛛人的坠落事故就时有发生。冬天，那强风就像刀子一样锋利。清洗玻璃时最常用的氢氟酸洗涤剂腐蚀性很大，能使手指甲先变黑再脱落。而到了夏天，为防洗涤药水的腐蚀，蜘蛛人得穿着不透气的雨衣雨裤雨鞋。如果是擦镀膜玻璃，背上太阳暴晒，面前玻璃反射的阳光让人睁不开眼，这时水娃觉得真像是被放在庄宇的太阳灶上。

但水娃热爱这个工作，这两年多是他有生以来最快乐的时光。这固然因为在外地来京的低文化层次的打工者中，蜘蛛人的收入相对较高，但更重要的是，他从工作中获得了一种奇妙的满足感。他最喜欢干那些别的工友不愿意干的活儿——清洁新近落成的超高建筑。这些建筑的高度都在两百米以上，最高的达五百米。悬在这些摩天大楼顶端的外墙上，北京城在下面一览无遗地伸延开去。那些上世纪建成的所谓高层建筑从这里看下去是那么矮小，再远一些，它们就像一簇簇插在地上的细木条，而城市中心的紫禁城则像是用金色的积木搭起来的。在这个高度，听不到城市的喧闹，北京成了一个可以一览无余的整体，仿佛一个以蛛网般的道路为血脉的巨大生命体，在下面静静地呼吸着。有时，摩天大楼高耸在云层之上，腰部以下笼罩在阴暗的暴雨之中，腰部以上却阳光灿烂。每到这时，看着脚下一望无际的滚滚云海，水娃总觉得他的身体都被云海之上的强风吹得透明了……

水娃从这些经历中领悟了一个哲理：事情得从高处才能看清楚。如果你淹没于这座大都市之中，周围的一切都将显得纷繁而复杂。城市仿佛是一个无边无际的迷宫，但从这高处一看，整座城市不过是一个有一千多万人的大蚂蚁窝罢了，而它周围的世界又是那么广阔。

第一次领到工资后，水娃到一个大商场转了转。乘电梯上到第三层时，他发现这是一个让自己迷惑的地方。与繁华的下两层不同，这一层的大厅比较空旷，只摆放着几张大得惊人的矮桌子。在每张桌子宽阔的桌面上，都有一片小小的楼群，每幢楼有一本书那么高，楼间有翠绿的草地，草地上有白色的凉亭和回廊……这些小建筑好像是用象牙和奶酪做成的，看上去那么可爱，它们与绿草地一起，构成了精致的小世界，在水娃眼中，真像是一个个小天堂的模型。最初他猜测这是某种玩具，但这里见不到孩子，桌边的人们也一脸认真和严肃。他站在一个小天堂边上对着它出神地望了很久，一位漂亮小姐过来招呼他，他这才知道这里是出售商品房的地方。他随便指着一幢小楼，问最顶上那套房多少钱，小姐告诉他那是三室一厅，每平方米三千五百元，总价值三十八万。听到这数目,水娃倒吸一口冷气,但小姐接下来的话让这冷酷的数字温柔了许多:“分期付款,每月一千五到两千元。”

他小心地问:“我……我不是北京人,能买吗?”

小姐给了他一个动人的微笑,“您可真逗,户口已经取消几年了,还有什么北京人不北京人的?您住下不就是北京人了吗?”

水娃走出商场后,漫无目的地在街上走了很长时间。夜里的北京在他的周围五光十色地闪耀着。他手中拿着售房小姐给的几张花花绿绿的广告纸,不时停下来看看。仅在一个多月前,在那座遥远的西部城市的简易房中,在省城拥有一套住房对他来说都还是一个神话。现在,他离买下那套北京的住房还有相当的距离,但这已不是神话了,它由神话变成了梦想,而这梦想,就像那些精致的小模型一样,实实在在地摆在眼前,可以触摸到了。

这时,有人从里面敲水娃正在擦的这面玻璃,这往往是麻烦事。在办公室窗户上出现的高楼清洁工总让超级大厦中的白领们产生一种莫名的烦恼,好像这些人真如其俗名那样是一个个异类大蜘蛛。他们之间的隔阂远不只那面玻璃。在蜘蛛人干活儿时,里面的人不是嫌有噪声,就是抱怨阳光被挡住了,变着法儿和他们过不去。航天大厦的玻璃是半反射型的,水娃很费劲地向里面看,终于看清了敲玻璃的人,那居然是庄宇!

分手后,水娃一直惦记着庄宇。在他的记忆中,庄宇一直是一个西装革履的流浪汉,在这个大城市中深一脚浅一脚地过着艰难的生活。在一个深秋之夜,正当水娃在宿舍中默默地为庄宇过冬的衣服发愁时,却真的在电视上看到了他！当时，中国太阳工程正在选择构建反射镜的材料，这是工程的技术核心。在十几种材料中，庄宇研制的纳米镜膜被最后选中了。他由一名科技流浪汉变成了中国太阳工程的首席科学家，一夜之间举世闻名。这以后，虽然庄宇频频在各种媒体中出现，但水娃反而把他忘了——他觉得他们之间已没有什么关系。

在那间宽大的办公室里，水娃看到庄宇与两年前相比，从里到外都没有变，甚至还穿着那身西装。现在水娃知道，这身当时在他眼中高级华贵的衣服实际上次透了。水娃向庄宇讲述了自己在北京的生活，最后笑着说："看来咱俩在北京干得都不错。"

"是的是的，都不错！"庄宇激动地连连点头，"其实，那天早晨对你大谈时代和机遇时，我几乎对一切都失去了信心。我是说给自己听的。但这个时代真的充满了机遇。"

水娃点点头，"到处都是金色的鸟儿。"

接着，水娃打量起这间充满现代感的大办公室来。这里最引人注目的是室内不同寻常的装饰——天花板整个是一幅星空的全息图像，办公室中的人如同置身于灿烂星空下的院子里。在这星空的背景前悬浮着一个银色的圆形曲面，那是一个镜面，很像庄宇的那个太阳灶，但水娃知道，这个太阳灶的面积可能有几十个北京那么大。在天花板的一角，有一盏球形的灯，与这镜面一样，这球灯没有任何支撑地悬浮在空中，发出耀眼的黄光。镜面把它的一束光投射到办公桌旁的大地球仪上，在其表面打出一个圆圆的亮点。那个球灯在天花板下缓缓飘移，镜面转动着追踪它，始终保持着那束投向地球仪的光束。星空、镜面、球灯、光束、地球仪和其表面的亮点，形成了一幅抽象而神秘的构图。

"这就是中国太阳吗?"水娃指着镜面敬畏地问。

庄宇点点头,"这是一个面积达二万平方千米的反射镜,它在三万六千千米高的同步轨道上向地球反射阳光。从地面看上去,天空中像多了个太阳。"

"我一直搞不明白,天上多个太阳,地上怎么会多了雨水呢?"

"这个人造太阳可以以多种方式影响天气,比如通过改变大气的热平衡来影响大气环流、增加海洋蒸发量、移动锋面,等等。一两句话说不清楚。其实,轨道反射镜只是中国太阳工程的一部分,另一部分是一个复杂的大气运动模型,它在许多台超级计算机上运行,精确地模拟出某一区域大气的运动状态,然后找准一个关键点,用人造太阳的热量施加影响,就会产生巨大的效应,足以在一段时间内完全改变目标区域的气候……这个过程极其复杂,不是我的专业,我也不太明白。"

水娃又问了一个庄宇肯定明白的问题,他知道自己的问题太傻,但还是鼓足勇气问了出来:"那么大个东西悬在天上,不会掉下来吗?"

庄宇默默地看了水娃几秒钟,又看了看表,一拍水娃的肩膀,说:"走,我请你吃饭,同时让你明白中国太阳为什么不会掉下来。"

但事情远没有庄宇想得那么简单,他不得不把要讲授的知识线移到粗浅的底层。水娃知道自己生活在一个圆球上,但他意识深处的世界还是一个天圆地方的结构,庄宇费了很大劲才使他真正明白了自己栖身的地球只是一颗飘浮在无际虚空中的小石球。这个晚上,水娃并没有搞明白中国太阳为什么不会掉下来,但宇宙在他的脑海中已完全变了样,他进入了自己的托勒密时代。第二天晚上,庄宇同水娃到大排档去吃饭,并成功地使水娃进入了哥白尼时代。又用了两个晚上,水娃艰难地进入了牛顿时代，知道了(当然仅仅是知道了)万有引力。接下来的一个晚上，借助办公室里的大地球仪，庄宇使水娃迈进了航天时代。在接下来的一个公休日，也是在那个大地球仪前，水娃终于明白了“同步轨道”是什么意思，同时也明白了中国太阳为什么不会掉下来。

这一天，庄宇带水娃参观了中国太阳工程的指挥中心。在一块高大的屏幕上，映出了同步轨道上中国太阳建设工地的全景：漆黑的空间中飘浮着几块银色的薄片，航天飞机在那些薄片前像几只小小的蚊子。最让水娃感到震撼的，是另一块大屏幕上从三万六千千米高度拍摄的地球。他看到，大陆像漂浮在海洋上的一张张大牛皮纸，山脉像牛皮纸的褶皱，而云层如同牛皮纸上残留的一片片白糖末……庄宇指给水娃看哪里是他的家乡，哪里是北京，水娃呆呆地看了好半天，冒出一句话：“站在这么高的地方，人想的事情肯定不一样……”

三个月后，中国太阳的主体工程完工。在国庆节之夜，反射镜首次向地球的黑夜部分投射阳光，并把巨大的光斑固定在京津地区。这天夜里，水娃在天安门广场上同几十万人一起目睹了这壮丽的日出：西边的夜空中，一颗星星的亮度急剧增强，在这颗星的周围有一圈蓝天在扩散。当中国太阳的亮度达到最大时，这圈蓝色已占据了半个天空，在它的边缘，色彩由纯蓝渐渐过渡到黄色、橘红和深紫。这圈渐变的色彩如彩虹把蓝天围在中央，形成了人们所称的“环形朝霞”。

水娃在凌晨四点才回到宿舍。他躺在狭窄的上铺，中国太阳的光芒从窗中透进来，照在枕边墙上那几张商品住宅广告上。水娃把那几张彩纸从墙上撕了下来。

在中国太阳的天国之光下，他曾为之激动不已的理想显得那么平淡渺小。

两个月后，清洁公司的经理找到水娃，说中国太阳工程指挥中心的庄总让他去一下。自从清洁航天大厦的活儿干完后，水娃就再也没见过庄宇。

“你们的太阳真是伟大！”在航天大厦的办公室里见到庄宇后，水娃由衷地赞叹道。

“是我们的太阳，特别是你也有份儿——现在这里看不到中国太阳了，它正在给你的家乡造雪呢！”

“我爸妈来信说，家里今冬的雪真的多了起来！”

“但中国太阳也遇到了大问题，”庄宇指指身后的一块大屏幕，上面显示着两个圆形的光斑，“这是在同一位置拍摄的中国太阳的图像，时隔两个月，你能看出来它们有什么差别吗？”

“左边那个亮一些。”

“看，仅仅两个月，反射率的降低用肉眼都能看出来了。”

“怎么，是大镜子上落灰了吗？”

“太空中没有灰，但有太阳风，也就是太阳喷出的粒子流。时间一长，它使中国太阳的镜面表层发生了质变，蒙上了一层极薄的雾膜，反射率就降低了。一年以后，镜面将变得像蒙上一层水雾一样，那时中国太阳就会变成中国月亮，什么事都干不了了。”

“你们开始没想到这些吗？”

“当然想到了……我们还是谈你的事吧，想不想换个工作？”

“换工作？我还能干什么呢？”

“还是干高空清洁工，但是在我们这里干。”

水娃迷惑地四下看看，“你们的大楼不是刚清洁过吗，还用专门雇高空清洁工？”

“不，不是让你擦大楼，是擦中国太阳。”

人生第五个目标：飞向太空擦太阳

这是一次由中国太阳工程运行部的高层领导人参加的会议，讨论成立镜面清洁机构的事。庄宇把水娃介绍给大家，并介绍了他的工作。当有人问到学历时，水娃诚实地说他只读过三年小学。

“但我认字的，看书没问题。”水娃对与会者说。

一阵笑声响起。“庄总，你这是在开玩笑吗？”有人气愤地喊道。

庄宇平静地说：“我没开玩笑。如果组成三十个人的镜面清洁队，把中国太阳全部清洁一遍需要半年时间。清洁队需要不停地工作，这至少要有六十到九十人进行轮换，如果正在制定中的《空间劳动保护法》出台，可能需要更多的人，也就是说，需要一百二十甚至一百五十人。我们难道要让一百五十名有博士学位的、在高性能歼击机上飞过三千小时的宇航员去干这项工作吗？”

“那也得差不多吧？在城市高等教育已经普及的今天，让一个文盲飞向太空？”

“我不是文盲！”水娃对那人说。

对方没理他，接着对庄宇说："这是对这个伟大工程的亵渎！"

与会者们纷纷点头赞同。

庄宇也点点头，"我早就料到各位会有这种反应。在座的，除了这位清洁工之外都具有博士学位，那么好，就让我们看看各位在清洁工作中的表现吧！请跟我来。"

十几位与会者迷惑不解地跟着庄宇走出会议室，进入电梯。这种摩天大楼中的电梯分快、中、慢三种，他们乘坐最快的一种，飞快加速，直上大厦的顶层。

有人说："我是第一次乘这种电梯，真有乘火箭升空的感觉！"

"我们进入同步轨道后，大家还将体验清洁中国太阳的感觉。"庄宇说，周围的人都向他投来好奇的目光。

走出电梯后，大家又跟着庄宇爬了一段窄扶梯，最后从一扇小铁门走出去，来到了大厦的露天楼顶。他们立刻置身于阳光和强风之中，上面的蓝天似乎比平时看到的清澈了许多，向四周望去，北京城尽收眼底。楼顶上已经有一小群人在等着，水娃吃惊地发现，那竟是清洁公司的经理和他的蜘蛛人工友们！

庄宇大声说："现在，我们就请大家体验一下水娃的工作。"

于是，那些蜘蛛人走过来给每一位与会者扎上安全带，然后领他们走到楼顶边缘，帮助他们小心地站到作为蜘蛛人工作平台的十几块小小的吊板上，然后吊板开始慢慢下降，悬在距楼顶边缘五六米处不动了，被挂在大厦玻璃墙上的与会者们发出了一阵绝不掺假的惊叫声。

"各位，我们继续开会吧！"庄宇蹲着从楼顶边缘探出身去，对下面的人喊。

“你个混蛋！快拉我们上去！”

“你们每人必须擦完一块玻璃才能上来！”

擦玻璃是不可能的，下面的人能做的只是死抓着安全带或吊板的绳索一动不动，根本不可能松开一只手去拿放在吊板上的刷子或打开清洁剂桶的盖子。在他们的日常工作中，这些航天官员每天都在图纸或文件上与几万千米的高度打交道，但在这亲身体验中，四百米的高度已经令他们魂飞天外了。

庄宇站起身，走到一位空军大校的上面，他是被吊下去的十几个人中唯一的镇定自若者。他开始擦玻璃，动作沉稳。最让水娃吃惊的是，他的两只手都在干活，并没有抓着什么稳定自己，而他的吊板在强风中贴着墙面一动不动，这对蜘蛛人来说也只有老手才能做到。但当水娃认出他就是十多年前“神舟八号”飞船上的一名宇航员时，对眼前所见也就不奇怪了。

庄宇问：“张大校，你坦率地说，眼前的工作真比你们在轨道上的太空行走作业容易吗？”

“如果仅从体力和技巧上来说，相差不是太多。”前宇航员回答说。

“说得好！宇航训练中心的一项研究表明，在人体工程学上，高层建筑清洁工的工作与太空中的镜面清洁工作有许多相似之处：都是在危险且需要时时保持平衡的位置上，从事重复单调且消耗体力的劳动；都要时时保持着警觉，稍一疏忽就会有意外事故发生。这事故对宇航员来说，可能是错误漂移、工具或材料丢失、生命维持系统失灵等；对蜘蛛人来说，则可能是撞碎玻璃、工具或清洁剂跌落、安全带断裂滑脱等。在体能技巧方面，特别是在心理素质方面，蜘蛛人完全胜任镜面清洁工作。”

前宇航员仰视着庄宇点了点头，“这使我想起了那个古老的寓言：卖油人把油通过一个铜钱的方孔倒进油壶中，所需的技巧与将军把箭射中靶心同样高超，差异只在于他们的身份。”

庄宇接着说：“哥伦布发现了美洲，库克发现了澳洲，但这些新世界都是由普通人开发的，这些开拓者在当时的欧洲处于社会的最下层。太空开发也一样，国家在下一个‘五年计划’中把近地空间作为第二个西部，这就意味着航天事业的探险时代已经结束，它不再只是由少数精英从事的工作。让普通人进入太空，是太空开发产业化的第一步！”

“好了好了，你说的都对！可快把我们弄上去啊！”下面的其他人声嘶力竭地喊着。

在回去的电梯上，清洁公司的经理凑到庄宇耳边低声说：“庄总，您慷慨激昂了半天，讲的道理有点太大了吧？当然，当着水娃和我这些小弟兄的面，您不好把关键之处挑明。”

“嗯？”庄宇不解地看着他。

“谁都知道，中国太阳工程是以准商业方式运作的，中途差点因资金缺口而停工，现在，留给你们的运作费用没有多少了。在商业宇航中，正规宇航员的年薪都在百万以上，我这些小伙子每年就可以给你们省几千万。”

庄宇神秘地一笑，说：“您以为，区区几千万就值得我冒这个险吗？我故意把镜面清洁工的文化程度标准压到最低，这个先例一开，中国太阳在空间轨道的其他工作岗位，我就可以用普通大学毕业生来做，这一下，省的可不止几千万。如您所说，这也是没办法的办法，我们真的没剩多少钱了。”

经理说：“在我的童年和少年时代，进入太空是一项何等浪漫的事业。我清楚地记得，邓小平在访问肯尼迪航天中心时，把一位美国宇航员称作神仙。现在——”他拍着庄宇的后背，苦笑着摇摇头，“我们彼此彼此了。”

庄宇扭头看了看那些蜘蛛人小伙子，提高了音量说：“但是，先生，我给他们的工资怎么说也是你给的八到十倍！”

第二天，包括水娃在内的六十名蜘蛛人进入了坐落在石景山的中国宇航训练中心。他们都是从外地来京打工的农村后生，来自中国广阔田野的各个偏僻角落。

镜面农夫

西昌基地，“地平线号”航天飞机从它的发动机喷出的大团白雾中探出头来，轰鸣着升上蓝天。机舱里坐着水娃和其他十四名镜面清洁工，经过三个月的地面培训，他们被从六十人中挑选出来，首批进入太空进行实际操作。

在水娃这时的感觉中，超重远不像传说中那么可怕，他甚至有一种熟悉的舒适感，这是孩子被母亲紧紧抱在怀中的感觉。在他右上方的舷窗外，天空的蓝色在渐渐变深。舱外隐约传来爆破螺栓的啪啪声，助推器分离，发动机声由震耳的轰鸣变为蚊子似的嗡嗡声。天空变成深紫色，最后完全变黑，星星出现了，都不眨眼，十分明亮。嗡嗡声戛然而止，舱内变得很安静，座椅的振动消失了，接着后背对椅面的压力也消失了，失重出现。水娃他们是在一个巨大的水池中进行的失重训练，这时的感觉还真像是浮在水中。

但安全带还不能解开,发动机又嗡嗡地叫了起来,重力重新把每个人按回椅子上,漫长的变轨飞行开始了。小小的舷窗中,星空和海洋交替出现,舱内不时充满了地球反射的蓝光和太阳白色的光芒。窗口中能看到的地平线的弧度一次比一次大,能看到的海洋和陆地的景色范围也一次比一次大。向同步轨道的变轨飞行整整持续了六个小时,舷窗中星空和地球的景色交替变化,渐渐产生催眠作用,水娃居然睡着了。但他很快被扩音器中指令长的声音惊醒,那声音说变轨飞行结束了。

舱内的伙伴们纷纷飘离座椅,紧贴着舷窗向外瞅。水娃也解开安全带,用游泳的动作笨拙地飘到离他最近的舷窗,他第一次亲眼看到了完整的地球。但大多数人都挤在另一侧的舷窗边,他也一蹬舱壁蹿了过去,却因速度太快在对面的舱壁上碰了脑袋。从这扇舷窗望出去,他才发现"地平线号"已经来到中国太阳的正下方,反射镜已占据了星空的大部分面积,航天飞机如同飞行在巨大的银色穹顶下的一只小蚊子。"地平线号"继续靠近,水娃渐渐感受到镜面的巨大:它已占据了窗外的所有空间,一点都感觉不到它的弧度,他们仿佛飞行在一望无际的银色平原上。距离在继续缩短,镜面上现出了"地平线号"的倒影。可以看到银色大地上有一条条长长的接缝,像地图上的经纬线一样织成了方格,成了能使人感觉到相对速度的唯一参照物。渐渐地,银色大地上的经线不再平行,而是向一点会聚。这趋势急剧加快,好像"地平线号"正在驶向这巨大地图上的一个极点。极点很快出现了,所有经向接缝都会聚在一个小黑点上,航天飞机向着这个小黑点下降。水娃震惊地发现,这个黑点竟是银色大地上的一座大楼—— 一个全密封的圆柱体。水娃知道,这就是中国太阳的控制站，是他们以后三个月在冷寂太空中唯一的家。

太空蜘蛛人的生活就这样开始了。每天（中国太阳绕地球一周的时间也是二十四小时），镜面清洁工们驾驶着一台台有手扶拖拉机大小的机器擦光镜面。他们开着这些机器在广阔的镜面上来回行驶，很像在银色的大地上耕种着什么，于是西方媒体给他们起了一个诗意的名字：镜面农夫。这些“农夫”的世界是奇特的，他们脚下是银色的平原，由于镜面的弧度，这平原在远方的各个方向缓缓升起，但由于面积巨大，周围看上去却如水面般平坦。上方，地球和太阳总是同时出现，后者比地球小得多，倒像是它的一颗光芒四射的卫星。在占据天空大部分的地球上，总能看到一个缓缓移动的圆形光斑。在地球黑夜的一面，这光斑尤其醒目，这就是中国太阳在地球上照亮的区域。镜面可以调整形状以改变光斑的大小，当银色大地在远方上升的坡度较大时，光斑就小而亮；当上升坡度较小时，光斑就大而暗。

镜面清洁工的工作是十分艰辛的。他们很快发现，清洁镜面的枯燥和劳累，比在地球上擦高楼有过之而无不及。每天收工回到控制站后，往往累得连太空服都脱不下来。随着后续人员的到来，控制站里拥挤起来，人们像生活在一艘潜水艇中。但能够回到站里还算幸运，镜面上距站最远处近一百千米，清洁到外缘时往往下班后回不来，只能在“野外”过“夜”，从太空服中吸些流质食物，然后悬在半空中睡觉。工作的危险更不用说，镜面清洁工是人类航天史上在太空行走最多的人。在“野外”，太空服的一个小故障就足以置人于死地，还有微陨石、太空垃圾和太阳磁暴等危害。这样的生活和工作条件使控制站里的工程师们怨气冲天，但天生就能吃苦的“镜面农夫”们却默默地适应了这一切。

在进入太空后的第五天,水娃与家里通了话。这时水娃正在距控制站五十多千米处干活,他的家乡正处于中国太阳的光斑之中。

水娃爹:“娃啊,你是在那个日头上吗?它在俺们头上照着呢,这夜跟白天一样啊!”

水娃:“是,爹,俺是在上面!”

水娃娘:“娃啊,那上面热吧?”

水娃:“说热也热,说冷也冷。俺在地上投了个影儿,影儿的外面有咱那儿十个夏天热,影儿的里面有咱那儿十个冬天冷。”

水娃娘对水娃爹说:“我看到咱娃了,那日头上有个小黑点点!”

水娃知道那是不可能的,他的眼泪涌了出来,说:“爹、娘,俺也看到你们了,亚洲大陆的那个地方也有两个小黑点点!明天多穿点衣服,我看到一大股寒流从大陆北面向你们那里移过来了!”

……

三个月后,换班的第二分队到来,水娃他们返回地球去休三个月的假。他们着陆后的第一件事,就是每人买了架单筒高倍望远镜。三个月后,他们再次回到中国太阳上。在工作的间隙,大家都用望远镜遥望地球,望得最多的当然还是家乡,但在四万千米的距离上是不可能看到他们的村庄的。他们中有人用粗笔在镜面上写下了一首稚拙的诗:

在银色的大地上我遥望家乡
村边的妈妈仰望着中国太阳
这轮太阳就是儿子的眼睛
黄土地将在这目光中披上绿装

“镜面农夫”们的工作是出色的，他们逐渐承担了更多的任务，范围超出了他们的清洁工作：首先是修复被陨石破坏的镜面，后来又承担了一项更高层次的工作——监视和加固应力超限点。

中国太阳在运行中，其姿态总是在不停地变化，这些变化是由分布在其背面的三千台发动机完成的。反射镜的镜面很薄，由背面的大量细梁连成一个整体，在进行姿态或形状调整时，有些位置可能发生应力超限，如果不及时对各发动机的出力给予纠正，或在那个位置进行加固，任其发展，超限应力就可能撕裂镜面。这项工作的技术要求很高，发现和加固应力超限点都需要熟练的技术和丰富的经验。

除了进行姿态和形状调整外，最有可能发生应力超限的时间是在轨道“理发”时，这项操作的正式名称是“光压和太阳风所致轨道误差修正”。太阳风和光压对面积巨大的镜面产生作用力，在每平方千米的镜面上达两千克左右，使镜面轨道变扁上移。在地面控制中心的大屏幕上，变形的轨道与正常的轨道同时显示，很像是正常的轨道上长出了头发，这个离奇的操作名称由此而来。轨道“理发”时，镜面产生的加速度比姿态和形状调整时大得多，这时，“镜面农夫”们的工作十分重要，他们飞行在银色大地上空，仔细地观察着地面的每一处异常变化，随时进行紧急加固。他们每次都出色地完成了任务，收入因此大幅增长。但这中间获利最多的，还是已成为中国太阳工程第一负责人的庄宇，因为他连普通大学毕业生也不必雇用了。

但“镜面农夫”们都明白，他们这批人是第一批也是最后一批只有小学文化程度的太空工人了，以后的太空工人文化程度最低也是大学本科。但他们完成了庄宇所交给自己的使命,证明了太空开发中的底层工作最重要的是技巧和经验,是对艰苦环境的适应能力,而不是知识和创造力,普通人完全能够胜任。

但太空也在改变着"镜面农夫"们的思维方式。没有人能像他们这样,每天从三万六千千米的太空居高临下地看地球,世界在他们面前只是一只小沙盘,地球村对他们来说不是一个比喻,而是眼前实实在在的现实。

"镜面农夫"作为第一批太空工人,曾在全世界引起轰动。但随着近地空间开发产业化的飞速发展,许多超级工程在太空中出现,其中包括用微波向地面传送电能的超大型太阳能电站、微重力产品加工厂等,可容纳十万人的太空城也开始建设。大批产业工人拥向太空,他们都是普通人,世界渐渐把"镜面农夫"们忘记了。

几年后,水娃在北京买了房子,建立了家庭,又有了孩子。每年,他有一半时间在家里,一半时间在太空。他热爱这项工作,在三万多千米高空的银色大地长时间地巡行,使他的心中产生了一种超脱的宁静。他觉得自己已找到了理想的生活,未来就如同脚下的银色平原一样平滑地向前伸展。但后来的一件事打破了这种宁静,彻底改变了水娃的心路历程,那就是他与史蒂芬·霍金的交往。

没有人想到霍金能活过一百岁,这既是医学的奇迹,也是他个人精神力量的表现。近地轨道的第一所太空低重力疗养院建立后,他便成为第一位疗养者。但上太空过程中发生的超重反应差一点要了他的命,而返回地面也要经受超重,所以在太空电梯或反重力舱之类的运载工具发明之前,他可能回不了地球了。事实上,医生建议他长住太空,因为失重环境对他的身体是最合适不过的。

霍金起初对中国太阳没什么兴趣，他从低轨道再次忍受加速重力（当然比从地面进入太空时小得多）来到位于同步轨道的中国太阳，是想看看在这里进行的一项关于背景辐射强度各向微小异性的宇宙学观测。观测站之所以设在中国太阳背面，是因为巨大的反射镜可以挡住来自太阳和地球的干扰。但在观测完成，观测站和工作小组都撤走后，霍金仍不想走，说他喜欢那里，想多待一阵儿。中国太阳的什么东西吸引了他，新闻界做出了各种猜测，但只有水娃知道实情。

在中国太阳上生活的日子里，霍金最喜欢做的事就是在镜面上散步。让人不可理解的是，他只在反射镜的背面散步，每天散步的时间长达几个小时。太空行走经验最丰富的水娃被站里指定陪博士散步。这时的霍金已与爱因斯坦齐名，水娃当然听说过他，但在控制站第一次见到他时还是很吃惊。水娃想象不出一个瘫痪到如此程度的人怎么能取得这么大的成就，尽管他对这位大科学家做了什么还一无所知。但在散步时，丝毫看不出霍金瘫痪。也许是有了操纵电动轮椅的经验，他操纵太空服上的微型发动机与正常人一样灵活。

霍金与水娃的交流很困难，他虽然植入了由脑电波控制的电子发声系统，说话不像上个世纪那么困难了，但他的话要通过实时翻译器译成中文水娃才能听懂。按领导的交代，为了不影响博士思考问题，水娃从不主动搭话，但博士却很愿意与他交谈。

博士最先是问水娃的身世，然后回忆起自己的早年。他向水娃讲述童年时在圣阿尔班斯住的那幢阴冷的大房子，冬天结了冰的高大客厅中响着瓦格纳的音乐；还有那辆放在奥斯明顿磨坊牧场的二手车，他常和妹妹玛丽一起乘着它到海滩去;还有他常与父亲去的齐尔顿领地的爱文豪灯塔……水娃惊叹这位百岁老人的记忆力,更让他吃惊的是,他们之间居然有共同语言。水娃讲述家乡的一切,博士很爱听,当走到镜面边缘时,博士还让水娃指给他看水娃家乡的位置。

时间长了,谈话不可避免地转到科学方面。水娃本以为这会结束他们之间难得的交流,但并非如此。用最通俗的语言向普通人讲述艰深的物理学和宇宙学,对博士似乎是一种休息。他向水娃讲述了大爆炸、黑洞、量子引力……水娃回去后,就啃博士在上世纪写的那本薄薄的小书,再向站里的工程师和科学家请教,居然明白了不少。

“知道我为什么喜欢这里吗?”一次散步到镜面边缘时,博士朝着从边缘露出一角的地球对水娃说,“这个大镜面隔开了下面的地球,使我忘记了尘世的存在,能全身心地面对宇宙。”

水娃说:“下面的世界好复杂的,可从这里远远地看,宇宙又是那么简单,只是太空中撒着一些星星。”

“是的,孩子,真是这样。”博士点点头说。

反射镜的背面与正面一样,也是镜面,只是多了如一座座小黑塔似的姿态和形状调整发动机。每天散步时,博士和水娃两人就紧贴着镜面缓缓地飘行,常常从中心一直飘到镜面的边缘。没有月亮时,反射镜的背面很黑,表面是星空的倒影。与正面相比,这里的地平线很近,且能看出弧形。星光下,由支撑梁组成的黑色经纬线在他们脚下移动,他们仿佛飘行在一个宁静的小星球的表面。遇上姿态或形状调整,反射镜背面的发动机启动,这小星球的表面就会被一簇簇小火苗照亮,更使这里显出一种美丽的神秘。在这小小的世界之上,银河灿烂地照耀着。就在这样的境界中，水娃第一次接触到宇宙最深层的奥秘。他明白了自己看到的所有星空，在大得无法想象的宇宙中也只是一粒灰尘，而这整个宇宙，不过是百亿年前一次壮丽焰火的余烬。

许多年前，作为蜘蛛人踏上第一座高楼的楼顶时，水娃看到了整个北京；来到中国太阳时，他看到了整个地球；现在，水娃面对着他人生第三个壮丽的时刻——他站到了宇宙的楼顶上，看到了他以前做梦都不会想到的东西。虽然他获得的知识还很粗浅，但足以使他对那更遥远的世界产生强烈的兴趣。

有一次，水娃向站里的一位工程师说出了自己的困惑："人类在上世纪60年代就登上了月球，为什么后来反而缩了回来，到现在还没登上火星，甚至连月球也不去了？"

工程师说："人类是现实的动物，上世纪中叶那些由理想主义和信仰驱动的外太空探索是没有长久生命力的。"

"理想和信仰不好吗？"

"不是说不好，但直接创造经济利益更好。如果从那时开始，人类就不惜代价，做飞向外太空的赔本买卖，地球现在可能还在贫困之中，你我这样的普通人反而不可能进入太空，即使只是进入近地空间也不行。朋友，别中了霍金的毒，他那套东西一般人玩儿不了的！"

水娃从此变了。他仍然与以前一样努力工作，表面平静地生活，但显然在想着更多的事。

时光飞逝，二十年过去了。这二十年中，水娃和他的伙伴们从三万六千千米的高度清楚地看到了祖国和世界的变化。他们看到，三北防护林形成了一条横贯中国东西的绿带，黄色的沙漠渐渐被绿色覆盖，家乡也不再缺少雨水和白雪，村前干枯的河床又盈满了清流……这一切也有中国太阳的一份功劳，它在改变大西北气候的宏大工程中起了很大的作用。除此之外，这些年，中国太阳还干了许多不寻常的事，比如融化乞力马扎罗山的积雪以缓解非洲干旱，使举行奥运会的城市成为真正的不夜城……

但对于最新的科学技术来说，用这种方式影响天气显得过于笨拙，且有太多的副作用，中国太阳已完成了它的使命。

国家太空产业部举行了一个隆重的仪式，为人类第一批太空产业工人授勋。这不仅仅是表彰他们二十年来辛勤而出色的工作，更重要的是，这六十位只有小学或初中文化程度的青年进入太空工作，标志着太空开发已对所有人敞开了大门。经济学家们一致认为，这是太空开发产业化的真正开端。

这个仪式引起了新闻媒体的极大关注，除了以上原因，在普通大众心中，“镜面农夫”们具有传奇色彩的经历也是媒体的兴趣点。同时，在这个追逐与忘却的时代，有一个怀旧的机会也是很不错的。

当年那些憨厚朴实的小伙子现在都已人到中年，但他们看上去变化并不是太大，人们从全息电视中还能认出他们。他们中的大部分已通过各种方式接受了高等教育，其中有一些人还获得了太空工程师的职称，但无论在自己还是公众的眼里，他们仍是那群来自乡村的打工者。

水娃代表伙伴们讲话，他说：“随着电磁输送系统的建成，现在进入近地空间的费用，只及乘飞机飞越太平洋费用的一半，太空旅行已变成一件平常稀松的事。但新一代人很难想象，在二十年前，进入太空对一个普通人来说意味着什么，很难想象那会是怎样令他激动和热血沸腾，我们就是那样一群幸运者。

“我们这些人很普通，没什么可说的。我们能有这样不寻常的经历是因为中国太阳，这二十年来，它已成为我们的第二家园。在我们的心目中，它很像一个微缩的地球。最初，我们把镜面上的接缝当作北半球的经纬线，说明自己的位置时，总是说在北纬多少度，东经西经多少度。到后来，随着我们对镜面的熟悉，渐渐在上面划分出了大陆和海洋，我们会说自己是在北京或莫斯科，我们每个人的家乡在镜面上也都有对应的位置，对那一块我们擦得最勤……在这个银色的小地球上，我们努力工作，尽了自己的责任。先后有五位镜面清洁工为中国太阳献出了生命，他们有的是在太阳磁暴爆发时没来得及隐蔽，有的是被陨石或太空垃圾击中。

“现在，这块我们生活和工作了二十年的银色土地就要消失了，我们很难用语言表达自己的感受。”

水娃沉默了，已是太空产业部部长的庄宇接过了话头说：“我完全理解你们的感受，但在这里可以欣慰地告诉大家：中国太阳不会消失！这我想你们也都知道了，对于这样一个巨大的物体，不可能采用上世纪的方式，让它坠入大气层烧掉。它将用另一种方式找到自己的归宿，其实很简单，只要停止轨道‘理发’，并进行适当的姿态调整，太阳风和光压将最终使它超过第二宇宙速度，离开地球，成为太阳的卫星。许多年后，行星际飞船会在遥远的地方找到它。那时，我们也许会把它变成一个博物馆，我们这些人会再次回到那银色的平原上，一起回忆我们这段难忘的岁月。”

水娃突然激动起来，他大声问庄宇：“部长先生，你真的认为会有这一天，你真的认为会有行星际飞船吗？”

庄宇呆呆地看着水娃，一时说不出话来。

水娃接着说：“上世纪中叶，当阿姆斯特朗在月球上印下第一个脚印时，几乎所有的人都相信人类将在十到二十年之内登上火星。现在，八十六年过去了，别说火星了，月球也再没人去过，理由很简单：那是赔本买卖。

“上世纪冷战结束后，经济准则一天天地统治世界，人类在这个准则下也取得了巨大的成就。现在，我们消灭了战争和贫困，恢复了生态，地球正在变成一个乐园。这就使我们更加坚信经济准则的正确性，它已变得至高无上，渗透到我们的每个细胞中。人类社会已变成了百分之百的经济社会，投入大于产出的事是再也不会做了。对月球的开发没有经济意义，对太阳系其他行星的大规模载人探测是经济犯罪；至于进行恒星际航行，那是地地道道的精神变态。现在，人类只知道投入、产出，并享受这些产出了！”

庄宇点点头说：“本世纪人类的太空开发仍局限于近地空间，这是事实。它有许多更深刻的原因，已超出了我们今天的话题。”

“没有超出。现在，我们有一个机会，只需花很少的钱就能飞出近地空间，进行远程宇宙航行。太阳光压可以把中国太阳推出地球轨道，同样能把它推到更远的地方。”

庄宇笑着摇摇头，“呵，你是说把中国太阳当作太阳帆船？从理论上说是没问题的。反射镜的主体薄而轻，面积巨大，经过长期的光压加速，理论上它会成为人类迄今发射过的速度最快的航天器。但这也只是从理论而言。实际情况是，一艘船只有帆并不能远航，它上面还要有人。一艘无人的帆船只能在海上来回打转，连港口都驶不出去，记得史蒂文森的《金银岛》[①]里对此有生动的描述。要想借助于光压远航并返回，反射镜需要精确而复杂的姿态控制，而中国太阳是为在地球轨道上运行而设计的，离开了人的操作，它只能沿着无规则的航线瞎漂一气，而且漂不了太远。”

“不错，但它上面会有人的，我来驾驶它。”水娃平静地说。

这时，收视统计系统显示，这个频道的收视率急剧上升。全世界的目光正在被吸引过来。

“可你一个人同样控制不了中国太阳，它的姿态控制至少需要……”

“至少需要十二人。考虑到星际航行的其他因素，至少需要十五到二十人。我相信会有这么多志愿者的。”

庄宇不知所措地笑笑，“真没想到，我们今天的谈话会转移到这个方向。”

“庄部长，二十多年前，你不止一次地改变了我的人生方向。”

“可我万万没有想到你沿着那个方向走了这么远，已远远超过我了。”庄宇感慨地说，“好吧，很有意思，让我们继续讨论下去吧！嗯……很遗憾，这个想法是不可行的：中国太阳最合理的航行目标是火星，可你想过没有，中国太阳不可能在火星上登陆。如果要登陆，将又是一笔巨大的开支，会使这个计划失去经济上的可行性；如果不登陆，那和无人探测器一样，有什么意思呢？”

① 罗伯特·路易斯·史蒂文森（1850—1894），英国作家，代表作《金银岛》是一部关于海盗和藏宝的冒险小说。

“中国太阳不去火星。”

庄宇迷惑地看着水娃，“那去哪里，木星？”

“也不是木星，去更远的地方。”

“更远？去海王星？去冥王……”庄宇突然顿住，呆呆地盯着水娃看了好一会儿，“天啊，你不会是说……”

水娃坚定地点点头，“是的，中国太阳将飞出太阳系，成为恒星际飞船！”

与庄宇一样，全世界顿时目瞪口呆。

庄宇两眼平视前方，机械地点点头，“好吧，就让我们不当你是在开玩笑。让我大概估算一下……”说着，他半闭起双眼开始心算。

“我已经算好了。借助太阳的光压，中国太阳最终将加速到光速的十分之一。考虑到加速所用的时间，大约需要四十五年时间到达比邻星。然后再借助比邻星的光压减速，完成对半人马座三星系统的探测，再向相反的方向加速，用几十年时间返回太阳系。听起来是个美妙的计划，但实际上只是一个根本不可能实现的梦想。”

“你又想错了。到达比邻星后，中国太阳不会减速，而是以每秒三万多千米的速度掠过它，并借助它的光压再次加速，飞向天狼星。如果有可能，我们还会继续蛙跳，飞向第三颗恒星、第四颗……”

“你到底要干什么？”庄宇失态地大叫起来。

“我们向地球所要求的，只是一套高可靠性但规模较小的生态循环系统和……”

“用这套系统维持二十个人上百年的生命？”

“听我说完。和一套生命低温冬眠系统。在航行的大部分时间，我们处于冬眠状态,只在接近恒星时才启动生态循环系统。按目前的技术,这足以维持我们在宇宙中航行上千年。当然,这两套系统的价格也不低,但比起人类从头开始一次恒星际载人探测来,它所需的资金只有后者的千分之一。"

"就是一分钱不要,世界也不会允许二十个人去自杀。"

"这不是自杀,只是探险。也许我们连近在眼前的小行星带都过不去,也许我们会到达天狼星甚至更远,不试试怎么知道?"

"但有一点与探险不同:你们肯定是回不来了。"

水娃点点头,"是的,回不来了。有人满足于老婆孩子热炕头,从不向与己无关的尘世之外扫一眼;有的人则用尽全部生命,只为看一眼人类从未见过的事物。这两种人我都做过。我们有权选择各种生活,包括在十几光年之遥的太空中飘荡的一面镜子上的生活。"

"最后一个问题:在上千年的时间里,以每秒几万甚至十几万千米的速度掠过一颗又一颗恒星,发回人类要经过几十年甚至几个世纪才能收到的微弱的电波,这有什么意义?"

水娃微笑着向全世界说:"飞出太阳系的中国太阳,将会使享乐中的人类重新仰望星空,唤回他们的宇宙远航之梦,重燃他们进行恒星际探险的愿望。"

人生的第六个目标:
飞向星海,把人类的目光重新引向宇宙深处

庄宇站在航天大厦的楼顶,凝视着天空中快速移动的中国太阳。在

它的光芒下，首都的高楼投下了无数快速移动的影子，北京仿佛成了一张随着中国太阳转动的大面孔。

这是中国太阳最后一次环绕地球运行。它已达到了第二宇宙速度，将飞出地球的引力场，进入绕太阳运行的轨道。这人类第一艘载人恒星际飞船上有二十个人。除水娃外，其他人是从上百万名志愿者中挑选出来的，其中包括三名与水娃共事多年的“镜面农夫”。中国太阳还未启程就达到了它的目标：人类社会对太阳系外宇宙探险的热情再次高涨了。

庄宇的思绪回到了二十三年前那个闷热的夏夜，在那座西北城市，他和一个来自干旱土地的农村男孩登上了开往北京的夜行列车。

作为告别，中国太阳把它的光斑依次投向各大城市，让人们最后一次看到它的光芒。最后，中国太阳的光斑投向大西北，水娃出生的那个小村庄就在光斑之中。

村边的小路旁，水娃的爹娘同乡亲们一起注视着向东方飞行的中国太阳。

水娃爹喊道：“娃啊，你要到老远的地方去吗？”

水娃从太空中回答：“是啊，爹，怕是回不了家了。”

水娃娘问：“那地方很远？”

水娃回答：“很远，娘。”

水娃爹问：“比月亮还远吗？”

水娃沉默了几秒钟，用比刚才低许多的声音说：“是的，爹，比月亮还远。”

水娃的爹娘并不觉得特别难受，娃是在那比月亮还远的地方干大事呢！再说，这可是个了不起的年头，即使是远在天涯海角的人，也随时都可以和他说话，还可以在小电视上看见他，这跟面对面没啥子区别。但他们不会想到，随着时间的流逝，那小屏幕上的儿子将变得越来越迟钝，对爹娘关切的问话，他要想好长时间才能回答。他想的时间开始只有几秒钟，以后越来越长，一年后，爹娘每问一句话，儿子将呆呆地想一个多小时才能回答。最后儿子将消失，他们将被告之水娃睡觉了，这一觉要睡四十多年。在这以后，水娃的爹娘将用尽余生，继续照顾那块曾经贫瘠现已肥沃起来的土地，过完他们那充满艰辛但已很满足的一生。他们最后的愿望将是：在遥远未来的一天，终于回家的儿子能看到一个更美好的家园。

中国太阳正在飞离地球轨道，它在东方的天空中渐渐暗下去，它周围的蓝天也慢慢缩为一点。最后，它将变为一颗星星，融入群星之中。但早在这之前，太阳的曙光就会把它完全淹没。

曙光也照亮了村前的这条小路，现在它的两旁已种上了白杨，不远处还有一条与它平行的小河。二十四年前的那天，也是在这清晨时分，在同样的曙光下，一个西北农家的孩子怀着朦胧的希望在这条小路上渐渐远去。

这时北京的天已经大亮，庄宇仍站在航天大厦的楼顶，望着中国太阳最后消失的位置，它已踏上了漫长的不归路。中国太阳将首先进入金星轨道之内，尽可能地接近太阳，以获得更大的加速光压和更长的加速距离，这将通过一系列复杂的变轨飞行来实现，其行驶方式很像大航海时代逆风行驶的帆船。七十天后，它将通过火星轨道；一百六十天后，它将掠过木星；两年后，它将飞出冥王星轨道，成为一艘恒星际飞船，飞船上的所有人将进入冬眠；四十五年后，它将掠过半人马座，宇航员们将短暂苏醒。中国太阳起程一个世纪后，地球才能收到他们发回的关于半人马座的探测信息。这时，中国太阳正在飞向天狼星的路上，由于半人马座三星的加速，它的速度将达到光速的百分之十五。六十年后——也就是自地球起程一个世纪后，到达天狼星，当中国太阳掠过这个由天狼星A、B构成的双星系统后，它的速度将增加到光速的十分之二，向星空的更深处飞去。按照飞船上生命冬眠系统能维持的时间极限，中国太阳有可能到达波江座 ε 星，甚至可能（虽然这种可能性很小很小）最后到达鲸鱼座 T 星，这些恒星被认为可能有行星存在。

谁也不知道中国太阳能飞多远，水娃他们将看到什么样的神奇世界。也许有一天，他们对地球发出一声呼唤，要等上千年才能收到回音。但水娃始终会牢记母星上一个叫中国的国度，牢记那国度西部一片干旱土地上的一个小村庄，牢记村前的那条小路，他就是从那里起程的。

发表于 2002 年第 1 期《科幻世界》

获 2002 年度（第 14 届）银河奖

朝闻道

爱因斯坦赤道

“有一句话我早就想对你们说了，”丁仪对妻子和女儿说，“我的心大部分都被物理学占据了，只能努力挤出一个小角落给你们。为此我心里很痛苦，但也实在是没办法。”

他的妻子方琳说：“这话你对我说过两百遍了。”

十岁的女儿文文说：“对我也说过一百遍了。”

丁仪摇摇头说：“可你们始终没能理解我这话的真正含义。你们不懂得物理学到底是什么。”

方琳笑着说：“只要它的性别不是女就行。”

这时，他们一家三口正坐在一辆时速达五百公里的小车上，行驶在一条直径五米的钢管中。这根钢管的长度约为三万公里，在北纬四十五度线上绕地球一周。

小车完全自动行驶，透明的车厢内没有任何驾驶设备。从车里看出去,钢管笔直地伸向前方,小车像是一颗运行在无限长的枪管中的子弹。前方的洞口似乎固定在无限远处,看上去针尖大小,一动不动。如果不是周围的管壁如湍急的流水飞快掠过,他们肯定觉察不出车的运动。在小车启动或停车时,可以看到管壁上安装的数量惊人的仪器,还有无数等距离的箍圈。当车加速起来后,它们就在两旁浑然一体地掠过,看不清了。丁仪告诉她们,那些箍圈是用于产生强磁场的超导线圈,而悬在钢管正中的那条细管是粒子通道。

他们正行驶在人类迄今所建立的最大的粒子加速器中。这台环绕地球一周的加速器被称为"爱因斯坦赤道",借助它,物理学家将实现上世纪那个巨人肩上的巨人最后的梦想——建立宇宙的大统一模型。

这辆小车本是加速器工程师用于维修的,现在被丁仪用来带着全家进行环球旅行。这旅行是他早就答应妻子和女儿的,但她们万万没有想到要走这条路。在这耗时六十小时环绕地球一周的旅行中,她们除了笔直的钢管什么都没看到。不过,方琳和文文还是很高兴很满足,至少在这两天多时间里,全家人难得地聚在一起。

旅行的途中也并不枯燥,丁仪不时指着车外飞速掠过的管壁对文文说:"我们现在正在驶过外蒙古,看到大草原了吗?还有羊群……我们在经过日本,但只是擦过它的北角。看,朝阳照到积雪的国后岛上了,那可是今天亚洲迎来的第一抹阳光……我们现在在太平洋底了,真黑,什么都看不见。哦不,那边有亮光,暗红色的。嗯,看清了,那是洋底火山口,它涌出的岩浆遇水很快冷却了,所以那暗红光一闪一闪的,像海底平原上的篝火。文文,大陆正在这里生长啊……"

后来,他们又在钢管中驶过了美国全境,潜过了大西洋,从法国海岸登上欧洲的土地，驶过意大利和巴尔干半岛，第二次进入俄罗斯，然后从里海回到亚洲，穿过哈萨克斯坦进入中国。现在，他们已走完最后的路程，回到了爱因斯坦赤道在塔克拉玛干沙漠中的起点——世界核子中心，这儿也是环球加速器的控制中心。

当丁仪一家从控制中心大楼出来时，外面已是深夜，广阔的沙漠静静地在群星下伸向远方，世界显得简单而深邃。

“好了，我们三个基本粒子，已经在爱因斯坦赤道中完成了一次加速实验。”丁仪兴奋地对方琳和文文说。

“爸爸，真的粒子要在这根大管子中跑这么一大圈，要多长时间？”文文指着他们身后的加速器管道问。那管道从控制中心两侧向东西两个方向延伸，很快消失在夜色中。

丁仪回答说：“明天，加速器将首次以它最大的能量运行。在其中运行的每个粒子，将受到相当于一颗核弹的能量的推动，加速到接近光速。这时，每个粒子在管道中只需十分之一秒就能走完我们这两天多的环球旅程。”

方琳说：“别以为你已经实现了自己的诺言，这次环球旅行是不算的！”

“对！”文文点点头说，“爸爸以后有时间，一定要带我们在这长管子的外面沿着它走一圈，看看我们在管子里面到过的地方，那才叫真正的环球旅行呢！”

“不需要。”丁仪对女儿意味深长地说，“如果你睁开了想象力的眼睛，那这次旅行就足够了。你已经在管子中看到了你想看的一切，甚至更多！孩子，更重要的是，蓝色的海洋、红色的花朵、绿色的森林都不是最美的东西，真正的美眼睛是看不到的，只有想象力才能看到。与海洋、花朵、森林不同，它没有色彩和形状。只有当你用想象力和数学把整个宇宙在手中捏成一团儿，使它变成你的一个心爱的玩具，你才能看到这种美……”

丁仪没有回家。送走了妻女后，他回到了控制中心。中心只有不多的几个值班工程师，在加速器建成以后历时两年的紧张调试后，这里第一次这么宁静。

丁仪上到楼顶，站在高高的露天平台上。看到下面的加速器管道像一条把世界一分为二的直线，他产生了一种感觉：夜空中的星星像无数只眼睛，它们的目光此时都聚焦在下面这条直线上。

丁仪回到下面的办公室，躺在沙发上睡着了，进入了一个理论物理学家的梦乡。

他坐在一辆小车里，小车停在爱因斯坦赤道的起点。小车启动，他感觉到了加速时强劲的推力。他在四十五度纬线上绕地球旋转，一圈又一圈，像轮盘赌上的骰子。随着速度趋近光速，急剧增加的质量使他的身体如一尊金属塑像般凝固了。意识到这个身体中已蕴含了创世的能量，他有一种帝王般的快感。在最后一圈，他被引入一条支路，冲进一个奇怪的地方。这里是虚无之地。他看到了虚无的颜色，虚无不是黑色也不是白色，它的色彩就是无色彩，但也不是透明。在这里，空间和时间都还是有待于他去创造的东西。他看到前方有一个小黑点，急剧扩大，那是另一辆小车，车上坐着另一个自己。他们以光速相撞后同时消失了，只在无际的虚空中留下一个无限小的奇点，这万物的种子爆炸开来，能量火球疯狂暴涨。当弥漫整个宇宙的红光渐渐减弱时，冷却下来的能量天空中，物质如雪花般出现了。开始是稀薄的星云，然后是恒星和星系群。在这个新生的宇宙中，丁仪拥有一个量子化的自我，可以在瞬间从宇宙的一端跃至另一端。其实他并没有跳跃，他同时存在于这两端，同时存在于这浩大宇宙中的每一点。他的自我像无际的雾气弥漫于整个太空，由恒星沙粒组成的银色沙漠在他的体内燃烧。他无所不在，同时又无所在。他知道自己的存在只是一个概率的幻影，这个多态叠加的幽灵渴望地环视宇宙，寻找那能使自己坍缩为实体的目光。正找着，这目光就出现了。它来自遥远太空中浮现出来的两双眼睛，出现在一道由群星织成的银色帷幕后面。那双有着长长睫毛的美丽的眼睛是方琳的，那双充满天真灵性的眼睛是文文的。这两双眼睛在宇宙中茫然扫视，最终没能觉察到这个量子自我的存在。波函数颤抖着，如微风拂过平静的湖面，但坍缩没有发生。正当丁仪陷入绝望之时，茫茫的星海扰动起来，群星汇成的洪流在旋转奔涌。当一切都平静下来时，宇宙间的所有星星构成了一只大眼睛。那只百亿光年大小的眼睛如钻石粉末在黑色的天鹅绒上洒出的图案，正盯着丁仪看。波函数在瞬间坍缩。如回放的焰火影片，他的量子存在凝聚在宇宙中微不足道的一点上。他睁开双眼，回到了现实。

是控制中心的总工程师把他推醒的。丁仪睁开眼，看到核子中心的几位物理学家和技术负责人围着他躺的沙发站着，用看一个怪物的目光盯着他。

“怎么？我睡过了吗？”丁仪看看窗外，发现天已亮了，但太阳还未升起。

“不,出事了!”总工程师说。这时丁仪才知道,大家那诧异的目光不是冲着他的,而是由于刚出的那件事情。总工程师拉起丁仪,领着他向窗口走去。丁仪刚走了两步就被人从背后拉住,回头一看,是一位叫松田诚一的日本物理学家,上届诺贝尔物理学奖获得者之一。

“丁博士,如果您在精神上无法承受马上要看到的东西,也不必太在意。我们现在可能是在梦中。”日本人说。他脸色苍白,抓着丁仪的手在微微颤抖。

“我刚从梦中醒来!”丁仪说,“发生了什么事?”

大家仍用那种怪异的目光看着他。总工程师拉起他,继续朝窗口走去。当丁仪看到窗外的景象时,立刻对自己刚才的话产生了怀疑。眼前的现实突然变得比刚才的梦境更虚幻了。

在淡蓝色的晨光中,以往他熟悉的横贯沙漠的加速器管道消失了,取而代之的是一条绿色的草带,沿东西两个方向伸向天边。

“再去看看中心控制室吧!”总工程师说。丁仪随着他们来到楼下的控制大厅,又受到了一次猝不及防的震撼——大厅中一片空旷,所有的设备都消失得无影无踪,原来放置设备的位置也长满了青草,那草是直接从防静电地板上长出来的。

丁仪发疯似的冲出控制大厅,奔跑着绕过大楼,站到那条取代加速器管道的草带上。看着它消失在太阳即将升起的东方地平线处,在早晨沙漠寒冷的空气中,他打了个寒战。

“加速器的其他部分呢?”他问喘着气跟上来的总工程师。

“都消失了。地上、地下和海中的,全部消失了。”

“也都变成了草?!”

“哦不，草只在我们附近的沙漠上有，其他部分只是消失了。地面和海底部分只剩下空空的支架，地下部分只留下空隧道。”

丁仪弯腰拔起一束青草。这草在别的地方看上去一定很普通，但在这里就很不寻常。它完全没有红柳或仙人掌之类的耐旱沙漠植物的特点，看上去饱含水分，青翠欲滴。这样的植物只能生长在多雨的南方。丁仪搓碎了一片草叶，手指上沾满绿色的汁液，一股淡淡的清香飘散开来。丁仪盯着手上的小草呆立了很长时间，最后说：“看来，这真是梦了。”

东方传来一个声音：“不，这是现实！”

真空衰变

在绿色草带的尽头，朝阳已升出了一半，它的光芒照花了人们的眼睛。在这光芒中，有一个人沿着草带向他们走来。开始他只是一个以日轮为背景的剪影，剪影的边缘被日轮侵蚀，显得变幻不定。当那人走近些后，人们看到他是一名中年男子，穿着白衬衣和黑裤子，没打领带。再近些，他的面孔也可以看清了。这是一张兼具亚洲人和欧洲人特点的脸，这在这个地区并没有什么不寻常，但人们绝不会把他误认为是当地人。他的五官太端正了，端正得有些不现实，像某些公共标志上表示人类的一个图形符号。当他再走近些时，人们也不会把他误认为是这个世界的人了。他并没有走——他一直两腿并拢笔直地站着，鞋底紧贴着草地飘浮而来。在距他们两三米处，来人停了下来。

“你们好，我以这个外形出现是为了我们之间能更好地交流。不管各位是否认可我的人类形象,我已经尽力了。”来人用英语说,他的话音一如其面孔,极其标准而毫无特点。

“你是谁?”有人问。

“我是这个宇宙的排险者。”

回答中四个含义深刻的字立刻嵌入了物理学家们的脑海——“这个宇宙”。

“您和加速器的消失有关吗?”总工程师问。

“它在昨天夜里被蒸发了,你们计划中的实验必须被制止。作为补偿,我送给你们这些草,它们能在干旱的沙漠上以很快的速度生长蔓延。”

“可这些都是为了什么呢?”

“这个加速器如果真以最大功率运行,能将粒子加速到1020吉电子伏特。这接近宇宙大爆炸的能量,可能给我们的宇宙带来灾难。”

“什么灾难?”

“真空衰变。”

听到这个回答,总工程师扭头看了看身边的物理学家们——他们都沉默不语,紧锁眉头思考着什么。

“还需要进一步解释吗?”排险者问。

“不,不需要了。”丁仪轻轻地摇摇头说。物理学家们本以为排险者会说出一个人类完全无法理解的概念,但没想到,他说出的东西人类的物理学界早在上世纪80年代初就想到了,只是当时大多数人都认为那不过是一个新奇的假设,与现实毫无关系,以至于现在几乎被遗忘了。

真空衰变的概念,最初出现在1980年《物理评论》杂志的一篇论文中，作者是西德尼·科尔曼和弗兰克·德卢西亚。早在这之前，狄拉克就指出，我们宇宙中的真空可能是一种伪真空。在那似乎空无一物的空间里，幽灵般的虚粒子在短得无法想象的瞬间出现又消失。这瞬息间创生与毁灭的活剧在空间的每一点上无休止地上演，我们所说的真空实际上是一个沸腾的量子海洋，这就使得真空具有一定的能级。科尔曼和德卢西亚的新思想在于，他们认为某种高能过程可能产生出另一种状态的真空。这种真空的能级比现有的真空低，甚至可能出现能级为零的"真真空"。这种真空的体积开始可能只有一个原子大小，但它一旦形成，周围相邻的高能级真空就会向它的能级跌落，变成与它一样的低能级真空。这就使得低能级真空的体积迅速扩大，形成一个球形。这个低能级真空球的扩张速度很快就能达到光速，球中的质子和中子将在瞬间衰变，使球内的物质世界全部蒸发，一切归于毁灭……

"……以光速膨胀的低能级真空球将在0.03秒内毁灭地球，五个小时内毁灭太阳系，四年后毁灭最近的恒星，十万年后毁灭银河系……没有什么能阻止球体的膨胀，随着时间的推移，整个宇宙都难逃劫难。"排险者说。他的话正好接上了大多数人的思维，难道他能看到人类的思想?！排险者张开双臂，做出一个囊括一切的姿势，"如果把我们的宇宙看作一个广阔的海洋，我们就是海中的鱼儿。我们周围这无边无际的海水是那么清澈透明，以至于我们忘记了它的存在。现在我要告诉你们，这不是海水，是液体炸药，一粒火星就会引发毁灭一切的大灾难。作为宇宙排险者，我的职责就是在这些火星燃到危险的温度前扑灭它。"

丁仪说："这大概不太容易。我们已知的宇宙有二百亿光年半径，即使对于你们这样的超级文明，这也是一个极其广阔的空间。"

排险者笑了。这是他第一次笑，这笑同样毫无特点，“没有你想得那么复杂。你们已经知道，我们目前的宇宙，只是大爆炸焰火的余烬。恒星和星系，不过是仍然保持着些许温热的飘散的烟灰罢了。这是一个低能级的宇宙，你们看到的类星体之类的高能天体只存在于遥远的过去，在目前的自然宇宙中，最高级别的能量过程，如大质量物体坠入黑洞，其能级也比大爆炸低许多。在目前的宇宙中，发生创世级别的能量过程的唯一机会，只能来自其中的智慧文明探索宇宙终极奥秘的努力。这种努力会把大量的能量聚焦到一个微观点上，使这一点达到创世能级。所以，我们只需要监视宇宙中进化到一定程度的文明世界就行了。”

松田诚一问：“那么，你们是从何时起开始注意到人类的呢？普朗克时代吗？”

排险者摇摇头。

“那么是牛顿时代？也不是？！不可能远到亚里士多德时代吧？”

“都不是。”排险者说，“宇宙排险系统的运行机制是这样的：它首先通过散布在宇宙中的大量传感器监视已有生命出现的世界，当发现这些世界中出现有能力产生创世能级能量过程的文明时，传感器就发出警报，我这样的排险者在收到警报后，将亲临那些世界监视其中的文明。但除非这些文明真要进行创世能级的实验，我们是绝不会对其进行任何干预的。”

这时，在排险者的头部左上方出现了一个黑色的正方形，约两米见方，仿佛现实被挖了一个深不见底的洞。几秒钟后，那黑色的空间中出现了一个蓝色的地球影像。排险者指着影像说：“这就是放置在你们世界上方的传感器拍下的地球影像。”

“这个传感器是在什么时候放置于地球的?”有人问。

“按你们的地质学纪年,在古生代末期的石炭纪。”

“石炭纪?!”“那就是……三亿年前了!”大家纷纷惊呼。

“这……太早了些吧?”总工程师敬畏地问。

“早吗?不,是太晚了,当我们第一次到达石炭纪的地球,看到在广阔的冈瓦纳古陆上,皮肤湿滑的两栖动物在原生松林和沼泽中爬行时,真吓出了一身冷汗。在这之前相当长的岁月里,这个世界都有可能突然进化出技术文明。所以,传感器应该在古生代开始时的寒武纪或奥陶纪就放置在这里。”

地球的影像向前推来,充满了整个正方形。镜头在各大陆间移动,让人想到一双警惕巡视的眼睛。

排险者说:“你们现在看到的影像是在更新世末期拍摄的,距今三十七万年。对我们来说,几乎是在昨天了。”

地球表面的影像停止了移动,那双眼睛的视线固定在非洲大陆上。这个大陆正处于地球黑夜的一侧,看上去是一个由稍亮些的大洋三面围绕的大墨块。显然大陆上的什么东西吸引了这双眼睛的注意。焦距拉长,非洲大陆向前扑来,很快占据了整个画面,仿佛观察者正在飞速冲向地球表面。陆地黑白相间的色彩渐渐在黑暗中显示出来,白色的是第四纪冰期的积雪,黑色部分很模糊,是森林还是布满乱石的平原,只能由人想象了。镜头继续拉近,雪原占满了画面,显示图像的正方形现在全变成白色了,是那种夜间雪地的灰白色,带着暗暗的淡蓝。在这雪原上有几个醒目的黑点,很快可以看出那是几个人影,接着可以看出他们的身型都有些驼背,寒冷的夜风吹起他们长长的披肩乱发。图像再次变黑,一个人仰起的面孔占满了画面。在微弱的光线里无法看清这张面孔的细部，只能看出他的眉骨和颧骨很高，嘴唇长而薄。镜头继续拉近这似乎已不可能再近的距离，一双深陷的眼睛占满了画面，黑暗中的瞳仁里有一些银色的光斑，那是映在其中的变形的星空。

图像定格，一声尖厉的鸣叫响起。排险者告诉人们，预警系统报警了。

“为什么？”总工程师不解地问。

“这个原始人仰望星空的时间超过了预警阈值，已对宇宙表现出了充分的好奇。到此为止，已在不同的地点观察到了十起这样的超限事件，符合报警条件。”

“如果我没记错的话，你前面说过，只有当有能力产生创世能级能量过程的文明出现时，预警系统才会报警。”

“你们看到的不正是这样一个文明吗？”

人们面面相觑，一片茫然。

排险者露出那毫无特点的微笑说：“这很难理解吗？当生命意识到宇宙奥秘的存在时，距它最终解开这个奥秘就只有一步之遥了。”看到人们仍不明白，他接着说：“比如地球生命，用了四十多亿年时间才第一次意识到宇宙奥秘的存在。但那一时刻距你们建成爱因斯坦赤道只有不到四十万年，而这一进程最关键的加速期只有不到五百年。如果说那个原始人对宇宙的几分钟凝视是看到了一颗宝石，那么其后你们所谓的整个人类文明，不过是弯腰去拾它罢了。”

丁仪若有所悟地点点头，“说起来还真是这样，那个伟大的望星人！”

排险者接着说：“以后我就来到了你们的世界，监视着文明的进程，像是守护着一个玩火的孩子。周围被火光照亮的宇宙使这孩子着迷,他不顾一切地让火越烧越旺,直到现在,宇宙已有被这火烧毁的危险。”

丁仪想了想,终于提出了人类科学史上最关键的问题:“这就是说,我们永远不可能得到大统一模型,永远不可能探知宇宙的终极奥秘?”

科学家们呆呆地盯着排险者,像一群在最后审判日里等待宣判的灵魂。

“智慧生命有多种悲哀,这只是其中之一。”排险者淡淡地说。

松田诚一声音颤抖地问:“作为更高一级的文明,你们是如何承受这种悲哀的呢?”

“我们是这个宇宙中的幸运儿。我们得到了宇宙的大统一模型。”

科学家们心中的希望之火又重新开始燃烧。

丁仪突然想到了另一种恐怖的可能,“难道说,真空衰变已被你们在宇宙的某处触发了?”

排险者摇摇头,“我们是用另一种方式得到大统一模型的,这一时说不清楚,以后我可能会详细地讲给你们听。”

“我们不能重复这种方式吗?”

排险者继续摇头,“时机已过,这个宇宙中的任何文明都不可能再重复它。”

“那请把宇宙的大统一模型告诉人类!”

排险者还是摇头。

“求求你,这对我们很重要。不,这就是我们的一切!”丁仪冲动地去抓排险者的胳膊,但他的手毫无感觉地穿过了排险者的身体。

“知识密封准则不允许这样做。”

“知识密封准则?!”

“这是宇宙中文明世界的最高准则之一，它不允许高级文明向低级文明传递知识——我们把这种行为叫知识的管道传递——低级文明只能通过自己的探索来得到知识。”

丁仪大声说:“这是一个不可理解的准则。如果你们把大统一模型告诉所有渴求宇宙最终奥秘的文明，他们就不会试图通过创世能级的高能实验来得到它，宇宙不就安全了吗?”

“你想得太简单了——这个大统一模型只是这个宇宙的，当你们得到它后就会知道，还存在着无数其他的宇宙，你们接着又会渴求得到制约所有宇宙的超统一模型。而大统一模型在技术上的应用会使你们拥有产生更高能量过程的手段，你们会试图用这种能量过程击穿不同宇宙间的壁垒，不同宇宙间的真空存在着能级差，这就会导致真空衰变，同时毁灭两个或更多的宇宙。知识的管道传递还会对接收它的低级文明产生其他更直接的不良后果甚至灾难，其原因大部分你们目前还无法理解，所以知识密封准则是绝对不允许违反的。这个准则所说的知识不仅是宇宙的深层秘密，还包括所有你们不具备的知识——假设人类现在还不知道牛顿三定律或微积分，我也同样不能传授给你们。”

科学家们沉默了。在他们眼中，已升得很高的太阳熄灭了，一切都陷入黑暗之中，整个宇宙顿时变成一个巨大的悲剧。这悲剧之大之广他们一时还无法把握，只能在余生不断地受其折磨。事实上，他们知道，余生已无意义。

松田诚一瘫坐在草地上，说了一句后来成为名言的话:“在一个不可知的宇宙里，我的心脏都懒得跳动了。”

他的话道出了所有物理学家的心声。他们目光呆滞,欲哭无泪。就这样不知过了多长时间,丁仪突然打破沉默:“我有一个办法,既可以使我得到大统一模型,又不违反知识密封准则。”

排险者对他点点头,“说说看。”

“你把宇宙的终极奥秘告诉我,然后毁灭我。”

“给你三天时间考虑。”排险者说。他的回答不假思索,十分迅速,紧接着丁仪的话。

丁仪欣喜若狂,“你是说这可行?!”

排险者点点头。

真理祭坛

人们是这么称呼那个巨大的半球体的——真理祭坛。它直径五十米,底面朝上,球面向下,矗立在沙漠中,远看像一座倒放的山丘。这个半球是排险者用沙子筑成的,当时沙漠中出现了一股巨大的龙卷风,风中那高大的沙柱最后凝聚成这个东西。谁也不知道排险 者是用什么东西使大量的沙子聚合成这样一个精确的半球形的,但它强度很高,尽管球面朝下放置都不会解体。但这样的放置方式使半球很不稳定,在沙漠中的阵风里,它明显在摇晃。

据排险者说,在他的那个遥远世界里,这样的半球是一个论坛。在那个文明的上古时代,学者们就聚集在上面讨论宇宙的奥秘。由于这样放置的半球的不稳定性,论坛上的学者们必须小心地使他们的位置均匀地分布,否则半球就会倾斜,上面的人就会滑下来。排险者一直没有解释这个半球形论坛的含义，人们猜测，它可能暗示了宇宙的非平衡态和不稳定。

在半球的一侧，还有一条沙子构筑的长长的坡道，通过它可以从下面走上祭坛。在排险者的世界里，这条坡道是不需要的。在纯能化之前的上古时代，他的种族是一种长着透明双翼的生物，可以直接飞到论坛上。这条坡道是专为人类修筑的，他们中的三百多人将通过它走上真理祭坛，用生命换取宇宙的奥秘。

三天前，当排险者答应了丁仪的要求后，事情的发展令世界恐慌。在短短一天时间内，有几百人提出了同样的要求。这些人除了世界核子中心的其他科学家外，还有来自世界各国的学者。开始只有物理学家，后来报名者的专业越出了物理学和宇宙学，出现了数学、生物学等其他基础学科的科学家，甚至还有经济学和史学这类非自然科学的学者。这些要求用生命来换取真理的人，都是他们所在学科的领军人物，是科学界精英中的精英，其中，诺贝尔奖获得者就占了一半。可以说，在真理祭坛前聚集了人类科学的精华。

真理祭坛前其实已经不是沙漠了，排险者在三天前种下的草迅速蔓延，草带宽了两倍，不规则的边缘延伸到真理祭坛下面。在这绿色的草地上聚集了上万人。除了即将献身的科学家和世界各大媒体的记者外，还有科学家的亲人和朋友。两天两夜无休止的劝阻和哀求已使他们心力交瘁，精神都处于崩溃的边缘，但他们还是决定在这最后的时刻做最后的努力。与他们一同做这种努力的还有数量众多的各国政府代表，其中包括十多位国家元首，他们也竭力留住自己国家的科学精英。

“你怎么把孩子带来了?!”丁仪盯着方琳问。在他们身后,毫不知情的文文正在草地上玩耍,她是这群表情阴沉的人中唯一的快乐者。

“我要让她看着你死。”方琳冷冷地说。她脸色苍白,双眼茫然地平视远方。

“你认为这能阻止我?”

“我不抱希望,但能阻止你女儿将来像你一样。”

“你可以惩罚我,但孩子……”

“没人能惩罚你,你也别把即将发生的事伪装成一种惩罚。你正走在通向自己梦中天堂的路上!”

丁仪直视着爱人的双眼说:“琳,如果这是你的真实想法,那么你终于从最深处认识了我。”

“我谁也不认识,现在我的心中只有仇恨。”

“你当然有权恨我。”

“我恨物理学!”

“可如果没有它,人类现在还是丛林和岩洞中愚钝的动物。”

“但我现在并不比它们快乐多少!”

“但我快乐,也希望你能分享我的快乐。”

“那就让孩子也一起分享吧。当她亲眼看到父亲的下场,长大后至少会远离物理学这种毒品!”

“琳,把物理学称为毒品,你也就从最深处认识了它。看,在这两天你真正认识了多少东西?如果你早点理解这些,我们就不会有现在的悲剧了。”

元首们在真理祭坛上努力劝说排险者，让他拒绝那些科学家的要求。

美国总统说："先生——我可以这么称呼您吗？我们的世界里最出色的科学家都在这里了，您真想毁灭地球的科学吗？"

排险者说："没有那么严重，另一批科学精英很快会涌现并补上他们的位置，对宇宙奥秘的探索欲望是所有智慧生命的本性。"

"既然同为智慧生命，您就忍心杀死这些学者吗？"

"这是他们自己的选择。生命是他们自己的，他们当然可以用它来换取自己认为崇高的东西。"

"这个用不着您来提醒我们！"俄罗斯总统激动地说，"用生命来换取崇高的东西对人类来说并不陌生。在上个世纪的一场战争中，我的国家就有两千多万人这么做了。但现在的事实是，那些科学家的生命什么都换不到！只有他们自己能得知那些知识，这之后，你只给他们十分钟的生存时间！他们对终极真理的欲望已成为一种地地道道的变态，这您是清楚的！"

"我清楚的是，他们是这个星球上仅有的正常人。"

元首们面面相觑，然后都困惑地看着排险者，他们不明白他的意思。

排险者伸开双臂拥抱天空，"当宇宙的和谐之美一览无遗地展现在你面前时，生命只是一个很小的代价。"

"但他们看到这美后只能再活十分钟！"

"就是没有这十分钟，仅仅经历看到那终极之美的过程，也是值得的。"

元首们又互相看了看，都摇头苦笑。

“随着文明的进化，像他们这样的人会渐渐多起来的。”排险者指指真理祭坛下的科学家们说，“最后，当生存问题完全解决，当爱情因个体的异化和融合而消失，当艺术因过分的精致和晦涩而最终死亡，对宇宙终极美的追求便成为文明存在的唯一寄托，他们的这种行为方式也就符合了整个宇宙的基本价值观。”

元首们沉默了一会儿，试着理解排险者的话。美国总统突然哈哈大笑起来，“先生，您在耍我们，您在耍弄所有人类！”

排险者露出一脸困惑，“我不明白……”

日本首相说：“人类还没有笨到你想象的程度，你话中的逻辑错误连小孩子都明白！”

排险者显得更加困惑了，“我看不出这有什么逻辑错误。”

美国总统冷笑着说：“一万亿年后，我们的宇宙肯定充满了高度进化的文明。照您的意思，对终极真理的这种变态的欲望将成为整个宇宙的基本价值观，那时全宇宙的文明将一致同意，用超高能的实验来探索囊括所有宇宙的超统一模型，不惜在这种实验中毁灭包括自己在内的一切？您想告诉我们这种事会发生?！”

排险者盯着元首们长时间不说话，那怪异的目光使他们不寒而栗。他们中有人似乎悟出了什么。

“您是说……”

排险者举起一只手制止他说下去，然后向真理祭坛的边缘走去。在那里，他用响亮的声音对所有人说：“你们一定很想知道我们是如何得到这个宇宙的大统一模型的，现在可以告诉你们了。

“很久很久以前，我们的宇宙比现在小得多，而且很热，恒星还没有出现，但已有物质从能量中沉淀出来，形成弥漫在发着红光的太空中的星云。这时生命已经出现了，那是一种力场与稀薄的物质共同构成的生物，其个体看上去很像太空中的龙卷风。这种星云生物的进化速度快得如同闪电，很快产生了遍布全宇宙的高度文明。当星云文明对宇宙终极真理的渴望达到顶峰时，全宇宙的所有世界一致同意，冒着真空衰变的危险进行创世能级的实验，以探索宇宙的大统一模型。

“星云生物操纵物质世界的方式与现今宇宙中的生命完全不同。由于没有足够多的物质可供使用，他们的个体自己进化为自己想要的东西。在最后的决定做出后，某些个体飞快地进化，把自己进化为加速器的一部分。最后，上百万个这样的星云生物排列起来，组成了一台能把粒子加速到创世能级的高能加速器。加速器启动后，暗红色的星云中出现了一个发出耀眼蓝光的灿烂光环。

“他们深知这个实验的危险，所以在实验进行的同时把得到的结果用引力波发射了出去。引力波是唯一能在真空衰变后存留下来的信息载体。

“加速器运行了一段时间后，真空衰变发生了，低能级的真空球从原子大小以光速膨胀，转眼间扩大到天文尺度，内部的一切蒸发殆尽。真空球的膨胀速度大于宇宙的膨胀速度，虽然经过了漫长的时间，最后还是毁灭了整个宇宙。

“漫长的岁月过去了，在空无一物的宇宙中，被蒸发的物质缓慢地重新沉淀凝结，星云又出现了，但宇宙一片死寂，直到恒星和行星出现，生命才在宇宙中重新萌发。而这时，早已毁灭的星云文明发出的引力波还在宇宙中回荡,实体物质的重新出现使它迅速衰减。但就在它完全消失以前,被新宇宙中最早出现的文明接收到,它所带的信息被破译,从这远古的实验数据中,新文明得到了大统一模型。他们发现,对建立模型最关键的数据,是在真空衰变前万分之一秒左右产生的。

“让我们的思绪再回到那个毁灭中的星云宇宙。由于真空球以光速膨胀,球体之外的所有文明世界都处于光锥视界之外,不可能预知灾难的到来。在真空球到达之前,这些世界一定在专心地接收着加速器产生的数据。在他们收到足够建立大统一模型的数据后的万分之一秒,真空球毁灭了一切。但请注意一点:星云生物的思维频率极高,万分之一秒对他们来说是一段相当长的时间,所以他们有可能在生命的最后时刻推导出大统一模型。当然,这也可能只是我们的一种自我安慰。更有可能的是,他们最后什么也没推导出来。星云文明掀开了宇宙的面纱,但他们自己没来得及向宇宙那终极的美瞥一眼就毁灭了。更为可敬的是,开始实验前他们可能已经想到了这种结果,但仍然决定牺牲自己,把包含着宇宙终极秘密的数据传给遥远未来的文明。

“现在你们应该明白,对宇宙终极真理的追求,是文明的最终目标和归宿。”

排险者的讲述使真理祭坛上下的所有人陷入长久的沉思。不管这个世界对他最后那句话是否认同,有一点可以肯定——它将对今后人类思想和文化的进程产生重大影响。

美国总统首先打破沉默说:“您为文明描绘了一幅阴暗的前景。难道生命在漫长进程中所有的努力和希望,都是为了那飞蛾扑火的一瞬?”

“飞蛾并不觉得阴暗,它至少享受了短暂的光明。”

“人类绝不可能接受这样的价值观！”

“这完全可以理解。在我们这个真空衰变后重生的宇宙中，文明还处于萌芽阶段，各个世界都有自己的生活方式，追求着不同的目标。对大多数世界来说，对终极真理的追求并不具有至高无上的意义，为此而冒毁灭宇宙的危险，对宇宙中大多数生命是不公平的。即使在我自己的世界中，也并非所有的成员都愿意为此牺牲一切。所以，我们自己没有继续进行探索超统一模型的高能实验，并在整个宇宙中建立排险系统。但我们相信，随着文明的进化，总有一天，宇宙中的所有世界都会认同文明的终极目标。其实，就是现在，就是在你们这样一个婴儿文明中，也已经有人认同了这个目标。好了，时间快到了，如果各位不想用生命换取真理，就请你们下去，让那些想这么做的人上来。”

元首们走下真理祭坛，来到那些科学家面前，进行最后的努力。

法国总统说:“能不能这样，把这事稍往后放一放，让我陪大家去体验另一种生活。让我们放松自己，在黄昏的鸟鸣中看着夜幕降临大地，在银色的月光下听着怀旧的音乐，喝着美酒想着心爱的人……这时你们就会发现，终极真理并不像你们想得那么重要，与你们追求的虚无缥缈的宇宙和谐之美相比，这样的美更让人陶醉。”

一位物理学家冷冷地说:“所有的生活都是合理的，我们没必要互相理解。”

法国元首还想说什么，美国总统已失去了耐心，“好了，不要对牛弹琴了！您还看不出来这是怎样一群毫无责任心的人？还看不出这是怎样一群骗子?！他们声称为全人类的利益而研究，其实只是拿社会的财富满足自己的欲望，满足他们对那种玄虚的宇宙和谐美的变态欲望。这和拿公款嫖娼有什么区别?!”

丁仪挤上前来，拍拍他的肩膀，笑着说:“总统先生，科学发展到今天，终于有人对它的本质进行了比较准确的定义。”

旁边的松田诚一说:“我们早就承认这点，并反复声明，但一直没人相信我们。”

交　换

生命和真理的交换开始了。

第一批八位数学家沿着长长的坡道走上真理祭坛。这时，沙漠上没有一丝风，仿佛大自然屏住了呼吸。寂静笼罩着一切。刚刚升起的太阳把他们的影子长长地投在沙漠上，那几条长影是这个凝固的世界中唯一能动的东西。

数学家们的身影消失在真理祭坛上，下面的人们看不到他们了。所有的人都凝神听着，他们首先听到祭坛上传来排险者的声音——在死一般的寂静中，这声音很清晰。

“请提出问题。”

接着是一位数学家的声音:“我们想看到哥德巴赫猜想的最后证明。”

“好的，但证明很长，时间只够你们看关键的部分，其余用文字说明。”

排险者是如何向科学家们传授知识的，以后对人类一直是个谜。在远处的监视飞机上拍下的图像中，科学家们都仰起头看着天空，而他们看的方向上空无一物。一个被普遍接受的说法是：外星人用某种思维波把信息直接输入到他们的大脑中。但实际情况比那要简单得多——排险者把信息投射在天空上，在真理祭坛上的人看来，整个地球的天空变成了一个显示屏，而从祭坛之外什么都看不到。

一个小时过去了，真理祭坛上有个声音打破了寂静："我们看完了。"

接着是排险者平静的回答："你们还有十分钟的时间。"

真理祭坛上隐隐传来了多个人的交谈声，只能听清只言片语，但能清楚地感受到那些人的兴奋和喜悦，像是一群在黑暗的隧道中跋涉多年的人突然看到了洞口的光亮。

"……这完全是全新的……""……怎么可能……""……我以前在直觉上……""……天啊，真是……"

当十分钟就要结束时，真理祭坛上响起了一个清晰的声音："请接受我们八个人真诚的谢意。"

真理祭坛上闪起一片强光。强光消失后，下面的人们看到八个等离子体火球从祭坛上升起，轻盈地向高处飘升。它们的光度渐渐减弱，由明亮的黄色变成柔和的橘红色，最后一个接一个地消失在蓝色的天空中，整个过程悄无声息。从监视飞机上看，真理祭坛上只剩下排险者站在圆心。

"下一批！"他高声说。

在上万人的凝视下，又有十一个人走上了真理祭坛。

"请提出问题。"

"我们是古生物学家，想知道地球上恐龙灭绝的真正原因。"

古生物学家们开始仰望长空,但所用的时间比刚才数学家们短得多,很快有人对排险者说:“我们知道了,谢谢!”

“你们还有十分钟。”

“……好了,七巧板对上了……”“……做梦也不会想到那方面去……”“……难道还有比这更……”

然后强光出现又消失,十一个火球从真理祭坛上飘起,很快消失在沙漠上空。

……

一批又一批的科学家走上真理祭坛,完成了生命和真理的交换,在强光中化为美丽的火球飘逝而去。

一切都在庄严与宁静中进行。真理祭坛下面,预料中的生离死别并没有出现。全世界的人们静静地看着这壮丽的景象,心灵被深深地震撼了。人类正在经历一场有史以来最大的灵魂洗礼。

一个白天的时间不知不觉过去了,太阳已在西方地平线落下了一半,夕阳给真理祭坛洒上了一层金辉。物理学家们开始走向祭坛,他们是人数最多的一批,有八十六人。就在这一群人刚刚走上坡道时,从日出一直持续到现在的寂静被一个童声打破了。

“爸爸!”文文哭喊着从草坪上的人群中冲出来,一直跑到坡道前,冲进那群物理学家中间,抱住了丁仪的腿,“爸爸,我不让你变成火球飞走!”

丁仪轻轻抱起了女儿,问她:“文文,告诉爸爸,你能记起来的最让自己难受的事情是什么?”

文文抽泣着想了几秒钟，说："我一直在沙漠里长大，最……最想去动物园。上次爸爸去南方开会，带我去了那边的一个大大的动物园，可刚进去，你的电话就响了，说工作上有急事。那是个野生动物园，小孩儿一定要大人带着才能进去。我就只好跟你回去了，后来你再也没时间带我去。爸爸，这是最让我难受的事儿。在回来的飞机上我一直哭。"

丁仪说："但是，好孩子，那个动物园你以后肯定有机会去，妈妈以后会带文文去的。爸爸现在也在一个大动物园的门口，那里面也有爸爸做梦都想看到的神奇的东西，而爸爸如果这次不去，以后就真的再也没机会了。"

文文用泪汪汪的大眼睛呆呆地看了爸爸一会儿，点点头说："那……那爸爸就去吧。"

方琳走过来，从丁仪怀中抱走了女儿，看着前面矗立的真理祭坛说："文文，你爸爸是世界上最坏的爸爸，但他真的很想去那个动物园。"

丁仪两眼看着地面，用近乎祈求的声调说："是的，文文，爸爸真的很想去。"

方琳用冷冷的目光看着丁仪说："冷血的基本粒子，去完成你最后的碰撞吧。记住，我绝不会让你女儿成为物理学家的！"

这群人正要转身走去，另一个女性的声音使他们又停了下来。

"松田君，你要再向上走，我就死在你面前！"

说话的是一位娇小美丽的日本姑娘，她此时站在坡道起点的草地上，一支银色的小手枪顶着自己的太阳穴。

松田诚一从那群物理学家中走了出来，走到姑娘的面前，直视着她的双眼说："泉子，还记得北海道那个寒冷的早晨吗？你说要出道题考验我是否真的爱你。你问我，如果你的脸在火灾中被烧得不成样子，我该怎么办？我说我将忠贞不渝地陪伴你一生。你听到这回答后很失望，说我并不是真的爱你；如果我真的爱你，就会弄瞎自己的双眼，让一个美丽的泉子永远留在心中。”

泉子拿枪的手没有动，但美丽的双眼噙满了泪水。

松田诚一接着说：“所以，亲爱的，你深知美对一个人生命的重要。现在，宇宙终极之美就在我面前，我能不看她一眼吗？”

“你再向上走一步我就开枪！”

松田诚一对她微笑了一下，轻声说：“泉子，天上见。”然后转身和其他物理学家一起沿坡道走向真理祭坛。身后清脆的枪声、脑浆溅落在草地上的声音和柔软的躯体倒地的声音，都没使他回头。

物理学家们走上了真理祭坛那圆形的顶面。在圆心，排险者微笑着向他们致意。突然间，映着晚霞的天空消失了，地平线的夕阳消失了，沙漠和草地都消失了。真理祭坛悬浮于无际的黑色太空中，这是创世前的黑夜，没有一颗星星。排险者挥手指向一个方向，物理学家们看到在遥远的黑色深渊中有一颗金色的星星。它起初小得难以看清，后来由一个亮点渐渐增大，开始具有面积和形状。他们看出那是一个向这里漂来的旋涡星系。星系很快增大，显出它磅礴的气势。距离更近一些后，他们发现星系中的恒星都是数字和符号，它们组成的方程式构成了这金色星海中的一排排波浪。

宇宙大统一模型缓慢而庄严地从物理学家们的上空移过。

……

当八十六个火球从真理祭坛上升起时，方琳眼前一黑，倒在草地上。

她隐约听到文文的声音:"妈妈,那些哪个是爸爸?"

最后一个上真理祭坛的人是史蒂芬·霍金。他的电动轮椅沿着长长的坡道慢慢向上移动,像一只在树枝上爬行的昆虫。他那仿佛已抽去骨骼的绵软身躯瘫陷在轮椅中,像一支在高温中变软且即将融化的蜡烛。

轮椅终于开上了祭坛,在空旷的圆面上开到了排险者面前。这时,太阳落下了一段时间,暗蓝色的天空中有零落的星星出现,祭坛周围的沙漠和草地模糊了。

"博士,您的问题?"排险者问。对霍金,他似乎并没有表示出比对其他人更多的尊重。他面带毫无特点的微笑,听着博士轮椅上的扩音器发出的呆板的电子声音:"宇宙的目的是什么?"

天空中没有答案出现。排险者脸上的微笑消失了,他的双眼中掠过了一丝不易觉察的恐慌。

"先生?"霍金问。

仍是沉默。天空仍是一片空旷,在地球的几缕薄云后面,宇宙的群星正在浮现。

"先生?"霍金又问。

"博士,出口在您后面。"排险者说。

"这是答案吗?"

排险者摇摇头,"我是说您可以回去了。"

"你不知道?"

排险者点点头说:"我不知道。"这时,他的面容第一次不再是一个图形符号。一片悲哀的黑云罩上这张脸,那样生动和富有个性,以至于谁也不怀疑他是一个人,而且是一个最平常因而最不平常的普通人。

“我怎么知道?”排险者喃喃地说。

尾 声

十五年之后的一个夜晚,在已被变成草原的昔日的塔克拉玛干沙漠上,一对母女正在交谈。母亲四十多岁,但白发已过早地出现在她的双鬓。从那饱经风霜的双眼中透出的,除了忧伤,就是疲倦。女儿是一位苗条的少女,大而清澈的双眸中映着晶莹的星光。

母亲在柔软的草地上坐下来,两眼失神地看着模糊的地平线说:“文文,你当初报考你爸爸母校的物理系,现在又要攻读量子引力专业的博士学位,妈都没拦你。你可以成为一位理论物理家,甚至可以把这门学科当作自己唯一的精神寄托,但,文文,妈求你了,千万不要越过那条线啊!”

文文仰望着灿烂的银河,说:“妈妈,你能想象,这一切都来自两百亿年前一个没有大小的奇点吗?宇宙早就越过那条线了。”

方琳站起来,抓着女儿的肩膀说:“孩子,求你别这样!”

文文仍凝视着星空,一动不动。

“文文,你在听妈妈说话吗?你怎么了?!”方琳摇晃着女儿。

文文的目光仍被星海吸住收不回来,她盯着群星问:“妈妈,宇宙的目的是什么?”

“啊……不——”方琳彻底崩溃了,又跌坐在草地上,双手捂着脸抽泣，“孩子，别，别这样！”

文文终于收回了目光，蹲下来扶着妈妈的双肩，轻声问道：“那么，妈妈，人生的目的是什么？”

这个问题像一块冰，使方琳灼热的心立刻冷了下来。她扭头看了女儿一眼，然后望着远方深思。十五年前，就在她望着的那个方向，曾矗立过真理祭坛。再早些，爱因斯坦赤道曾穿过沙漠。

微风吹来，草海上泛起道道波纹，仿佛是星空下无际的骚动的人海，向整个宇宙无声地歌唱着。

“不知道，我怎么会知道呢？”方琳喃喃地说。

发表于 2002 年第 1 期《科幻世界》

获 2002 年度（第 14 届）银河奖读者提名奖

梦之海

上　篇

低温艺术家

是冰雪艺术节把低温艺术家引来的。这想法虽然荒唐，但自海洋干涸以后，颜冬一直是这么想的。不管过去多少岁月，当时的情景仍然历历在目。

当时，颜冬站在自己刚刚完成的冰雕作品前，周围都是玲珑剔透的冰雕，向更远处望去，雪原上矗立着用冰建成的高大建筑，这些晶莹的高楼和城堡浸透了冬日的阳光。这是最短命的艺术品，不久之后，这个晶莹的世界将在春风中化作一汪清水。这过程除了带给人一种淡淡的忧伤外，还包含了更多说不清道不明的东西。这也许是颜冬迷恋冰雪艺术的真正原因。

颜冬把目光从自己的作品上移开，下定决心在评委会宣布获奖名次之前不再看它。他长出一口气，抬头扫了一眼天空，就在这时，他第一次看到了低温艺术家。

最初他以为那是一架拖着白色尾迹的飞机，但那个飞行物的速度比飞机要快得多。它在空中转了一个大弯，那尾迹如同一支巨大的粉笔在蓝天上随意地画了个钩。在钩的末端，那个飞行物居然停住了，就停在颜冬正上方的高空中。尾迹从后向前渐渐消失，像是被它的释放者吸了回去似的。

颜冬仔细地观察尾迹最后消失的那一点，发现那点不时地出现短暂的闪光。他很快确定，那闪光是一个物体反射阳光所致。接着，他看到了那个物体，它是一个小小的球体，呈灰白色。很快他又意识到，那个球体并不小，它看上去小只是因为距离的原因，它这时正在飞快地扩大。颜冬很快明白了，那个球体正在从高空向他站的地方掉下来，周围的人也意识到了这一点，立刻四散而逃。颜冬也低头跑起来，他在一座座冰雕间七拐八拐。突然间，地面被一个巨大的阴影所笼罩，颜冬的头皮一紧，一时间血液仿佛凝固了。但预料的打击并未出现，颜冬发现周围的人也都站住了脚，呆呆地向上仰望。他也抬头看，那个巨大的球体就悬在他们上空百米左右。它并不是一个完全的球体，似乎在高速飞行中被气流冲击得变了形：向着飞行方向的一半是光滑的球面；另一半则出现了一束巨大的毛刺，使它看上去像一颗剪短了彗尾的彗星。它的体积很大，直径肯定超过了一百米，像悬在半空中的一座小山，使地面上的人产生了一种巨大的压迫感。

急剧下坠的球体在半空中急刹住后，被它带动的空气仍在向下冲来，很快到达地面，激起了一圈飞快扩散的雪尘。据说，当非洲的土著人首次触摸西方人带来的冰块时，总是猛抽回手，惊叫：好烫！在颜冬接触到那团下坠的空气的一刹那，他也产生了这种感觉：这团空气的温度一定低得惊人。幸亏它很快扩散了，否则地面上的人都会被冻僵。但即使这样，几乎所有人暴露在外的皮肤都受到了不同程度的冻伤。

颜冬的脸已由于突然出现的严寒而麻木。他抬头仔细观察那个球体表面，那半透明的灰白色物质是他再熟悉不过的东西：冰。这悬在半空中的是一个大冰球。

空气平静下来之后，颜冬吃惊地发现，那半空中巨大冰球的周围居然飘起了雪花。雪花很大，在蓝天的映衬下显得异常洁白，并在阳光中闪闪发光。但这些雪花只在距球体表面一定距离内出现，飘出这段距离后立刻消失，以球体为中心形成了一个雪圈，仿佛是雪夜中的一盏街灯照亮了周围的雪花。

“我是一名低温艺术家！”一个清脆的男音从冰球中传出，“我是一名低温艺术家！”

“这个大冰球就是你吗？”颜冬仰头大声问。

“我的形象你们是看不到的。你们看到的冰球是我的冷冻场冻结空气中的水分形成的。”低温艺术家回答说。

“那些雪花是怎么回事？”颜冬又问。

“那是空气中氧和氮的结晶体，还有二氧化碳形成的干冰。”

“你的冷冻场真厉害！”

“当然。就像无数只小手攥紧无数颗小心脏一样，它使其作用范围内所有的分子和原子停止运动。”

“它还能把这个大冰团举在空中吗？”

“那是另一种场了，反引力场。你们每人使用的那一套冰雕工具真有趣：有各种形状的小铲和小刀，还有喷水壶和喷灯。有趣！为了制作低温艺术品，我也拥有一套小小的工具，那就是几种力场，种类没有你们的这么多，但也很好使。”

“你也创作冰雕吗？”

“当然，我是低温艺术家。你们的世界很适合进行冰雪造型艺术。我惊讶地发现这个世界早已存在这种艺术。我很高兴，我们是同行。”

“你从哪里来？”颜冬旁边的另一位冰雕者问。

“我来自一个遥远的、你们无法理解的世界，那个世界远不如你们的世界有趣。本来，我只从事艺术工作，一般不同其他世界交流，但看到这样一个展览会，看到这么多的同行，我产生了交流的愿望。不过坦率地说，下面这些低温作品中真正称得上是艺术品的并不多。”

“为什么？”有人问。

“过分写实，过分拘泥于形状和细节。当你们明白宇宙除了空间什么都没有，整个现实世界不过是一大堆曲率不同的空间时，就会明白这些作品是何等可笑。不过，嗯，这一件还是有点儿感觉的。”

话音刚落，冰团周围的雪花伸下来细细的一缕，仿佛是沿着一条看不见的漏斗流下来的，从半空中一直伸到颜冬的冰雕作品顶部才消失。颜冬踮起脚尖，试探着向那缕雪花伸出戴着手套的手。在那缕雪花的附近，他的手指又感觉到了那种灼热，他急忙抽回来，手已经在手套里冻僵了。

“你是指我的作品吗？”颜冬用另一只手揉着冻僵的手说，“我……我没有用传统的方法，也就是用现成的冰块雕刻作品，而是建造了一个由几大块薄膜构成的结构。在这个结构下面长时间地升腾起由沸水产生的蒸汽，蒸汽在薄膜表面冻结，形成一种复杂的结晶体。当这种结晶体达到一定的厚度后，去掉薄膜，就做成了你现在看到的造型。”

“很好，很有感觉，很能体现寒冷之美！这件作品的灵感是来自……”

“来自窗玻璃！不知你是否能理解我的描述：在严冬的凌晨醒来，你蒙眬的睡眼看到窗玻璃上布满了冰晶，它们映着清晨暗蓝色的天光，仿佛是你这一夜梦的产物……”

“理解理解，我理解！”低温艺术家周围的雪花欢快地舞动起来，“我的灵感也被激发了，我要创作！我必须创作！”

“那个方向就是松花江，你可以去取一块冰，或者……”

“什么？你以为我这样的低温艺术家，要从事的是你们这种细菌般可怜的艺术吗？这里没有我需要的冰材！”

地面上的人类冰雕艺术家们都茫然地看着来自星际的低温艺术家。颜冬呆呆地说：“那么，你要去……”

“我要去海洋！”

取 冰

一支庞大的机群在五千米空中向海岸线方向飞行。这是有史以来最混杂的一个机群，由从体型庞大的波音巨无霸到蚊子似的轻型飞机在内的各种飞机组成，是全球各大通讯社派出的采访飞机，还有研究机构和政府派出的观察监视飞机。这乱哄哄的机群紧跟着前面一条短粗的白色航迹飞行着，像一群追赶着牧羊人的羊群。那条航迹是低温艺术家飞行时留下的。它不停地催促后面的飞机快些。为了等它们，它不得不忍受这比爬行还慢的速度（对于可随意进行时空跃迁的它，光速已经是爬行了）。它不停地抱怨说，这会使自己的灵感消失的。

对于后面飞机上的记者们通过无线电喋喋不休的提问，低温艺术家一概懒得回答，他只有兴趣同坐在一架中央电视台租用的运12上的颜冬谈话。于是到后来，记者们都不吱声了，只是专心地听着这一对艺术家同行的对话。

“你的故乡是在银河系之内吗？”颜冬问。这架运12距离低温艺术家最近，可以看到那个飞行中的冰球在白色航迹的头部时隐时现，这航迹是冰球周围的超低温冷凝大气中的氧氮和二氧化碳形成的。有时飞机不慎进入这滚滚掠过的白雾中，机窗上立刻覆盖了厚厚的一层白霜。

“我的故乡不属于任何恒星系，它处于星系之间广漠的黑暗虚空中。”

“你们的星球一定很冷。”

“我们没有星球，低温文明起源于一团暗物质云中。那个世界确实很冷，生命从接近绝对零度的环境中艰难地取得微小的热量，吮吸着来自遥远星系的每一丝辐射。当低温文明学会走路时，我们便迫不及待地进入银河系这个最近的温暖世界。在这个世界中，我们也必须保持低温状态才能生存，于是我们成了温暖世界的低温艺术家。”

“你指的低温艺术就是冰雪造型吗？”

“哦，不不。用远低于一个世界平均温度的低温与这个世界发生作用，以产生艺术效应，这都属于低温艺术。冰雪造型只是适合于你们世界的低温艺术，冰雪的温度在你们的世界属于低温，在暗物质世界就属于高温了；而在恒星世界，熔化的岩浆也属于低温材料。”

“我们之间对艺术美的感觉好像有共同之处。”

“不奇怪。所谓温暖，不过是宇宙诞生后一阵短暂的痉挛所产生的同样短暂的效应，它将像日落后的暮光一样转瞬即逝。能量将消失，只有寒冷永存。寒冷之美才是永恒的美。”

“这么说，宇宙最终将热寂？”颜冬听到耳机中有人问，事后知道提问者是坐在后面飞机上的一位理论物理学家。

“不要离题，我们只谈艺术。”低温艺术家冷冷地说。

“下面是海了！”颜冬无意间从舷窗望下去，看到弯曲的海岸线正在下面缓缓移过。

“再向前。我们要到海洋最深的地方，那里便于取冰。”

“可哪儿有冰啊？”颜冬看着下面广阔的蓝色海面不解地问。

“低温艺术家到哪里，哪里就会有冰。”

低温艺术家又向前飞行了一个多小时，颜冬从飞机上向下看，下面早已是一片汪洋。这时，飞机突然拉升，超重使颜冬两眼一黑。

“天啊，我们差点儿撞上它！”飞行员大叫。原来低温艺术家突然停下了，后面的飞机都猝不及防地纷纷转向。“妈的，惯性定律对这家伙不起作用，它的速度好像是在瞬间减到零。按理说，这样的减速早把冰球扯碎了！”飞行员对颜冬说，同时拨转机头，与别的飞机一起，浩浩荡荡地围绕着悬在空中的冰球盘旋。静止的冰球又在空气中产生了大量的氧氮雪花，但由于高空中的强风，雪花都被吹向一个方向，像是冰球随风飘舞的白发。

“我要开始创作了！”低温艺术家说。没等颜冬回话，它突然垂直降落下去，仿佛在空中举着它的那只无形的巨手突然放开了。飞机上的人们看着它以自由落体越来越快地下落，很快消失在海面蓝色的背景中，只能隐约看到它在空气中拉出的一道雾化痕迹。很快，海面上出现了一团白色的水花。水花消失后，有一圈波纹在扩散。

“这个外星人投海自杀了。”飞行员对颜冬说。

“别瞎扯了！”颜冬拖着东北口音，白了飞行员一眼，“飞低些，那个冰球很快就要浮起来了！”

但冰球并没有浮出来，在那个位置的海面上出现了一个白点，这白点很快扩大成一个白色的圆形区域。这时飞机的高度已经很低，颜冬仔细观察，发现那白色区域其实是覆盖在海面的一层白色雾气。白雾区域急剧扩大，加上飞机在继续降低，很快目力所及的海面全部冒起了白雾。这时颜冬听到了一个声音，像连续的雷声，又像是大地和山脉在断裂。这声音来自海面，盖住了引擎的轰鸣声。飞机贴海飞行，颜冬向下仔细观察白雾下的海面，首先发现海面反射的阳光很完整很柔和，不像刚才那样呈刺目的碎金状。接着他看到海的颜色变深了，海面的波浪变得平滑，但真正震撼他的是下一个发现：那些波浪是凝固不动的。

“天啊，海冻住了！”

“你没疯吧？”飞行员扭头扫了他一眼说。

“你自个儿仔细看看……嗨，我说你怎么还往下降啊？想往冰面上降落？”

飞行员猛拉操纵杆，颜冬眼前又一黑，听到他说：“啊，不，妈的，真邪门儿了……”再看看飞行员，一副梦游的表情，“我没下降。那海面，哦不，那冰面，在自己上升！”

这时他们听到了低温艺术家的声音：“你们的飞行器赶快让开，别挡住上升的路。哼，要不是有同行在一架飞行器里，我才不在乎撞着你们呢。我在创作中最讨厌干扰灵感的东西。向西飞，向西飞，那面距边缘比较近！”

“边缘？什么的边缘？”颜冬不解地问。

“我采的冰块呀！”

所有的飞机像一群被惊飞的鸟，边爬高边向低温艺术家指引的方向飞去。在它们下面，因温度突降产生的白雾已消失，淡蓝色的冰原一望无际。尽管飞机在爬高，但冰原的上升速度更快，所以飞机与冰面的相对高度还是在不断降低。“天啊，地球在追着我们呢！”飞行员惊叫道。渐渐地，飞机紧贴着冰面飞行了，凝固的波涛从机翼下滚滚而过，飞行员喊道：“我们只好在冰面上降落了！我的天，边爬高边降落，这太奇怪了！”

就在这时，运12飞到了冰块的尽头，一条笔直的边儿从机身下飞速掠过，下面重新出现了波光粼粼的液态海洋。这情形很像航空母舰上的战斗机起飞时，跃出甲板的瞬间所看到的，但后面这艘“航母”有几千米高！颜冬猛回头，看到巨大的暗蓝色悬崖正在向后退去。这道悬崖表面极其平整，向两端延伸出去，一时还望不到尽头。悬崖下部与海面相接，可以看到海浪拍打在上面形成的一条白边，但这条白边在颜冬看到它几秒钟后就突然消失了，代之以另一条笔直的边儿——大冰块的底部已离开了海面。

大冰块以更快的速度上升。运12同时在下降，它的高度很快位于海面和空中的冰块之间。这时颜冬看到了另一个广阔的冰原，与刚才不同的是，它在上方，形成了一片极具压抑感的阴暗天空。

随着大冰块的继续上升，颜冬终于在视觉上证实了低温艺术家的话：这确实是一个大冰块，一大块呈规则长方体的冰。现在，在空中已经可以完整地看到它。这淡蓝色的长方体占据了三分之二的天空，它那平整的表面不时反射着阳光，如同高空的一道道刺目的闪电。在由它构成的巨大背景前，有几架飞机正缓缓爬行，如同在一座摩天大楼边盘旋的小鸟，只有仔细看才能看到。事后从雷达观测到的数据表明，这个冰块长六十公里，宽二十公里，高五公里，为一个扁平的长方体。

大冰块继续上升，它在空中的体积渐渐缩小，终于在心理上可以让人接受了。与此同时，它投在海面上巨大的阴影也在移动，露出了海洋上有史以来最恐怖的景象。

颜冬看到，他们飞行在一个狭长的盆地上空，这盆地就是大冰块离开后在海中留下的空间。盆地四周是高达五千米的海水的高山，人类从未见过水能构成这样的结构：它形成了几千米高的悬崖！这液态的悬崖底部翻起百米高的巨浪，上部在不停地崩塌，悬崖就在崩塌中向前推进，它的表面起伏不定，但总体与海底保持着垂直。随着海水悬崖的推进，盆地在缩小。

这是摩西劈开红海的反演。

最让颜冬震撼的是，整个过程居然很慢！这显然是尺度的缘故，他见过黄果树瀑布，觉得那水流下落得也很慢，而眼前的这海水悬崖，尺度要比那瀑布大两个数量级，这使得他可以有充足的时间欣赏这旷世奇观。

这时，冰块投下的阴影已完全消失。颜冬抬头一看，冰块看去只有两个满月大小,在天空中已不太显眼了。

随着海水悬崖的推进,盆地已缩成了一道峡谷。紧接着,两道几十公里长、五千米高的海水悬崖迎面相撞,一声沉闷的巨响在海天间久久回荡,冰块在海洋中留下的空间完全消失了。

“我们不是在做梦吧?”颜冬自语道。

“是梦就好了,你看!”飞行员指指下面。在两道悬崖相撞之处,海面并未平静,而是出现了两道与悬崖同样长的波带,仿佛是已经消失的两道海水悬崖在海面的化身,分别朝着相反的方向分离开来。从高空看去,波带并没有惊人之处,但仔细目测,可知它们的高度都超过了两百米,如果近看,肯定像两条移动的山脉。

“海啸?”颜冬问。

“是的,可能是有史以来最大的海啸。海岸要遭殃了。”

颜冬再抬头看,蓝天上,冰块已看不到了。据雷达观测,它已成为地球的一颗冰卫星。

在这一天,低温艺术家以同样的方式又从太平洋中取走了上千块同样大小的冰块,把它们送入绕地球运行的轨道。

这天,在处于夜晚的半球,每隔两三个小时就可以看到一群闪烁的亮点横贯夜空。与背景上的星星不同的是,如果仔细看,每个亮点都可以看出形状。那是一个个小长方体,它们都在以不同的姿势自转,使它们反射的阳光以不同的频率闪动。人们想了很久也不知如何形容这些太空中的小东西,最后还是一位记者的比喻得到了认可:

“这是宇宙巨人撒出的一把水晶骨牌。”

两名艺术家的对话

“我们应该好好谈谈了。”颜冬说。

“我约你来就是为了谈谈，但我们只谈艺术。”低温艺术家说。

颜冬此时正站在一个悬浮于五千米高空中的大冰块上，是低温艺术家请他到这里来的。现在，送他上来的直升机就停在旁边的冰面上，旋翼还转动着，随时准备起飞。四周是一望无际的冰原，冰面反射着耀眼的阳光，向脚下看看，淡蓝色的冰层深不见底。在这个高度上，晴空万里，风很大。

这是低温艺术家已从海洋中取走的五千块大冰中的一块。在这之前的五天里，它以平均每天一千块的速度从海洋中取冰，并把冰块送到地球轨道上去。在太平洋和大西洋的不同位置，一块块巨冰在海中被冻结后升上天空，成为夜空中那越来越多的亮闪闪的“宇宙骨牌”中的一块。世界沿海的各大城市都受到了海啸的袭击，但随着时间的推移，这种灾难渐渐减少了，原因很简单：海面在降低。

地球的海洋，正在变成围绕它运行的冰块。

颜冬用脚跺了跺坚硬的冰面说：“这么大的冰块，你是如何在瞬间把它冻结，如何使它成为一个整体而不破碎，又用什么力量把它送到太空轨道上去？这一切远远超出了我们的理解和想象。”

低温艺术家说：“这有什么，我们在创作中还常常熄灭恒星呢！不是说好了只谈艺术吗？我这样制作艺术品，与你用小刀铲制作冰雕，从艺术角度看没什么太大的区别。”

“那些轨道中的冰块暴露在太空强烈的阳光中时，为什么不融化呢？”

“我在每个冰块的表面覆盖了一层极薄的透明滤光膜，这种膜只允许不发热频段的冷光进入冰块，发热频段的光线都被反射，所以冰块能保持不化。这是我最后一次回答你这类问题了。我停下工作，不是为了谈这些无聊的事。下面我们只谈艺术，要不你就走吧，我们不再是同行和朋友了。”

“那么，你最后打算从海洋中取多少冰呢？这总和艺术创作有关吧！”

“当然是有多少取多少。我向你谈过自己的构思，要完美地表达这个构思，地球上的海洋还是不够的。我曾打算从木星的卫星上取冰，但太麻烦了，就这么将就吧。”

颜冬整理了一下被风吹乱的头发，高空的寒冷使他有些颤抖。他问：“艺术对你很重要吗？”

“是一切。”

“可……生活中还有别的东西，比如，我们还需要为生存而劳作，我就是长春光机所的一名工程师，业余时间才能从事艺术。”

低温艺术家的声音从冰原深处传了上来，冰面的震动使颜冬的脚心有些痒痒，“生存，咄咄，它只是文明的婴儿时期要换的尿布。以后，它就像呼吸一样轻而易举了，以至于我们忘了有那么一个时代竟需要花精力去维持生存。”

“那社会生活和政治呢？”

“个体的存在也是婴儿文明的麻烦事，以后个体将融入主体，也就没有什么社会和政治了。”

“那科学，总有科学吧？文明不需要认识宇宙吗？”

“那也是婴儿文明的课程。当探索进行到一定程度，一切将毫发毕现，你会发现宇宙是那么简单，科学也就没必要了。”

“只剩下艺术？”

“只剩艺术，艺术是文明存在的唯一理由。”

“可我们还有其他的理由，我们要生存。下面这颗行星上有几十亿人和更多的其他物种要生存，而你要把我们的海洋弄干，让这颗生命行星变成死亡的沙漠，让我们全渴死！”

从冰原深处传出一阵笑声，又让颜冬的脚痒起来，“同行，你看，我在创作灵感汹涌澎湃的时候停下来同你谈艺术，可每次，你都和我扯这些鸡毛蒜皮的事，真让我失望。你应该感到羞耻！你走吧，我要工作了。”

“日你祖宗！”颜冬终于失去了耐心，用东北话破口大骂起来。

“是句脏话吗？”低温艺术家平静地问，“我们的物种是同一个体一直成长进化下去的，没有祖宗。再说，你对同行怎么能这样？嘻嘻，我知道，你忌妒我，你没有我的力量，你只能搞细菌的艺术。”

“可你刚才说过，我们的艺术只是工具不同，没有本质的区别。”

“可我现在改变看法了。我原以为自己遇到了一位真正的艺术家，可原来是一个平庸的可怜虫，成天喋喋不休地谈论诸如海洋干了呀生态灭绝呀之类与艺术无关的小事，太琐碎太琐碎。我告诉你，艺术家不能这样。”

“还是日你祖宗！”

“随你便吧，我要工作了，你走吧。”

这时，颜冬感到一阵超重，一屁股跌坐在光滑的冰面上，同时，一股强风从头顶上吹下来，他知道冰块又继续上升了。他连滚带爬地钻进直升机，直升机艰难地起飞，从最近的边缘飞离冰块，险些在冰块上升时产生的龙卷风中坠毁。

人类与低温艺术家的交流彻底失败了。

梦之海

颜冬站在一个白色的世界中，脚下的土地和周围的山脉都披上了银装。那些山脉高大险峻，使他感到仿佛置身于冰雪覆盖的喜马拉雅山中。事实上，这里与那里相反，是地球上最低的地方。这是马里亚纳海沟，昔日太平洋最深的海底。覆盖这里的白色物质并非积雪，而是以盐为主的海水中的矿物质，当海水被冻结后，这些矿物质就析出并沉积在海底，最厚的地方可达百米。

在过去的两百天中，地球上的海洋已被低温艺术家用光了，连南极和格陵兰的冰川都被洗劫一空。

现在，低温艺术家邀请颜冬来参加他的艺术品最后完成的仪式。

前方的山谷中有一片蓝色的水面，那蓝色很纯很深，在雪白的群峰间显得格外动人。这就是地球上最后的海洋了，它的面积相当于滇池大小，早已没有了海洋那广阔的万顷波涛，表面只是荡起静静的微波，像深山中一个幽静的湖泊。有三条河流汇入这最后的海洋，它们是在干涸的辽阔海底长途跋涉后幸存下来的大河，是地球上有史以来最长的河，到达这里时已变成细细的小溪了。

颜冬走到海边，在白色的海滩上把手伸进轻轻波动着的海水。由于水中的盐分已经饱和，海面上的波浪显得有些沉重，而颜冬的手在被微风吹干后，析出了一层白色的盐末。

空中传来一阵颜冬熟悉的尖啸声，这声音是低温艺术家向下滑落时冲击空气发出的。颜冬很快在空中看到了它，它的外形仍是一个冰球，但由于直接从太空返回这里，在大气中飞行的距离不长，球的体积比第一次出现时小了许多。这之前，在冰块进入轨道后，人们总是用各种手段观察离开冰块时的低温艺术家，但什么也没看到，只有它进入大气层后，那个不断增大的冰球才能显示它的存在和位置。

低温艺术家没有向颜冬打招呼，冰球垂直坠入这最后海洋的中心，激起了高高的水柱。然后又出现了那熟悉的一幕：一圈冒出白雾的区域从坠落点飞快扩散，很快白雾盖住了整个海面，然后是海水快速冻结时发出的那种像断裂声的巨响，再往后白雾消散，露出了凝固的海面。与以往不同的是，这次整个海洋都被冻结了，没有留下一滴液态的水，海面也没有凝固的波浪，而是平滑如镜。在整个冻结过程中，颜冬都感到寒气扑面。

接着，已冻结的最后的海洋被整体提离了地面。开始只是小心地升到距地面几厘米处，颜冬看到前面冰面的边缘与白色盐滩之间出现了一条黑色的长缝。空气涌进长缝，去填补这刚刚出现的空间，形成一股紧贴地面的疾风，被吹动的盐尘埋住了颜冬的脚。提升速度加快，最后的海洋转眼间升到半空中。体积如此巨大的物体的快速上升在地面产生了强烈的气流扰动，一股股旋风卷起盐尘，在峡谷中形成一根根白色的尘柱。颜冬吐出飞进嘴里的盐末，那味道不是他想象的咸，而是一种难言的苦涩,正如人类面临的现实。

最后的海洋不再是规则的长方体,它的底部精确地模印着昔日海洋最深处的地形。颜冬注视着最后的海洋上升,直到它变成一个小亮点,融入浩荡的冰环中。

冰环相当于银河的宽度,由东向西横贯长空。与天王星和海王星的环不同,冰环的表面不是垂直而是平行于地球球面,这使得它在空中呈现出一条宽阔的光带。这光带由二十万块巨冰组成,环绕地球一周。在地面可以清楚地分辨出每个冰块,并能看出它的形状。这些冰块有的自转,有的静止。这二十万个闪动或不闪动的光点构成了一条壮丽的天河,在地球的天空中庄严地流动着。

在一天的不同时段,冰环的光和色都不断地变幻。

清晨和黄昏是它色彩最丰富的时段,这时,冰环的色彩由地平线处的橘红渐变为深红,再变为碧绿和深蓝,如一条宇宙彩虹。

白天,冰环在蓝天上呈耀眼的银色,像一条流过蓝色平原的钻石大河。白天冰环最壮观的景象是日环食,即冰环挡住太阳的时刻。这时大量的冰块折射着阳光,天空中出现奇伟瑰丽的焰火表演。依太阳被冰环挡住的时间长短,分为交叉食和平行食。所谓平行食,是太阳沿着冰环走过一段距离。每年还有一次全平行食,即太阳从升起到落下,沿着冰环走完它在天空中的全部路程。这一天,冰环仿佛是一条撒在太空中的银色火药带,在日出时被点燃,那璀璨的火球疯狂燃烧着越过长空,在西边落下,其壮丽至极,已很难用语言表达。正如有人惊叹:“这一天,上帝从空中踱过。”

然而,冰环最迷人的时刻是在夜晚。它发出的光芒比满月亮一倍,银色的光芒洒满大地。这时，仿佛全宇宙的星星都排成密集的队列，在夜空中庄严地行进。与银河不同，这条浩荡的星河中可以清楚地分辨出每个长方体的星星。这密密麻麻的星星中有一半在闪耀，这十万颗闪动的星星在星河中构成涌动的波纹，仿佛宇宙的大风吹拂着河面，使整条星河变成了一个有灵性的整体……

在一阵尖啸声中，低温艺术家最后一次从太空返回地面，悬在颜冬上空，一圈纷飞的雪花立刻裹住了它。

"我完成了，你觉得怎么样？"它问。

颜冬沉默良久，只说出了两个字："服了。"

他真的服了，这之前，他曾连续三天三夜仰望着冰环，不吃不喝，直到虚脱。能起床后，他又到外面去仰望冰环。他觉得永远也看不够。在冰环下，他时而迷乱，时而沉浸于一种莫名的幸福之中，这是艺术家找到终极之美时的幸福。他被这宏大的美完全征服了，整个灵魂都融化其中。

"作为一名艺术家，能看到这样的创造，你还有他求吗？"低温艺术家又问。

"我别无他求了。"颜冬由衷地回答。

"不过嘛，你也就是看看。你肯定创造不出这种美。你太琐碎。"

"是啊，我太琐碎，我们太琐碎，有啥法子？都有自己的老婆孩子要养活啊。"

颜冬坐到盐地上，把头埋在双臂间，沉浸在悲哀之中。这是一个艺术家在看到自己永远无法创造的美时，在感觉到自己永远无法超越的界限时，产生的最深的悲哀。

"那么，我们一起给这件作品起个名字吧。叫——'梦之环'，如何？"

颜冬想了一会儿，缓缓地摇了摇头，“不好，它来自海洋，或者说是海洋的升华，我们做梦也想不到海洋还具有这种形态的美，就叫——‘梦之海’吧。

“‘梦之海’……很好很好，就叫这个名字，‘梦之海’。

这时颜冬想起了自己的使命，“我想问，你在离开前，能不能把‘梦之海’再恢复成我们的现实之海呢？”

“让我亲自毁掉自己的作品，笑话！”

“那么，你走后，我们是否能自己恢复呢？”

“当然可以，把这些冰块送回去不就行了？”

“怎么送呢？”颜冬抬头问，全人类都在竖起耳朵听。

“我怎么知道！”低温艺术家淡淡地说。

“最后一个问题：作为同行，我们都知道冰雪艺术品是短命的，那么‘梦之海’……”

“‘梦之海’也是短命的。冰块表面的滤光膜会老化，不再能阻拦热光。但它消失的过程与你的冰雕完全不同，这过程要剧烈和壮观得多——冰块将气化，压力使薄膜炸开，每个冰块变成一个小彗星，整个冰环将弥漫着银色的雾气，然后‘梦之海’将消失在银雾中，银雾也将扩散到太空中消失。宇宙只能期待我在遥远的另一个世界的下一件作品。”

“这将在多长时间后发生？”颜冬的声音有些发颤。

“滤光膜失效，用你们的计时，嗯……大约二十年吧。嗨，怎么又谈起艺术之外的事了？琐碎琐碎！好了，同行，永别了，好好欣赏我留给你们的美吧！”

冰球急速上升，很快消失在空中。据世界各大天文机构观测，冰球沿垂直于黄道面的方向急速飞去，在其加速到光速一半时，突然消失在距太阳十三个天文单位的太空中，好像钻进了一个看不见的洞，以后再也没回来。

下　篇

纪念碑和导光管

干旱已持续了五年。

焦黄的大地从车窗外掠过。时值盛夏，大地上没有一点绿色，树木全部枯死，裂纹如黑色的蛛网覆盖着大地，干热风扬起的黄沙不时遮盖了这一切。有好几次，颜冬确信他看到了铁路边被渴死的人的尸体，但那些尸体看上去像是旁边枯死的大树上掉下的一根根干树枝，倒没什么恐怖感。这严酷的干旱世界与天空中银色的“梦之海”形成鲜明的对比。

颜冬舔了舔干裂的嘴唇，一直舍不得喝自己带的那壶水。那是他全家四天的配给，是妻子在火车站硬让他带上的。昨天单位里的职工闹事，坚决要求用水来发工资。市场上非配给的水越来越少，有钱也买不到了……这时有人拍了拍他的肩膀，扭头一看，是邻座。

“你就是那个外星人的同行吧？”

自从成为人类与低温艺术家沟通的信使后，颜冬就成了名人。开始他是一个正面角色和英雄，可是低温艺术家走后，情况就发生了变化。传言说，就是他在冰雪艺术节上激发了低温艺术家的灵感，否则什么事都不会发生。大多数人都知道这是无稽之谈，但有个发泄怨气的对象总是好事,所以到现在,他在人们的眼中简直成了外星人的同谋。好在后来有更多的事要操心,人们渐渐把他忘了。但这次他虽戴着墨镜,还是被认了出来。

“你请我喝水!”那人沙哑地说,嘴唇上的两小片干皮屑掉了下来。

“干什么!你想抢劫?”

“放聪明点儿,不然我要喊了!”

颜冬只好把水壶递给他,这家伙一口气喝了个底朝天。旁边的人惊异地看着那人,从过道上路过的列车员也站住呆呆地看了他半天。他们不敢相信竟有人这么奢侈,这就像有海时(人们对低温艺术家到来之前的时代的称呼)看着一个富豪一人吃一顿价值十万元的盛宴一样。

那人把空水壶还给颜冬,又拍拍他的肩膀低声说:“没关系的,很快就都结束了。”

颜冬明白他这话的含义。

首都的街道上已很少有汽车,罕见的汽车也是改装后的气冷式,传统的水冷式汽车已经严格禁止使用了。幸亏世界危机组织中国分部派了辆车来接他,否则他绝对到不了危机组织的办公大楼。一路上,他看到街道都被沙尘暴带来的黄尘所覆盖,见不到几个行人。缺水的人在这干热风中行走是十分危险的。

世界像一条离开水的鱼,已经奄奄一息了。

到了危机组织办公大楼后,颜冬首先去找组织的负责人报到。负责人带着他来到了一间很大的办公室,告诉他这就是他将要工作的机构。颜冬看看办公室的门,与其他的办公室不同,这扇门上没有标牌。负责人说:“这是一个秘密机构,这里所有的工作严格保密,以免引起社会动乱。这个机构的名称叫纪念碑部。”

走进办公室,颜冬发现这里的人都有些古怪:有的人头发太长,有的人没有头发;有的人的穿着在这个艰难时代显得过分整洁,有的人除了短裤什么都没穿;有的人神色忧郁,有的人兴奋异常……中间的长桌上放着许多奇形怪状的模型,看不出是干什么用的。

“欢迎您,冰雕艺术家先生!”在听完负责人的介绍后,纪念碑部的部长热情地向颜冬伸出手来,“您终于有机会把您从外星人那里得到的灵感发挥出来。当然,这次不能用冰为材料。我们要创作的,是一件需要永久保存的作品。”

“这是在干什么?”颜冬不解地问。

部长看看负责人,又看看颜冬,说:“您还不知道?我们要建立人类纪念碑!”

颜冬显得更加茫然了。

“就是人类的墓碑。”旁边一位艺术家说。这人头发很长,衣衫破烂,一副颓废派模样,手里拿着一瓶二锅头,喝得很有些醉意。这东西是有海时剩下的,现在比水便宜多了。

颜冬向四周看看说:“可……我们还没死啊。”

“等死了就晚了。”负责人说,“我们应该做最坏的打算,现在是考虑这事的时候了。”

部长点点头,“这是人类最后的艺术创作,也是最伟大的创作。作为一名艺术家,还有什么比参加这一创作更幸福的吗?”

“其实都他妈多……多余!”长发艺术家挥着酒瓶说,“墓碑是供后人凭吊的,没有后人了,还立个鸟碑?”

“注意名称,是纪念碑!”部长严肃地更正道,然后笑着对颜冬说,“他虽这么说,可提出的创意还是不错的:他提议全世界每人拿出一颗牙齿,用这些牙齿可以建造一座巨碑,每颗牙齿上刻一个字,足以把人类文明最详细的历史都刻上了。”他指指一个看上去像白色金字塔的模型。

“这是对人类的亵渎!”另一位光头艺术家喊道,“人类的价值在于其大脑,他却要用牙齿来纪念!”

长发艺术家又抡起瓶子灌了一口,“牙……牙齿容易保存!”

“可大部分人都还活着!”颜冬又严肃地重复一遍。

“但还能活多久呢?”长发艺术家说,一谈到这个话题,他的口齿又利落了,“天上滴水不下,江河干涸,农业全面绝收已经三年了,百分之九十的工业已经停产,剩下的粮食和水,还能维持多长时间?”

“这群废物,”秃头艺术家指着负责人说,“忙活了五年时间,到现在,一块冰也没能从天上弄下来!”

对秃头艺术家的指责,负责人只是付之一笑,“事情没有那么简单。以人类现有的技术,从轨道上迫降一块冰并不难,迫降一百甚至上千块冰也能做到,但要把在太空中绕地球运行的二十万块冰全部迫降,那完全是另一回事了。如果采取传统手段,用火箭发动机减速使其返回大气层,就需制造大量可重复使用的超大功率发动机,并将它们送入太空。这将是一个巨大的工程,以人类目前的技术水平和资源储备,有许多不可克服的障碍。比如说,要想拯救地球的生态系统,如果从现在开始,需要在四年时间里迫降一半冰块,这样平均每年就要迫降两万五千块冰,它所需要的火箭燃料在重量上比有海时人类一年消耗的汽油还多!可那不是汽油，那是液氢、液氧和四氧化二氮、偏二甲肼之类，制造它们所消耗的能量和资源，是生产汽油的上百倍。仅此一项，就使整个计划成为不可能。”

长发艺术家点点头，“所以说末日不远了。”

负责人说：“不，不是这样。我们还可以采取许多非传统、非常规方法，希望还是有的。但在我们努力的同时，也要做最坏的打算。”

“我就是为这个来的。”颜冬说。

“为最坏的打算？”长发艺术家问。

“不，为希望。”他转向负责人说，“不管你们召我来干什么，我来有自己的目的。”他说着，指了指自己带的那体积很大的行囊，“请带我到海洋回收部去。”

“你去回收部能干什么？那里可都是科学家和工程师！”秃头艺术家惊奇地问。

“我从事应用光学研究，职称是研究员。除了与你们一样做梦外，我还能干些更实际的事。”颜冬扫了一眼周围的艺术家说。

在颜冬的坚持下，负责人带他来到了海洋回收部。这里的气氛与纪念碑部截然不同，每个人都在电脑前紧张地工作着。办公室的正中央放着一台可以随意取水的饮水机，这简直是国王的待遇。不过想想，这些人身上背负了人类的全部希望，也就不奇怪了。

见到海洋回收部的总工程师后，颜冬对他说：“我带来了一个回收冰块的方案。”说着他打开背包，拿出了一根白色的长管子，管子有手臂粗，接着他又拿出一个约一米长的圆筒。颜冬走到向阳的窗前，把圆筒伸到窗外摆弄着，那圆筒像伞一样撑开，“伞”的凹面镀着镜面膜，使它成为一个类似于太阳灶的抛物面反射镜。接着，颜冬把那根管子从反射镜底部的一个小圆洞中穿过去，然后调节镜面的方向，使它把阳光聚焦到伸出的管子的端部。这时，管子的另一端把一块刺眼的光斑投到室内的地板上。由于管子是平放着的，那块光斑呈长椭圆形。

颜冬说：“这是用最新的光导纤维做成的导光管，在导光时衰减很小。当然，实际系统的尺寸比这要大得多。在太空中，只要用一面直径二十米左右的抛物面反射镜，就可以在导光管的另一端得到一个温度达三千度以上的光斑。”

颜冬向周围看看，他的演示并没有产生预期的效果。那些工程师们扭头朝这边看看，又都继续专注于自己的电脑屏幕，不再理会他了。直到那光斑使防静电地板冒出了一股青烟，才有最近的一个人走了过来，说：“干什么，还嫌这儿不热？”同时把导光管轻轻向后一拉，使采光的一端脱离了反射镜的焦点。地板上的光斑虽然还在，但立刻变暗了许多，失去了热度。颜冬惊奇地发现，这人摆弄这东西很在行。

总工程师指指导光管说：“把这些东西收起来，喝点水吧。听说你是坐火车来的，从长春到这儿的火车居然还开？你一定渴坏了。”

颜冬急着想解释自己的发明。但他确实渴坏了，冒烟的嗓子一时说不出话来。

“不错，这确实是目前最可行的方案。”总工程师递给颜冬一杯水。

颜冬一口气喝光了那杯水，呆呆地望着总工程师问：“您是说，已经有人想到了？”

总工程师笑着说：“与外星人相处，使你低估了人类的智力。其实，在低温艺术家把第一块冰送到轨道上时，就已经有很多人想到了这个方案。后来又有了许多变种，比如用太阳能电池板代替反射镜，用电线和电热丝代替导光管，其优点是设备容易制造和运送，缺点是效率不如导光管方案高。现在，对这一方案的研究已进行了五年，技术上已经成熟，所需的设备大部分也制造出来了。”

“那为什么还不实施？”

旁边的一名工程师说：“这个方案将使地球海洋失去百分之二十一的水。这部分水或变成推进蒸汽散失了，或在再入大气时被高温离解。”

总工程师扭头对那名工程师说：“你们可能还不知道，美国人最新的计算机模拟表明，在电离层之下，再入时高温离解产生的氢气会立刻同周围的氧再化合形成水，所以高温离解的损失以前被高估了，总损失率估计为百分之十八。”他又转头看向颜冬，“但这个比例也够高的了。”

“那你们有把太空中的水全部取回来的方案吗？”

总工程师摇摇头，“唯一的可能是用核聚变发动机，但目前我们在地面上都得不到可控的核聚变。”

“那为什么还不快些行动呢？要知道，犹豫不决的话，地球会失去百分之百的水的。”

总工程师坚定地点点头，“所以，在长时间的犹豫之后，我们决定行动了。很快，地球将为生存决一死战。”

回收海洋

颜冬加入了海洋回收部，负责对已生产出的导光管进行验收的工作。这虽不是核心岗位,但他感到很充实。

在颜冬到达首都一个月后,人类回收海洋的工程开始了。

在短短的一个星期内,从全球各大发射基地,有八百枚大型运载火箭发射升空,把五万吨荷载送入地球轨道。然后,从北美的发射基地,二十架航天飞机向太空运送了三百名宇航员。由于沿同一航线频繁发射,在各基地上空形成了一道长久不散的火箭尾迹。在轨道上看,仿佛是从各大陆向太空牵了几根蛛丝。

这批发射,把人类在太空的活动规模提高了一个数量级,但所使用的技术仍是21世纪初的。这使人们意识到,在现有的条件下,如果全世界齐心协力孤注一掷干一件事,会取得怎样的成就。

在电视直播中,颜冬同所有人一起目睹了在第一个冰块上安装减速推进系统的过程。

为了降低难度,首批迫降的冰块都是不自转的。三名宇航员降落在这样一个冰块上,他们携带着如下装备:一辆形状如炮弹、能够在冰块中钻进的钻孔车,三根导光管,一根喷射管,三个折合起来的抛物面反射镜。只有这时,才能感觉到冰块的巨大。他们三人仿佛是降落在一个小小的水晶星球上,在太空中强烈的阳光下,脚下冰的大地似乎深不可测。在黑色的天空上,远远近近悬浮着无数个这样的水晶星球,有些还在自转。周围那些自转或不自转的冰块反射和折射着阳光,在三名宇航员站立的冰面上,不停地进行着令人目眩的光与影的变幻。向远处看,冰环中的冰块越来越小,密度却越来越大,渐渐缩成一条致密的银带弯向地球的另一面。距离最近的一个冰块与他们所在的这块间距只有三千米,以它的短轴为轴自转着。在他们眼中,这种自转有一种摄人心魄的气势,仿佛三只小蚂蚁看着一幢水晶摩天大楼一次次倒塌下来。这两个冰块在一段时间后将会因引力而相撞,结果将使滤光膜破裂,冰块解体,破碎后的冰块将很快在阳光下蒸发消失。这种相撞在冰环中已发生了两次,这也是首先迫降这块冰的原因。

操作开始后,一名宇航员启动了那辆钻孔车,钻头旋转起来,冰屑呈锥状向外飞溅,在阳光下闪闪发光。钻孔车钻破了冰面那层看不见的滤光膜,像一颗被拧进去的螺丝一样钻进了冰面,在后面留下一条圆形的钻洞。随着钻洞向冰层深处延伸,在冰层中隐约可以看到一条不断延长的白线。到达预定深度后,钻孔车转向,沿另一个方向驶出冰面,这就形成了另一条钻洞。总共向冰块深处打四条钻洞,使其相交于冰层深处的一点。接下来,宇航员们把三根导光管插入三条钻洞,再把一根喷射管插入直径较大的第四条钻洞,喷射管的喷口正对着冰块运行的方向。然后,宇航员用一根细管向导光管、喷射管与洞壁之间填充某种速凝液体,使其形成良好的密封。最后,他们张开了抛物面反射镜。如果说回收海洋的最初阶段采用了什么最新技术的话,那就是这些反射镜了。它们是纳米科技创造的奇迹,折合起来时只有一立方米大小,但张开后能形成一面直径达五百米的巨型反射镜。这三面反射镜,像冰块上生长的三片银色的荷叶。宇航员们调整导光管的伸出端,使其受光端头与反射镜的焦点重合。

在冰层深处三条钻洞的交点,出现了一个明亮的光点,它像一个小太阳,照亮了大冰块中神话般的奇景:银色的鱼群,随波浪舞动的海草……这一切在瞬间冻结时都保持着栩栩如生的姿态,甚至连鱼嘴中吐出的串串小气泡都清晰可见。在距此一百多公里的另一个回收中的冰块里，导光管导入冰层深处的阳光照出了一个巨大的黑影，那是一条长达二十多米的蓝鲸！这就是人类昔日的海洋。

蒸汽使冰层深处的光点很快模糊了。在蒸汽散射下，光点变成了一个白色光球。随着被融化的冰体积的增加，光球渐渐膨胀。当压力达到预定值后，喷射管喷嘴上的盖板被冲开了，一股汹涌的蒸汽急速喷出。由于没有阻力，它呈一个尖尖的锥形向远方扩散，最后在阳光中淡化消失了；还有一部分蒸汽进入了另一个冰块的阴影，被冷凝成冰晶，仿佛是一大群在阴影中闪闪发光的萤火虫。

首批一百个冰块上的减速推进系统启动了。由于冰块质量巨大，系统产生的推力相对来说很小，它们须运行少则十五天、多则一个月的时间，才能使冰块减速到坠入大气层的速度。在坠落之前，宇航员们将再次登上冰块，取回导光管和反射镜。要全部迫降二十万个冰块，这些设备应尽可能重复使用。

以后对自转的冰块的回收操作要复杂许多，推进系统将首先刹住其自转，再进行减速。

冰流星

颜冬与危机委员会的人们一起来到太平洋中部的平原上，观看第一批冰流星的坠落。

昔日的海底平原一片雪白，反射着强烈的阳光，不戴墨镜是睁不开眼的。但这并没有使颜冬想起自己东北故乡的雪原，因为这里是地狱般炎热，地面气温接近五十摄氏度。热风吹起盐尘，打得脸生疼。在远处，有一艘十万吨油轮,那巨大的船体斜立在地面上,有几层楼高的螺旋桨和舵上覆满了盐层。再看看更远处连绵的白色群山,那是人类从未见过的海底山脉,颜冬的脑海中顿时涌出两句诗:

大海是船儿的陆地,黑夜是爱情的白天。

他苦笑了一下,经历了这样的灾难,还摆脱不了艺术家的思维。

一阵欢呼声响起,颜冬抬头朝人们所指的方向望去,看到在横贯长空的银色冰环中,出现了一个红色的亮点。这亮点飘出了冰环,膨胀成一个火球,火球的后面拖着一条白色的尾迹。这蒸汽尾迹越来越长,越来越粗,色彩也更浓更白。很快,火球分裂成数十块,每一块又继续分裂,每一小块都拖着长长的白尾,这一片白色的尾迹覆盖了半个天空,好像一棵白色的圣诞树,每根树枝的枝头都挂着一盏亮闪闪的小灯……

更多的冰流星出现了,超音速音爆传到地面,像滚滚春雷。旧的蒸汽尾迹渐渐淡化,新的尾迹不断出现,使天空被一张错综复杂的白色巨网所覆盖。现在,已有几万亿吨的水重新属于地球了。

大部分冰流星都在空中分裂气化了,但是也有较大的碎冰块直接坠落到地面,其中一块的坠落点距离颜冬所在的地方约四十公里。海底平原在巨响中震动不已,远处的山脉间腾起一团顶天立地的白色蘑菇云。大团的蒸汽在阳光下发出耀眼的白光,并随风渐渐扩散,变为天空中的第一片云层。后来,云多了起来,第一次挡住了炙烤大地五年的烈日,并盖满了整个天空,颜冬感到一阵沁人心脾的凉爽。

云层继续变黑变厚,其中红光闪闪,不知是闪电,还是仍在不断坠落的冰流星的光芒。

下雨了！这是即使在有海时也罕见的大暴雨。颜冬和其他人在雨中欢呼狂奔，仿佛灵魂都在这雨中融化了。但后来大家只好都躲进车内或直升机里，因为这时，人在雨中会窒息。

雨一直下到黄昏才停。海底平原上出现了许多水洼，在从云缝中露出的夕阳下闪着金光，仿佛大地的一只只刚睁开的眼睛。

颜冬随着人群，踏着黏稠的盐浆，跑到最近的水洼前。他掬起一捧水，把那沉甸甸的饱和盐水洒到自己的脸上，任它和泪水一同流下，哽咽着说："海啊，我们的海啊……"

尾　声

十年以后。

颜冬走上了冰封的松花江江面，他裹着一件破大衣，旅行袋中放着那套保存了十五年的工具：几把形状各异的刀铲、一个锤子、一只喷水壶。他跺跺脚，证实江面确实冻住了。松花江早在五年前就有了水，但这是第一次封冻，而且是在夏天封冻。由于干旱少雨，同时大量的冰流星把其引力势能在大气层中转化为热能，全球气候一直炎热无比。但在海洋回收的最后阶段，最大体积的冰块被迫降，这些冰块分裂后的碎块也较大，大多直接撞击地面。几座城市被摧毁，但撞击激起的尘埃挡住了太阳的热量，使全球气温骤降，地球进入了新的冰期。

颜冬抬头看看夜空，这是他童年时看到的星空，冰环已经消失，群星的背景上，只有少数残存的小冰块在快速移动。"梦之海"又变回现实的海，这件宏伟的艺术品，其绝美与噩梦一起永远铭刻在人类的记忆中。

虽然回收海洋的工程已经结束，但以后的全球气候肯定仍是极其恶劣的，生态还要很长时间才能恢复。在可以预见的未来，人类的生活将十分艰难，但至少可以活下去了，这使所有人感到满足。确实，冰环时代使人类学会了满足，但人类还学会了更重要的东西。现在，世界危机组织改名为太空取水组织，另一项宏大的工程正在计划中：人类打算飞向遥远的类木行星，把木星卫星上和土星光环中的水取回地球，以弥补地球在海洋回收过程中失去的百分之十八的水。人们首先打算用已经掌握的冰块驱动技术，驱动土星光环中的冰块驶向地球。当然，在那样遥远的距离上，阳光已很微弱，只有用核聚变来气化冰块核心，以得到所需的推力。至于木星卫星上的水，要用更复杂的技术才能取得。已经有人提出把整个木卫二从木星的引力巨掌中拉出来，使其驶向地球，成为地球的第二个卫星。这样，地球上能得到的水将超过百分之十八，地球的生态系统将变得天堂般美好。

当然，这都是遥远未来的事，活着的人谁都没有希望看到它实现。但这希望使人们在艰难的生活中感到了前所未有的幸福，这是人类从冰环时代得到的最大财富：回收“梦之海”使人类看到了自己的力量，教会了他们做以前从不敢做的梦。

颜冬看到远处的冰面上聚着一小堆人，便一滑一滑地走了过去。那些人看到他后都向他跑来，有人摔了一跤后爬起来接着跑。

“哈哈，老伙计！”跑在最前面的人同颜冬热情拥抱。颜冬认出来了，他就是冰环时代之前好几届冰雪艺术节的冰雕评委之一。颜冬曾发誓不再同这些评委说话，因为上一届艺术节上的冰雕特等奖，显然是基于那个妙龄女作者的脸蛋和身段，而不是基于她的作品。接着，他又认出了其他几个人，大都是冰环时代之前的冰雕作者。同这个时代的所有人一样，他们穿着破烂，苦难和岁月已把他们中许多人的双鬓染白。现在，颜冬有种流浪多年后回家的感觉。

“听说，冰雪艺术节又恢复了？”他问。

“当然，要不咱们到这儿来干什么？”

“我寻思着，日子这么难……”颜冬裹紧了破大衣，在寒风中发抖，不停地跺着冻得麻木的脚。其他人也同他一样，哆嗦着，跺着脚，像一群乞丐难民。

“咄，日子难怎么了？日子再难，也不能不要艺术啊，对不对？”一位老冰雕家上下牙打着架说。

“艺术是文明存在的唯一理由！”另一个人说。

“去他妈的，老子存在的理由多了！”颜冬大声说，众人都大笑起来。

然后大家都沉默了。他们回顾着这十几年的艰难岁月，挨个儿数着自己存在的理由。最后，他们重新把自己从大灾难的幸存者变回为艺术家。

颜冬掏出一瓶二锅头，大家你一口我一口传着喝，暖暖身子。然后他们在空旷的江岸上生起一堆火，在火上烘烤一把油锯，直到它能在严寒中启动。大家走到江面上，油锯哗哗作响地切入冰面，雪白的冰屑四下飞溅。很快，他们从松花江中取出了第一块晶莹的方冰。

发表于 2002 年第 1 期《科幻世界》

天使时代

对桑比亚国的攻击即将开始。

执行“第一伦理”行动的三个航空母舰战斗群到达非洲沿海已十多天了。这支舰队以“林肯号”航母战斗群为核心分布在海上，如同大西洋上一盘威严的棋局。

此时天已经暗了下来，舰队的探照灯集中照亮了“林肯号”的飞行甲板，那里整齐地站列着上千名陆战队员和海军航空兵飞行员。站在队列最前面的是“第一伦理”行动的最高指挥官菲利克斯将军和“林肯号”的舰长布莱尔将军：前者身材颀长，一派学者风度；后者粗壮强悍，是一名典型的老水兵。在蒸汽弹射器的起点，面对队列站着一位身着黑色教袍的随军牧师，他手捧《圣经》，诵起了为这次远征而作的祷词：

“全能的主，我们来自文明的世界。一路上，我们看到了您是如何主宰大地、天空和海洋，以及这世界上的万种生灵。组成我们的每一个细胞都渗透着您的威严。现在，有魔鬼在这遥远的大陆上出现，企图取代您神圣的至高无上的权威，用它那肮脏的手拨动生命之弦。请赐予我们正义的利剑，扫除恶魔，以维护您的尊严与荣耀，阿门——”

他的声音在带有非洲大陆土腥味的海风中回荡，令所有人沉浸在比脚下的大海更为深广的庄严与神圣感之中。在上空纷纷飞过的巡航导弹火流星般的光芒中，他们都躬下身来，用发自灵魂的虔诚和道：“阿门——”

上 篇

主席站起身，试图使美国代表平静下来，然后转向伊塔，眼里含着悲愤的泪水说：“博士，您和您的国家可以违反联合国生物安全条约的最高禁令，对人类基因进行重新编程。但你们不该如此猖狂，竟到这个神圣的地方来向全人类的脸上泼粪！你们违反了第一伦理，你们抽掉了人类文明的基石！”

自人类基因组测序完成以后，人们就知道飞速发展的分子生物学带来的危机迟早会出现，联合国生物安全理事会就是为了预防这种危机而成立的。生物安理会是与已有的安理会具有同等权威的机构，它审查全世界生物学领域的所有重大研究课题，以确定这项研究是否合法，进而投票决定是否终止它。

今天将召开生物安理会第一百一十九次例会，接受桑比亚国的申请，审查该国提交的一项基因工程的成果。按照惯例，申请国在申请时并不提及成果的内容，只在会议开始后才公布。这就带来一个问题：许多由小国提交的成果在会议一开始就被发现根本达不到审查的等级。

但各成员国的代表们都不敢轻视这个非洲最贫穷的国度提交的东西,因为这项研究是由诺贝尔奖获得者——基因软件工程学的创始人伊塔博士做出的。

伊塔博士走了进来,这位年过五十的黑人穿着桑比亚的民族服饰——实际上那就是一大块厚实的披布,但他骨瘦如柴的身躯似乎连这块布的重量都经不起,像一根老树枝似的被压弯了。他更深地躬下腰,缓缓向圆桌的各个方向鞠躬,他的眼睛始终看着地面,动作慢得令人难以忍受,使这个过程持续了很长时间。印度代表低声地问旁边的美国代表:"您觉得他像谁?"美国代表说:"一个老用人。"印度代表摇摇头,美国代表看看他,又看看伊塔,"你是说……像甘地?哦,是的,真像。"

本届生物安理会轮值国主席站起来宣布会议开始,他请伊塔在身旁就座后说:"伊塔博士是我们大家都熟悉的人,虽然近年来深居简出,但科学界仍然没有忘记他。不过按惯例,我们还是要对他进行一番简单的介绍。博士是桑比亚人,三十二年前于麻省理工学院获计算机科学博士学位,而后回到祖国从事软件研究,但在十年后,突然转向分子生物学领域,并取得了众所周知的成就。"他转向伊塔问,"博士,我有个问题,纯粹是出于好奇:您离开软件科学转向分子生物学,除了预见到软件工程与基因工程的奇妙结合,是不是还有另一层原因——对计算机技术能够给您的祖国带来的利益感到失望?"

"计算机是穷人的假上帝。"伊塔缓缓地说,这是他进来后第一次开口。

"可以理解,虽然当时桑比亚政府在首都这样的大城市极力推行信息化,但这个国家的大部分地区还没有用上电。"

当分子生物学对生物大分子的操纵和解析技术达到一定高度时，这门学科就迎来了它的终极目标：通过对基因的重组改变生物的性状，直到创造新的生物。这时，这门学科将发生深刻变化，由操纵巨量的分子变为操纵巨量的信息，这对于与数学仍有一定距离的传统分子生物学来说是极其困难的。直接操纵四种碱基来对基因进行编码，使其产生预期的生物体，就如同用0和1直接编程产生WINDOWS XP一样不可想象。伊塔最早敏锐地意识到了这一点，深刻地揭示出了基因工程和软件工程共同的本质，把基础已经相当雄厚的软件工程学应用到分子生物学中。他首先发明了用于基因编程的宏汇编语言，接着创造了面向过程的基因高级编程语言，被称为“生命BASIC”；当面向对象的基因高级语言“伊甸园++”出现时，人类真的拥有了一双上帝之手。

这时，人们惊奇地发现，创造生命实际上就是编程，上帝原来是个程序员。与此同时，程序员也成了上帝。这些原来混迹于硅谷或某技术园区的人纷纷混进生命科学行业来，他们都是些头发蓬乱、衣冠不整的毛头小子，过着睡两天醒三天的日子，其中许多人连有机物和无机物都分不清，但都是性能良好的编程机器。有一天，项目经理把一张光盘递给一位临时招来的这样的“上帝”，告诉他光盘中存有两个未编译的基因程序模块，让他给这两个模块编一个接口程序。谈好价钱后，“上帝”拿着光盘回到他那间闷热的小阁楼中，在电脑前开始了为期一周的创世工作。他干起活来与上帝没有任何共同之处，倒很像一个奴隶。一周后，他摇晃着从电脑前站起来，从驱动器中取出另一张拷好的光盘，趟着淹没小腿的烟蒂和速溶咖啡袋走出去，来到那家生命科学公司，把光盘交给项目经理。项目经理把光盘放入基因编译器中，在一个球形透明容器的中央，肉眼看不见的分子探针精巧地拨弄着几个植物细胞的染色体。然后，这些细胞被放入一个试管的营养液中培养，直至长成一束小小的植株。其后，这束植株被放入无土栽培车间，长成树苗后再被种进一个热带种植园，最后长成了一棵香蕉树。当第一串沉重的果实从树上砍下后，掰下一个香蕉剥开来，里面是硕大的橘瓣……

当然，以上只是一个生动的比喻，实际的基因软件开发都是庞大的工程，绝非个人的力量所能及。例如，仅编制一个视网膜感光细胞的基因软件，其代码量就与一个最新的视窗操作系统相当。所以，完全凭借基因编程创造新的生命还只能是病毒级别，科学家们倾向于从生物的自然基因中分离出各种功能的模块和函数，通过引用和组合这些模块和函数来得到具有新特征的生物，对此，面向对象的基因编程语言“伊甸园++”是一个强有力的工具。

“伊塔博士，在宣布会议议程正式开始之前，我想提醒您：您看上去很虚弱。”会议主席关切地对伊塔说。

一位桑比亚官员起身说：“各位，伊塔博士每天吃得很少。你们一定知道，桑比亚国内正面临着严重的旱灾，博士自愿同他的人民一同挨饿。”

法国代表说：“上个月，作为发展计划署考察团的一员，我到过桑比亚和相邻的其他两个受灾国家。那里的旱情确实可怕，如果大量的救济不能及时到位，下半年会饿死很多人的。”

“不过，伊塔博士，”美国代表说，“作为一位从事基础研究的科学家，过分的责任心会影响您的研究，结果反而不能够尽到自己的责任。”

伊塔点点头，并半起身冲他微微鞠躬，“您说得很对。唉，小时候留下来的毛病，很难改了……哦，各位想不想听听我小时候的事情？”

这显然离题了，但出于尊敬，大家都没有出声。伊塔用低缓的声音讲述起来，仿佛在回忆中自语：

“那也是一个大旱之年，大地像满是裂缝的火炉子，地上被渴死的蛇又被烈日烤干，脚一踏就碎成了末……当时桑比亚正在连年的内战中，就是那场由东方政治集团操纵的推翻布萨诺政权的战争。我们的村子被遗弃了，什么吃的都没有，雅拉就去吃干草和树叶，哦，雅拉是我的小妹妹，刚懂事，大大的眼睛……她去吃干草和树叶……”伊塔的声音平缓而单调，像是早期的语音软件在读文本文件，“她吃得浑身浮肿，肠道也堵塞了……那天晚上，她嘴里含了什么东西，碰着牙喀啦啦响。我问她含着什么，她说在吃糖……她以前只吃过一块糖，是一年前一个来村里招募游击队员的苏联顾问给的。我看到一股血从她嘴里流出来，就掰开她的嘴看，雅拉含的不是糖块，是一支箭头，一支涂着响尾蛇毒液、用来射杀豺狗的箭头。她最后对我说：雅拉难受，雅拉不想再活了，雅拉死后，哥哥把雅拉吃了吧，然后哥哥就有劲儿走到城里去，听说那里有吃的……我还记得那天晚上的月亮，从干旱的大地尽头升起来，昏红昏红的……我没吃小妹妹，但那年在村子里，确实发生了人吃人的事，有些老人立下遗嘱，饿死后让孩子们吃……”

全场陷入长长的沉默。

主席说：“博士，我们现在理解了你在过去十多年用基因软件技术改良农作物的努力。”

“一事无成，一事无成啊……”伊塔摇头叹息，“想当初桑比亚独立之时，我们曾想在祖先的土地上建起天堂，但后来知道，在这样一块苦难深重的土地上，对生活的期望是不能太高的。我们理想的底线在不断后退，我们不要工业化了，我们不要民主了，我们甚至可能连国家和个人的尊严都不要了，但桑比亚人对生活的要求不可能再后退，我们不能不吃饭。这个国家仍然有三分之二的人在挨饿，我们必须想出办法。”

伊塔的话在会场里引起了很大的反响，代表们纷纷低声议论起来。

美国代表说:“非洲确实是一块被文明进程抛下的大陆。但，博士，这是一个涉及社会、政治、历史、地理条件等诸多复杂因素的问题，不是科学家们仅凭手中的科学就能够解决的。”

伊塔摇摇头说:“不，科学也许真能解决饥饿问题，关键在于我们要换一个思考方向。”

代表们茫然地互相对视着，主席首先想到了什么，说:“如果我没理解错，伊塔博士已经开始我们这次会议的议程了。”

伊塔郑重地说:“是的，主席先生。如果您允许，在介绍我们的研究成果前，我想让各位先认识一个孩子，一个能吃饱饭的桑比亚孩子。”

他挥挥手，一个黑人男孩儿走进会议大厅。他赤裸着上身，肌肉饱满，皮肤光亮，浓密鬈发下的一双大眼睛炯炯有神。他用强健而轻快的脚步，把一股旺盛的生命力带进了会议大厅。

“哇，好一个小奥赛罗[①]！”有人赞叹道。

伊塔介绍说:“这是卡多，十二岁，一个土生土长的桑比亚孩子。当然，在平均寿命只有四十多岁的桑比亚，他这样的年纪通常已经不算是

---

① 莎士比亚戏剧《奥赛罗》中的主人公，一名健壮的黑人。

孩子了。但卡多确实是孩子,而且是个小孩子,因为他的寿命肯定要超过我们在座的各位。”

“这不奇怪,看得出来这孩子的营养状况很好。”代表中的一位医学家说。

伊塔扶着卡多的双肩,环视着会场说:“他肯定与各位印象中的桑比亚儿童有很大的差别。那些饥饿中的孩子都是细细的脖颈撑着大大的脑袋,四肢像干树枝般枯瘦,肚子因积水而鼓起,脸上落着苍蝇,身上生着疮……所以大家都看到了,只要吃饱了饭,任何民族的孩子都能变得像天神般高贵。”

卡多向大家点头致意,大声说了一句谁都听不懂的话。

“他在向各位问好。”伊塔说,“卡多只会讲桑比亚语。”

“您刚才说,这孩子是在桑比亚土生土长的?”主席问。

“是的,而且是在桑比亚最贫瘠的地区长大,从未离开那里。在这场旱灾中,他的家乡饿死了不少人。”

所有人都目不转睛地盯着这个健壮的黑孩子,一时谁也说不出话来。

伊塔第一次露出了淡淡的微笑,“大家的下一个问题自然是:他在那里吃什么?那么下面,我就请大家看卡多吃一顿午餐。”

他说完,又向门的方向挥了一下手。三个人走进会议大厅,其中两个是参加会议的桑比亚官员,第三个令大家大吃一惊,他竟是一名纽约警察——腰上累赘地别着手枪、警棍、对讲机等,手里提着一个大塑料袋,进门后犹豫地站住了。

“是我们请这位警官进入会场的。”伊塔对主席说。主席示意那名警察走上前来。

警察走到圆桌旁,两位代表给他让开了位置,他把大塑料袋中的东西都倾倒在桌面上,首先是一大捆青草,然后是一堆梧桐树叶,最后是一堆深绿色的松针。警察指指这堆青草和树叶,又指指同他一起进来的那两名桑比亚官员说:“这两位先生在庭院里的草坪上拔草,还从树上扯树叶,我去制止他们,他们就把我带到这里来了。”

伊塔起身向警察鞠躬,“尊敬的警官先生,我对我们的粗鲁行为表示歉意,并愿意缴纳相应的罚款。我们只是想请你来做个证明,证明这些青草和树叶是真实的。”

警察瞪大双眼说:“当然是真实的!是我把它们收集到袋子里并一直提到这里的。”

伊塔点点头,“好吧,卡多该用他的午餐了。”

这个桑比亚孩子抓起一大把青草,卷成粗绳状的一根,像吃香肠那样咬下一大截,津津有味地嚼了起来,草茎被嚼碎时发出的吱吱声清晰可闻……他吃得很快,转眼就把那粗粗的一把草吃光了,随即又开始大口吃树叶……

旁观者的反应分为两类:一部分人极力忍住呕吐的欲望,另一部分人则抑制不住开始咽口水——这是在看到别人享用他感觉中的美味时的一种自然的条件反射,不管那美味是什么。

卡多又卷了一把草吃,然后开始吃松针。他咀嚼的声音发生了变化,一道墨绿色的汁液顺着他的嘴角流下来。他含着满嘴的松针和青草,高兴地对伊塔说了句什么。

“卡多说,这里的草和树叶比桑比亚的味道好。”伊塔解释说,“由于盲目地引进高污染的工业，桑比亚已经成了西方的垃圾倾倒场，那里的环境污染比这里要严重得多。”

在众目睽睽之下，卡多吃光了桌子上所有的青草、梧桐叶和松针。他满意地抹去嘴角的绿色汁液，笑着对伊塔点点头，显然是在感谢这顿美味的午餐。

用后来一位记者的描述，会议大厅陷入“地狱般的寂静”。不知过了多长时间，这寂静才被主席颤抖的声音打破：“这么说，伊塔博士，这就是您代表桑比亚国提交生物安全理事会审查的研究成果了？”

伊塔镇静地点点头，“是的，这就是我刚才说过的换一个思考方向：我们既然可以用基因工程来改造农作物，为什么不能用它来改造人自身呢？比如说这个桑比亚孩子，他的消化系统经过了重新编程，使他的食物范围大大扩展。对于这样的新人类，农作物完全可以改种一些速生或抗旱的植物，那些以前让我们头疼的疯长的野草，对他们来说就是万顷良田。即使是种植传统作物，他们从土地中收获的粮食也要比我们多十倍，比如小麦，他们能食用麦秆甚至小麦的根系。粮食对于他们，将真的如空气和阳光一样唾手可得了。”

各国代表都如石雕般站在大圆桌旁，把阴沉的目光聚焦到伊塔身上。伊塔坦然地承受着这些目光，平静地说：“尊敬的各位先生，我向联合国转达鲁维加总统的话：桑比亚已准备好为此承受一切。”

主席首先从呆立的状态中恢复过来，撑着桌沿小心地坐下，好像已虚弱得站立不稳似的。他两眼平视着前方说：“您刚才好像说过，这孩子十二岁？”

伊塔点点头。

“这么说，你们十二年前就对人类基因重新编程了？”

“确切地说，应该是十五年前。第一批编程是使用基因汇编语言进行的，半年后，编程工具改用面向过程的高级语言‘BASIC’。至于卡多，是用面向对象的‘伊甸园++’编程的，这是三年以后的事了。我们从食草动物中提取了大量的消化系统的函数和子模块，去掉了反刍部分，经过优化和组合后植入人类受精卵的基因编码中。但其中有许多程序，比如胃液的成分、胃壁的强度和肠道蠕动方式等，没有借用任何自然代码，纯粹是我们自行编制开发的。”

“伊塔博士，我们最后想知道：在桑比亚，经过重新编程的人类有多少？”

“卡多这一批只有不到一百人，因为我们对面向对象的编程方式还没有十分把握。重新编程的桑比亚人主要是十五年前那两批，使用宏汇编语言和‘生命BASIC’编程的受精卵共有两万一千零四十三个，其中两万零八百一十六个成活并正常分娩。”

哗啦一声，上届诺贝尔生物学奖获得者——法国生物学家弗朗西斯女士晕倒了。她旁边的另一位诺贝尔奖获得者——德国生理学家、本届生物安理会轮值副主席施道芬格博士脸色发紫，呼吸急促，正闭着眼从胸前的衣袋中摸索硝酸甘油片。只有美国代表很镇静，他指着伊塔，转身对那个仍然目瞪口呆的警察说：“逮捕他。”

他说得很平静，像是朝人借个火儿。看到那警察茫然不知所措，他立刻撕掉了平静的面纱，如火山爆发般咆哮起来：“听到了吗？逮捕他！别管什么豁免权，那是对人的，不是对魔鬼！”

主席站起身，试图使美国代表平静下来，然后转向伊塔，眼里含着悲愤的泪水说:“博士,您和您的国家可以违反联合国生物安全条约的最高禁令,对人类基因进行重新编程。但你们不该如此猖狂,竟到这个神圣的地方来向全人类的脸上泼粪!你们违反了第一伦理,你们抽掉了人类文明的基石!”

“人类文明的基石是有饭吃,桑比亚人只是想吃饱饭。”伊塔向主席鞠了一躬,以他特有的缓慢语调说。

“好了,我们还是散会吧。”美国代表对主席一挥手说,这时他已经平静下来了,“其实大家早就预料到这事迟早会发生,早些比晚些好。我想各位都知道我们该去做什么了,至少美国知道,我们要赶快去做了!”说完,他匆匆而去。

会议大厅中的人们相继离开,最后只剩下伊塔和卡多,还有那个警察。伊塔搂着卡多的双肩向门口走去,警察阴沉地盯着那孩子的背影,一手摸着屁股上的短管左轮枪低声说:“真该崩了这个小怪物。”

消息传出,举世震惊。

第二天,世界各大媒体上都出现了伊塔和卡多的照片。伊塔用枯枝般的双臂把卡多紧紧搂在他那枯枝般的身躯上,眼睛总是看着地面,而那个黑孩子则强壮剽悍,两眼放光,与伊塔形成鲜明对比。两人融为一体,形成了一个不规则的黑色构图,真是活脱脱的一对魔鬼。

在随后桑比亚代表团逗留美国的两天里,世界各国要求就地逮捕他们的呼声日益高涨,联合国大厦前每天都有人山人海的抗议游行队伍。社会对桑比亚代表团,特别是伊塔和卡多两人的人身威胁层出不穷,但美国政府表现得十分克制,只宣布将代表团驱逐出境。

这两天，伊塔不分昼夜地紧紧搂着小卡多。在公共场合，他的眼睛总是看着地面，但正如有记者描述，他有着“魔鬼般的灵敏”，一有风吹草动，他就立刻把孩子护到身后，并抬头凝视着异常出现的方向。他的眼窝很深，整个眼睛都隐没于黑暗中——活脱脱的魔鬼！

桑比亚政府提出用专机接代表团回国，但美国政府不准桑比亚的飞机入境，别国又不肯租给他们飞机，桑比亚代表团只好乘欧洲的一架客机。为了安全，桑比亚政府买下了一等舱的全部机票。当桑比亚代表团登上飞机，伊塔搂着卡多首先走进空荡荡的一等舱时，他长长地松了一口气，紧搂着卡多的手放松了些。在他们登机时，空中小姐做出了遇到魔鬼时理所当然的反应：满脸恐惧地避得远远的，只有一位欧洲空姐勇敢地领着他们走进一等舱。这位金发碧眼的姑娘美丽动人，脸上露着真诚的微笑，温暖了桑比亚人那已凉透了的心。在走出机舱前，她双手合十，用不知从哪里学来的东方礼仪向孩子默默祝福，一时让旁边的桑比亚人的眼睛都湿润了。

然后，她掏出手枪，紧贴孩子的头部开了两枪。

与后来的传说不同，黛丽丝绝对不是美国政府或其他什么国家派来的杀手，她的谋杀完全是个人行为。事实上，在桑比亚代表团留美期间，美国政府对他们是采取了严密的保护措施的。文明世界要对付的是整个桑比亚国，在此之前不想横生枝节，但这最后一击实在是防不胜防。班机上的空姐们都配有反劫机手枪，这种手枪配备的是不会破坏机舱的橡木弹头，一般来说被击中后不会致命，但黛丽丝是贴着孩子的头部开枪的。

“我没有杀人，哈哈，我没有杀人！哈哈哈！”黛丽丝开枪后挥着沾满鲜血的双手歇斯底里地欢呼着。

伊塔抱着卡多的尸体，眼睛仍看着地面，一直等到黛丽丝安静下来。她把血淋淋的手指咬在嘴里，用疯狂的目光盯着伊塔，一时间机舱里死一般寂静，只听得到孩子头部鲜血流出的汩汩声。

"姑娘，他是人，是我的孙子，一个能吃饱饭的孩子。"

黛丽丝在法庭上被判无罪，很快被媒体炒成捍卫人类尊严的英雄。

桑比亚代表团回国后的第二天，联合国向桑比亚政府发出最后通牒：交出境内所有生物学家和相关的技术人员，交出所有经过重新编程的个体，销毁所有基因工程设施，该国元首到特别法庭同其他主犯和从犯一起接受审判。

现在，全世界都小心地把那些基因被重新编程的桑比亚人称为"个体"。

桑比亚国拒绝了最后通牒。于是，为了维护人类神圣的第一伦理，文明世界向非洲开始了21世纪的十字军东征。

下 篇

菲利克斯立刻看出了那不是两万个等待接收的"个体"，而是一支准备发起攻击的陆军部队。他们队形整齐地推进着，菲利克斯放下望远镜，用肉眼也能看到桑比亚军队像黑色的地毯一样渐渐覆盖了平原。他再次举起望远镜，看到阵线在加快速度，已冲到海边的桑比亚步兵阵线中突然出现了一大片白色的东西，那片白色剧烈地抖动着，激起了高高的尘埃，舰队上的人们一时无法相信自己的眼睛。所有的桑比亚士兵都长着一对白色的翅膀，在一片尘埃之上，飞人升到空中，遮住了初升的太阳。

“您能不能停一会儿？我看着很累。您这么来回走了一个多小时了。”布莱尔舰长说。

菲利克斯将军仍然以军人标准的步伐来回踱着，“在西点，这是教官惩罚学生的办法之一：让他在操场的一角来回走几个小时。久而久之，我喜欢上了这种惩罚，只有在这时我才能很好地思考。”

“这么说，您在西点是个不讨人喜欢的人？我在安纳波利斯海校却很讨人喜欢。那里也有这种惩罚，我一次也没受过，倒是在高年级时，我常用它来治那些刚进校的毛毛头。”

“世界任何一所军校都不喜欢爱思考的人，安纳波利斯不喜欢，西点不喜欢，圣西尔和伏龙芝都不喜欢。”

“是的，思考，特别是像您那样思考，对我是件很累的事。不过，我不认为这场战争有太多值得思考的东西。”

对桑比亚的“外科手术”已持续了二十多天，每天有上千架次的飞机狂轰滥炸。从舰载机上的激光智能炸弹攻击，到从阿森松岛飞来的大型轰炸机的地毯式轰炸，还有巡洋舰和驱逐舰上大口径舰炮日夜不停的轰击，这个非洲穷国实在剩不下什么了。他们那只有二十几架老式米格机的空军和只有几艘俄制巡逻艇的海军，在二十天前就被首批发射的巡航导弹在半小时内毁灭，而桑比亚陆军的两百多辆老式坦克和装甲车也在随后的两三天内被来自空中的打击消灭干净。随后，攻击转向了桑比亚境内所有的车辆、道路和桥梁，而摧毁这些也用不了多长时间。现在，桑比亚国已被打回到石器时代。

参加攻击的三个航母战斗群已撤走了两个，只留下“林肯号”战斗群完成“第一伦理”行动的最后使命。除“林肯号”航母外，战斗群还包括一艘贝尔纳普级巡洋舰、两艘斯普鲁恩斯级驱逐舰、一艘孔兹级驱逐舰、两艘诺克斯级护卫舰、两艘佩里级护卫舰、一艘威奇塔级补给舰，以及三艘看不见的鲱鱼级攻击潜艇。

菲利克斯将军突然站住，看着布莱尔舰长，舰长很不舒服地想：这人确实像个学者，而且是神经衰弱的那种。

“我还是认为舰队离海岸太近了。”菲利克斯说。

“这样我们可以向桑比亚人更有力地显示自己的存在。我不明白您担心什么。”舰长挥着雪茄说。

舰队，特别是“林肯号”确实能显示其存在。它是尼米兹级航母的第五艘，于1989年服役，排水量近十万吨，全长三百多米，有二十层楼高，是一座带来死亡的海上钢铁城市。

菲利克斯又踱起步来，“舰长，您清楚我的观点，我对现代战争中航空母舰在海上的生存能力一直存有疑虑。在我的感觉中，航母总像是一只漂浮在海上的薄壳大鸡蛋，脆弱得很。”

“您也知道，在参联会和军备听证会上，我是一贯支持您的看法的。但现在，桑比亚军队拥有的射程最远的武器可能就是五十五毫米口径的迫击炮了。如果有，它也只能藏在地窖里，拉出来十分钟内就会被摧毁……事实上，我也觉得这是一场无聊的战争，军队在精神上正在衰落，主要原因是缺少自己的英雄偶像。20世纪后期的几场战争，如海湾和科索沃战争，都没有造就出像巴顿、麦克阿瑟、艾森豪威尔这样的英雄，因为敌手太弱了，这次也一样。”

这时，一名参谋递给菲利克斯一份电报。他看后喜上眉梢，这几乎是攻击开始后他第一次真正露出笑容。

“看来这一切都快结束了。桑比亚政府已接受了所有条件，他们将很快交出桑比亚境内的所有生物学家和基因工程师，以及所有基因被重新编程的个体。在这一切都完成后，元首本人将投案自首。”菲利克斯把电报递给布莱尔。

布莱尔看都没看就把电报扔到海图桌上，“我说过这是一场乏味的战争。”

两位将军透过他们所在的航母指挥塔上的舰长室宽大的玻璃窗看到，一架海军陆战队的直升机从海岸方向飞来，降落到“林肯号”的甲板上。伊塔一行几人从直升机上走下来，并在周围陆战队员的枪口下低头向指挥塔走来。伊塔走在最前面，他仍穿着那身民族服装，像披着一大块布的老树枝。

过了一会儿，这一行人走进指挥塔，进入舰长室。除了伊塔仍两眼朝下外，其他人都不由四下打量起来。如果只看四周，这里仿佛就是欧洲庄园的一间豪华客厅，铺着猩红色的地毯，华丽的镶木四壁上刻着浮雕，挂着体现舰长趣味的大幅现代派油画。但抬头一看，就会发现天花板是由错综复杂的管道组成的，这同周围形成了奇特的对比。高大的落地窗外，舰载飞机在不间断地呼啸着起降。

伊塔博士没有抬头，向菲利克斯所在的方向微微弯了一下腰，用虚弱的声音缓缓地说："尊敬的将军，我带来了桑比亚国真诚的敬意。您率领的舰队那天神般的力量令我们胆寒，我们屈服认罪。"

菲利克斯将军说："博士，我希望您真的明白你们都做了些什么。"

"我们明白，在文明世界的上帝面前我们跪下，我们认罪。但将军，人要是饿得厉害，就顾不得什么廉耻了。"伊塔深深地鞠躬说。

周围一群年轻的参谋都用鄙夷的目光看着面前这根老干柴。"博士？"一直没说话的布莱尔舰长喊了一声。伊塔微微抬头，被舰长呸地一口吐在脸上，他仍石雕般一动不动地立着，任白色的唾液顺着他那深纹密布的脸颊流到纷乱的胡子上。

菲利克斯惋惜地摇摇头，"您本来可以不挨饿的。留在文明世界，您有可能再获一次诺贝尔奖，但您却去为一个连人类最起码的伦理都不顾的极权政府工作。"

"我为桑比亚人民工作。"伊塔又鞠了一躬。

"你给桑比亚人民带来了灾难。"菲利克斯说。

"不管这场灾难是谁带来的，将军，鲁维加总统都殷切希望它快些结束。为表达这个和平的心愿，总统还给将军带来了一件小小的礼物。"

伊塔说完，从后面一个人手中拿过了一只鸟笼大小的木笼子。伊塔把笼子放到地毯上，轻轻打开笼门，一只雪白的小动物跑了出来，舰长室中的所有军人都发出一阵惊叹。那是一匹小马！它只有小猫大小，但在地毯上奔跑起来矫健灵活，雪白的鬃毛在飘荡，明亮有神的眼睛惊奇地看着这个世界，然后发出了清脆悠扬的嘶鸣。更奇怪的是，小马居然长着一对雪白的翅膀！他们仿佛看到了从童话中跑出来的精灵！

"啊，太美了！我想这是您的基因软件的杰作吧？"菲利克斯惊喜地问。

伊塔又微微躬了一下身，答道：“这是马和鸽子的基因组合体。”

“它能飞吗？”

“不能，它的翅膀没那么大力量。”

菲利克斯说：“博士，我代表贝纳感谢您。哦，贝纳是我十二岁的小孙女，她一定会为这礼物高兴得发狂的！”

“祝她幸福美丽，也祝未来的桑比亚孩子有她十分之一的幸运。十分之一就足够了，将军。”

以后三天，大批的运输直升机频繁往返于桑比亚的内陆和沿海之间，从内地运来大批桑比亚政府交出的经过基因编程的“个体”。他们都是十五岁的黑人，绝大部分是男性。这些人被装上等候在沿海的运输船和登陆艇，每艘船装满后立刻向远海驶去。

由于收到了中央情报局的一份紧急情报，菲利克斯将军决定再次召见伊塔。伊塔走进舰长室后，目不转睛地看着窗外，在不远的海面上，几架体形庞大的“支奴干”运输直升机正悬停在一艘运输船上方，黝黑的“个体”不停地从机舱中爬出，顺着软梯下到戒备森严的甲板上，然后在持枪士兵的推搡下进入舱里。

菲利克斯来到伊塔身边，同他一起看着海上的情景，“这是最后几船了，三天运走了两万个个体。”

“他们要被送到哪里？”伊塔问。

“博士，这不是你我需要关心的事情。”菲利克斯冷冷地说。

“我们所在的这艘大船叫‘林肯号’是吗？”伊塔突然问，菲利克斯茫然地点点头。“怎么会叫这个名字呢？在上上个世纪，非洲的黑奴就是这么被运走的。他们的基因并没有经过重新编程。”

菲利克斯笑着摇摇头，“这是两回事，博士。我可以许诺，当这些个体还在我的管辖范围内时，我们会尽可能地给予他们人道的待遇，就是野生动物也应该受到保护，但仅此而已。他们以后的命运与我无关，与您也没有关系了。”

看到伊塔沉默无语，菲利克斯接着说:“那么，我们谈正事吧。博士，我知道那些个体比正常人要健康得多，但他们有时也会得一些正常人不会得的病，比如前不久，在个体中传染的一种皮肤病，虽不会致命，但令患者十分痛苦。为了防止这种病的传染，你们研制了一种疫苗，委托欧洲的一家制药公司生产。据我所知，已交货的疫苗总量足够四万个个体用。”

菲利克斯注意到伊塔掩着披布的一只手难以觉察地抖动了一下，但说话的声调仍是那么沉缓，“只有两万个个体，将军。”

菲利克斯点点头，“我愿意相信，博士，只是有一个小小的要求：能把那多余的两万份疫苗给我们看一下吗？只是看一下，我们不带走，它们对正常人没用。”

伊塔不说话。

“您是想说，它们在轰炸中毁了吗？”

伊塔缓缓地摇摇头，“不，那些疫苗都用完了。将军，我清楚您已经什么都知道了。”

“是的，博士，您撒了谎：十五年前重新编程的受精卵不是两万个，而是四万个，现在桑比亚境内还有两万个个体！立刻把他们交出来。”

伊塔枯瘦的身体转向菲利克斯,眼睛仍然看着下方,这使人觉得他像一个盲人。他说:“将军,在我的感觉中,您是一个明白人。”

菲利克斯双眉一挑,问:“哦,在哪些方面?”

“很多方面,比如,您真是以一个十字军骑士的激情来领导这场战争吗?”

菲利克斯摇摇头,“不,我是以很理性的态度来对待自己的使命的。对于国际社会在这件事情上的大惊小怪,我觉得多少是一种矫情。”

伊塔无动于衷,倒是旁边的布莱尔舰长把目光从伊塔移到菲利克斯身上,吃惊地盯着他,“将军……”

“随着本世纪头二十年基因工程突飞猛进的发展,人类社会的宗教情绪也与日俱增。表面看来,这是对生命伦理的崇敬和维护,其实是人类在使其茫然的技术社会中试图找到一种精神依托的表现。”

布莱尔大叫起来:“怎么能这样说,将军?您应该知道,对人类基因的重新编程等于把人类置于与他自己可以随意制造的机器一样的地位,这将摧毁现代文明的整个法制和伦理体系的基础!”

“您把电视上的话背得很熟,”菲利克斯不以为然地笑笑说,“但您所说的信仰和伦理体系是以西方基督教文化为基础的,而别的文化并不一定认同这种体系。在伊塔博士的非洲文化中,创世主的概念是很模糊的,比如马萨伊人[1]认为:当神着手准备开创世界时,他发现那里有了一只多洛勃(狩猎的部落)、一头象和一条蛇。就是说,人类和其他生命是先在的,是一种自发的创造物。所以,在他们的文化中,对人为干预生命的进化,并没有西方基督教文化这么多的忌讳。就以西方文化本身来说,它

① 生活在东非的一支游牧民族。

的法制和伦理也不会因为对人类基因的重新编程而崩溃。事实上，为了更小的理由，我们早就在违反第一伦理，比如本世纪出现的克隆人，上世纪的试管婴儿，更早的时候，我们那些高贵的女士为了减少麻烦和责任，并没有太多犹豫就去流产和堕胎了。在这些事实面前，我们的法制和伦理体系好像也很现实地适应了，并没有丝毫崩溃的迹象。西方世界之所以对非洲发生的这件事如此大惊小怪，不过是因为我们不需要以野草和树叶充饥罢了。”

布莱尔目瞪口呆了好一阵儿，迷惑地摇摇头。

菲利克斯对伊塔笑笑说：“别在意，博士，布莱尔舰长显然平时很少思考这类问题。”

“我的任务不是思考。”舰长气鼓鼓地说。

“菲利克斯将军是个明白人。”伊塔真诚地说。

“我已经足够坦率。那么，请问博士，您是如何一眼把我看透的呢？”

“不是一眼。我们十多年前见过面，那是在麻省理工的一次鸡尾酒会上，您当时还是一名准将，在南卡罗来纳州的新兵训练营负责新兵训练工作。您说在现在的美国青年中，可以招到像科学家的士兵、像工程师的士兵、像艺术家的士兵，但像士兵的士兵却越来越难找了。接着您就说，基因工程有可能为美国创造出合格的士兵，这是军方人士第一次在生物学家团聚的酒会上说这种话，因此我记住了您。”

“这真是一个好主意。”布莱尔舰长赞许地点点头。

“所以，舰长，只要有需要，伦理终究是第二位的。”菲利克斯对布莱尔说，极力掩饰着自己的轻蔑。

“那么，将军，您一定理解我的恳求——求你们放过那两万个桑比亚人吧。”伊塔对“第一伦理”行动的指挥官连连鞠躬，看上去真像一个老乞丐。

菲利克斯坚定地摇摇头，“博士，我是军人，在执行使命，这与我对基因工程的看法没有关系。再说一遍：把那两万个个体交出来，即使您认为他们是桑比亚的未来。”

“将军，他们是全人类的未来。”

“狡辩没有意义。我们不但确切地知道那两万个个体的存在，甚至能猜到他们的藏身之处。如果你们拒绝交出，我们只能轰炸那些丛林。”菲利克斯把手向下一劈说。

“知道怎样轰炸吗？”布莱尔把脸凑近伊塔说，“不是用‘林肯号’上的飞机，它们太小了。是从阿松森基地飞来的巨型轰炸机，它们装满了燃烧弹，在那些丛林地带沿X形对角线投弹，这样不管风向如何，都能形成一片完美的火场，火焰的温度可以熔化桥梁，连细菌都活不下去。”

菲利克斯接着说：“怎么样，博士？即使为了那些个体着想，也应该把它们交出来。”

伊塔用当地的土语哀叹了一句什么，整个身体像失去支撑似的摇摇欲坠，“给我电话，我向政府转达你们的意思。”

“很好。还要说明，不能用上次的移交方式。从内陆用直升机运送两万人太困难，在降落点和途中还会不时遭到游击队的袭击。我们要求你们把那两万个个体运到海岸来，就在这片沿海平地上，在舰队的火力控制范围内。以上的事完全由你们来做，然后我们用登陆艇一次性接收。”

“我会转达。”伊塔无力地点点头。

当伊塔随着押解的陆战队员走到舰长室门口时，他突然转过身来。美国人惊奇地发现，他的背不驼了，现在站得笔直，原来他是那么高大的一个人。他那双隐没于眼窝黑影中的眼睛，自那仿佛深不见底的黑潭中射出两道冷光，令在场所有人打了个寒战。

“离开非洲。”伊塔说。

“您说什么？”布莱尔舰长问。

伊塔没有理会，转身迈着大步走出去，那步伐之强健有力也与以前判若两人。

“他说什么？”布莱尔又转身问其他人。

“他让我们离开非洲。”菲利克斯说，若有所思地盯着伊塔离去的方向。

“他……哈……他真幽默！”布莱尔大笑起来。

入夜后，在舰长室里，菲利克斯将军入神地看着桑比亚人送他的那匹小马。它正站在宽大的海图桌上，津津有味地吃着勤务兵刚送来的卷心菜。然后，他起身来到外面的舰桥上，凝视着远方的非洲海岸。一股热风吹到脸上，风中夹着烟味儿，远方的陆地笼罩在一片红光之中，那是桑比亚的城市在燃烧。火光映红了半边夜空，经海水反射，构成了一个虚假的黎明。

“将军，看得出您很忧虑。”布莱尔舰长也悄声来到舰桥上，站在了菲利克斯后面。

“我们面对的，是一个被逼到墙角的民族。”菲利克斯看着燃烧的大陆说。

“那又怎么样？在这个世界上，鸡蛋就是鸡蛋，石头就是石头。我相信一切都会很顺利的。”

“但愿如此吧。四十多年前的那一天我记得很清楚，我和几名陆战队员一起守在西贡大使馆的楼顶，直升机正在运走最后一批人。文进勇将军指挥的北越军队离那儿只有几百米。美国在越南的势力范围，只剩大使馆楼顶那几十平方米。一颗炮弹飞来，一名陆战队员被齐肩炸成两半，我还记得他的名字，他是最后一名死于越南的美国军人……那一瞬间铭心刻骨，从此我明白了战争是一个很深奥的东西，谁都难以真正看透它。”

当菲利克斯被一名中校参谋叫醒时，天刚蒙蒙亮。参谋告诉他，指定的海岸地段已经集结了两万桑比亚人，好像就是桑比亚政府交出的那两万个个体。

“不可能这么快的！”菲利克斯盯着参谋喊道，“他们靠什么集结？桑比亚大部分的公路和铁路都难以通行，就是有畅通的道路和足够的车辆也不可能这么快集结两万人！”

菲利克斯起身抓起一架望远镜，冲到舰桥上，清晨的海风让他打了一个寒战。舰桥上已站满了举着望远镜观察海岸的海军军官，布莱尔舰长也在其中。

向岸上望去，望远镜中出现的是从海岸延伸出去的广阔平原，燃烧的城市升起的烟雾如同平原后面一张巨大的黑灰色幕布。菲利克斯看到平原的地平线上有几个黑点，这些黑点渐渐变成了一条条黑线，很快，这些黑线连接起来，给地平线镶上了一道黑边。菲利克斯立刻看出那不是两万个等待接收的“个体”，而是一支准备发起攻击的陆军部队。他们队形整齐地推进着，菲利克斯放下望远镜，用肉眼也能看到桑比亚军队像黑色的地毯一样渐渐覆盖了平原。他再次举起望远镜，看到阵线在加快速度。很快，整个方阵都飞奔起来，黑人士兵们高举着冲锋枪怒吼着，像潮水一样扑向大海。

“桑比亚人要投海自杀？”舰队中所有目睹这一壮观景象的人都迷惑不解。在“林肯号”上，菲利克斯将军首先发现了什么，脸一下变得煞白。他扔下望远镜，声嘶力竭地大叫起来：

“战斗警报！舰炮射击！所有攻击机起飞！快！”

战斗警报尖厉地响起。已冲到海边的桑比亚步兵阵线中突然出现了一大片白色的东西，那一片白色剧烈抖动着，激起了高高的尘埃，舰队上的人们一时无法相信自己的眼睛。

所有桑比亚士兵都长着一对白色的翅膀，这是两万个会飞的人！

在一片尘埃之上，飞人升到空中。飞行军团黑压压一片，遮住了初升的太阳，越海向舰队扑来。

这时，舰队的“宙斯盾”系统已对来袭的飞人做出了反应。首批舰对空导弹从“林肯号”周围的巡洋舰射向飞人，约五十条白色的烟迹扎入了飞人群中。导弹都击中了目标，清脆的爆炸声从空中传来。在一阵闪光后，飞人群中出现了一团团黑烟，被击中的飞人血肉横飞，翅膀的白色羽毛如一片片细微的雪花在天空飘散。航母上观战的人们发出一阵欢呼，但凭理智仔细观察攻击效果的菲利克斯将军和布莱尔舰长心都凉了半截，一道简单但严酷的算术题摆在他们面前。

从现在的情况看，每枚舰空导弹在击中目标时，弹头爆炸的杀伤力可击落周围两到三个飞人。舰队的舰空导弹的弹头是为击毁空中战机这样的点状目标而设计的，爆炸时只产生很少的高速弹片，因而面积杀伤力不大，而飞人受到导弹攻击后会以很快的速度散开，所以，一枚舰空导弹很快只能击落一个飞人了。具有较强面积杀伤力的舰对舰导弹和巡航导弹对这样方向和距离的目标毫无用处。

这里还有一个致命的弱点：舰队的舰空导弹中，只有不到一半采用传统的红外、雷达和激光制导方式，它们大多是上世纪就已装备的“海标枪”“海麻雀”和“标准”型舰空导弹。近年来，这支强大舰队真正引以为傲的是采用像素制导的舰空导弹。像素制导是上世纪的导弹设计师们追求已久的梦想，在这种制导方式下，导弹感受到的目标不再是传统制导方式下的点状，而是一个三维图像，通过先进的模式匹配技术对目标进行识别，正如给导弹装上了一双智慧的眼睛。这就使得导弹可以打击目标最致命的部位，因而像素制导导弹的战斗部较传统导弹大为减小。但现在，在这双智慧之眼中，那些飞人怎么看也不像是需要打击的空中目标，更像是大些的飞鸟，所以这些聪明的导弹都做出了理智的选择：绕开他们。人工智能再一次变成了人工愚蠢，而更换每个导弹的模式数据库是无论如何也来不及了。

整个舰队携带的舰对空导弹约为三千枚，这比正常情况已超载一倍了。这样数量的导弹在“宙斯盾”系统的引导下，足以对付一个大国的全部空军力量对舰队发动的攻击，进行这种攻击的敌机可能有两千架左右。而现在，舰队面对着十倍数量的飞人，每个飞人对舰只的攻击能力当然无法同战机相比，但要击落它，也要耗费一枚导弹。用航母上的战斗机对付飞人，道理也一样，况且战斗机可能来不及起飞。于是，统率着这个星球上最强大舰队的两位将军，现在不得不承认这样的现实：

对于飞人，航母战斗群的主要武器不再具有优势，质量代替不了数量。

“林肯号”的周围，舰空导弹一批接着一批地发射，导弹的尾迹在空中组成一团巨大的乱麻。舰队没有人欢呼了，现在即使普通水兵也解开了那道算术题，以往他们最自豪的东西现在靠不上了。

当所有的舰空导弹全部用光后，只击中了不到两千个飞人。而现在，从海岸方向向舰队冲来的飞人阵线的前锋，已掠过了战斗群外围的巡洋舰和驱逐舰，直向“林肯号”航母扑来。

现在，舰队只能依靠舰炮和机枪火力了，几乎所有的舰炮都全力射击。打击飞人最为有效的武器是“密集阵”火炮系统，它原是用于击落一千五百米范围内突破舰队防御系统的漏网反舰导弹的，由六管二十毫米口径火炮组成，具有每分钟三千发的高射速。“密集阵”火炮的每一次扫射，都在空中划出一条死亡的曲线，都有一排飞人被它那密集的弹流击落。但“密集阵”火炮无法长时间连续射击，它的高射速和快初速使炮管很快发热老化，必须频繁地更换，加上数量有限，它们最终也无法对来袭的大批飞人形成有力的阻击。其他的大口径舰炮射速太慢，同时，飞人的飞行轨迹是一条不断波动的正弦线，用普通舰炮对它们射击就像用步枪打蝴蝶一样，命中率很低。所以现在唯一能依靠的武器就是机枪了。

这时，菲利克斯的脑海中浮现出古代中国关于冷兵器战争的一句话：临敌不过三发。意思是说，在敌人的骑兵冲到阵地前这段时间里，弓箭手只能射出三支箭。这绝妙地反映了目前“林肯号”的处境。

现在，飞人开始对“林肯号”冲击了。飞人从各个高度接近航母，最高的飞人飞到上千米，最低的紧贴海面掠过。近两万名飞人使“林肯号”笼罩在一团死亡的阴云中。航母上的人听到从各个方向传来的飞人的呼喊，这些声音使他们头皮发炸。抬头看着那密密麻麻的遮住阳光的飞人群在头顶盘旋，他们仿佛身处噩梦之中，同时也意识到一个严酷的现实：在高技术的温床中沉浸了几十年后，他们终于获得了一个成为真正战士的机会——要同敌人面对面肉搏了。

意识到这点，菲利克斯反而冷静了许多，他拿起扩音器，沉着地发出命令：“立刻向舰上人员分发所有轻武器，重点防守指挥塔、升降机口、弹药库、航空油库和核反应堆。这是最高指挥官在说话，全舰人员，准备接敌近战！”

布莱尔舰长茫然地看着菲利克斯将军，好半天才理解了他的话的含义。舰长默默地走到海图桌前，从抽屉里拿出自己的手枪。他看着枪，无言地沉思着。突然，菲利克斯听到了一声悠扬的嘶鸣，是那匹小飞马发出的。舰长抬枪对着小马射出三发子弹，那个美丽的小精灵倒在血泊中。

又一个措手不及的尴尬场面出现了：在早期航母中，轻武器是由各战位分散保管的，但由于自“二战”以来，舰上人员从未有使用轻武器的机会，所以不知从什么时候起，现代航母上的轻武器都在一个专用仓库集中保管。“林肯号”上有近六千人，除了不能离开岗位的人，有近四千人拥向位于航母中层的军火库中去领枪，一时把狭窄的通道堵塞了。军火库门口更是乱作一团，负责发放武器的军官只能把步枪向人群中扔，领到枪的人也挤不出去，只能把枪向后传，看上去很像近代某个城市暴动的场面。这时，“林肯号”广阔的飞行甲板只能由舰上数量不多的海军陆战队守卫了。

第一个飞人在“林肯号”的飞行甲板上着陆了，他那雪白的双翅轻盈地抖动着，双脚接触甲板时没发出一点声音。这时谁也不会认为他是魔鬼，反而会觉得他是希腊神话中才有的人物，是神灵的化身。他来自远古的梦幻，如同一个美丽的幻影降落到人类这粗陋的钢铁世界中。甲板上的陆战队员被他那惊人的美震慑住了，很多人呆呆地站着，忘了开枪。但这个飞人战士还是很快被来自各个方向的弹雨击倒了，双翅上雪白的羽毛被鲜血染红。紧接着又有三个飞人着舰，其中一名幸存下来，躲到飞行甲板左舷的一个光学引导装置后面同陆战队员们对射起来。

又有几个降落的飞人被击毙后，飞人战士们意识到这时着舰代价太大，就开始从空中向航母投掷手榴弹。航母上的人们也尝到了被轰炸的滋味。当一大群飞人呼啸着从飞行甲板上空掠过后，手榴弹如冰雹般噼里啪啦地落下。在一片爆炸声中，那些仍停在甲板上的昂贵的“雄猫”和“大黄蜂”一架架被炸成碎片。

来自空中的手榴弹成功地遏制了航母上的轻武器火力，飞人的第二次强行降落取得了成功，很快就有上百名飞人战士登上了“林肯号”，他们依托着左右舷的下陷结构和甲板上飞机的残骸同舰上的陆战队和水兵枪战，掩护更多的飞人着舰。

现在，令“林肯号”的守卫者们最尴尬的局面出现了：首先，他们在人员素质上处于劣势。经过基因优化、又在非洲丛林中成长的飞人是天生的战士，在传统的近战中，他们骁勇敏捷，所向无敌。而“林肯号”上的人，除了为数不多的海军陆战队员，其他人与其说是军人，还不如说是工程师和技师，受过的陆战训练不多，在这残酷的近战中根本不是飞人战士的对手。最可怜的要数那些飞行员了，这些曾令多少敌人闻风丧胆的空中杀手、航母战斗群的刀锋，现在什么都不是了。布莱尔悲哀地从舰长室的窗中看到一名中校飞行员缩在F14的座舱中，伸出手枪乱打一气，弹匣打光了还在不停地扣扳机，直到一名脸上涂着红黑相间条纹的飞人爬上飞机，用猎刀砍下他的脑袋……

更令“第一伦理”行动的执行者们无法忍受的是，他们现在在武器上也处于劣势！在这样的近战中，他们的M16步枪并不比桑比亚飞人手中古老的AK47好多少。而且，“林肯号”上轻武器库中的步枪只有不到两千支，舰上大部分人只能用手枪作战。“林肯号”上的六千名官兵不过是被堵在钢铁中的一堆肉而已。

在三个足球场大小的飞行甲板上，飞人仍在以很快的速度降落。现在，他们在舰上的人数已过千人。“林肯号”虽然在人数上仍占优势，但大部分都被刚才的手榴弹轰炸堵在舱内，飞行甲板渐渐被飞人战士控制。现在，他们重点攻击的目标有两个：一个是飞机升降机口，这是进入舰体内最宽敞的通道；另一个是指挥塔，这是航母的神经中枢。

一群飞人从舰长室外掠过，可以听到手榴弹乒乒乓乓地砸在舱壁上。有一枚破窗而入，落到海图桌上。看着那个冒着青烟旋转的东西，菲利克斯将军仿佛走进了时间隧道，闪回到青年时代。那是热带暴雨中的越南丛林，十八岁的他也看到一枚手榴弹在眼前冒着青烟旋转，甚至外形也同眼前这颗一样，是前华约国的制式武器，弹体和弹柄都是绿色的……对历史和现实的感触都凝缩在这生死一瞬，将军出神地盯着那个东西，多亏一名参谋把他扑倒在地。

又过了十几分钟，着舰的飞人已超过两千，他们完全控制了飞行甲板，也成功地阻击了周围的巡洋舰和驱逐舰上的增援。现在从外面看，

“林肯号”上已全是飞人战士的身影，AK47冲锋枪嘶哑粗放的射击声盖住了一切，M16步枪纤细的啪啪声只能零星听到。

突然，布莱尔舰长听到一声爆炸，从升降机方向传来。同到处响起的手榴弹爆炸声相比，它很沉闷，只是隐隐约约能听到。他的心顿时沉到了底，作为一名经验丰富的军人，他不会听错，那是飞人战士在用塑性炸药炸开舰体内部的水密门，他们已进入了“林肯号”。

菲利克斯也意识到了这点。他知道，现代巨型航空母舰的内部结构是极其复杂的，即使舰上人员，在没有地图的情况下也会迷路。但对于飞人战士，这可能不是个太大的障碍，因为他们要找的地方都体积庞大且方位明确。“林肯号”有三个致命处：弹药库、航空油库（存放着供舰上作战飞机使用的八千吨航空燃油）和为全舰提供动力的两座压水核反应堆。飞人战士找到这三样东西中的任何一样，“林肯号”就死定了。同时，核动力航母是一个极其复杂的系统，在内部的随意破坏也可能带来致命的后果。

那不祥的爆炸声又响了起来，一声比一声更沉闷，如同一头巨兽，一步步走向“林肯号”的深处……

现在，结局只是时间问题。

着舰的飞人已过五千，甲板上的战斗基本停止了，而指挥塔同全舰和外界的联系几乎中断。虽然指挥塔还未完全失守，但“林肯号”已失去了大脑。

在随后的一个多小时里，“林肯号”几乎沉静下来，只有舰体内的爆炸声能隐约听到，而且向不同的方向扩散。飞人战士像进入“林肯号”这头巨兽体内的无数只蚂蚁，正在吞食它的内脏。同时，飞人加强了对指挥塔的攻击，在从下面攻打的同时，他们还从空中直接跳到指挥塔的上层建筑上。

突然，“林肯号”微微震动了一下。布莱尔冲到窗边，看到大团的白色蒸汽从舰体两侧升起，并听到一阵隆隆声，那是舰体下面的海水沸腾的声音。舰长知道，飞人战士找到了“林肯号”三个致命处中的一个：核反应堆。虽然反应堆在舰体的最下部，但它的方位是最明确的。飞人战士显然已炸毁了反应堆的冷却系统。布莱尔可以想象，堆中的反应物质如火山岩浆般流了出来，但它比岩浆灼热许多倍。它流到航母的舰底，就如同把烧红的火炭放到硬纸板上一样，很快就把舰底烧穿了。

又一阵冰雹般的手榴弹扔到舰长室周围。震耳欲聋的爆炸后，AK47冲锋枪密集地在外面响了起来，好像一阵突然爆发的狂笑。保卫舰长室的陆战队员们在舱门和窗口相继倒毙。一群飞人战士撞开门冲了进来，他们的翅膀合在身后，像是披着白色的斗篷。布莱尔舰长伸手去拿放在海图上的手枪，立刻同几名年轻参谋一起被眼疾手快的飞人战士乱枪打死。菲利克斯将军手里握着枪，但没举起来。飞人战士盯着他肩上的四颗星，没有再开枪。他们就这样对峙着。

飞人们突然向两边分开，伊塔博士走了进来。他仍披着那块披布，同周围戎装的飞人战士形成鲜明对比。一个飞人用生疏的英语让菲利克斯放下武器。

菲利克斯一手紧握着手枪，另一只手整理了一下军服，“开枪吧，黑鬼。”

伊塔博士抬起头来，菲利克斯又一次看到了他那深邃的双眼。

“将军，我们的血也是红的。”

“你们可以击沉‘林肯号’，但最后一个也跑不掉的！”

伊塔笑了一下，这是菲利克斯第一次看到他笑。“他们当然能跑掉。他们可以任意飞越国境，雷达系统不能把他们同飞鸟区别开来。他们到处都能得到食物。即使是在现代社会，要消灭这样一批人也是不容易的。更重要的是，他们很快就会成为合法的人，将享有作为一个人的一切权利。”

“我不明白。”

“您是个聪明人。正如您所说，即使在所谓的文明世界，只要有需要，伦理就会是第二位的。那里的人们当然不需要吃野草和树叶，但他们肯定需要飞翔，这是人类最古老的梦幻，没人能抵挡它的诱惑。您将会看到，想象中的魔鬼并不存在，天使时代即将到来。在那个美好的时代里，人类在城市和原野上空飞翔，蓝天和白云是他们散步的花园。人类还将像鱼一样潜游在海底，并且以上千岁的寿命来享受这一切。将军，您已经看到了这个时代的曙光。”

伊塔博士说完，转身走了出去，同时用桑比亚语说了句什么。接着所有的飞人战士都转身走了，没有一个人再看菲利克斯一眼。

“林肯号”航空母舰直到黄昏才完全沉没。当舰上的指挥塔最后沉入水中时，被压出的空气发出巨大的嘶鸣，像非洲海岸凄厉的号角。菲利克斯将军站在一艘巡洋舰的舰桥上，用困惑的目光望着远方古老的土地。

在那块百万年前诞生人类的土地上，飞人们正在夕阳中盘旋。

发表于 2002 年第 6 期《科幻世界》

人和吞食者

一、波江座晶体

即使距离很近，上校也不可能看到那块透明晶体。它漂浮在漆黑的太空中，如同一块沉在深潭中的玻璃。上校凭借着晶体扭曲的星光确定其位置，但很快在一片星星稀疏的背景上丢失了它。突然，远方的太阳变形扭曲了，那永恒的光芒也变得闪烁不定。他吃了一惊，但以“冷静的东方人”著称的他并没有像漂浮在旁边的十几名同事那样惊叫。他很快明白，那块晶体就在他们和太阳之间，距他们十几米，距太阳一亿公里。以后的三个多世纪里，这诡异的景象时常出现在他的脑海中，他真怀疑这是不是后来人类命运的一个先兆。

作为联合国地球防护部队在太空中的最高指挥官，他率领的这支小小的太空军队装备着人类有史以来当量最大的热核武器，敌人却是太空中没有生命的大石块。在预警系统发现有威胁地球安全的陨石和小行星时，他的部队负责使其改变轨道或摧毁它们。这支部队在太空中巡逻了二十多年，从来没有一次使用这些核弹的机会。那些足够大的太空石块似乎都躲着地球走，故意不给他们创造辉煌的机会。但现在，晶体在两个天文单位外被探测到，它精确地沿一条绝非自然形成的轨道飞向地球。

上校和同事们谨慎地向晶体靠近，他们太空服上推进器的尾迹像条条蛛丝把晶体缠在正中。就在上校与它的距离缩小至不到十米时，晶体的内部突然出现了迷雾般的白光，使它那规则的长梭状轮廓清晰地显示出来。它大约有三米长，再近一些，还可以看到其内部像是推进系统的错综复杂的透明管道。当上校把戴着太空手套的右手伸向晶体表面，以进行人类与外星文明的首次接触时，晶体再次变得透明，内部浮现出一幅色彩亮丽的影像。那是一个卡通小女孩儿，眼睛像台球那么大，长发直到脚跟，同漂亮的长裙一起像在水中那样缓缓漂动着。

“警报！呀！警报！吞食者来了！”她惊慌失措地大叫着，大眼睛盯着上校，一只细而柔软的手臂指向与太阳相反的方向，像在指一条追着她的大狼狗。

“那你是从哪里来的呢？”上校问。

“波江座 ε 星——你们好像是这么叫的。按你们的时间，我已经飞行了六万年……吞食者来了！吞食者来了！”

“你有生命吗？”

“当然没有，我只是一封信……吞食者来了！吞食者来了！”

“你怎么会讲英语？”

“路上学的……吞食者来了！吞食者来了！”

“那你这个样子是……”

“路上看到的……吞食者来了！吞食者来了！呀，你们真不怕吞食者吗？”

“吞食者是什么？”

“样子像个大轮胎，呵，这是按你们的比喻。”

“你对我们世界的东西真熟悉。”

“路上熟悉的……吞食者来了！”

波江女孩儿喊叫着，闪到晶体的一端。在她空出的空间里出现了那个“轮胎”的图像，它确实像轮胎，表面发着磷光。

“它有多大？”另一名军官问。

“总直径为五万公里，‘轮胎’宽为一万公里，内圆直径为三万公里。”

“……你说的‘公里’是我们的长度单位吗？”

“当然是！它大着呢，可以把一颗行星套进去，就像你们的轮胎套一个足球一样。套住那颗行星后，它就掠夺行星的资源，把它吸干榨尽后吐出去，就像你们吃水果吐核儿一样……”

“我们还是不明白吞食者到底是什么。”

“一艘世代飞船，我们不知道它从哪里来，要到哪里去。事实上，驾驶吞食者的那些大蜥蜴肯定也不知道。这个世界已在银河系中漂行了几千万年，它的拥有者一定早已忘记了它的本源和目的。但可以肯定，它被创造出来时远没有那么大。它是靠吃行星长大的，我们的行星就被它吃了！”

这时，晶体中显示的吞食者在变大，渐渐占满了整个画面，显然正在向摄像者的世界缓缓降下来。现在，在这个世界居民的眼中，大地仿佛处于一口宇宙巨井的井底，太空就是一圈缓缓转动的井壁，可以看清井壁表面的复杂结构。这让上校想到了在显微镜下看到的微处理器的电路，后来他发现那是连绵不断的城市。再向上，井壁的顶端是一圈蓝色光焰，在天空中形成一个围绕着群星的巨大火圈。波江女孩告诉他们，那是吞食者尾部的环形推进发动机。在晶体的一端，女孩手舞足蹈，她那飘飘的长发也像许多只挥动的手臂，极力表达着她的惊恐。

“这就是波江座 ε 星的第三颗行星被吞食时的情形。这时你要是身在我们的世界，第一个感觉是身体在变轻，这是由于吞食者巨大质量产生的引力抵消行星引力所致。这引力的扰动产生了毁灭性的灾难：海洋先是涌向行星朝向吞食者的那一极；当行星被套入‘轮胎’后，海洋又涌向赤道，产生的巨浪能够吞没云层；接着，引力异常将大陆像薄纸一样撕成碎片，火山在海底和陆地密密麻麻地出现……当‘轮胎’套到行星的赤道时，吞食者便停止推进。以后，其相对于恒星的轨道运动始终与行星保持同步，一直把这颗行星含在口里。

“这时，对行星的掠夺开始了。无数条上万公里长的缆索从井壁伸到行星表面，使行星如同一只被蛛网粘住的虫子。巨大的运载舱频繁地往来于行星表面与井壁之间，运走行星的海水和空气，更有无数大机器深深地钻进行星的地层，狂采吞食者需要的矿藏……由于吞食者的引力与行星引力相互抵消，行星与‘轮胎’之间的一圈空间是低重力区，这使行星向吞食者的资源运输变得很容易，大掠夺因此有很高的效率。

“按地球时间，吞食者对被吞入的每颗行星大约要‘咀嚼’一个世纪左右。在这段时间里，行星上包括空气在内的资源被掠夺一空。同时，由于‘轮胎’长时间的引力作用，行星渐渐被拉得扁平，最后变成……还用你们的比喻吧：铁饼状。当吞食者最后移走，‘吐出’这颗已被榨干的行星时,行星的形状会恢复成球形,这又引发了最后一场全球范围的地质灾难。这时,行星的表面呈现出其几十亿年前刚刚形成时的熔岩状态,它早已是一个没有任何生命的地狱了。”

“吞食者距太阳系还有多远?”上校问。

“它紧跟在我后面。按你们的时间,再有一个世纪就到了。警报!吞食者来了!吞食者来了!”

二、使者大牙

正当人们为波江晶体带来的信息是否可信而争论不休时,吞食者的一艘先遣小型飞船进入了太阳系,最后到达地球。

首先与之接触的,仍是上校率领的太空巡逻队,但这次接触的感觉与上次与波江晶体的接触完全不同。如果说玲珑剔透的波江晶体代表了一种纤细精致的技术文明,那么吞食者飞船则相反,它的外形极其粗陋笨重,如同被遗弃在旷野中一个世纪的大锅炉,令人想起凡尔纳描述的粗放的大机器时代。吞食帝国的使者也同样粗陋笨重,他那蜥蜴状的粗壮身躯披着大块的石板般的鳞甲,直立起来有近十米高。他自我介绍的名字发音为“达雅”,但按他的外形特点和后来的行为方式,人们管他叫“大牙”。

当大牙的小型飞船在联合国大厦前着陆时,发动机把地面撞出一个大坑,飞溅的石块把大厦打得千疮百孔。由于外星使者太高大,无法进入会议大厅,各国首脑就在大厦前的广场上与他见面,他们中的几个人用手帕捂着刚才被玻璃和碎石划破的头。大牙每走一步,地面都颤抖一下。他说话时的声音像十台老式火车头同时鸣笛，让人头皮发炸。挂在他胸前的一个外形粗笨的翻译器把他的话译成英语(也是路上学的)，那是一个粗犷的男声，音量虽比大牙低了许多，但仍然让听者心惊肉跳。

“呵呵，白嫩的小虫虫，有趣的小虫虫。”大牙乐呵呵地说。人们捂住耳朵，等他轰鸣着说完，然后稍微放开耳朵，听翻译器里的声音，“我们有一个世纪的时间相处，相信我们会互相喜欢对方的。”

“尊敬的使者，您知道，我们现在最关心的，是您那伟大的母舰到太阳系的目的。”联合国秘书长仰望着大牙说。尽管他在大喊，但声音听起来仍像蚊子叫。

大牙做了一个类似于人类立正的姿势，地面为之一颤，“伟大的吞食帝国将吃掉地球，以便继续它壮丽的航程，这是不可改变的！”

“那么人类的命运呢？”

“这正是我今天要决定的事。”

元首们纷纷交换目光，秘书长点点头，“这确实需要我们进行充分的交流。”

大牙摇摇头，“这是一件十分简单的事情，我只需要品尝一下——”说着，他伸出强壮的大爪，从人群中抓起一个欧洲国家的首脑，从三四米远处优雅地扔进嘴里，细细地嚼了起来。不知是出于尊严还是过度恐惧，那个牺牲品一直没有叫出声，只听到他的骨骼在大牙嘴里碎裂时清脆的咔嚓声。半分钟后，大牙噗的一声吐出那人的衣服和鞋子。衣服虽然浸透了血，但几乎完好无损。这时，不止一个旁观者联想到了人类嗑瓜子的情形。

整个地球一时间陷入一片死寂，这寂静似乎无限期地持续着，直到被一个人类的声音打破——

“您怎么拿起来就吃啊？”站在人群后面的上校问。

大牙向他走去，人群散开一条道。这个庞然大物咚咚地走到上校面前，用一双篮球大小的黑眼睛盯着他，“不行吗？”

“您怎么这么肯定他能吃呢？一个相距如此遥远的世界上的生物能被食用，从生物化学上讲几乎是不可能的。”

大牙点点头，大嘴一咧，做出类似于笑的表情，“我一开始就注意到你了。你一直冷眼看着我，若有所思。你在想什么？”

上校也笑笑，“您呼吸我们的空气，通过声波说话，有两只眼睛一个鼻子一张嘴，还有四条对称的肢体……”

“这不可理解吗？”大牙把巨头凑近上校，喷出一股让人作呕的血腥气。

“是的，因为太好理解所以不可理解。我们不应该这么相似。”

“我也有不理解之处，那就是你的冷静。你是军人？”

“我是一名保卫地球的战士。”

“哼，不过是推开一些小石头而已，那能让你成为真正的战士？”

“我准备接受更大的考验。”上校庄严地昂起头。

“有趣的小虫虫。”大牙笑着点点头，直起身来，“我们还是回到正题吧：人类的命运。你们的味道不错，有一种滑爽的清淡，很像我在波江座行星上吃过的一种蓝色浆果。所以祝贺你们，你们的种族将延续下去——你们将作为一种小家禽在吞食帝国被饲养，到六十岁左右上市。”

“您不觉得那时我们的肉太老了吗？”上校冷笑着说。

大牙大笑起来，声音如火山爆发，“哈哈哈哈，吞食人喜欢有嚼头儿的小吃。”

三、蚂 蚁

联合国又同大牙进行了几次接触，虽然再没有人被吃掉，但关于人类命运的谈判结果都一样。

人们把下一次会面精心安排在非洲的一处考古挖掘现场。

大牙的飞行器准时在距挖掘现场几十米处降落，同每次一样，他的降落就像是一场大爆炸，震耳欲聋，飞沙走石。据波江女孩介绍，大牙的飞行器是由一台小型核聚变发动机驱动的。对于有关吞食者的信息，她一解释，人类科学家就立刻明白了。但波江人的技术却令地球人很迷惑，比如那块晶体，着陆后便在空气中融化，最后与星际航行有关的推进部分全融化掉了，只剩下薄薄的一片，在空气中轻盈地飘行。

大牙来到挖掘现场时，有两个联合国工作人员抬着一本一米见方的大画册递给他。画册是按他的个头儿精心制作的，有上百页精美的彩图，内容是人类文明的各个方面，很像一本儿童启蒙教材。在挖掘现场的大坑旁，一名考古学家绘声绘色地讲述着地球文明的辉煌历程。他竭力想让外星人明白这颗蓝色行星上有太多值得珍惜的东西，说到动情处，考古学家声泪俱下，好不凄惨。最后，他指着挖掘现场的大坑说：“尊敬的使者，您看，这是我们刚刚发现的一处城市遗址，是迄今发现的最早的人类城市，距今已有近五万年。你们真的忍心毁灭一个历经五万年岁月、一点一滴发展到今天的灿烂文明？”

大牙在这个过程中一直翻看着画册，好像觉得那是一件很好玩的东西。考古学家的最后一句话让他抬起头来，看了看大坑，“呵，考古虫虫，我对这个坑和坑里的旧城市不感兴趣，倒是很想看看从坑里挖出的土。”他指了指大坑旁边一个几米高的土堆。

听完翻译器中的话，考古学家很迷惑，“土？那堆土里什么也没有啊。”

“那是你的看法。”大牙说着走到土堆旁，蹲下高大的身躯，伸出两只大爪在土里挖起来。人们围成一圈看着，惊叹他那看似粗笨的大爪的灵活。他拨动着松土，不时拾起什么极小的东西放到画册上。就这样专心致志地干了十多分钟后，他捧着画册直起身来，走到人们面前，让大家看画册上的东西。

上百只蚂蚁，有的活着，有的已经死了，蜷成一团，仔细辨认才能看出是什么。

“我想讲一个故事，”大牙说，“关于一个王国的故事。这个王国的前身是一个更大的帝国，帝国国民的先祖可以追溯到地球白垩纪末期。在恐龙高耸入云的骨架下，先祖建起帝国宏伟的城市……但那段历史太久远了，帝国最后一世女王能记起的，就是冬天的降临。在那漫长的冬天里，大地被冰川覆盖，失去已延续了上千万年的生机，生活变得万分艰难。

“从最后一次冬眠醒来后，女王只唤醒了帝国不到百分之一的成员，其他的都已在寒冷中长眠，有的已变成透明的空壳。女王摸摸城市的墙壁，冷得像冰块，硬得像金属。她知道这是冻土——在这严寒时代中，它夏天都不化。女王决定离开这片先祖留下的疆域，去找一块不冻的土地建立新的王国。

“于是，女王率领所有的幸存者来到地面，在高大的冰川间开始艰难的跋涉。大部分成员在漫漫的路途中死于严寒，但女王与不多的幸存者终于找到了一块不冻土，那是一块被溢出的地热温暖的土地。女王当然不明白，为什么在这严寒世界中有这么一小片潮湿柔软的土地。但她对能到达这里并不感到意外：一个延续了六千万年的种族是不会灭绝的！

“面对冰川纵横的大地和昏暗的太阳，女王宣布要在这里建立一个新的伟大的王国，它将延续万代！她站在一座高大的白色山峰下，把这个新王国命名为‘白山王国’。那座白色山峰是一头猛犸象的头骨。这是第四纪冰川末期的一个正午，这时的人类虫虫还是零星地龟缩在岩洞中发抖的愚钝动物。九万年之后，你们文明的第一点烛光才在另一个大陆的美索不达米亚平原上出现。

“以附近冰冻的猛犸象遗体为生，白山王国度过了一万年的艰难岁月。之后，地球冰期结束，大地回春，各大陆又重新披上了生命的绿色。在这新一轮的生命大爆炸中，白山王国很快达到了鼎盛，拥有数不清的成员和广大的疆域。在其后的几万年中，王国经历了数不清的朝代，创造了数不清的史诗。”

大牙指指眼前的大坑，“这就是那个王国最后的位置。在考古虫虫专心挖掘下面那已死去五万年的城市时，并没有想到在它上面的土层中还有一个活着的城市。它的规模绝不比纽约小，后者只是一个二维的平面城市，而它是一座宏大的立体城市，有很多层。每一层密布着迷宫般的街道，有宽阔的广场和宏伟的宫殿。整座城市的供排水系统和消防系统的设计也比纽约高明得多。城市中有着复杂的社会结构、严格的行业分工，整个社会以一种机器般的精密和协调高效地运转着，不存在吸毒和犯罪问题,也没有沉沦和迷茫。但王国的国民并非没有感情,当有成员死亡时,它们表现出长时间的悲伤。它们甚至还有墓地,位于城市附近的地面上,掩埋深度为三厘米。最值得说明的是:在城市的底层有一个庞大的图书馆,收藏着数量巨大的卵形小容器——那是一本本书——每个容器中都装有成分极其复杂的化学味剂,用其复杂的成分记录着信息。这里有对白山王国漫长历史的史诗般的记载:你能看到在一次森林大火中,王国的所有成员抱成无数个团,顺一条溪流漂下,逃出火海的壮举;还能看到王国与白蚁帝国长达百年的战争史;还有王国的远征队第一次看到大海的记载……

“但所有这一切在三个小时之内被毁灭。当时,在惊天动地的轰鸣声中,挖掘机那遮盖了整片天空的钢铁巨掌凌空劈下,把包含着城市的土壤一把把抓起。城市和其中的一切在巨掌中被碾得粉碎,包括城市最下层的孩子和将成为孩子的几万只雪白的卵。”听罢,地球世界再一次陷入死寂之中,这次的寂静比大牙吃人的那一次延续得更长。面对外星使者,人类第一次无话可说。

大牙最后说:“我们以后有很长的时间相处,有很多的事要谈,但不要再从道德角度谈了。在宇宙中,那东西没意义。”

四、加速度

大牙走后,考古现场的人们仍沉浸在迷茫和绝望之中。又是上校首先打破寂静,对周围的各国政要说:“我知道自己是个小人物,只是因为两次首先接触外星文明而有幸亲临这样的场合。我只想说两句话:一、大牙是对的；二、人类的唯一出路是战斗。”

“战斗？唉，上校，战斗……”秘书长苦笑着摇头。

“对，战斗！战斗！战斗！”波江女孩大喊。此时，她所在的晶体片正飘飞在人们头上几米高处。阳光下的晶体中，那长发女孩在兴奋地手舞足蹈。

有人说：“你们波江人也战斗了，结果怎么样？人类得为自己种族的生存着想，我们并没有义务满足你那变态的复仇欲望。”

“不，先生，”上校对所有人说，“波江人是在对敌人完全陌生的情况下进行自卫战争的，加上他们本来就是一个历史上完全没有战争的社会，所以失败是不奇怪的。但在这场长达一个世纪的惨烈战争中，他们对吞食者有了细致深刻的了解。现在，他们掌握的大量资料通过这艘飞船送到了我们手中，这就是我们的优势。

“冷静地初步研究这些资料，我们发现吞食者并没有最初想象的那么可怕。首先，除了不可思议的庞大形体外，吞食者并没有太多超出人类知识范畴的东西。就生命形式而言，吞食人——据说在‘轮胎’上居住着上百亿个——与地球人一样是碳基生物，且其生命在分子层次的构造上与我们十分相似。人类与敌人拥有相同的生物学基础，我们有可能真正深刻地理解它们的各个方面，这比我们面对一群由力场和中子星物质构成的入侵者要幸运多了。

“更让我们宽慰的是，吞食者并没有太多的‘超技术’。吞食人的技术比人类要先进许多，但这主要表现在技术的规模上，而不是理论基础上。吞食者的推进系统的能量来源主要是核聚变，它所掠夺的行星水资源除了用于吞食人的生活外，主要是被作为聚变燃料。吞食者上发动机的推进方式也是基于动量守恒的反冲方式,并没有时空跃迁之类玄妙的玩意儿……这些信息可能使科学家深感失落,因为吞食者上的文明毕竟延续了几千万年,它的技术层次也代表了科学发展的极限。但与此同时,我们也因此知道,敌人不是不可战胜的神。"

秘书长说:"仅凭这些,就能使人类树立起必胜的信心吗?"

"当然还有许多具体的信息,使我们能够制定出一个成功率较高的战略,比如……"

"加速度!加速度!"波江女孩在人们头顶大叫。

上校对周围迷惑的人们解释说:"从波江人送来的资料看,吞食者航行的加速度有一个极限。在长达两个世纪的观察中,他们从未发现它突破过这个极限。为证实这一点,我们根据波江座飞船送来的其他资料,如吞食者的结构和构成它的材料的强度等,建立了一个数学模型,模型的演算证实了波江人对吞食者加速度极限的观察。这个极限是由它的结构强度所决定的,一旦超出,这个庞然大物就会被撕裂。"

"那又怎么样?"一位大国元首问道。

"我们应该冷静下来,用自己的脑子好好想想。"上校微笑着说。

五、月球避难所

人类与外星使者的谈判终于有了一点点进展,大牙对人类关于月球避难所的要求做出了让步。

"人是恋家的动物。"在一次谈判中,秘书长眼泪汪汪地说。

"吞食人也是,虽然我们没有家。"大牙同情地点点头。

“那么，能否让我们留下一些人，等伟大的吞食帝国吃完再吐出地球后，待它的地质结构稳定下来，再回来重建我们的文明？”

大牙摇摇头，“吞食帝国吃东西是吃得很干净的，那时的地球将比现在的火星还荒凉，凭你们虫虫的技术能力，不可能重建文明。”

“总得试试吧，这样我们的灵魂才会安宁。特别是在吞食帝国上被饲养的那些小家禽，如果他们记得在遥远的太阳系还有一个家，会多长些肉的，虽然这个家不一定真的存在。”

大牙点点头，“可是当地球被吞下时，这些人去哪儿呢？除了地球，我们还要吃掉金星，木星和海王星太大了，我们吃不下，但要吃它们的卫星，吞食帝国需要上面的碳氢化合物和水；连贫瘠的火星和水星我们也想嚼一嚼，我们想要上面的二氧化碳和金属。这些星球的表面将是一片火海。”

“我们可以去月球避难。据我们所知，吞食帝国在吃地球之前要把月球推开。”

大牙又点点头，“是的，由吞食帝国和地球组成的联合星体引力很大，有可能使月球坠落在大环表面，这种撞击足以毁灭帝国。”

“那就对了，让我们的一些人住到月球去吧，这对你们也没有太大损失。”

“你们打算留多少人？”

“从维持一个文明的最低限度着想，十万吧。”

“可以，但你们得干活儿。”

“干活儿？什么活儿？”

“把月球从地球轨道推开，这对我们来说也是一件很麻烦的事。”

“可是……”秘书长绝望地抓着头发,“您这等于拒绝了人类这点小小的可怜要求,您知道我们没有这种技术力量的!”

“呵,虫虫,那我不管。再说,不是还有一个世纪吗?”

六、播种核弹

在泛着白光的月球平原上,一群穿着太空服的人站在一个高高的钻塔旁边。吞食帝国高大的使者站在更远一些的地方,仿佛是另一个钻塔。他们注视着一个钢铁圆柱体从钻塔顶端缓缓落下,沉入钻塔下的深井中。吊索飞快地向井中放下去,三十八万公里外的整个地球世界都在注视着这一幕。当放置物到达井底的信号传来时,包括大牙在内的所有观察者都鼓起掌来,庆祝这一历史性时刻的到来。

推进月球的最后一颗核弹已经就位,这时,距波江晶体和吞食帝国使者到达地球已有一个世纪。

这是一个绝望的世纪,人类在进行着痛苦的奋斗。

上半个世纪,全世界竭尽全力建造月球推进发动机,但这种超级机器始终没能建成。那几台实验用的样机只是给月球表面增加了几座废铁高山,还有几个在试运行时被核聚变的高温熔化成一片钢水的湖泊。人类曾向吞食帝国使者请求技术支援,因为推进月球需要的发动机还不及吞食者上那无数超级发动机的十分之一大。但大牙不答应,还讥讽道:“别以为知道了核聚变就能造出行星发动机,造出爆竹离造出火箭还差得远呢。其实你们完全没有必要费这么大劲儿。在银河系,一个文明成为另一个更强大文明的家禽是很正常的。你们会发现被饲养是一种多么美妙的生活，衣食无忧，快乐终生，有些文明还求之不得呢。你们感到不舒服，完全是陈腐的人类中心论在作怪。”

于是，人类把希望寄托在波江晶体上，但这希望同样落空。波江文明是沿着一条与地球和吞食者完全不同的技术路线发展的，他们的所有技术力量都来自本星的生物，比如这块晶体，就是波江行星海洋中的一种浮游生物的共生体。对他们世界中生命的这些奇特能力，波江人只是组合和利用，并不知其深层的秘密，而一旦离开本星的生物，波江人的技术就寸步难行了。

浪费了宝贵的五十多年后，绝望的人类突然想出了一个极其疯狂的月球推进方案。这个方案首先由上校提出，当时他是月球推进计划的主要领导人之一，军衔已升为元帅。这个方案尽管疯狂，技术上的要求却并不高，人类已有的技术完全可以胜任，以至于人们惊奇为什么没有早点儿想到它。

新的推进方案很简单，就是在月球的一面大量埋设核弹。这些核弹的埋设深度一般为三千米左右，其埋设的密度以不被周围核弹的爆炸所摧毁为标准。这样，将在月球的推进面埋设五百万枚核弹。与这些热核炸弹的当量相比，人类在冷战时期所制造的威力最大的核弹只能算常规武器。因此，当这些埋在月球地下的超级核弹爆炸时，与以前的地下核试验中被窒息在深洞中的核爆炸完全不同，会将上面的地层完全掀起炸飞。在月球的低重力下，被炸飞的地层岩石会达到逃逸速度，脱离月球，冲进太空，进而对月球本身产生巨大的推进力。如果每一时刻都有一定数量的核弹爆炸，这种脉冲式的推进力就会变得连续不断，等于给月球装上了强劲的发动机。而使不同位置的核弹爆炸，就可以操纵月球的飞行方向。方案还计划在月面下埋设两层核弹，另一层在第一层之下，约六千米深度。当上层核弹耗尽、月球推进面被剥去三千米厚的一层时，第二层能接着被不断引爆，使“发动机”的运行时间延长一倍。

当晶体中的波江女孩听到这个方案时，认为人类真的疯了，“现在我知道，如果你们有吞食者那样的技术力量，会比他们还野蛮！”

但这个方案使大牙赞叹不已，“呵呵，虫虫们竟能有这样美妙的想法，我喜欢，喜欢它的粗野，粗野是最美的！”

“荒唐！粗野怎么会美？”波江女孩反驳说。

“粗野当然美，宇宙就是最粗野的！漆黑寒冷的深渊中燃烧着狂躁的恒星，不粗野吗？宇宙是雄性的，明白吗？像你们那种女人气的文明，那种弱不禁风的精致和纤细，只是宇宙小角落中一种微不足道的病态而已。”

一百年过去了，大牙仍然生机勃勃，晶体中的波江女孩仍然鲜艳动人，但元帅感到了岁月的力量。一百三十五岁，他已是老年人了。

这时，吞食者已越过冥王星轨道，从由波江座 ε 星开始的六万年漫长航行中苏醒了。太空中那个巨大的“轮胎”变得灯火辉煌，庞大的社会运转起来，准备好了对太阳系的掠夺。

吞食者掠过外行星，向地球扑来。

七、人类的第一次和最后一次星战

月球脱离地球的加速开始了。

推进面的核弹开始爆炸时,月球正处于地球白昼的一面。每次爆炸的闪光,都会让月球在蓝天上短暂地映现一下,天空中仿佛出现了一只不断眨巴的银色眼睛。入夜后,月球一侧的闪光传过近四十万公里仍能在地面上映出人影。月球的后面还能看到一条淡淡的银色尾迹,它是由从月面炸入太空的岩石构成的。从安装在推进面的摄像机中可以看到,月面被核爆掀起的地层碎块如滔天洪水般涌向太空,向前很快变细,在远方成为一条极细的蛛丝,弯向地球的另一面,描绘出月球加速的轨道。

但人们的注意力都集中在天空中出现的那个恐怖的大环上:吞食者此时已驶近地球,它的引力产生的巨大潮汐已摧毁了所有的沿海城市。吞食者尾部的发动机闪着一圈蓝色的光芒,它正在进行最后的轨道调整,以使其绕太阳运行的轨道与地球保持同步,同时使自己与地球的自转轴线重合在同一直线上。然后它将缓缓向地球移动,将其套入大环中。月球的加速持续了两个月,这期间,在它的推进面,平均两三秒钟就爆炸一枚核弹,到目前为止,已引爆了二百五十多万枚。加速后的月球环绕地球的轨道形状已变得很扁,当月球运行到这椭圆轨道的顶端时,应元帅的邀请,大牙同他一起来到了月球面向前进方向的一面。他们站在环形山环绕的平原上,感受着从月球另一面传来的震动,仿佛这颗地球卫星的中心有一颗强劲的心脏。在漆黑的太空背景下,吞食者的巨环光彩夺目,占据了半个天空。

"太棒了,元帅虫虫,真的太棒了!"大牙对元帅由衷地赞叹着,"不过你们要抓紧,只剩下一圈的加速时间了,吞食帝国可没有等待别人的习惯。我还有个疑问:你们十年前就已建成的地下城还空着,那些移民什么时候来?你们的月地飞船能在一个月时间里从地球迁移十万人?"

“不会迁移任何人了，我们将是月球上最后的人类。”

听到这话，大牙吃惊地转过身去，看到了元帅所说的“我们”：那是地球太空部队的五千名将士，在环形山平原上站成严整的方阵。方阵前面，一名士兵展开一面蓝色的旗帜。

“看，这是我们行星的旗帜，地球对吞食帝国宣战了！”

大牙呆呆地站着，迷惑多于惊讶。紧接着，他四脚朝天摔倒了，这是由于月面突然增加的重力所致。大牙一动不动地趴在地上，他那庞大身体激起的月尘在周围缓缓降落，但很快又扬起来——这是从月球另一面传来的剧烈震波所致，平原因此蒙上了一层白色的尘被。大牙知道，在月球的另一面，核弹的爆炸密度突然增加了几倍。从重力的激增，他推测出月球的加速度也增加了几倍。他打了个滚儿，从太空服胸前的口袋里掏出硕大的电脑，调出了月球目前的轨道。他看到，如果这剧增的加速度持续下去，轨道将不再闭合，月球将脱离地球引力冲向太空，一条闪着红光的虚线标示出预测的方向。

月球将径直撞向吞食者！

大牙缓缓地站了起来，任手中的电脑掉下去。他抬头看去，在突然增加的重力和波浪般的尘雾中，地球军团的方阵仍如磐石般稳立着。

“持续了一个世纪的阴谋。”大牙喃喃地说。

元帅点点头，“你明白得太晚了。”

大牙长叹着说：“我应该想到地球人与波江人是完全不同的两个物种。波江世界是一个以共生为进化基础的生态圈，没有自然选择和生存竞争，更不知战争为何物……我们却用这种习惯思维来套地球人。而你们，自从树上下来后就厮杀不断，怎么可能轻易被征服呢？我……不可饶恕的失职啊!”

元帅说:“波江人为我们提供了大量的重要信息,其中关于吞食者的加速度极限值就是人类这个作战方案的基础:如果引爆月球上的转向核弹,月球的轨道机动加速度将是吞食者速度极限值的三倍。这就是说,它比吞食者灵活三倍,你们不可能躲开这次撞击的。”

大牙说:“其实我们也不是完全没有戒备。当地球开始大量生产核弹时,我们时刻监视着这些核弹的去向,确保它们被放置在月球地层中,可没有想到……”

元帅在面罩后面微微一笑,“我们不会傻到用核弹直接攻击吞食者,地球人那些简陋的导弹在半途中就会被身经百战的吞食帝国全部拦截,但你们无法拦截巨大的月球。也许凭借吞食者的力量,最终能击碎它或使其转向,但现在距离已经很近,来不及了。”

“狡诈的虫虫,阴险的虫虫,恶毒的虫虫……吞食帝国是心肠实在的文明,把什么都说在明处,可是最终被狡诈阴险的地球虫虫骗了。”大牙咬牙切齿地说,狂怒中想用大爪子抓元帅,但在士兵们指向他的冲锋枪面前停住了。他没有忘记自己也是血肉之躯,一梭子弹足以让他丧命。元帅对大牙说:“我们要走了,劝你也离开月球吧,不然会死在吞食帝国的核弹之下。”

元帅说得很对,大牙和人类太空部队刚刚飞离月球,吞食者的截击导弹就击中了月面。这时月球的两面都闪烁着强光,朝向前进方向的一面也有大量的岩石被炸飞到太空中。与推进面不同的是,这些岩石是朝着各个方向漫无目标地飞散开。从地球上看去,撞向吞食者的月球如一个披散着怒发的斗士,任何力量都无法阻挡它!在能看到月球的大陆上，人山人海爆发出狂热的欢呼。

吞食人的拦截行动只持续了不长的时间就停止了，因为他们发现这毫无意义。在月球走完短暂的距离之前，既不可能使它转向，更不可能击碎它。

月球上的推进核弹也停止了爆炸。速度已经足够，地球保卫者要留下足够的核弹进行最后的轨道机动。

一切都沉静下来。在冷寂的太空中，吞食者和地球的卫星静静地相向飘行着，它们之间的距离在急剧缩短。当两者的距离缩短至五十万公里时，从地球统帅部所在的指挥舰上看去，月球已与“轮胎”重叠，像是轴承圈上的一粒钢珠。

直到这时，吞食者的航向也没有任何变化，这是容易理解的：过早的轨道机动会使月球也做出相应的反应，真正有意义的躲避动作要在月球最后撞击前进行。这就像两名用长矛决斗的中世纪骑士，他们骑马越过长长的距离逼近对方，但胜负是在接触前的一小段距离内决出的。

银河系的两大文明都屏住了呼吸，等待着那最后的时刻。

当距离缩短至三十五万公里时，双方的机动航行开始了。吞食者的发动机首先喷出了上万公里的蓝色烈焰，开始躲避；月球上的核弹则以空前的密度和频率疯狂地引爆，进行着相应的攻击方向修正，它那弯曲的尾迹清楚地描绘出航线的变化。吞食者喷出的上万公里长的蓝色光河的头部镶嵌着月球核弹银色的闪光，构成了太阳系有史以来最壮观的景象。

双方的机动航行进行了三个小时，它们的距离已缩短至五万公里，计算机显示的结果令指挥舰上的人们不敢相信自己的眼睛：吞食者的变轨加速度四倍于波江晶体提供的极限值！以前深信不疑的吞食者的加速度极限，一直是地球人取胜的基础，现在，月球上剩余的核弹已没有能力对攻击方向做出足够的调整。计算表明，即使尽全力变轨，半小时后，月球也将以四百公里的距离与吞食者擦肩而过。

在一阵令人目眩的剧烈闪光后，月球耗尽了最后的核弹，几乎与此同时，吞食者的发动机也关闭了。在死一般的寂静中，惯性定律完成了这篇宏伟史诗的最后章节：月球紧擦着吞食者的边缘飞过，由于其速度很高，吞食者的引力没能将其捕获，但扭弯了它的飘行轨迹。月球掠过吞食者后，无声地向远离太阳的方向飞去。

指挥舰上，统帅部的人们在死一般的沉默中度过了几分钟。

“波江人骗了我们。”一位将军低声说。

“也许，那块晶体只是吞食帝国的一个圈套！”一位参谋喊道。

统帅部瞬间陷入一片混乱。每个人都声嘶力竭地叫喊着，以掩盖或发泄自己的绝望。几名文职人员或哭泣或抓着自己的头发，精神已到了崩溃的边缘。只有元帅仍静静地站在大显示屏前，他慢慢转过身来，用一句话稳住了局面：“我请各位注意一个现象：吞食者的发动机为什么要关闭？”

这话引起了所有人的思考。是的，在月球上的核弹停止爆炸后，敌人的发动机没有理由关闭，因为他们不可能知道月球上是否还剩有核弹。同时，考虑到吞食者的引力有可能捕获月球，他们也应该继续进行躲避加速，拉开与月球攻击线的距离，而不能仅仅满足于这四百公里的微小间距。

“给我吞食者外表面的近距离图像。”元帅说。

大屏幕上出现了一幅全息画面，这是一个掠过吞食者的地球小型高速侦察器在距其表面五百公里上空传回的。人们敬畏地看着吞食者灯光灿烂的大陆上线条粗放的钢铁山脉和峡谷缓缓移过。一条黑色的长缝引起了元帅的注意。在过去的一个世纪中，他已记熟了吞食者外表面的每一个细节，可以绝对肯定这条长缝以前是不存在的。很快其他人也注意到了。

“那是什么？一条……裂缝？”

“是的，裂缝，一条长达五千公里的裂缝。”元帅点点头说，“波江人没有骗我们，晶体带来的资料是真实的，那个加速度极限确实存在。但当月球逼近时，绝望的吞食者不顾一切地用四倍于极限的加速度来躲避。这就是超限加速的后果：它被撕裂了。”

接下来，人们又发现了另外几条裂缝。

“看啊，那又是什么?！”又有人惊叫。这时，吞食者的自转正使它表面的另一部分进入人们的视野：金属大陆的边缘出现了一个刺目的光球，如同它那辽阔地平线上的日出一般。

“自转发动机！”一名军官说。

“是的，是吞食者赤道上很少启动的自转发动机，此时它正在以最大功率刹住自转！”

“元帅，这证实了您的看法！”

“尽快用各种观测手段取得详细资料，进行模拟！”元帅说。但在这之前，一切已在进行中了。

经一个世纪建立起来的精确描述吞食者物理结构的数学模型，在从前方取得必需的数据后高速运转，模拟结果很快出来了：需近四十小时的时间，自转发动机才能把吞食者的自转速度减至毁灭值之下；而如果高于这个转速，离心力将使已被撕裂的吞食者在十八个小时内完全解体。

人们欢呼起来。大屏幕上接着映出了吞食者解体时的全息模拟图像：解体的过程很慢，如同梦幻。在太空漆黑的背景上，这个巨大的世界如同一团浮在咖啡上的奶沫一样散开，边缘的碎块渐渐隐没于黑暗之中，仿佛被太空融化了，只有不时出现的爆炸闪光才使它们重新现形。

元帅并没有同人们一起观赏这令人心旷神怡的画面，他远离人群，站在另一块大屏幕前注视着现实中的吞食者，脸上没有一点胜利的喜悦。冷静下来的人们注意到了他，也纷纷站到这块屏幕下。他们发现，吞食者尾部的蓝色光环又出现了，它再次启动了推进发动机。在环体已经被严重损伤的情况下，这似乎是一个不可理解的错误，这时，任何微小的加速度都可能导致大环解体。而吞食者的运行方向更让人迷惑：它正在缓缓回到躲避月球攻击前所在的位置，谨慎地建立与地球同步的太阳轨道，并使自己和地球的自转轴重合在一条直线上。

"怎么，这时它还想吃地球？"有人吃惊地说，他的话引起了稀疏的笑声，但笑声戛然而止，人们看到了元帅的表情：他已不再看屏幕，而是双眼紧闭，苍白的脸上毫无表情。一个世纪以来，作为抗击吞食者的精神支柱之一，太空将士们已经熟悉了他的音容，但他们从来没有见到他像这样。人们冷静下来，再看屏幕，终于明白了一个严峻的现实：

吞食者还有一条活路。

吞食地球的航行开始了，已与地球同步自转同轴的吞食者向着这颗行星的南极移动。如果它慢了，会在自转的离心力下解体；如果太快，推进的加速度又可能使其提前解体。吞食者正走在一条生存的钢丝绳上，它必须绝对正确地把握住时间和速度的平衡。

在地球的南极被套入大环前的一段时间，太空中的人们看到，南极大陆的海岸线形状急剧变化。这个大陆像一块热煎锅上的牛油一样缩小着面积，地球的海水在吞食者引力的拉动下涌向南极，地球顶端那块雪白的大陆正在被滔天巨浪所吞没。

这时，吞食者大环上的裂缝越来越多，且都在延长扩宽。最初出现的那几条裂缝已不再是黑色的，里面透出了暗红色的火光，像几千公里长的地狱之门。有几条蛛丝般的白色细线从大环表面升起，接下来，这样的细线越来越多，出现在大环的每一部分，仿佛吞食者长出了稀疏的头发。这是从大环上发射的飞船的尾迹，吞食者开始从他们将要毁灭的世界逃命了。

但当地球被大环吞入一半时，情况发生了逆转：地球的引力像无数根无形的辐条拉住了正在解体的大环，吞食者表面不再有新的裂缝出现，已有的裂缝也停止了扩展。十四小时过去后，地球被完全套入大环，它那引力的辐条变得更加强劲有力，吞食者表面的裂缝开始缩小，又过了五个小时，这些裂缝完全合拢了。

在指挥舰上，统帅部的大屏幕黑了，甚至连灯都灭了，只有太阳从舷窗中投进惨白的光芒。为了产生人工重力，飞船仍在缓缓自转，使得太阳从不同位置的舷窗中升升降降。光影流转，仿佛在追述着人类那已永远成为过去的日日夜夜。

“谢谢各位在过去一个世纪中尽职尽责的工作，谢谢。”元帅说，并向统帅部的全体人员敬礼。在将士们的注视下，他平静地整理了一下自己的军装，其他的人也这样做了。

人类失败了，但地球保卫者们已经尽到了自己的责任。对于尽责的战士来说，这一时刻仍是辉煌的。他们接受了平静的良心授予自己的无形勋章，他们有权享受这光荣的一刻。

尾声　归宿

“真的有水啊！”一名年轻上尉惊喜地叫出来。面前确实是一片广阔的水面，在昏黄的天空下泛着粼粼的波光。

元帅摘下太空服的手套，捧起一点水，推开面罩尝了尝，又赶紧将面罩合上，“嗯，还不是太咸。”看到上尉也想打开面罩，他制止说，“会得减压病的。大气成分倒没问题，硫黄之类的有毒成分已经很淡了，但气压太低，相当于战前的一万米高空。”

一名将军在脚下的沙子中挖着什么，“也许会有些草种子的。”他抬头对元帅笑笑说。

元帅摇摇头，“这里战前是海底。”

“我们可以到离这里不远的十一号新陆去看看，那里说不定会有。”那名上尉说。

“有也早烤焦了。”有人叹息道。

大家举目四望。地平线处有连绵的山脉，它们是最近一次造山运动的产物。青色的山体由赤裸的岩石构成，从山顶流下的岩浆河发着暗红的光，使山脉像一个巨人淌血的躯体，但大地上的岩浆河已经消失了。

这是战后二百三十年的地球。

战争结束后，统帅部幸存的一百多人在指挥舰上进入冬眠器，等待地球被吞食者吐出后重返家园。指挥舰则成为一颗卫星，在一条宽大的轨道上围绕着由吞食者和地球组成的联合星体运行。在以后的时间里，吞食帝国并没有打扰他们。

战后第一百二十五年，指挥舰上的传感系统发现吞食者正在吐出地球，就唤醒了一部分冬眠者。当这些人醒来后，吞食者已飞离地球，向金星方向航行，而这时的地球已变成一颗人们完全陌生的行星，像一块刚从炉子里取出的火炭，海洋早已消失，蛛网般的岩浆河流覆盖着大地。他们只好继续冬眠，重新设定传感器，等待地球冷却。这一等又是一个世纪。

冬眠者们再次醒来时，发现地球已冷却成一颗荒凉的黄色行星，剧烈的地质运动平息下来，虽然生命早已消失，但有稀薄的大气，甚至还发现了残存的海洋，于是，他们就在一个大小如战前内陆湖泊的残海边着陆了。

一阵轰鸣声——就是在这稀薄的空气中也震耳欲聋——那艘熟悉的外形粗笨的吞食帝国飞船在人类飞船的不远处着陆。高大的舱门打开后，大牙拄着一根电线杆长度的拐杖颤颤地走下来。

“啊，您还活着！有五百岁了吧？”元帅同他打招呼。

“我哪儿能活那么久啊。战后三十年我也冬眠了，就是为了能再见你们一面。”

“吞食者现在在哪儿？”

大牙指向天空的一个方向,“晚上才能看见,只是一颗暗淡的小星星。它已航出木星轨道。”

“它在离开太阳系吗?”

大牙点点头,“我今天就要启程去追它了。”

“我们都老了。”

“老了……”大牙黯然地点点头,哆嗦着把拐杖换了手,“这个世界,现在……”他指指天空和大地。

“有少量的水和大气留了下来,这算是吞食帝国的仁慈吗?”

大牙摇摇头,“与仁慈无关,这是你们的功绩。”

地球战士们不解地看着大牙。

“哦,在那场战争中,吞食帝国遭受了前所未有的创伤。死了上亿人,生态系统也被严重损坏。战后我们用了五十个地球年的时间才初步修复撕裂的大环,这以后才有能力对地球进行咀嚼。但你知道,我们在太阳系的时间有限,如果不能及时离开,有一片星际尘埃会飘到我们前面的航线上,如果绕道,我们到达下一个行星系的时间就会晚一万七千年,那时我们要吞食的行星就会被衰老的恒星吞食掉,所以我们对太阳几颗行星的咀嚼就很匆忙,吃得不太干净。”

“这让我们备感自豪。”元帅看看周围的人们说。

“你们当之无愧!那真是一场伟大的星际战争。在吞食帝国漫长的征战史中,你们是最出色的战士之一!直到现在,帝国的行吟诗人还在到处传唱地球战士史诗般的战绩。”

“我们更想让人类记住这场战争。对了,现在人类怎样了?”

“战后大约有二十亿人类移居到吞食帝国,占人类总数的一半。”大牙说着，打开了手提电脑宽大的屏幕，上面出现人类在吞食者上生活的画面：蓝天下，一片美丽的草原，一群快乐的人在歌唱舞蹈，一时难以分辨这些人的性别，因为他们的皮肤都是那么细腻白嫩，都身着轻纱般的长服，头上装饰着美丽的花环。远处有一座漂亮的城堡，其形状显然来自地球童话，色彩之鲜艳如同用奶油和巧克力建造的。镜头拉近，元帅细看这些漂亮人儿的表情，确信他们真的是处于快乐之中。那是一种真正无忧无虑的快乐，如水晶般单纯，战前的人类只在童年能够短暂地享受。

"必须保证他们的绝对快乐，这是饲养中起码的技术要求，否则肉质得不到保证。地球人是高档食品，只有吞食帝国的上层社会才有钱享用，这种美味像我都是吃不起的。哦，元帅，我们找到了您的曾孙，录下了他对您说的话，想看吗？"

元帅吃惊地看了大牙一眼，点点头。屏幕上出现了一个皮肤细嫩的漂亮男孩。从面容上看，他可能只有十岁，但身材却有成年人那么高。他一双女人般的小手拿着一个花环，显然是刚刚从舞会上被叫过来。他眨着一双水灵灵的大眼睛说："听说曾祖父您还活着？我只求您一件事，千万不要来见我啊！我会恶心死的！想到战前人类的生活，我们都会恶心死的，那是狼的生活，蟑螂的生活！您和您的那些地球战士还想维持那种生活，差一点儿真的阻止人类进入这个美丽的天堂！变态！您知道您让我多么羞耻、多么恶心吗？呸！不要来找我！呸！快死吧你！"说完，他又蹦跳着加入草原上的舞会中去了。

大牙首先打破了尴尬的沉默，"他将活过六十岁，能活多久就活多久，不会被宰杀。"

"如果是因为我的缘故,十分感谢。"元帅凄凉地笑了一下。

"不是。在得知自己的身世后,他很沮丧,也充满了对您的仇恨,这类情绪会使他的肉质不合格。"

大牙感慨地看着面前这最后一批真正的人类。他们身上的太空服已破旧不堪,脸上都刻着岁月的沧桑,在昏黄的阳光里,如同地球大地上一群锈迹斑斑的铁像。

大牙合上电脑,充满歉意地说:"本来不想让大家看这些的,但你们都是真正的战士,能够勇敢地面对现实,要承认……"他犹豫了一下才说,"人类文明完了。"

"是你们毁灭了地球文明,"元帅凝视着远方,"你们犯下了滔天罪行!"

"我们终于又开始谈道德了。"大牙咧嘴一笑。

"在入侵我们的家园并极其野蛮地吞食一切后,我不认为你们还有这个资格。"元帅冷冷地说。其他人不再关注他们的谈话,吞食者文明冷酷残暴的程度已超出人类的理解力,他们现在真的没有兴趣再同其进行道德方面的交流了。

"不,我们有资格,我现在还真想同人类谈谈道德……'您怎么拿起来就吃啊!'"

大牙最后这句话让所有人浑身一震。这话不是从翻译器中传出,而是大牙亲口说的,虽然嗓门很大,但他对三个世纪前元帅的声调模仿得惟妙惟肖。

大牙通过翻译器接着说:"元帅,您在三百年前的那次感觉是对的。星际间的不同文明,其相似要比差异更令人震惊,我们确实不应该这么像。”

人们把目光聚焦在大牙身上。他们都预感到,一个惊天的大秘密将被揭开。

大牙动动拐杖,使自己站直,看着远方说:“朋友们,我们都是太阳的孩子,地球是我们共同的家园,但我们比你们更有权利拥有她! 因为在你们之前的一亿四千万年,我们的先祖就在这颗美丽的行星上生活,并创造了灿烂的文明。”

地球战士们呆呆地看着大牙,身边的残海跳跃着昏黄的阳光,远方的新山脉流淌着血红的岩浆。越过六千万年的沧桑时光,曾经覆盖地球的两大物种在这劫后的母星上凄凉地相会了。

“恐——龙——”有人低声惊叫。

大牙点点头,“恐龙文明崛起于一亿地球年前,就是你们地质纪年的中生代白垩纪中期,在白垩纪晚期达到鼎盛。我们是体形巨大的物种,对生态的消耗量极大。随着恐龙数量的急剧增加,地球生态圈已难以维持恐龙社会的生存,接着恐龙又吃光了刚刚拥有初级生态的火星。地球上恐龙文明的历史长达两千万年,但恐龙社会真正的急剧膨胀也就是几千年的事,其在生态上造成的影响从地质纪年的长度看,很像一场突然爆发的大灾难,这就是你们所猜测的白垩纪灾难。

“终于有那么一天,所有的恐龙都登上了十艘巨大的世代飞船,航向茫茫星海。这十艘飞船最后合为一体,每到达一颗有行星的恒星就扩建一次,经过六千万年,就成为现在的吞食帝国。”

“为什么要吃掉自己的家园呢? 恐龙没有一点怀旧感吗?”有人问。

大牙陷入了回忆,“说来话长。星际空间确实茫茫无际,但与你们的想象不同，真正适合我们高等碳基生物生存的空间并不多。从我们所在的位置向银河系的中心方向，走不出两千光年，就会遇到大片的星际尘埃，在其中既无法航行，也无法生存；再向前，则会遇到强辐射和大群游荡的黑洞……如果向相反的方向走呢，我们已在旋臂的末端，不远处就是无边无际的荒凉虚空。在适合生存的这片空间中，消耗量巨大的吞食帝国已吃光了所有的行星。现在，我们的唯一活路是航行到银河系的另一旋臂去，我们也不知道那里有什么，但在这片空间待下去肯定是死路一条。这次航行要持续一千五百万年，途中一片荒凉，我们必须在启程前贮备好所有的消耗品。这时的吞食帝国就像干涸的小水洼中的一条鱼，它必须在水洼完全干掉之前猛跳一下，虽然多半是落到旱地上，在烈日下死去，但也有可能落到相邻的另一个水洼中活下去……至于怀旧感，在经历了几千万年的太空跋涉和数不清的星际战争后，恐龙种族早已是铁石心肠了。为了前面千万年的航程，吞食帝国要尽可能多吃一些东西……文明是什么？文明就是吞食，不停地吃啊吃，不停地扩张和膨胀，其他的一切都是次要的。”

元帅深思着说：“难道生存竞争是宇宙间生命和文明进化的唯一法则？难道不能建立起一个自给自足的、内省的、多种生命共生的文明吗？像波江文明那样？”

大牙长出一口气，“我不是哲学家，回答不了这个问题。也许答案是肯定的，关键是谁先走出第一步呢？自己的生存是以征服和消灭别人为基础的，这是这个宇宙中生命和文明生存的铁的法则，谁要首先不遵从它而自省起来，就必死无疑。”

大牙转身走上飞船，再出来时，手中端着一个扁平的方盒子。那个盒子长宽有三四米，起码要四个人才能抬起来。大牙把盒子平放到地上，掀起顶盖。人们看到盒子里装满了土，土上长着一片青草。在这已无生命的世界中，这绿色令所有人心动。

“这是一块战前地球的土地，战后我使这块土地上的所有植物和昆虫都进入冬眠，现在过了两个多世纪，又使它们同我一起苏醒。我本想把这块土地带走做个纪念，唉，现在想想还是算了吧，还是把它放回它该在的地方吧。我们从母星拿走的够多了。”

看着这一小片生机盎然的地球土地，人们的眼睛湿润了，他们现在知道，恐龙并非铁石心肠。在那比钢铁和岩石更冰冷坚硬的鳞甲后面，也有一颗渴望回家的心。

大牙一挥爪子，似乎想把自己从某种情绪中解脱出来，“好了，朋友们，我们一起走吧，到吞食帝国去。”看到人们的表情，他举起一只爪子，“你们到那里当然不是作为家禽被饲养。你们是伟大的战士，都将成为帝国的普通公民，你们还会得到一份工作：建立一座人类文明博物馆。”

地球战士们把目光集中在元帅身上。他想了想，缓缓地点点头。

地球战士们一个接一个地上了大牙的飞船。那为恐龙准备的梯子他们必须一节一节引体向上爬上去。元帅是最后一个上飞船的人，他双手抓住飞船舷梯最下面一节踏板的边缘，在把自己的身体拉离地面的时候，他最后看了一眼脚下地球的土地，然后就停在那里看着地面，很长时间一动不动，他看到了——蚂蚁。

这蚂蚁是从盒子中的土里爬出来的。元帅放开抓着踏板的双手，蹲下身，让它爬到手上。他举起那只手，细细地看着它，它那黑宝石般的小身躯在阳光下闪闪发亮。元帅走到盒子旁，把这只蚂蚁放回那片小小的草丛中。这时，他又在草丛间的土面上发现了其他几只蚂蚁。

他站起身来，对刚来到身边的大牙说："我们走后，这些草和蚂蚁就是地球上仅有的生命了。"

大牙默默无语。

元帅说："地球上的文明生物有越来越小的趋势——恐龙，人，然后可能是蚂蚁。"他又蹲下来，深情地看着那些在草丛间穿行的小生命，"该轮到它们了。"

这时，地球战士们又纷纷从飞船上下来，返回到那块有生命的地球土地前，围成一圈，深情地看着它。

大牙摇摇头，"草能活下去，这海边也许会下雨的。但蚂蚁不行。"

"因为空气稀薄吗？看样子它们好像没受影响。"

"不，空气没问题。与人不同，在这样的空气中它们能存活。关键是没有食物。"

"不能吃青草吗？"

"那就谁也活不下去了：在稀薄的空气中，青草长得很慢；蚂蚁会吃光青草，然后饿死——这倒很像吞食文明可能的最后结局。"

"您能从飞船上给它们留下些吃的吗？"

大牙又摇头，"我的飞船上除了生命冬眠系统和饮用水外，什么都没有。我们在追上帝国前需要冬眠。你们的飞船上还有食物吗？"

元帅也摇摇头，"只剩几支维持生命的注射营养液，没用的。"

大牙指指飞船，"我们还是抓紧时间吧。帝国的加速很快，晚了我们会追不上它的。"

沉默。

“元帅，我们留下来。”一名年轻中尉说。

元帅坚定地点点头。

“留下来？干什么？”大牙挨个儿看着他们，惊讶地问，“你们飞船上的冬眠装置已接近报废，又没有食品，留下来等死吗？”

“留下来走出第一步。”元帅平静地说。

“什么？”

“您刚才提过的新文明的第一步。”

“你们……要做蚂蚁的食物？”

地球战士们点点头。大牙无言地注视了他们很长时间，然后转身，拄着拐杖慢慢走向飞船。

“再见，朋友！”元帅在大牙身后高声说。

老恐龙长长地叹息了一声，“在我和我的子孙前面，是无尽的暗夜，不休的征战。茫茫宇宙，哪里是家哟！”人们看到他的脚下湿了一片，不知道是不是一滴眼泪。

恐龙的飞船在轰鸣中起飞，很快消失在西方的天空。在那个方向，太阳正在落下。

最后的地球战士们围着那块有生命的土地默默地坐了一会儿，然后，从元帅开始，大家纷纷掀起面罩，在沙地上躺了下来。

时间流逝，太阳落下，晚霞使劫后的大地映在一片美丽的红光中。然后，有稀疏的星星在天空中出现。元帅发现，一直昏黄的天空这时居然现出了一抹深蓝。在稀薄的空气夺去他的知觉前，他欣慰地感到太阳穴上的轻微搔动——蚂蚁正在爬上他的额头。这感觉让他回到了遥远的童年，在海边两棵棕榈树间拴着的小吊床上，他仰望着灿烂的星海，妈妈的手抚过他的额头……

夜晚降临了，残海平静如镜，毫不走样地映着横跨夜空的银河。这是这颗行星有史以来最宁静的夜晚。

在这宁静中，地球重生了。

发表于2002年第11期《科幻世界》，原名《吞食者》

获2002年度(第14届)银河奖读者提名奖

西　洋

公元1420年，非洲，索马里，摩加迪沙沿海

这是明朝舰队打算到达的最远的地方，永乐皇帝也只让走到这里。现在，两百多艘船和两万多人，静静地等待着返航的命令。

郑和沉默地站在“清和号”的舰首，他面前，印度洋笼罩在热带的暴雨中。四周一片雨雾，只有当闪电刺破这一片朦胧时，舰队才在青色的电光中显现——“清远号”“惠康号”“长宁号”“安济号”……如同围在旗舰四周纹丝不动的巨大礁石。众多的非洲酋长在船上欢宴三天后已上岸，激越的非洲鼓声从雨中隐隐传来，岸上棕榈林中打鼓的黑人狂舞的身影如暴雨中时隐时现的幽灵。

“该返航了，大人。”副将王景弘低声说。在郑和身后，站着远航统帅部，包括七名四品宦官及众多的将军和文官。

“不，继续向前走。”郑和说。

在统帅部其他人的感觉中，这一刻的空气和雨滴都凝固了。“向前？到哪里？”

“向前走,看看前面有什么。”

“那有什么用呢?我们已证实建文帝不在海外,他肯定死了。我们也给圣上搞到了足够的珍宝,该回航了。”

“不,如果天圆地方,大海就应有边缘,大明的船队应该航到那里。”郑和的双眼渴望地看着雨雾深处,看着他想象中的海天连线。

“这是违抗圣命,大人!”

“我意已决,不从者可以自己回去,但最多只能带十艘船。”

郑和听到身后有剑出鞘的声音,那是王景弘的卫士的剑。接着有更多的出鞘声,那是郑和卫士的剑。然后一切都沉默着,郑和没有回头。

像来时一样突然,暴雨停了。太阳的光柱刺破云层,天水相连处金光灿烂,散发出无法抗拒的神秘诱惑。

“起航!”郑和大声发令。

公元1420年6月10日,明朝舰队浩浩荡荡,撞开印度洋的滚滚波涛,向好望角驶去。

公元1997年7月1日,欧洲,北爱尔兰,贝尔法斯特

中国国旗降下后,英国国旗在《上帝保佑女王》的乐声中升起。在旗的上缘接触杆顶时,时钟刚刚走过零点。这时,我们在这块土地上已是外国人了。

虽有幸参加交接仪式,我也只能站最后排,所以是最早走出议会大厅的。

十五岁的儿子在外面等着我。静静地,我们最后看看北爱尔兰。这是典型的英伦夏夜,潮湿多雾,雾在街灯的黄光中像轻纱般飘过,拂在脸上像毛毛雨。在幽暗的灯光和迷蒙的雾中，贝尔法斯特像一个宁静的欧洲乡村。这是我度过前半生的地方。一小时后，我们会带着所有的东西离开，但我带不走自己的童年、青春和梦想，它们将永远留在这块宁静而多雾的土地上。

本来，中英联络组要工作到下世纪初，但我还是说服领导，早早调到新大陆去。表面上我给自己的理由是，对自己的前途来说，早走比晚走好；但内心深处真正的理由是，我想尽快远离一起生活了十六年的刚刚离婚的前妻。她虽是中国人，但作为领事馆的高级官员，她还要长期留在北爱尔兰。我已没有希望留住她，就像中国没有希望留住北爱尔兰一样。好在儿子会跟我走。

“是你们丢失了北爱！”儿子愤怒地对我说。在儿子眼里，我是国家元首，更准确地说，是个不称职的国家元首。他认为我应该把俄罗斯再分成几个更小一些的国家；他认为我给贫穷的西欧太多的贷款，却对他们提了太少的要求；他认为许多年前，我就不应该让中东的那些恐怖主义国家和亚洲的某些极权主义国家存活下去；特别是北爱问题，他认为我应该以主权换治权，而不是拱手相让……一句话，他认为中国在世界的领导地位正从我手里滑落，尽管我只是个副司级的普通外交官。儿子好像浑身都长满了咄咄逼人的精神长矛，这点真像他妈妈，而我的忍让和儒家风度他一点都没继承，反而成了他对我感到失望的原因。他愿意回国不是因为我，而是因为他无论如何也不能忍受作为一个外国人生活在北爱尔兰。

一小时后，运送中国最后一批撤离人员的专机把北爱尔兰留在下面的浓雾里，我们在夜色中飞向自己的新生活。

公元1997年7月1日,欧洲,巴黎

飞往新大陆之前,我们在欧洲大陆短暂停留。在伦敦时,还能感受到英国人庆祝回归的喜庆气氛,但欧洲大陆的其余地方对此似乎没什么反应。一出北爱尔兰,西欧的其他城市那混乱和贫穷的气息便扑面而来。交通被自行车的洪流所堵塞,空气浑浊。一出巴黎海关,我们便被一大群渴望换到人民币的法国青年围住,好不容易才摆脱他们。同行的其他人还处于"北爱综合征"之中,没精打采地躺在机场饭店里不出来。但儿子硬拉着我去看古战场。

初升的太阳驱散了晨雾,古战场显出一片醉人的绿色。这地方我们不知来过多少次了,特别是去年,几乎每个星期天我们都要乘英吉利海底隧道列车来一次。每次在这里,儿子都要对我进行一番例行的折磨,现在又开始了。像往常一样,他站在纪念碑的底座上,慷慨激昂地背诵起小学历史课本中的文章:"1421年8月,明舰队到达西欧沿海,欧洲惊恐万状……"

"好了,爸爸累了,这次就算了吧。"我不耐烦地打断他。

"不行,春秋时代的夫差身边都有一个人时刻提醒他报杀父之仇,你们这些政治家和外交官也需要这么一个人。"

"我们在欧洲和北爱没有杀父之仇。一百年的协议到期了,我们就该把北爱还给英国,这是顺理成章的事,谈不上什么失误或失败。"

儿子不听我这一套,继续他的演讲:"……欧洲惊恐万状。郑和本想像在南洋诸国时一样,同欧洲人友善相待,但他派往欧洲大陆的五位使者全部被杀,东西方只有一战!罗马教皇马丁五世呼吁四分五裂的封建诸侯联合对敌,还颁布了赦罪法令,凡此时应征入伍的罪犯都可获得赦免。为了给战争筹款,教会出卖神职,甚至把教皇的金冠卖给了佛罗伦萨的商人。英法匆匆结束百年战争,结成军事同盟。慑于明舰队的强大,西欧海军不敢出战,欧洲人把胜利的希望寄托在陆战上。1421年12月,明朝军队在加来登陆,十天后兵临巴黎城下。双方在巴黎近郊进行决战。当时欧洲人集结了十万大军,其中有英王亨利五世率领的三万英军、法国勃艮第公爵率领的四万法军和来自德意志神圣罗马帝国的三万条顿骑士团士兵。明军只有二万五千兵力。12月20日清晨,巴黎战役开始。西欧联军统帅部拟以法军和条顿骑士团的重铠步兵攻击明军正面,以英格兰轻骑兵作右翼迂回。日出时分,西欧联军首先发起进攻。欧洲步兵战阵严整,成无数个整齐的方队向前推进。重装步兵的盔甲在朝阳下闪着金银两色的光芒,从明军阵地看去,仿佛是金属的大地在移动,无数的长矛如同大地上的麦田。战鼓声、苏格兰风笛声、士兵们用剑柄有节奏地击打胸甲发出的撞击声渐渐清晰可闻……”

“这样下去我们要误机了。”

“……郑和看准了欧军进攻队形密集死板的特点,把炮兵集中部署在正面。明军迟迟不出击,而是进行了炮兵齐射。在前三次猛烈的齐射中,欧军伤亡惨重,但进攻队形纹丝不乱,方队踏着尸体继续推进。在敌人严整的进攻方队已近在眼前时,郑和沉着地命令进行第四次更为猛烈的炮击。明军的几百门大炮发出雷鸣般的轰响,把暴雨般的霰弹倾泻到欧洲人密集的方队中,霰弹打在盔甲上,发出一阵哗哗的潮水般的声音。欧军的队形乱了,开始是前一排方队,然后如同推倒了多米诺骨牌,整个阵线大乱起来。郑和这时才命令明军出击,他那数量不多的骑兵以楔形队形攻击欧军正面，向敌阵深处猛插，很快把欧洲步兵阵线切成两半，并集中攻击右翼。这时，迂回的英国骑兵正从右翼方向攻击，却遇上了溃散下来的联军步兵，人马相践，死伤无数……”

“真的该走了，孩子！”

“……战斗一直持续到黄昏，在如血的残阳中，明军才吹响了凄厉的号角……巴黎战役，西欧联军大败，十万军队半数被歼，英王亨利五世殒命沙场，上百位公爵、伯爵和王室将军阵亡或被俘……巴黎战役之后，西欧难以在短时间内集结起足以对付明军的力量，加上明舰队对西欧沿海——特别是英吉利海峡的封锁，以及关于明朝后续舰队正在驰援的传闻，西欧脆弱的抗明联盟瓦解了，以后……”

“以后我都知道，以前的也都知道。你要是没完没了，我可自己走了，你一个人留在这里与郑和做伴好了。”

我们终于离开了古战场。即便有可能再回来，也是很长时间以后了。

公元1997年7月2日，中国新大陆，纽约

“欢迎到中国新大陆！”海关小姐对我们甜蜜地一笑，我感到了一种回家的温暖，但儿子对回国似乎并没什么感觉。

“明朝船队首航美洲已有五百多年了，他们还把这儿叫新大陆。”他说。

“一种习惯，就像欧洲人仍把中国人叫洋人一样。”

“我们早就该再有一个真正的新大陆了！”

“哪儿？南极洲吗？”

“为什么不行？”

我暗自摇摇头。对儿子性格中这咄咄逼人的进攻性,我已经习惯了,但又时时感到一种压力,似乎他妈妈的性格越过大洋通过儿子作用于我。想到这儿,我心中一阵酸楚。

我们驱车赶往联合国总部,很快沿着高速公路一头扎进了纽约的高楼森林。

同来自欧洲的每一个人一样,我觉得来到了巨人国,一切都那么大。半小时后,我们的车停在了联合国大厦前。

“这就是我下半生工作的地方了。”我指着大厦对儿子说。

“但愿已经十分臃肿的联合国机构不是又增加了一个多余的人,爸爸。”

“哈,我该怎样干才能不多余呢?”

“至少,由于多了您一个中国人,中国在联合国可以相应地多一份权威。”

“那又该干什么呢?”我心不在焉地问,想着是先进去报到呢,还是先去公寓看看新房子。

儿子像往常一样,又向我提了一个只适合于向国家元首提的建议:“没有我们每年缴纳的一百个亿会费,联合国就运行不下去。想到这点,增加权威就很容易了。”

“住嘴!我警告你,以后我们生活在联合国的环境里,你这种话是很讨厌的!”

在联合国大厦前的广场上,有几个人正发表政治演讲,他们都穿着分离主义者的蓝色衬衫。每个演讲者前面都有一堆各种肤色的听众,一个离我们较近的演讲者的话音传到我们耳中。

“……自五百年前明朝覆灭后，新大陆就开始了新文化运动。这以后的几个世纪，我们一直领导着中华文化的走向，而旧大陆只是战战兢兢地跟在我们后面，现在几乎被我们甩开了。他们的悟性比我们要慢半个世纪！而直到现在，他们还以文化宗主自居。事实上，新大陆的文化已发展成为一种全新的文化，它的渊源在旧大陆，但它是一种全新的文化！第三点，在经济上，新大陆和旧大陆……”

演讲者是一个大学生模样的瘦弱年轻人。儿子冲上前去，一把将他从高台上揪了下来，“闭上你的狗嘴，你个臭分离分子！”年轻人在儿子的手中挣扎着，眼镜掉到地上摔碎了，“看到北爱的事，你们这些杂种又狂起来了，是不是?！记住，北爱是租借地，但新大陆却是我们的国土！”

“新大陆是印第安人的国土，旧大陆先生。”那个年轻人挣脱了儿子的手，冷笑道。

“你是不是中国人?！”儿子怒视着他说。

“这得由全民公决来决定。”演讲者整整领带，仍不动声色。

“呸！做梦去吧！你们几个兄弟公决不认爹娘，行吗?！”儿子挥着拳头说，我赶紧冲进围观者中把他拉出来。

“爸爸，他们在这儿这么猖狂，你不管吗?！”儿子甩开我的手说。

“我只是个普通外交官。你看看吧，我们管得了吗?”我指指四周那些穿蓝衬衫的人。在这儿他们还算文雅，但在费城和华盛顿，这些家伙剃了光头，胳膊上裹着带钢刺的护腕，儿子要是在那里做出这种举动可真要遭殃了。

“先生，给您画张像好吗?”一个轻柔的、怯生生的声音从我身后传来。那是一个白人姑娘，像所有欧洲移民一样，她穿着很朴素，手里拿着画板和画笔。

第一眼看到这姑娘瘦弱的身材，我脑海中突然浮现出一幅欧洲古典油画。画面是一个瘫痪的姑娘在草地上的背影，她渴望地看着远处的一所小房子，那房子对于她是那么遥远，那么可望而不可即。更奇怪的是，我还想起了前妻，不是由于她们的相像，而是由于她们的差异。这个姑娘在生活中所渴望得到的一切，就像油画中的那所小房子一样，遥远而不可即。但像画中的姑娘一样，她仍胆怯地、同时顽强地在这个冷酷的世界上一点点挪动着自己……那画上的姑娘背对着观众，但你能感觉到她渴望而动人的目光，那就是现在这位移民姑娘看着我的目光。我心中突然涌现出一种多年没有过的异样感觉。

“对不起，我们还有事情。”我说。

“很快的，先生，真的很快。”姑娘说。

“我们真的要走了，很对不起，小姐。”

姑娘还想说什么，儿子把几张钞票朝她扔过去，“你不就是要钱吗？别烦我们，走开！”

姑娘蹲下来，默默地把散落在地上的钱一一拾起，然后站起身，慢慢走到儿子身边，把钱递还到他面前。

“如果打扰了你们，真对不起。但我想问问年轻的先生，如果……”她停了好一会儿，很艰难地把话说下去，“如果我的皮肤是黄色的，您还会这样对待我吗？”

“你是说我搞种族歧视？”儿子挑衅地看着她。

“向小姐道歉！”我厉声说。

“凭什么？这些年，他们像蝗虫一样拥进来，抢走我们的工作。”

“可是，先生，欧洲移民在新大陆只干你们最不愿干的工作，拿最低的工资。”

“但像你这样的，还在红灯区败坏我们的社会风气！”

姑娘吃惊地盯着儿子，羞辱和愤怒使她说不出话来，手里的画具和钱都一下掉到地上。我打了儿子一巴掌，这是我第一次打他。

儿子只愣了一秒钟，突然兴奋地抱住我，“哈哈！爸爸，你早就该有这种气魄！这才是你在联合国应该展现的气魄！这是你的一个好开端！”

他这出人意料的反应更令我怒不可遏，“滚！滚得远远的！”我冲他吼道。

“好，我滚。”儿子很高兴地走开了，以为他看到了一个脱胎换骨的新父亲，走远了还回头对我打招呼，“一个好开端，爸爸！”

我呆呆地站在那儿，对自己的失态有些迷惑。究其原因，除了对儿子失礼的愤怒外，还与对我心中这位姑娘产生的异样感情有关。我向她深表歉意，并同她一起蹲下来收拾地上的东西。她叫赫尔曼·艾米，英国人，只身来中国新大陆留学，在纽约州立大学学美术。她昨天刚到这里。

“我儿子是在旧大陆长大的，今年才到新大陆。在旧大陆的年轻人中，极端民族主义情绪在膨胀，像这里的分离主义一样，简直成了一种公害。”

我把散落在地的几张画递给她，并注意到她画夹中的一幅画。画面上有一个戴着头灯安全帽、饱经风霜的脸上满是煤灰的男人，他身后是纽约的高楼群。

“我父亲，他是伯明翰的一个矿工。”艾米指着那张画说。

“在画中，你让他到了新大陆。”

“是的，这是他永远无法实现的一个愿望。我选择了画画，就是因为画和梦一样，在其中能走进现实中永远无法走进的世界，能实现永远无法实现的愿望。”

“你的油画画得很好。”

“但我必须学中国画，这样回到欧洲后才能靠画笔生活。东方的艺术充斥欧洲，那里很少有人对本土艺术感兴趣了。”

“中国画应该到旧大陆去学。”

“那里的签证很难办，费用也太高。学中国画是为了生活，我最后还是要画油画的，我们的艺术总得有人继承。请您相信，先生，同大多数的英国人不一样，我不是到中国来淘金的。”

“我相信。哦，你到过故宫博物院吗？那里有很多中国画的经典作品。”

“没有，我刚到纽约。”

“那么我带你去，作为对刚才那件事的道歉和补偿。”

同旧大陆一样，新大陆的故宫博物院也在紫禁城中。新大陆的紫禁城皇宫建于明朝中期，位于纽约东南部，它的面积是旧大陆紫禁城的两倍，是一片金碧辉煌的东方宫殿。明朝有两个皇帝巡视过新大陆，并在这座皇宫中住过。艾米很快发现了这里与旧大陆紫禁城的不同。

“这里只有一道城墙，却有这么多城门，远不像北京的皇宫那么森严。”

“是的，新大陆是一个开放的大陆，几百年来接受着不同文化的八面来风。正因为如此，我们的封建王朝首先在新大陆覆灭。”

“您是说，如果没有新大陆，你们现在还是一个帝国？”

“哈哈，这不一定。但至少，明朝不会是最后一个王朝。”

“郑和为振兴大明朝而远航，却把它推向坟墓？”

“历史就这么不可思议。”

我和艾米漫步在古代的皇宫中。人不多，我们的脚步声在一个又一个空旷的大厅里回荡，一根根巨大的立柱从我们两侧缓缓移过，好像是在黑暗中俯视着我们的巨人，静静的空气中仿佛游动着神秘的幻影。

我们来到了一个陈列柜前，里面陈设着许多黄得发黑的欧洲中世纪的拉丁文旧书，有《荷马史诗》，有欧几里得的《几何原理》、亚里士多德的《物理学》，还有柏拉图的《理想国》和但丁的《神曲》……其中很多是15世纪欧洲宗教裁判所的禁书。这些都是郑和到达西欧后让翻译给他读过的。

我对艾米说：“看，他读你们的书，从你们那儿得到了很多他没有的东西：他有指南针，却没有远航必需的欧洲精确钟表；他有比你们当时最大的船还大三倍的船，却没有欧洲绘制精确海图的技术……特别是基础科学，那时的明朝落后于欧洲，比如在地理学上，中国人仍相信天圆地方的世界。没有你们的科学，或者说没有东西方文化的融合，郑和不会接着向西航行，我们也不会得到美洲。”

“就是说，我们不像自己想象的那么贫乏。我那些自卑的年轻同胞应该有您这样的老师！”

我们谈得更多的还是艺术。看着博物馆中那些中国画的珍品，我们谈中国画最古老的源头，谈狂草象派和空白派在中国的出现和流行，谈欧洲画派复兴的可能……我惊奇地发现我们有那么多的话可谈。

“像您这样正眼看欧洲文化的人不多了。我永远为您祝福，真想以后让您成为看我的画的第一个中国人。”

艾米说这话可能没有别的意思，但我还是有些激动。

不知过了多久，我们发现刚走进的这间大厅有些不同。这里灯光很亮，人也很多。古老的大厅正面，放着一只高大的航天器，那是“孔子号”登月飞船着陆舱的复制品。从大厅高高的顶端射下几道多彩的光柱，聚焦到一个衬着天鹅绒的玻璃柜上。天鹅绒上放着许多大小不一的石块，每块都标着昂贵的价格。这是中国1965年首次登月时，“孔子十一号”上的宇航员从月球静海带回的岩石标本。

“真美！”艾米感叹。

“可它们只是一些普通的石块。”我说。

“不是的，想想它们来自那么遥远的世界，包含着那么多的故事。就像我父亲给我的那个晶亮的煤块，它在地层深处睡了上亿年，这是多么长的时间啊，这时间里会有多少个人生？这些东西就像凝固了的梦一样。”

“像你这样能看到内在美的姑娘现在真是不多了！”我激动地说。我买了一块很小的岩石标本，上面系着银色的链子，岩石的一个切面上还可以看到登月宇航员的签字。我把它送给艾米。她不愿收这样贵重的礼物，可我坚持说这代表了我对今天的不愉快的深深歉意，最后她默默地收下了。在她的目光里，我又一次感到了回家的温暖——真奇怪，在一个移民姑娘的目光里。

离开故宫后，我们开着车漫无目的地在纽约乱转，只是想推迟分别的时间。

最后，我们来到了纽约港。隔着一片海水，对面是世界闻名的上百米高的郑和像，他的一只巨手指着前方的新大陆。现在，天已黑了，我们身后的曼哈顿灯火辉煌，如同一个巨大的宝石切面。无数道光柱集中到郑和像上，使他成为屹立于海天之间的发着蓝色光芒的巨人。

这时，我们身后有人“嗨”了一声，是我儿子。“我知道你们最后会来这儿。”他说，然后走到艾米面前，向她伸出手，“我向你道歉，小姐。那时我心情不好，想想我们是刚从北爱尔兰撤出来的中国人，您就会理解了。”

“孩子，”我说，“你太锋芒毕露了，这是不成熟的表现。你该成熟起来了。”

我指指面前的郑和巨像，“他是你最崇拜的人，你认为他是最高大最完美的人。想像他那样去开疆拓土，这也是你形成如今性格的重要原因。但现在，应该让你看到一个完整而真实的郑和了。”

“我了解郑和，我读过关于他的所有的书。”

“你读到的都是现代作家写的书，他们只写理想的东西。”

“有什么不对吗？”

“比如说，明朝舰队航行到西欧已是奇迹，为什么郑和又能在那么短的时间内从西欧再次远航，跨越大西洋，发现美洲新大陆呢？”

“郑和是一个伟大的开拓者，他的每一个细胞都渴望着探索未知世界，神秘的大西洋强烈地吸引着他，就是这样，爸爸。现在中国的领航者要是有他一半的气魄就好了！”

“现在的年轻人都这么认为。”

“有什么不对吗？”

“郑和的某些方面你可能不知道。首先，作为一个男人，他是残缺的——他是一个太监。”

儿子和艾米惊愕地瞪大了双眼。“你胡说！”儿子说。但很快，他似乎想起了看过的某本书中的某些暗示，转身看着巨像沉默下来。

“巴黎战役后的第二天，郑和率领八千骑兵进入巴黎，同欧洲各君主和罗马教皇签订了那个划时代的协定。骑马走在巴黎的大街上，郑和和他的同行者第一次看到了那些古希腊风格的雕塑。他们看到了波塞冬、阿波罗、雅典娜……这些在明朝的土地上不可能看到的男人女人健壮美丽的裸体被塑造得那么完美，这是西洋文化对他们产生的第一次强烈震撼。对郑和来说，这震撼更是深入灵魂，他从来没有这样铭心刻骨地意识到自己的缺憾、自己的不完美。此后，他陷入了深深的迷茫和忧郁之中，这迷茫和忧郁使他感到这个世界越来越陌生。最后，一个强烈的愿望在他和所有随行者的心中出现了……”

“什么？”

“回家。”

“回家?！”

“回家。这愿望如此强烈，以至于他们想走一条更近的路。从欧洲的地理学中，他们知道了地球的形状，知道了如果一直向西，就和向东返航一样能回家。于是，在征服欧洲后不久，明朝舰队就向西，向大西洋的深处驶去。他们走啊走，走啊走，在两个月艰难的航程中，一双双眼睛望着大西洋天水相连的远方，盼望着家乡的海岸在那里浮现……终于，陆地出现了，但那不是梦中的乡土，而是一个长着龙舌兰和仙人掌、出没着红种人部落的陌生世界。当他们踏上新大陆时，并不像那些浅薄的历史作家描写的那样欢呼雀跃，而是抱头痛哭……郑和因此一病不起，在新大陆结束了一生。之后，舰队中很多船只继续沿着海岸航行，直到五年后，这些船才在白令海峡找到了通向太平洋的路。又过了五年，他们才回到魂牵梦绕的祖国，大明朝日不落帝国的世界才连为一体。”

儿子面对着巨像长久地沉思着，这可能是他有生以来最长时间的一次沉思。我感到从未有过的欣慰。

“孩子，历史和生活不是你一直认为的那种简单的征战和开拓，其中有很多说不清道不明的东西，很多需要成熟后才明白的东西。”

“是的。”艾米说，“想想，假如郑和当年按照最初的计划，最远只航行到索马里海岸就返回，后来会是什么样子？也许是一个欧洲人的船队首先绕过了好望角，更说不定，另一支欧洲人的船队还发现了美洲呢！”

“唉，历史啊，同人的命运很相像！”我感叹道。

“那么，爸爸，”儿子从沉思中醒来，指指艾米，“她是您的新大陆吗？”

我和艾米相视一笑。我们谁都没有否认这点。

我们身后，曼哈顿的灯火更加辉煌，纽约港的水面成了一片跳跃的光海。这又是新大陆多梦的一夜。

后　记：

郑和如果一直向前航行，以后的历史会怎样？这是一个令无数中国人魂牵梦绕的问题。历史学家的看法是：郑和远航的目的是落后的，只是为了“布皇恩于天下”（寻找建文帝？），而不是为了贸易和征服。在这样的指导思想下，即使明朝船队航行到西欧甚至美洲，也不会有大的作为。但笔者的看法是：人的思想在新环境中是会变化的，如果郑和真的航行到西欧，他必然会接触到西方的思想和科学。东方文化撞击西方文化，同以后西方文化撞击我们完全不同，必然会结出意想不到的果实。另外，在真实的历史中，郑和远航中曾两次用兵，其中至少有一次是针对一个国家的。

在这篇科幻小说描写的世界里，中华文化有了更大的影响力和地域范围，但那不是一个理想社会，它面临着比我们的现实更多的问题和更大的危险。现在重读一遍，笔者发现这个架空世界造得很笨拙，同时，笔者也不喜欢小说中浓重的殖民主义和霸权主义色彩。

发表于《2001 年度中国最佳科幻小说选集》（四川人民出版社，2001）